FANPRO

Heike Wolf (*1977) lebt und studiert in Marburg. Sie hat mit „Spielsteine der Götter" bereits einen DSA-Roman veröffentlicht. Außerdem stammen die Kurzabenteuer „Golgaris Ruf" („Leicht verdientes Gold"), „Tod eines Drepaniers" („Im Namen des Thearachen"), „Ragodans Vermächtnis" und „Der Widerspenstigen Rettung" (beide „Questadores", erscheint 2004) aus ihrer Feder. Daneben hat sie an den Spielhilfen „Handelfürsten und Wüstenkrieger" und „In den Dschungeln Meridianas" mitgearbeitet. Kontaktadresse: HeikeWolf@gmx.net

Anja Jäcke (*1969) lebt in der Nähe von Marburg. Neben ihrer Arbeit für die Mainzer *Akademie der Wissenschaften und der Literatur* schreibt sie an ihrem Examen im Fach Keltologie. Gemeinsam mit Armin Abele war sie als Übersetzerin für Romane der *Magic*-Reihe (Heyne-Verlag) tätig, für DSA arbeitete sie an den Spielhilfen „Al'Anfa und der Tiefe Süden" (1994) und „In den Dschungeln Meridianas" (2004) mit. Von Perry Steven und ihr stammt das Kurzabenteuer „Boronsfurcht" („Questadores"-Anthologie 2004). „Rabengeflüster" ist ihr erster DSA-Roman.

Alex Wichert (*1975) hat mit „Blakharons Fluch" (Co-Autor Christian Thon) und „Sand und Blut" bereits zwei DSA-Romane vorgelegt. Jüngste Veröffentlichungen sind Beiträge für „In den Dschungeln Meridianas" und die Kurzgeschichte „Grüne Augen" in der Anthologie der Storyolympiade. Derzeit arbeitet Alex an einem Fantasy-Dreiteiler, der einmal als Einzelband angefangen hat; ein Shadowrun-Roman ist für 2005 geplant. Alex' Online-Tagebuch findet ihr auf www.livejournal.com/users/alexwichert/.

Heike Wolf, Anja Jäcke,
Alex Wichert

Rabengeflüster

Ein Roman in der Welt von
Das schwarze Auge©

Originalausgabe

Fanpro
Band 11002

Titelbild: Kukar
Agentur Schlück, Garbsen
Karte: Ralf Hlawatsch

Redaktion: Catherine Beck
Lektorat: Catherine Beck
Satz und Layout: Sarah Nick
Umschlaggestaltung: Ralf Berszuck
Druck und Bindung: Oldenbourg Taschenbuch GmbH,
Kirchheim

Besuchen Sie unsere Website *http://www.fanpro.com*

Printed in the European Union.
1 2 3 4 07 06 05 04

ISBN 3-89064-515-1

Unseren Musen Udo und Mat
Für Armin und Perry in Liebe

Dank an:
Die Autoren des Projekt Phönix, Philipp »Das können wir ja in der Schule lesen« Bendel, Maren »Ich würde es streichen« Seel, Stephanie »Die sind verrückt« Mehl, Birgit »Ich finde es gut« Mai, Henning »Zu Eichendorffs Zeiten ...« Mahr, Julia »Amato ist süß« Kresal, Christian »Ihr schafft das« Schmelz, Benjamin »Ich dachte, du wolltest nicht mehr« Schreck, Iris »Wo bleibt der Historische?« Kammerer, Karli »Du willst keine Harmonie, du willst, dass man sich erinnert« Witzko, Michelle »Ich mag Shantalla!« Steven, Judith Rau für die Zeit und Mühe, die sie investiert hat, um das Manuskript auf den rechten Weg zu bringen, Frank Bartels für Kritik und Hilfe nicht nur bei aventurischen Fragen, Mat Wakefield für Kaffee zur rechten Zeit, Udo Weitzel für Geduld, Ausdauer und aufbauende Worte, Armin Abele für Liebe, durchwachte Nächte und brillante Logik, Perry Steven für Freundschaft, Unterstützung und wunderbare Metaphern, meinen Boss, dass er ein kostspieliges Hobby finanziert, Erich Poppe für eine Mail zum richtigen Zeitpunkt, Andreas Wolf, ohne den es Aurelian gar nicht mehr gäbe, Birgit Oberg für einen unvergesslichen Patriarchen, Ulrich Kiesow, der die Hirngespinste zweier Hammenserinnen offiziell werden ließ, die Leser des Online-Tagebuchs (http://www.livejournal.com/users/alexwichert/) für Feedback, Jenny für das Rezept für ›*Al'Anfaner Schnitten*‹, die deutsche Telekom, die die Hälfte des Honorars einstreicht, Sigrid, Peter, Robert und Steffi, Sebastian »Arild wird sterben!« Klempt, meine ›Giessener Runde‹, die Al'Anfa tapfer ertragen hat, FanPro, die uns ein schönes Cover beschert haben, Thomas Römer und die ›Al'Anfa-Liste‹ für Hilfe bei Recherchefragen und alle, deren Zeit und Geduld wir ausgebeutet haben.

Personen

Haus Paligan

Goldo Paligan »Der Großartige« – Familienoberhaupt, ein majestätischer Grande
Brotos Paligan – sein Bruder, ein intriganter Boroni und Mitglied im Hohen Rat
Amato Ugolinez-Paligan – ein entfernter Neffe und Gladiatorenliebhaber
Irato Ugolinez-Paligan – Amatos Vater, kam bei einem Giftanschlag ums Leben
Silvana Ugolinez-Paligan – Amatos Mutter, eine ehemalige Fana
Lariella Paligan – Goldos Nichte, eine Commandanta im Südkrieg
Amalthéa Paligan – eine längst verstorbene Korsarin

Capitana Helice Astillero – eine Frau mit großer Verantwortung
Capitan Tiburon Astillero – ihr Bruder, Capitan auf der *Paligana Seconda*
Das Wiesel – Goldos bester Spitzel
Reto – ein mittelreichischer Gladiator, aus Wehrheim
Valeria Scipiona – Amatos Lanista
Vittorio – Amatos verstorbener Liebhaber
Khorra – eine halborkische Gladiatorin
Severo – Iratos Kammerdiener und Lustsklave, ein Mittelreicher
Desiderya – eine Gladiatorin
Frostnacht – eine elfische Gladiatorin

Haus Karinor

Shantalla Karinor – Familienoberhaupt, eine sinnesfrohe Grandessa

Malane Karinor – ihre Base, eine Borongeweihte und ehemaliges Mitglied im Hohen Rat
Velvenya Karinor – ihre Vorfahrin, heilig gesprochene erste Matriarchin, gest. 732 BF
Gilia Karinor – ihre Base, Gemahlin Rahjadan Bonareths
Ramin Karinor – ihr totgeglaubter Vetter, erster Gemahl Viviane Pervals

Haus Bonareth

Rahjadan Bonareth – Familienoberhaupt, ein gelangweilter Grande
Gilia Karinor – seine Gemahlin
Doriano und Emilia – die Zwillinge, seine geliebten Kinder
Aurelian Bonareth – sein ehrgeiziger Vetter, ein Vertrauter des Patriarchen
Imana Karinor – Aurelians Mutter, eine alternde Intrigantin
Padrigo Bonareth – ein rauschkrautsüchtiger Vetter

Razir/ Rhasirijian – Aurelians Leibwächter
Kito – Aurelians Leibsklavin
Said und Inion - ihre Kinder
Nahim – eine tulamidische Sklavin
Ashan – ein weiterer Sklave

Haus Zornbrecht

Nareb Emano Zornbrecht – Familienoberhaupt, ein (ge)wichtiger Grande
Phranya Yalma Zornbrecht – seine Base, Großadmiralissima und ehemalige Triumvir
Amosh Tiljak – sein Vetter, ein Praiosgeweihter und Hoher Richter

Die Todesechse – Zornbrechts Gladiatorin

Haus Honak

Amir Honak – der Patriarch von Al'Anfa
Amira Honak – seine halbelfische Tochter
Tar Honak – sein Vater, gest. 1009 BF im Khômkrieg
Bal Honak – sein Großvater, gest. 981 BF

Haus Perval

Irschan Perval – Großexecutor, Magier und Geliebter Amir Honaks
Viviane Perval – seine Halbschwester, ehemalige Gemahlin Ramin Karinors und Amir Honaks

Raidri – ein grimmiger Hund

Die Rebellen vom Visarberg

Lucio ter Ubrecht – Anführer der Rebellen vom Visarberg, ein verbitterter Fana
Ayji – seine maraskanische Geliebte
Jesidora – seine Herausfordererin
Quesina – eine alte Bettlerin
Bataga – ein Utulu-Eunuch
Der alte Mirio – ein Rebellen-Veteran
Don Raquirio – ein Rebell, der schreiben kann
Jaquino – ein dicker Rebell mit Gewissensbissen
Nela – eine wagemutige Rebellin
Die Rastaneff-Brüder, Ayanéz, Cella, Pedro, Hank, Dario, Xaranis, Valeria, Thaquino – weitere Rebellen
Gorm – Jesidoras Handlanger

Weitere Personen

Oderin du Metuant – Generalpräfekt von Port Corrad, ehemaliger Triumvir und berühmter Feldherr

Onjegin Wulwes'h'joden – ein toter Borongeweihter, ehemaliger Schatzmeister im Hohen Rat
Immuel Florios – der Aquacurator, Borongeweihter und Mitglied im Hohen Rat
Oboto Florios – der Kommandant der Stadtwache
Mata al'Sulem – die »Älteste«, Mitglied im Hohen Rat
Dolgur Kugres – Oberster Glaubensbewahrer im Hohen Rat
Der Tintenkleckser – ein unglücklicher Dichter
Ranaris – eine tote Gladiatorin
Kasan Darano – ein Schmuckhändler
Magister Ragodan – ein verschollener Magier; Vorbesitzer des perval'schen Anwesens
Meister Udano – Irschan Pervals Architekt
Ileon Sonnentanz – eine Stoffdruckerin und Sklavenbefreierin
Hamarro – der »sanfte« Pirat, bekannt für seine amorösen Abenteuer
Dagon Lolonna – ein mächtiger Pirat aus Charypso
Tertia – eine Frau aus den Brabaker Baracken

Ifirns Ozean
300 Meilen
Yeti-Land
Paavi
Riva
Norburg
Orkland
Tiefhusen
Festum
Neersand
Balibo
Trallop
Thorwal
Lowangen
Andergast
Wehrheim
Warunk
Nostria
Beilunk
Havena
Gareth
Perricum
Meer der Sieben Winde
Grangor
Fasar
Zorgan
Vinsalt
Khunchom
Mherwed
Kuslik
Wüste Khom
Thalusa
Tuzak
Maraskan
Zyklopen-Inseln
Al'Anfa
Brabak
Altoum
Perlenmeer
Waldinseln
Aventurien

Prolog

30. Ingerimm 341 nach Golgaris Erscheinen, Windstag

»Es ist vollbracht.«

Ein letztes Mal drückte Amir Honak sein Rabensiegel in das Wachs, dann lehnte er sich erleichtert in seinem Stuhl zurück. »Zornbrecht hat den Köder geschluckt.«

»Fett genug war er ja«, erklang Irschan Pervals spöttische Stimme. Der Magier hatte am Fensterbrett gelehnt und hinausgeschaut. Nun wandte er sich ihm zu. »Das Amt des Kolonialministers für den Verlust eines Triumviratssitzes, der ohnehin längst bedeutungslos war. Ich an seiner Stelle hätte mir den Reichtum der Waldinseln auch nicht entgehen lassen.«

»Du hältst mich für zu großzügig?« Amir wandte erheitert den Kopf. »Immerhin enthebe ich seine Base Phranya der Regierung.«

»Sie und den anderen Triumvir. Den Zornbrecht das Adamantenland und Oderin du Metuant das erbärmliche Port Corrad. Politik kann grausam sein.«

Amir schmunzelte. »Und dem dritten Triumvir die Alleinherrschaft. Ich könnte mich daran gewöhnen.«

»Meinen Segen habt Ihr, mein Patriarch!« Irschan deutete einen Kniefall an.»Zumal ich mich bei der Neubesetzung des Rates nicht beschweren kann. Shantalla Karinor tritt an die Stelle ihrer Base Malane. Das verspricht frischen Wind.«

»Nach deiner flammenden Fürsprache hätte man ihr den Ratssitz kaum verwehren können.« Amir bedachte seinen Geliebten mit einem amüsierten Lächeln. Es war kein Geheimnis, dass Irschan Malane Karinors Rückzug in den Tempel keine Träne nachweinte.

»Verdenke es mir nicht«, wehrte der Magier ab. »Wer weiß, vielleicht werde ich Malane am Ende noch vermissen, wenn ich bedenke, wer *deinen* verwaisten Ratssitz einnimmt.«

»Du wirst dich mit meiner Tochter arrangieren müssen«, erwiderte Amir und betrachtete die Papiere, die sich auf seinem Schreibtisch türmten.

Irschan folgte seinem Blick. »Wirst du all das heute noch bearbeiten?«

»Auf keinen Fall! Das meiste ist ohnehin belanglos. Schenkungen, Bittgesuche, das Übliche. Alles Entscheidende ist geklärt: Das Triumvirat wird aufgelöst, die Neubesetzung des Rates ist geklärt. Falls keine unliebsamen Überraschungen auf uns warten, sehe ich keinen Grund, den Rahjamond mit Staatsgeschäften zu belasten. Ab morgen werde ich nur noch Priester sein und danach ...«

»... Herrscher des Imperiums.«

»Du sagst es.« Schwungvoll erhob sich Amir und trat neben seinen Geliebten ans Fenster. Der Tempelgarten lag friedlich in der Dämmerung. »Vor beinahe siebzehn Jahren wurde ich zum Patriarchen geweiht und ins Triumvirat berufen«, meinte er nachdenklich. »Eine Notlösung, dachte jeder, einschließlich mir selbst. Wie oft habe ich gezweifelt, ob es mir gelingen würde, meinen Neidern und Feinden die Stirn zu bieten und meine Position zu behaupten?«

»Ich habe nie gezweifelt.«

»Natürlich nicht.« Amir schmunzelte. »Schließlich hättest du damit auch dein eigenes Versagen eingestehen müssen. Ich weiß durchaus, was ich dir zu verdanken habe.«

Das Öffnen der schweren Mohagonitür unterbrach ihn.

»Euer Erhabenheit!«

Amir fuhr herum, empört über das unangemeldete Eindringen. Ein Novize stand im Türrahmen. Sein Gesicht war kreidebleich, und die Lippen zitterten.

Amir schluckte den Tadel herunter, der ihm auf der Zunge lag. »Was ist mit dir, mein Sohn?«

Der Junge machte eine fahrige Verbeugung. »Ehrwürden Onjegin ...«

»Was ist mit ihm?«

»Er ist ... tot.«

»Tot?« Amir warf Irschan einen bestürzten Blick zu, dann straffte er sich. »Führe mich zu ihm.«

Onjegin Wulwes'h'joden saß zusammengesunken in seinem Lehnstuhl, das sonst so rote Gesicht aschfahl, die Augen verdreht. Aus dem halb geöffneten Mund tropfte Speichel auf die schwarze Robe, seine Hände hielten ein Dokument umkrallt. Neben dem Toten hockte eine dunkel gekleidete Gestalt, die sich beim Erscheinen des Patriarchen erhob.

»Was ist geschehen?«

Der Mann verbeugte sich hastig und hob den Kopf. Schweiß rann ihm über die Glatze in den dünnen Haarkranz. »Er hat die Abrechnungen studiert, Euer Erhabenheit, und dann ... hat er geröchelt und nach Luft geschnappt. Man hat mich sofort gerufen, aber ich kam zu spät.«

»Medicus?« Amir trat an ihm vorbei und schob die Lider über die gebrochenen Augen des Toten. Kalter Schweiß lag auf der teigigen Haut. *Boron sei seiner Seele gnädig*.

»Ja, Euer Erhabenheit.« Der Heiler verbeugte sich noch einmal. Ein Zucken lief über sein Gesicht. »Verzeiht, dass ich ihn nicht retten konnte, aber sein Herz und die Aufregung ... Er hatte in letzter Zeit oft diese Schmerzen und ich ...«

»Es liegt in Borons Hand, wann es für uns an der Zeit ist, Golgaris Ruf zu folgen«, erwiderte Amir knapp und warf dem Mann einen prüfenden Blick zu. »Sucht Eure Räume auf und verweilt dort, bis ich Euch rufen lasse. Euer Werk ist vollbracht, seine Seele liegt in Borons Hand.«

Der Medicus nickte ergeben und hastete davon.

Irschan zog die Tür hinter ihm ins Schloss. »Du solltest ihn verhören lassen.«

»Gewiss. Doch bedenke auch, der Schatzmeister war ein alter Mann, noch dazu aus dem Bornland, und sowohl das hiesige Klima als auch die Belastungen seines Amtes forderten ihren Tribut.« Interessiert zog er dem Toten das zerknitterte Schriftstück aus den Fingern. Es handelte sich um die Abrechnung für den neuen Kopf des Kolosses, gigantisch hohe Zahlen, was jedoch wenig verwunderte, angesichts der Mengen an Gold, die man allein für die Rabenkrone hatte aufbringen müssen. *Dieses Projekt wird noch mein Tod sein!*, hatte Onjegin noch bei der letzten Ratssitzung lamentiert.

»... falls keine unliebsamen Überraschungen auf uns warten«, zitierte Irschan.

Amir blickte auf. »Die Wege des Raben sind unergründlich, auch für mich.«

»Ein weiterer verwaister Ratssitz ...« Der Magus schürzte die Lippen. »Das riecht nach Wahlkampf.«

»Nein.« Entschlossen legte Amir den Papyrus auf den Schreibtisch zurück. »Kein Wahlkampf. Es ist an der Zeit, ein Versprechen einzulösen.«

»Aurelian Bonareth?«

»Du hast es erfasst. Ich habe es ihm schon lange versprochen.«

»Du bist wahnsinnig.«

Zornig fuhr Amir herum. »Dies ist weder Zeit noch Ort, alte Feindschaften zu pflegen.«

»Sei kein Narr«, versetzte Irschan kühl. »Was scheren mich Jahrzehnte alte Fehden. Ein weiterer Bonareth im Rat bedeutet eine Stärkung unseres Bündnisses, und das kommt mir entgegen. Die Frage ist, wie reagieren die anderen Familien? Zornbrecht oder die Florios werden nicht begeistert sein. Ganz zu schweigen von dem Paligan.« Er langte nach der Abrechnung. »Weitere Zugeständnisse an unsere Gegner könnten deine Position auf lange Sicht wieder schwächen.«

Amir schüttelte den Kopf. »Zugeständnisse werden nicht notwendig sein, solange wir rasch genug handeln. Onjegins Tod darf nicht öffentlich werden. Wenn wir uns die

Familien einzeln vornehmen, werden sie sich gewinnen lassen. Es bleibt ein Mond bis zur Wahl. Wenig Zeit, um Gegenkandidaten aufzustellen und die nötigen Stimmen zu kaufen. Wir werden ihre Zwistigkeiten ausnutzen, wie damals, als sie sich nicht auf einen der ihren einigen konnten und schließlich deiner Wahl zum Großexecutor zustimmten.«

Irschan schnaubte. »Damals unterschätzten sie sowohl mich als auch dich. Ein zweites Mal werden sie nicht so arglos sein.« Scheinbar beiläufig flogen seine Augen über das Dokument des Schatzmeisters. »Eine stattliches Sümmchen, fürwahr. Geradezu königlich.«

»Goldo Paligan befindet sich derzeit auf den Zyklopeninseln«, erwiderte Amir, der ahnte, in welche Richtung Irschans Gedanken gingen. »Er wird frühestens nächste Woche zurückerwartet. Wenn wir bis dahin Stillschweigen bewahren und uns zügig die Zustimmung der anderen Familien sichern, wird es für ihn zu spät sein. Auch Seine Vizekönigliche Hoheit kann wenig ausrichten, wenn sie vor vollendete Tatsachen gestellt wird und sämtliche mögliche Verbündete bereits fest auf unserer Seite stehen.«

»Dein Wort in der Götter Ohren.«

Amir seufzte. »Vertrau mir einfach, ja?« Er trat neben den Toten, setzte ihn behutsam zurecht und legte ihm die klammen Hände in den Schoß. »Würdest du ihn dir später ansehen? Magisch, meine ich.«

Irschan nickte. »Soll ich auch den Medicus zum Schweigen bringen? Oder den Novizen?«

Amir warf ihm einen kalten Blick zu. »Für schlechte Scherze ist dies nicht der Ort.«

Irschan hob die Augenbrauen. »Rabenvertrauen gut und schön, Amir Honak, aber du selbst mahntest zu Vorsicht. Wenn es jemand schafft, innerhalb eines Mondes einen Kandidaten aufzubauen, dann ist es Goldo, der Großartige, Paligan.«

1. Kapitel

2. Rahja 341 nach Golgaris Escheinen, Rohalstag

»Sie liegt wirklich schwer im Wasser, was meint Sie, Capitana?«, murmelte Goldo Paligan. Die Worte waren gewiss mehr an ihn selbst gerichtet als an sie, aber innerlich konnte Capitana Helice Astillero ihm nur beipflichten. Schließlich hatte sie ihm das von Anfang an gesagt, und zwar so deutlich, wie man eben einem Granden widersprach, der versuchte, einen guten Teil der Schätze der Zyklopeninseln auf nur zwei Schiffen wegschaffen zu lassen. Da war der Paligan noch der festen Überzeugung gewesen, es werde schon gut gehen. So waren die Granden. Die Welt hatte sich nach ihren Vorstellungen zu richten und wer war sie, den Paligan vom Gegenteil zu überzeugen? Das brachte nur unnötigen Ärger ein und machte den Geldbeutel nicht voll. Nein, man gab zu bedenken, erwähnte beiläufig, im Scherz, ließ leichthin durchschimmern.

Also hütete sie sich, ihm zu offen beizupflichten oder ihn zu beunruhigen. Aber, um der Wahrheit die Ehre zu geben, sie wäre jetzt lieber in der Blutigen See unterwegs oder legte sich mit Piraten an, als mit anzusehen, wie sich der Paligan Sorgen um seine Schätze machte.

Der Befehl über die *Conquistadora Paligana,* die der Grande gern als sein ›Flagschiff‹ bezeichnete, war nicht ihr erstes, aber ihr bisher wichtigstes Kommando.

»Eure Majestät, mein Bruder wird dafür Sorge tragen, dass Eurer Ladung auch nicht das Geringste zustößt.« Sie verneigte sich tief, auch, um ihre Züge wieder unter Kontrolle zu bringen.

Paligan klopfte mit der Unterseite seines Rings ungeduldig auf die Reling. »Wenn der Ladung auch nur das Geringste zustößt, Teuerste, wird ihr Bruder es vorziehen, den Haien Gesellschaft zu leisten, statt sich Unserem Unwillen zu stellen. Sie hat ja keinen Begriff vom Wert, der Kunstfertigkeit ...«

Helice Astillero richtete sich wieder auf und erwiderte nichts. Die Ehre ihrer alten Kapitänsfamilie war in diesem Moment nicht einen gefälschten Oreal wert.

»... immerhin handelt es sich dabei um die Mitgift Unserer Gemahlin«, beendete der Paligan den Satz, und Helice nickte pflichtschuldig. Was tat man nicht alles für eine feste Anstellung bei einem der reichsten Männer Al'Anfas. Sie hatte gesehen, wie viel Geld er für Scharen von Schatzgräbern und Handwerkern aufgewendet hatte, die sich auf das Ablösen von Mosaiken verstanden. Halb Al'Anfa zerriss sich das Maul darüber, dass der Paligan die zyklopäische Herzogstochter nur geheiratet hatte, um die Schätze in seinen Besitz zu bringen, ohne einen Krieg mit den Horasiern vom Zaun brechen zu müssen.

Wenn sie diesen Auftrag gut erfüllten, würde der Grande sie losschicken, um den Rest zu holen. Ganze Lagerhäuser auf Pailos standen voll mit Statuen, Büsten, Säulen und Fresken. Allein die *Seconda* trug die gesamte Marmorverkleidung eines alten Nemekath-Tempels, außerdem Figurenschmuck und Säulenkapitelle.

Wo auch immer er auf den Zyklopeninseln den Fuß an Land gesetzt hatte, hatte er sofort ganze Schwärme von Blutsaugern angezogen, Abenteurer oder Grabräuber oder Wiederbeschaffungsexperten, wie sich das Geschmeiß auch nennen mochte. Wilde Ansammlungen eigenartiger Tagediebe, die nichts anderes im Schilde führten, als Goldo Paligan um einige Beutel Dublonen zu erleichtern. Zweifellos hatten sich einige von ihnen eine goldene Nase verdient.

»... es sei denn, ihrem Bruder gelingt es noch, die ganze Pracht zu versenken«, schalt der Grande.

Die Capitana verneigte sich wieder. Ein gerissenes Seil, eine hohe Welle, die die Ladung verrutschen ließ – das mochte schon reichen, um die *Seconda* kentern zu lassen, falls die Ladung nicht direkt den Kiel durchschlug und das Schiff unterginge wie ein Stein. Ihr hatte nicht gefallen, wie Tiburon sich verstohlen die Hände an der Uniformhose abgewischt hatte, als er dem Paligan versicherte, zwei Schiffe, nicht drei, würden vollkommen ausreichen. Wenn die Ladung ins Rutschen geriete, würde nichts mehr die *Seconda* retten als ein Wunder Efferds. Helice betete inbrünstig, dass der Gott es gut mit ihnen meinte.

Aber auch das änderte nichts daran, dass die *Seconda* wirklich verdammt tief im Wasser lag, und wenn sie durch das Fernrohr blickte, konnte sie sehen, wie sich die Matrosen mühten, den Kahn überhaupt zu manövrieren. Der Grande verlangte das Fernrohr, und sie gab es ihm mit Widerwillen. Er spähte hindurch, warf ihr dann einen kalten Seitenblick zu. »Sie schicke Uns diesen Tintenkleckser.«

Sie zögerte, als könnte allein ihre Gegenwart ihrem Bruder auf Deck der *Seconda* drüben helfen.

»Wir meinten sofort«, beschied ihr der Paligan ungnädig. »Wir hoffen für Sie, dass Sie sich in einer Seeschlacht nicht auch so begriffsstutzig zeigt.«

Helice presste die Lippen zusammen und machte auf dem Absatz kehrt. Wenigstens konnte der Paligan jetzt jemand anderen quälen. Und mit dem Tintenkleckser traf es keineswegs den Falschen.

Dieser hockte wie üblich in seiner Kajüte, die Finger der Linken in das Haar an der Stirn gewühlt, die Rechte mit dem Federkiel auf einem Stapel Papier, um ihn herum unzählige Entwürfe. Der Spitzname war nur allzu treffend – die rechte Hand der Kreatur wies mehr Flecken auf als die Haut eines gescheckten Hais. Das war aber auch wirklich das einzige Anzeichen, dass es sich bei diesem Schmarotzer um einen Schriftsteller handeln könnte. Von seinen Werken jedenfalls hatte bisher niemand etwas gehört oder gelesen. Während der Überfahrt hatte er jede Stunde in seinem Kämmerchen gehockt, mit dem Hinweis, er müsse arbeiten, doch Helice wusste vom Schiffsmädchen, wie viele Flaschen Rum in der Zwischenzeit durch seine dürre Kehle geronnen waren. Wenn er so gut schrieb, wie er trank, würde er sich bestimmt noch einen Namen machen.

Er schien sie nicht gehört zu haben. Noch einmal klopfte sie, diesmal lauter. »Dein Gönner will dich sehen.«

Der Künstler zuckte zusammen, blickte sich dann fahrig um. Tiefe Augenringe verrieten, dass er zu ungesunden Zeiten arbeitete und die Sonne auch kaum noch vermisste. Er legte die Feder wieder auf das schwarze Marmorbänkchen, streute Sand über das Blatt. Wie sie erkennen konnte, war rein gar nichts darauf geschrieben. »Was wünscht der edle Goldo?«

»Zu wissen, wo sein Gold geblieben ist«, versetzte sie scharf und sah, wie sich die Augen des Mannes weiteten.

»Ich bin noch in der Mitte der Ode …«

»Das kannst du ihm selbst sagen.« Sie winkte und er stand auf, fuhr sich zweimal mit den Fingern durchs Haar, wobei er sich eine schwache Tintenspur über die Stirn zog, und atmete tief durch. »Gut, ich bin bereit.«

Sie grinste. »Ich würde die Ode mitnehmen.«

»Warum?«

»Oder löst sie sich etwa bei Sonnenlicht auf?«, fragte sie und stellte befriedigt fest, wie er noch nervöser wurde. Ein weiterer Parasit, trunken von Paligans Gold.

Er hob den Kopf und bemühte sich, würdevoll auszusehen, was ihm mit der Tinte an der Stirn nicht ganz gelang. »Ich werde dem Ersuchen des edlen Goldo Paligan gern Folge leisten.« Unter einem unordentlichen Stapel zog er ein Blatt hervor, dem anzusehen war, dass er es mehrfach zerknüllt und dann wieder geglättet hatte.

Helice verneigte sich ironisch, als der Kleckser an ihr vorbeiging, um seinem Gönner die Stirn zu bieten. Langsam ging er die Stiege hinauf, ein zum Tode Verurteilter hätte nicht zögerlicher das Blutgerüst erklimmen können. Gedanklich verfasste er gewiss bereits eine Ode auf seinen heroischen Untergang.

Als er vor Goldo Paligan trat, machte er einen so tiefen Bückling, dass Helice meinte, er habe sich den Rücken verrenkt und könne sich nicht mehr erheben. Der Grande blinzelte wohlwollend zu ihm hinunter. »Wir werden bald in den Hafen von Al'Anfa einlaufen.«

Tatsächlich war das Glänzen des Kolosses in der Ferne schon zu sehen.

Der Schriftsteller richtete sich wieder auf. Nackte Angst lag in seinem Blick. »Ich kann Euch die Ode bald vorlegen, Eure Großzügigkeit.«

Die Mundwinkel des Paligan zuckten unter dem blonden Bart. »Wir waren in der Tat sehr großzügig.« Schweigen lauerte für mehrere Atemzüge zwischen ihnen, und beide starrten sich an. Der Künstler rang wohl um Worte – das zumindest schien er zu können, schließlich war es Teil seines Berufs –, aber nichts kam heraus. Der Paligan entblößte ein Lächeln, das seltsam hungrig wirkte. »Wir vermeinten, keinen Zweifel daran gelassen zu haben, dass Wir den letzten Entwurf bis zur Einfahrt in den Hafen zu sehen wünschten.«

Der Schriftsteller krümmte sich und blinzelte Hilfe suchend zu ihr hinüber. Sie gab ihm mit einem Kopfschütteln zu verstehen, dass sie sich nicht berufen fühlte, seine schäbige Haut zu retten. »Vielleicht, Eure Magnifizienz, könntet Ihr Capitana Astillero anweisen, auf den Palastinseln zu rasten, während ich …«

Der Grande lachte plötzlich. »Er ist ein Possenreißer. Welch amüsante Vorstellung. Heute haben Wir uns noch nicht so amüsiert.«

Der Schriftsteller lächelte vorsichtig und die Capitana schüttelte innerlich den Kopf über so viel Unschuld.

Natürlich wurde der Paligan rasch wieder nüchtern. »Wir vermeinten, er hätte sich als Wortkünstler einen Namen machen wollen, aber Wir sind jetzt sehr geneigt, seine Fähigkeiten als Schwimmer unter Beweis zu stellen. Was ist das da?«

Verstohlen knüllte der Schriftsteller das Blatt zusammen, und zog es mit Zeigefinger und Mittelfinger langsam in seine Faust. »Eine Betrachtung .... philosophischer Natur.«

Der Grande glitzerte ihn an. »Es ist schön, dass Unsere Aufträge ihm Zeit lassen für philosophische Betrachtungen.«

Jetzt war der Künstler schon wachsamer und lächelte nicht mehr. »Herr ... es ist wirklich ein nichtswürdiger erster Entwurf, nichts weiter.«

Der Paligan trat rasch näher, packte die Hand des Künstlers und schlug sie hart auf die Reling. Mit einem Schmerzlaut ließ dieser das Blatt fahren. Der Grande schnappte es auf. »Dass ihr Künstler aber auch nie hören wollt«, tadelte er milde und Helice verbiss sich ein Lachen.

So hart er gerade vorgegangen war, so sanft war Goldo Paligan, wenn es darum ging, misshandeltes Papier zu glätten. Für einen Moment wurde ein anderer Mann sichtbar, jemand, der über ein untergegangenes Kunstwerk (oder Schiff, setzte eine kleine Stimme in ihrem Inneren hinzu) ehrlich bittere Tränen vergießen konnte, um kurz darauf dem Verursacher des Schadens bei lebendigem Leibe die Haut abziehen zu lassen.

Der Künstler hielt sich die Hand, drängte aber sichtlich jede Klage zurück.

Der Grande überflog die Seite, runzelte leicht die Stirn, dann zuckte es in seinem Bart, und er schien die Ode noch zweimal zu lesen. Schließlich faltete er das Blatt sorgfältig. »Was hat er getan, bevor Wir ihn aufnahmen?«

»Ich habe an der Universität studiert, Herr«, murmelte der Schreiber mit rauer Stimme.

»Philosophie, möchten Wir annehmen?«

Das Schreiberlein nickte. »Dann musste ich damit aufhören.«

»Warum?«

»Mir ist das Geld ausgegangen, Herr.«

Helice hob die Augenbraue. Nur wenige konnten sich das Lehrgeld der Universität leisten. Und auch das Leben in Al'Anfa war nicht billig, damit hätte das Schreiberlein rechnen müssen. Doch vielleicht hatte seine Familie ihr Vermögen verloren. Oder war in die Sklaverei geraten.

Goldo Paligan nickte gewichtig. »Uns scheint, Euch ist zu Eurem Elend nun auch noch das Talent ausgegangen. Dieses … Geschreibsel haben Wir schon besser gelesen. Der Beginn mit dem Lob auf Unserer Familie entspricht der literarischen Tradition, aber zu erwähnen, dass Unser ältester Sohn in der Hand der Piraten der Blutigen See ist und Unsere Schwester Witwe des mittelreichischen Kaisers ... lenkt zu sehr ab von diesem hier.« Mit einer grandiosen Geste deutete er hinüber zur *Seconda*, die noch immer wie ein sterbender Wal im Wasser lag. »Wir bringen unermessliche Schätze mit von Unserer Expedition.«

Der Schreiber nickte eifrig. »Das kommt im zweiten Teil!«

»Er hat drei Wochen für den ersten gebraucht. Wie lange sollen Wir auf den zweiten warten?« Der Paligan hob die Hand, was das Gestammel des Klecksers im Ansatz erstickte. »Nein, das genügt. Aus welchem Grunde haben Wir ihn überhaupt aufgenommen?«

»Wegen des Spottgedichtes auf die Karinor, Herr«, flüsterte der Schreiber.

»Ah.« In den Augen des Paligan glitzerte es. »Uns deucht, Er hat ein komisches Talent und keines für die staatstragende Geste, für die Großartigkeit Unseres Formats, das angemessen auszuleuchten und dem Volk sichtbar zu machen wäre mit einer Ode in spätgüldenländischem Stil. Wir ziehen den Auftrag zurück.« Der Grande warf ihm das Blatt vor die Füße.

»Und was … wird jetzt aus mir?«

»Die Unwägbarkeiten der menschlichen Existenz – das dürfte Euch aus der Philosophie doch vertraut sein. Nichts ist so beständig wie der Wandel, nichts so wandelbar wie die Beständigkeit.« Er lächelte liebenswürdig und entließ den Dichter mit einer Geste.

Dieser nahm nicht einmal seine Ode mit, als er sich

wieder Richtung seiner Kajüte verkroch. Wo er ohne Zweifel der letzten Rumflasche den Garaus machen würde.

Der Grande seufzte. »Wir hätten gern eine Ode gehabt.« Er blickte über das Meer, wo in der Ferne der Koloss größer und größer wurde. Das Haupt der Statue stand kurz vor der Vollendung. Seit Monaten arbeiteten die Handwerker hinter herabgelassenen Sichtschirmen, und seit Jahren stritt man darüber, ob das Wahrzeichen Al'Anfas das Haupt Bal Honaks, Tar Honaks oder des derzeitigen Patriarchen Amir Honak tragen sollte. Auch der heilige Nemekath, ja, sogar der Gekrönte Rabe selbst war im Gespräch, denn schließlich würde Amir Honak nicht ewig leben, und noch immer hielten viele die Honaks für Emporkömmlinge, die den alteingesessenen Familien den Rang streitig gemacht hatten. Solche Probleme trieben die Granden um, während die Fanas um das Überleben kämpften oder darum, in die Grandensippen einzuheiraten. Es war immer das gleiche Spiel.

Nichts ist so beständig wie der Wandel, nichts so wandelbar wie die Beständigkeit.

Endlich lagen die *Paligana* und die *Seconda* Seite an Seite im Hafen. Sie ließ eine Planke hinüberlegen und trat auf das andere Deck, wo ihr Bruder Tiburon mit schweißnasser Uniform stand. Helice berührte ihn an der Schulter und er fuhr zusammen. »Gute Arbeit.«

Um sie herum begannen die Diener und Stauer damit, die Kostbarkeiten zu entladen. Am Hafen standen bereits Dukatengardisten, denen die Sicherheit der Schätze anvertraut war, und es sammelte sich neugieriges Volk. Dann erschien der Paligan, ganz in goldene Seide gehüllt, selbst Haar und Augenlider mit Goldstaub belegt, und wie er dort stand, regungslos für einen Moment, wirkte er selbst wie eine der Statuen der zyklopäischen Könige, die noch im Bauch der *Paligana* schlummerten. Keine Andeutung mehr von der Sorge, die er vor kurzem noch empfunden hatte, nichts von der Neigung, spätgüldenländische Oden auf ihre Kunstfertigkeit zu prüfen – in diesem Moment war Goldo Paligan selbst ein Kunstwerk.

Zwei rabenschwarze Utulu-Sklavinnen erschienen. Sie trugen Schurze aus goldener Seide, nur ein Hauch Goldstaub bedeckte ihre Brüste. Ihre einzige Aufgabe bestand darin, Blütenblätter vor dem Paligan zu streuen, die sie früh am Morgen an der Küste gesammelt hatten und die in der Zwischenzeit immer mit Wasser beträufelt worden waren – Süßwasser natürlich, schließlich brauchten die Matrosen nicht so viel zu trinken, da die Winde günstig standen. Ein weiteres Detail, dem sie nicht zu widersprechen gewagt hatte.

Zwei ebenso leicht bekleidete männliche Utulus fächelten Goldo Paligan mit goldenen Straußenfächern eifrig Luft zu, während er über die Planke an Land ging, langsam und gemessen und zugleich so selbstverständlich, dass Helice meinte, in ganz Al'Anfa könne unmöglich jemand so herrschaftlich auftreten wie er.

Gerade setzten acht Träger die persönliche Sänfte auf dem Quai ab, alle Utulus, deren Hautfarbe, Größe und Gesichtszüge sie einander so gleich machte, als handle es sich nicht um Menschen, sondern mechanisches Spielzeug aus derselben Werkstatt. Kaum hatte sich der Paligan in die Sänfte begeben, liefen die Sklavinnen voraus. Die Sänfte folgte, dazu eine Gruppe Dukatensöldner und Diener, die kleine Münzen unter das Volk streuten, das sich rasch einfand und so laut jubelte, als liebten sie Goldo Paligan, Grande von Al'Anfa aus der Linie der Vizekönige von Meridiana, aus ganzer Seele.

Helice Astillero beobachtete das Spektakel, bis die Sänfte ihres Gönners im Häusermeer entschwunden war, dann wandte sie sich ihrem Bruder zu, der seine Fassung wiedergewonnen hatte. »Auf zum Tempel. Und dann gehen wir trinken.«

»Wünscht Ihr, dass ich Euch beim Auskleiden helfe, Herr?«

»Nicht jetzt!« Unwirsch verscheuchte Goldo die junge Sklavin. »Wir wünschen die nächste Stunde nicht gestört zu werden. Danach richte sie Uns ein Bad!« Ergeben huschte das Mädchen davon.

Goldo lächelte zufrieden. Schwungvoll wandte er sich um und setzte mit wehendem Mantel den Weg durch die Korridore seiner Villa fort, wobei die Absätze der Schnallenschuhe auf dem marmornen Boden hallend von seiner Heimkehr kündeten. Ein vollendeter Tag! Und wie es aussah, würde ein ebenso vollendeter Abend folgen. Zunächst ein entspannendes Bad in duftenden Essenzen, danach eine anregende Massage durch die kundigen Hände seines Lieblingsmasseurs und zum krönenden Abschluss – immerhin war Rahjamond – einige vergnügliche Stunden mit seinen beiden Neuerwerbungen, zwei blutjunge Zwillingsmädchen, deren Vater ihm versichert hatte, sie hätten unter Faunen und Dryaden in den verzauberten Wäldern von Phenos gelebt und dort die ausgefallensten Rahjaskünste gelernt. Nicht, dass er solchen Geschichten Glauben schenkte, aber er war in Spendierlaune gewesen und hatte dem Greis sogar noch einige Dublonen mehr hingeworfen, was diesen dermaßen entzückt hatte, dass ihn seine Leibwachen nur mit Mühe davon hatten abhalten können, ihm die Stiefel zu küssen.

Beschwingt eilte er durch den Korridor, während rechts und links von ihm seine Bediensteten auf die Bäuche fielen, eine nach dem anderen, wie die schaumgekrönten Wogen einer Bugwelle. Eine geschmackvolle Vorstellung – er sollte seinem Haushofmeister mal wieder eine Hand voll Oreal zustecken. Ein Stück Treibgut tanzte auf ihn zu und verdarb die Komposition.

Es war das Wiesel, sein bester Spitzel. Eine Kriegsbeute seiner Nichte Lariella aus dem Kemi-Feldzug, ein ehemaliger Schreiberling. Das Wiesel hinkte seit dem Tag, an dem es Lariella aufgefordert hatte, sie möge es doch gefälligst bei seinem richtigen Namen nennen. Zwar hatte Goldo die Strafe missbilligt, schließlich zeichneten sich Wiesel vor allem durch ihre Flinkheit aus, doch erstaunlicherweise hatte ihm dieses Exemplar bewiesen, dass es sogar mit mehrfach gebrochenem Bein eine Metapher zu wahren verstand.

In gewisser Weise war es seinem Seelentier sogar noch ähnlicher geworden, da es seit dem tragischen Zwischenfall zusätzlich geduckt ging. Auch jetzt huschte es gewandt auf ihn zu und passte sich mühelos seinem weiträumigen Gang an.

»Es möge berichten.«

Die Oberlippe des Wiesels zuckte, sodass das dünne Bärtchen ins Zittern geriet. »Das Triumvirat wird zum nächsten Mond aufgelöst, Herr.«

Hatte es der Honak-Welpe also endlich geschafft, in die Fußstapfen seines Vaters und Großvaters zu treten? Amir Honak als Alleinherrscher, der Gedanke hatte etwas Putziges. »Wie reagieren die betroffenen Mitregenten?«

»Großadmiralissima Phranya Yalma Zornbrecht kündigte Säuberungsaktionen in der Flotte an, sowie eine große Expedition ins Südmeer. Ihren Vetter Nareb Emano besänftigte man damit, dass man ihm den Posten des *Custos Coloniae* in Aussicht stellt.«

Interessant. Die Schätze der Waldinseln in der Hand der Zornbrecht-Sippe, kein schlechter Tausch gegen einen längst bedeutungslos gewordenen Regierungsposten. Und dass Narebs bärbeißige Base Phranya ihr Schreibtisch-Amt verabscheut hatte, war ohnehin nie ein Geheimnis gewesen.

»Generalpräfekt Oderin du Metuant andererseits hat genug damit zu tun, seine Scharte aus der verunglückten Chorhop-Unternehmung auszuwetzen«, fuhr das Wiesel beflissen fort. »Überdies wird er sich geehrt fühlen, dass Ihr ihm bei der Umwidmung seines Stadt-Palazzos in die Königlich-Meridianischen-Paligan-Thermen einen Gedenkstein stiften wollt.«

Goldo warf dem Wiesel einen strafenden Blick zu. Allzu offensichtliche Schmeicheleien hasste er. Das Zittern des Schnurrbärtchens steigerte sich in ein Beben.

»Räumt der Honak nach seiner Beförderung endlich seinen Sitz im Rat?«

»Ja, Herr, und zu seiner Nachfolgerin hat er seine Tochter Amira erkoren.«

»Weitere Neuigkeiten bezüglich der Ratswahlen?«

»O ja, Herr!« Die Knopfäuglein des Wiesels huschten aufgeregt hin und her, während sich rechts und links von ihnen noch immer die Bugwelle ausbreitete. »Ehrwürden Malane Karinor zieht sich aus der hohen Politik zurück und will sich einzig dem Leben als Priesterin hingeben. Ihre Nachfolgerin wird ...«

»... Shantalla Karinor.«

»Ah, Herr, wie scharfsinnig Ihr seid!«

Goldo hob warnend sein Gehstöckchen gegen das noch heile Knie des Wiesels.

»Ähem, die Grandessa Shantalla Karinor, ganz recht. Sie macht kaum einen Hehl aus ihrem Entzücken.«

Fürwahr, die Karinor-Metze pflegte aus sehr wenig ein Geheimnis zu machen. Vermutlich würde ihr erster Antrag im Hohen Rat das Abhalten einer Inaugurations-Orgie sein.

Sie bogen um die letzte Ecke, und am Ende des Ganges erkannte er dort bereits das mit Krone und königlich-paligan'schem Wappen verzierte Portal, das den Eingang in seine Privatgemächer darstellte. »Noch etwas?«

Das Wiesel holte noch einmal Luft. »Der Schatzmeister, Herr ...«

»Onjegin Wulwes'h'joden? Was ist mit ihm?«

»Er wird vermisst, Herr, nun, um genauer zu sein, man weiß nichts Genaues über seinen Verbleib, es gibt allerdings Gerüchte ...«

Goldo blieb stehen und fuhr herum. Das Wiesel zuckte zusammen.

»Gerüchte?!«

»Ich werde weitere Einzelheiten herausfinden, Herr, auf der Stelle, Herr, und Euch sofort Bericht erstatten, sobald ich es in Erfahrung gebracht habe. Danke, Herr, Ihr seid zu großzügig, Herr.«

»Sind Wir das? Nun, dann wollen Wir das ändern. Es möge sich zu Unserer Aufseherin begeben und ihr mitteilen, dass Wir nicht zur Gänze zufrieden mit ihm sind.« Das Entsetzen im Gesicht des Wiesels erheiterte ihn. »Es möge hinzufügen, dass lediglich eine milde Bestrafung erfolgen soll.« Goldo hob die Hand und verscheuchte das Wiesel, das unter weiteren Verbeugungen und gemurmelten Dankesbekundungen davonhastete.

Keine umwälzenden Neuigkeiten, aber interessant waren sie allemal. Und dass so kurz vor den Wahlen ein langjähriges Mitglied des Hohen Rates verschwand, versprach durchaus Spannung – sofern es sich nicht doch nur um Gerüchte handelte.

Die Bugwelle kam zu einem Ende. Hinter den bäuchlings liegenden Sklaven ragten marmorne Säulen empor, auf denen stumm die Ahnenbüsten des Hauses Paligan ruhten und ihn mit hochmütigen Blicken bedachten. Huldvoll winkte er ihnen zu, bevor er frohgemut seine Gemächer betrat. Endlich Ruhe.

»Willkommen!«, begrüßte ihn eine Stimme aus der Dunkelheit.

Goldo erstarrte. Unter Hunderten hätte er sie erkannt. Wohlmöglich geriet der Abend doch nicht so vollkommen wie erwartet.

Also dann. Gekonnt verlieh er seinen Gesichtszügen jene Maske distanzierter Jovialität, die der Situation angemessen war und wartete.

Irschan Perval trat hinter einer aranischen Wand hervor und verbeugte sich. »Vergebt mir dieses unmanierliche Versteckspiel, Euer Hoheit. Ich hatte doch tatsächlich erwartet, Ihr würdet Euer Gemach von der anderen Seite aus betreten.« In geheuchelter Zerknirschung deutete er zu der anderen Tür. »Mein Fehler.«

Goldo nickte herablassend. Es gelüstete ihn, den Eindringling in zornbrecht'scher Manier unverzüglich zum Fenster hinauszubefördern. Doch zuvor würde sich anhören, was er zu sagen hatte. »Nehmt doch Platz, Euer Excellenz.« Er deutete auf einen Diwan. »Wir sehen, Ihr habt mit dem Wein auf Uns gewartet?«

Der Magus ließ sich nieder. »Gestattet mir, dass ich Euch einschenke, Euer Hoheit, um wenigstens einen Hauch der Unannehmlichkeiten wiedergutzumachen, die ich durch mein Erscheinen bereitete.«

Goldo nickte gnädig.

Irschan Perval griff zu der Karaffe, die neben dem Diwan auf einem Beistelltischchen stand, und goss den blutroten Wein in zwei Pokale. Genießerisch nahm Goldo einen Schluck, nachdem er höflich gewartet hatte, bis sein Gast ebenfalls getrunken hatte.

Zur Sorge bestand kein Grund. Es gab einen feinen Unterschied zwischen offener Fehde und gepflegter Gegnerschaft, und der Großexecutor war nicht durch plumpen Giftmord an die Macht gelangt. So ungewöhnlich die Situation auch sein mochte, bedrohlich war sie nicht.

Eine Weile herrschte Schweigen, dann eröffnete Goldo das Gespräch. »Wir nehmen an, Ihr seid nicht allein aus dem Grunde hergekommen, um Uns die Unannehmlichkeit zu ersparen, Uns am Ende in Unseren Privatgemächern einsam zu fühlen?«

Irschan Perval stellte den Pokal zurück. Seine Magierrobe glänzte im Schein der durch die halb geschlossenen Blendläden hereinfallenden Abendsonne, und der Stab mit dem kristallenen Knauf lehnte scheinbar achtlos neben ihm.

Ungewöhnlich. Man sah den Großexecutor selten in der Gewandung seiner Zunft. Vermutlich hatte er sich wirklich hier hineingezaubert. Er würde gleich morgen ein ernstes Wörtchen mit seiner Leibmagierin wechseln.

»Nein, Hoheit, so sehr ich es bedauere, mein Besuch erfolgte nicht um der Geselligkeit willen, wenn auch aus ehrbaren Motiven.«

Goldo hob die rechte Augenbraue. »Tatsächlich?«

»In der Tat«, bestätigte der Magier und lehnte sich behaglich auf dem Diwan zurück. »Denn seht, ich kam, um Euch mit einem sprudelnden Quell an Neuigkeiten zu erquicken.«

Die linke Augenbraue gesellte sich zur rechten. »So?«

»Ich gehe davon aus, der alltägliche Klatsch erreichte bereits Euer Ohr, sodass ich sogleich in *medias res* gehen kann?«

Goldo nahm einen Schluck Wein und trommelte mit den Fingern auf die Lehne. Eine weitere hohle Phrase, Honak-Buhle, und es gibt den ersten königlich-paligan'schen Fenstersturz.

»Der Schatzmeister ist tot.«

Leider war keine Augenbraue mehr ungewölbt.

Gerüchte also, wie? Dieses verdammte Wiesel würde ihm seine schlampigen Ermittlungen teuer bezahlen.

»Vor knapp drei Tagen folgte er Golgaris Ruf«, fuhr der Großexecutor fort und schlug teilnahmsvoll ein Boronsrad. »Man sagt, die horrenden Ausgaben für die Bekopfung unseres Kolosses hätten der guten Seele schließlich den Garaus gemacht. Ich hingegen vermute, dass wohlbeleibte Bornländer und alanfanisches Klima letztendlich keine langlebige *synthesis* zu bilden vermögen, doch sei es, wie es sei: Willkommen im Wahlkampf, Euer Hoheit!«

Es stimmte also. Onjegin Wulwes'h'joden, seit über sechzehn Götterläufen Schatzmeister im Hohen Rat der Zwölf, war überraschend nur wenige Wochen vor den Wahlen verstorben. Das versprach zweifelsohne einen aufregenden Rahjamond und eröffnete neue, ungeahnte Perspektiven. Vielleicht ergab sich sogar die Gelegenheit, sein fehlgeschlagenes Experiment Brotos *ad acta* zu legen. Sein Bruder hatte sich zwar im Rat der Zwölf als zuverlässiger Feind des Patriarchen etablieren können, doch unglücklicherweise hatte er sich gleichzeitig mehr und mehr seinem eigenen Einfluss entzogen. Ein freier Platz verhieß die Möglichkeit, eine gefügigere Figur ins Spiel zu bringen. Blieb die Frage, welche Rolle sein ungebetener Gast zu spielen gedachte.

Auffordernd blickte er den Großexecutor an, selbst einer der Hohen Räte der Stadt und in seiner Position als weltlicher Stellvertreter des Patriarchen mit umfangreichen – viel zu umfangreichen – Privilegien ausgestattet. »Das alles erklärt allerdings noch immer nicht zufrieden stellend den Grund Eures Besuches, es sei denn, Ihr wünscht eine Anstellung als Bote Unseres Hauses?«

»Das wird nicht nötig sein, Euer Hoheit, allerdings, Bewerbung ist ein gutes Stichwort. Denn seht, obschon die Nachricht jenes tragischen Todes den engsten Kreis der Hinterbliebenen kaum verlassen hat ...«

Vielleicht traf das Wiesel doch keine Schuld. Es hatte sich in der Vergangenheit stets als zuverlässig erwiesen. Und der Patriarch hätte gute Gründe, den Tod des Schatzmeisters so lange wie möglich zu vertuschen.

»... wird bereits ein möglicher Nachfolger gehandelt.«

Goldo horchte auf. Karinor, Bonareth oder jemand aus deren Dunstkreis. Das würde die Geheimhaltung erklären, schließlich war Amir Honak selbst ein halber Karinor. Der Machtzuwachs dieser beiden verbündeten Grandenhäuser nahm langsam unangenehme Ausmaße an. Und auch der ihm gegenübersitzende Emporkömmling gehörte dazu, seit er seine Schwester Viviane kurz nach dem Khômkrieg zunächst an Ramin Karinor, dann nach dessen überraschendem Tod an Amir Honak selbst verschachert hatte. Diese eindeutigen Loyalitäten machten jedoch seinen Besuch noch fragwürdiger.

Der Magier setzte sich auf. »Und eben dies ist auch der Grund für mein diskretes Eindringen. Der Favorit für die Nachfolge ist Aurelian Bonareth.«

Aurelian Bonareth? Goldos Finger umspielten nachdenklich den silbernen Rand des Weinpokals. Er hätte es sich denken können. Dessen Loyalität galt nur vordergründig seinem Vetter Rahjadan, in Wahrheit genoss er vor allem die Gunst des Patriarchen.

»Wie schön für Euch«, stellte er fest. »Aber seid Ihr nicht am falschen Ort, um für die Stärkung Eures Lagers Beifall entgegenzunehmen?«

»Keineswegs, Euer Hoheit.« Der Großexecutor richtete den Blick auf ihn. Seine tiefschwarzen Augen glühten in dem blassen Antlitz. »Jedoch bitte ich nicht um Handgeklapper, als vielmehr um Euer Gehör. Ich habe Euch ein Angebot zu unterbreiten.«

Goldo hob die Hand. »Einen Augenblick. Bevor Wir Euch diese Gunst gewähren, klärt Uns über Eure Motive auf. Bislang erscheinen sie Uns, gelinde ausgedrückt, windig, man könnte sie gar als verräterisch bezeichnen.«

»Mit Freuden!« Der Magus strich sich das schwarze Haar beiseite und kreuzte die beringten Finger. »Ich kann es Euch nicht verdenken, dass meine Beweggründe für Euch schwer nachzuvollziehen sind, schließlich stand für Euch und Eure Familie stets die eigene Macht im Vordergrund. Ich hingegen pflege seit jeher in größeren Zusammenhängen zu denken.« Er machte eine Kunstpause. »Was mich dabei am meisten umtreibt, ist die Sorge um das Imperium. Es ist ein höchst fragiles Gleichgewicht, welches unseren großartigen Staat zusammenhält und entscheidend hierbei ist das *Gleichgewicht der Kräfte* und nicht, welcher Seite sich die Waage der Macht zuneigt. Gewiss, vordergründig käme mir die Wahl eines weiteren Verbündeten zupass, doch auf lange Sicht würde sie dem Imperium schaden.«

»Wie rührend.« Natürlich war kein Wort davon wahr, außer man ersetzte den Begriff Imperium durch den Namen Perval. Das jedoch wäre eine durchaus glaubwürdige Motivation, glaubwürdig genug, um dem Magier Gehör zu schenken. Goldo strich sich durch den Bart.

»Angenommen, Wir glaubten Euren Beteuerungen, was macht Euch so sicher, dass Wir im nächsten Schritt nicht die Hand abschlagen, die Uns mit Leckerbissen zu locken trachtet?«

»Dass Ihr ein kluger Mann seid«, gab der Großexecutor ohne Umschweife zu. »Ihr versteht es, ebenso wie ich, in langfristigen Bahnen zu denken. Was brächte Euch die kurzfristige Genugtuung meines Sturzes, wenn dadurch auch der Eure in greifbare Nähe rückt? Nein, Don Goldo, in dieser delikaten Angelegenheit verlasse ich mich ganz und gar auf Eure Verschwiegenheit.«

Goldo musste lächeln. In dieser Stadt war nichts in Stein gemeißelt, schon gar nicht die Stellung einer aus der Gosse gekrochenen Schabe, die es sich zwischen den Kissen des patriarchalen Bettes bequem gemacht hatte. Das wusste auch die Schabe selbst, weswegen sie beizeiten nach anderen Wohnstätten Ausschau hielt. Es konnte nicht schaden, sie bei ihrer Suche eine Weile zu beobachten.

Er setzte sich auf. »Nur zu, nur zu, Excellenz. Wir sind ganz Ohr.«

2. Kapitel

3. Rahja 341 nach Golgaris Erscheinen, Boronstag

Erschrocken stob die Ratte zur Seite und verschwand mit einem empörten Quieken zwischen zwei halb verrotteten Fässern. Lucio hielt inne und lauschte. Fast meinte er einen Schatten gesehen zu haben, eine Gestalt, die sich im letzten Moment in einen Hauswinkel drückte. Irgendwo knarrte eine Tür, und jemand entleerte mit lautem Plätschern einen Eimer in die Gosse. Lucio schüttelte den Kopf. Nein, er musste sich geirrt haben. Um ihn herum gab es nur Dunkelheit, eine schmutzige, stinkende Dunkelheit, die sich zwischen die ärmlichen Hütten der Altstadt gelegt hatte. Während anderswo die ganze Nacht emsige Geschäftigkeit Straßen und Plätze beherrschte, lag dieser Teil der Stadt im ewigen Zwielicht zwischen alter Größe und erbärmlichem Elend. Die Schattenseite der Perle, schlammige Rinnsale zwischen halb zerfallenen Häusern, deren einstige Pracht man nicht einmal mehr erahnen konnte. Der Schatten, in dem die Armen der Stadt lebten – die Ratten, die das bunte Treiben aus dem Dunkel heraus beobachteten und zuschlugen, um sich ihren Anteil am Reichtum zu sichern, wenn die Herren unachtsam waren.

Es würde ein Ende haben. Sehr bald schon.

Vorsichtig setzte er seinen Weg fort. Das Wimmern von Kindern drang an sein Ohr, gefolgt von lautem Gezeter und Gebrüll, einem klatschenden Hieb, dem Rumpeln eines Karrens, dem Grölen zweier Seeleute, die ihre Heuer in einer der schäbigen Tavernen am Hafen versoffen hatten. Al'Anfa schlief nie.

Noch einmal hielt er inne und blickte sich sorgsam um. Wenige Schritt vor ihm hockte ein altes Weib in einer Pfütze, den Kopf mit den wirren Haaren auf die Brust gesunken, eine leere Holzschale fest umklammert. Ein schwerer, süßlicher Geruch überlagerte den beißenden Gestank nach Urin und Schweiß. Lucio schüttelte unwillig den Kopf, während er neben ihr in die Hocke ging und sie grob am Arm packte. So Leid ihm Quesina auch tat, sie konnte sich nicht jedes Mal bis zur Besinnungslosigkeit benebeln und sie alle in Gefahr bringen.

»Was ...?« Erschrocken fuhr die Alte hoch. Erst im letzten Moment konnte er verhindern, dass sie einen entsetzten Schrei ausstieß.

»Bist du noch bei Sinnen?«, zischte er und nahm die Hand wieder von ihrem Mund. »Bei allen verdammten ... ich bezahle dir nicht deine Kräuter, damit du schnarchend in der Gosse liegst, während wir auf deine Wachsamkeit angewiesen sind.«

Die Alte starrte ihn verständnislos an, bis sich ihr glasiger Blick zu klären begann. Mit offenem Mund schaute sie sich um, als sehe sie die schlammige Gasse heute zum ersten Mal.

»Lucio ... Hab doch nur ...«

»Geschlafen hast du«, fauchte Lucio und gab ihren Arm frei. »Berauscht hast du dich, und dafür sollte ich dich eigentlich ihnen überlassen. Was meinst du, was würden sie mit dir tun, wenn ich ihnen erzählte, wie gut du über uns wachst?«

»Du willst ...« Quesina zog den Kopf noch tiefer zwischen die Schultern. »Bitte nicht, bitte«, sie fasste mit ihrer ausgemergelten Hand nach seinem Arm, »du kannst doch deiner armen, alten Quesina ...«

»Natürlich kann ich, und ich werde es auch tun, wenn du noch einmal eine Pflicht vergisst.« Lucio senkte die Stimme. »Hier geht es um mehr als um ein paar lausige Kräuter, die dir ein paar schöne Stunden bereiten. Und ich werde dich persönlich häuten und den Haien vorwerfen, wenn man uns entdeckt, weil du geschlafen hast.«

»Hab doch nicht ...«, setzte Quesina an, aber sein scharfer Blick ließ sie schweigen.

»Tu bitte, was ich dir sage. Ich kann nicht ewig die Hand über dich halten.«

Er drückte noch aufmunternd ihre Schulter und erhob sich. Ein sanfter Windhauch zog durch die Gasse und ließ einige zum Trocknen aufgespannte Tücher leicht hin und her schaukeln. Das leise Knattern mischte sich unter die anderen nächtlichen Geräusche und machte es unmöglich, nahende Schritte zu hören. Bei dem Gedanken richteten sich seine Nackenhärchen auf. Die Häscher der Granden mochten vielleicht ganz in der Nähe sein. Heute war Boronstag, und jeder wusste, dass sie sich an jedem Boronstag trafen. Nun, zumindest früher hatten sie es alle gewusst; damals vor vierzig Jahren, als der Name der *Rebellen vom Visarberg* noch Angst und Schrecken unter den Herren der Stadt verbreitet hatte. Sie würden diese Furcht wieder kosten, wie einen alten Wein, dessen Würze über die Jahre nur gewinnen konnte.

Er warf Quesina noch einen letzten, drohenden Blick zu, dann trat er an ihr vorbei und klopfte gegen eine grob zusammengezimmerte Holztür, dreimal lang, zweimal kurz und viermal lang. Sogleich schlug eine Luke zur Seite, und das aufgedunsene Gesicht des dicken Jaquino erschien in der Öffnung.

»Mada schaut auf uns herab«, flüsterte er schnaufend.

»Und die Nacht ist klar«, antwortete Lucio ebenso leise. Er hatte seinen Leuten eingebläut, jeden, auch ihn, nur mit der richtigen Losung einzulassen. Die Nacht barg viele neugierige Lauscher und noch mehr Feinde, die nur auf ihre Gelegenheit warteten.

Jaquino grunzte zufrieden und schob erst seinen Bauch und dann den Riegel zur Seite.

Sie waren vollzählig, stellte Lucio zufrieden fest, alle, die Rastaneff-Brüder vom Hafen, Thaquino, der Pförtner aus der Universität, Ayanez, eine Büttelin der Stadtwache, Pedro und Nela, die beiden Seilemachergesellen, Dom Raquirio, der von sich selbst behauptete, Nachfahre eines in

Ungnade gefallenen Adelshauses aus dem Horasreich zu sein, Hank, Dario und Xaranis, die als Bettler getarnt Augen und Ohren offen hielten, Valeria, die einarmige Gladiatorin, die seit bald zehn Jahren keine Arena mehr von innen gesehen hatte, Cella, die Deserteurin, auf deren Kopf in Port Corrad noch immer ein hohes Preisgeld ausgesetzt war, Bataga, der freigelassene Utulu-Eunuch, der alte Mirio, der noch aus der Zeit übrig geblieben war, als die Rebellen die Stadt in Angst und Schrecken versetzten, Jaquino, der dicke Türsteher, in dessen Haus sie sich heute Abend trafen, und Jesidora, die ihm beim Eintreten einen verärgerten Blick zuwarf.

»Boron zum Gruß, Märtyrer vom Heiligen Berge Visars«, nickte Lucio in die Runde und legte Zeige- und Mittelfinger auf die Stirn. Die anderen grüßten zurück und warteten geduldig, bis er seinen Platz am Kopf des wackeligen Tisches eingenommen hatte. Jaquino hatte nur zwei Öllämpchen aufgestellt, damit nicht zu viel Licht durch die verhängten Fensteröffnung hinaus auf die Straße fiel. Die Gesichter der anderen lagen im Schatten. Alle starrten ihn an, als warteten sie auf etwas. Oder auf jemanden.

Lucio zog prüfend die Augenbrauen zusammen. »Ihr verschweigt mir etwas.«

»Verschweigen wäre wohl kaum das richtige Wort.« Jesidora zog die Worte gekünstelt in die Länge, während sie sich erhob. Ihre dunklen Augen funkelten, als sie neben Lucio trat und sich zu ihm herabbeugte. »Du weißt doch, es gibt keine Geheimnisse vor den Märtyrern. Deshalb wollten wir auch mit dir sprechen.«

»So, ihr wollt mit mir sprechen.« Lucio erhob sich langsam, damit er auf gleicher Höhe mit Jesidora blieb. Er mochte sie nicht und hätte sie lieber gestern als heute vor die Tür gesetzt, doch sie besaß zu viel Rückhalt unter den Mitstreitern. Seit fast zehn Jahren kämpfte sie bereits für die Märtyrer, und sie hatte es nur schwer verwinden können, dass er nach Kalinkas Tod zum neuen Anführer bestimmt worden war. Er – und nicht sie, die ehemalige Fremdenlegionärin, die den Herren der Stadt Rache geschworen hatte für die Schmerzen, die sie in der Khôm hatte erleiden müssen, weil ihre Truppe auf Geheiß eines selbstsüchtigen Grandensprosses in einem unnötigen Gefecht aufgerieben worden war.

»Worüber möchtest du ... möchtet *ihr* mit mir reden?«

»Darüber.« Jesidora deutete auf einen ansehnlichen Haufen Pläne und beschriebene Zettel, der in der Mitte des Tisches lag; schmutziges Papier, das sie aus der Universität entwendet oder von den Bekanntmachungsanschlägen geraubt hatten, damit Dom Raquirio, der Einzige unter ihnen, der die Kunst des Schreibens beherrschte, ihre Pläne und Ideen festhalten konnte, ehe sie den Weg des Vergessens gegangen waren.

»Was ist damit?« Lucio straffte sich. »Wollt ihr, dass wir sie vernichten? Erscheinen sie euch zu gefährlich?«

»Du verstehst nicht.« Jesidoras narbiges Gesicht verzog sich zu einem süßlichen Lächeln. »Oder willst es nicht verstehen. Wie ich's gesagt habe.«

»Wovon redest du?«

»Von unseren Planungen, mein Lieber. Von diesem Haufen Papier und Pergament, von diesem Geschreibsel.« Sie schnaubte verächtlich. Leichte Unruhe kam auf, als die anderen grunzend zustimmten.

»Und was ist damit? Was willst du mir sagen?« Lucio spannte sich. Jesidora hatte die letzte Woche gut genutzt, um die Brüder und Schwestern gegen ihn einzunehmen.

»Ich ... nein, *wir* fragen uns schon eine ganze Weile, wo das alles hinführen soll.« Jesidoras Stimme klang mit einem Mal freundlich, zu freundlich für Lucios Geschmack. »Wir planen und planen, Boronstag für Boronstag. Hier schau.« Sie zog eine alte Pergamentrolle aus dem Stapel, deren Vorderseite die Einrichtung des Triumvirats bekannt gab. »Pläne, nichts als Pläne. Den Patriarchen erpressen, seine Tochter rauben, den Paligan umbringen, Zornbrecht kastrieren ... und was machen wir? Wir planen weiter, immer weiter, und nichts geschieht.«

»Ich halte das Kastrieren nach wie vor für keine gute Idee, auch wenn ich deine Beweggründe gut verstehen kann, Bataga ...«, warf Lucio mit einem Blick auf den Eunuchen ein, doch Jesidora fiel ihm sofort ins Wort.

»Wir wollen nicht jeden einzelnen Plan noch einmal durchgehen, Lucio«, fauchte sie. »Das haben wir schon viel zu lange gemacht. Wir wollen etwas tun, etwas unternehmen, nicht nur planen. Du bist unser Anführer, also entscheide endlich etwas. Oder tritt zurück und mach den Platz frei für jemanden, der mehr Schneid besitzt als du.«

Lucio konnte die Anspannung im Raum nahezu hören, als er langsam von einem zur anderen schaute. Einige wandten sich betroffen ab, andere starrten trotzig zurück oder lächelten verlegen. Lucio nickte grimmig. Die Söldnerin hatte sie also so weit gewonnen, dass sie ihr nicht widersprachen. Aber sie hatte sie nicht überzeugen können.

»Ich kann mich noch gut daran erinnern, wie ihr mich zu eurem Anführer gewählt habt«, sagte Lucio ruhig, ohne Jesidoras Blicke zu beachten. »Es ist noch nicht einmal drei Jahre her, als ich euch aufforderte, den Granden einen Schlag zu versetzen, den sie nicht so schnell vergessen würden. Ich hatte einen Plan, und ich wollte ihn ausführen. Und, verdammt noch mal, ich hatte damals viel Wut im Bauch auf diese verdammten Schinder. Und ihr? Ihr habt hier gesessen, genau hier, und habt mir etwas erzählt von Überlegungen, die gemacht werden müssen, von Voreiligkeit, von jugendlichem Übermut. Und davon, dass ich keine eigenmächtigen Entscheidungen treffen sollte, ohne euch gefragt zu haben. Keine Befehle, keine Anordnungen. *Sonst sind wir nicht anders als sie.* Hast du mir das damals nicht vorgehalten, Mirio?« Lucio spürte, wie ohnmächtiger Zorn in ihm hochschäumte, aber es war ihm egal. Er hatte schon viel zu oft Rücksicht genommen. »Also habe ich mit euch geredet. Wir haben geredet und geplant, haben Pläne entwickelt, verworfen, neue entwickelt ... Glaubt ihr wirklich, ich bin damit zufrieden? Wir müssen die Granden das Fürchten lehren, so wie einst. Wir müssen den Fanas zeigen, dass wir uns nicht alles gefallen lassen, nicht von diesem verkommenen Pack dort oben auf dem Silberberg. Wenn ihr handeln wollt, bin ich der Erste, der dabei ist.«

Aufgebracht blickte er in die schweigende Runde.

»Nun mal langsam, junger Freund«, ließ sich die schnarrende Stimme des alten Mirio vernehmen. Ächzend richtete er sich auf seinem Hocker auf. »Ist ja nicht so, dass das alles wäre. Sag's ihm schon, Jesi.«

»Uns gefällt vieles nicht, was du tust und entscheidest«, wandte die Söldnerin ein. »Die alte Quesina draußen zum Beispiel. Sie ist unzuverlässig, das wissen wir schon lange. Trotzdem bestehst du darauf, dass sie dazugehört.«

Lucio knurrte. Natürlich hatte Jesidora Recht, aber er konnte die Alte nicht einfach fallen lassen. Sie war die Einzige, die seine Mutter gepflegt hatte, damals, als das Fieber durch die Brabaker Baracken zog und sein Vater, dieser horasische Halunke, sich aus dem Staub gemacht hatte. Er war noch zu jung gewesen, um alles zu verstehen, und die alte Quesina hatte sich um ihn gekümmert, nachdem seine Mutter zu Boron gegangen war. Doch dies waren keine Gründe, die die Märtyrer billigen konnten.

»Verlangt ihr, dass ich sie in die Gosse schicke?«, fragte er ungehalten. »Ist es das, was ihr wollt?«

»Nein, bitte, Lucio ... ach verdammt.« Ayanez' hübscher Mund verkrampfte sich zu einem schiefen Lächeln. »Wir ... nun, wir stellen uns nur die Frage, ob du ... wirklich der Richtige bist. Schließlich bist du noch jung, und Jesidora ist schon so lange bei den Märtyrern, sie weiß, wie man kämpft und ...«

»Ich ... verstehe.« Lucio blickte wie betäubt von einem zum anderen. Jesidora hatte wirklich ganze Arbeit geleistet. Und das hier, in ihrem Kreis, in dem sie sich geschworen hatten, keine Intrigen zu spinnen, sich gegenseitig zu unterstützen gegen den gemeinsamen Feind. *Wir wollen nicht so sein wie sie.* Lucio schauderte. Sie gaben alles auf, wofür sie kämpften, wenn sie sich auf die Machenschaften der Silberberger einließen. Sie waren nicht besser. Hatte er sich so in ihnen getäuscht? Nach allem, was er aufgegeben hatte, um für seine Träume – und seine Rache – zu kämpfen.

»Ihr wollt also, dass ich abtrete und Jesidora meine Stellung einnimmt?« durchbrach er schließlich das drückende Schweigen, das sich über die Runde gelegt hatte. Seine Stimme zitterte vor Wut und Enttäuschung. »Dann sagt es mir offen. Ich möchte hier und jetzt sehen, wer sich für mich oder gegen mich entscheidet. Ich trage niemandem etwas nach. Jesidora mag euch viel versprochen haben, doch ihr wisst, dass ich ebenso viel sofort und gerne getan hätte, wenn ihr mich nur gelassen hättet.« Er schüttelte den Kopf.

»Ich denke, wir sollten nicht so voreilig sein«, durchbrach Dom Raquirios ölige Stimme das Getuschel. »Wir haben immer gesagt, wir sollten etwas tun und haben es dann doch gelassen. Das ist nicht seine Schuld.«

»Er hat aber auch nicht viel getan, damit wir was tun«, ließ sich Mirio vernehmen. »Ist halt noch ein bisschen grün hinter den Ohren, wird vielleicht noch, aber jetzt, da brauchen wir die Jesi.« Einige nickten.

»Dom Raquirio hat aber vielleicht Recht«, wandte der Eunuch Bataga ein. Er war Haussklave gewesen, und seine makellos gepflegten Zähne schimmerten weiß in dem dunklen Gesicht.

»Wir waren uns doch vorhin alle einig«, brach es aus Jesidora heraus. Aufgebracht schüttelte sie den Kopf. »Lucio weiß doch selbst nicht, was er will. Erzählt uns ständig von großen Taten, und was ist? Nichts! Seit drei Jahren sitzen wir hier und träumen!« Wütend stieß sie den Stapel mit den Dokumenten zur Seite, sodass sie mit einem Schwung auf den morschen Holzdielen landeten.

»Nun ja, vorher haben wir auch nicht viel anderes gemacht«, wandte Dom Raquirio ein und bückte sich seufzend, um ihre kostbaren Strategien wieder einzusammeln.

»Wir hatte schon mal ganz andere Zeiten«, keifte Mirio. Speichel lief aus seinem zahnlosen Mund und sammelte sich in einem dünnen Faden an seinem Kinn. »Da waren wir noch wer!«

»Wir können wieder wer werden.« Lucio atmete tief durch. »Wenn ihr bereit seid, mir noch einmal zu vertrauen, zeige ich euch, dass ihr mich nicht umsonst zu eurem Anführer gewählt habt.«

»Schau an. Und wie stellst du dir das vor?« Jesidora hatte eine Hand in die Hüfte gestemmt und betrachtete ihn höhnisch.

»Ich habe eine Idee«, antwortete Lucio schnell, ohne auf den beißenden Spott in ihrer Stimme einzugehen. »In drei Wochen, wenn wir uns in dem alten Lagerhaus treffen, werde ich euch einen Plan vorstellen, der mir seit Tagen durch den Kopf geht. Er ... ist noch nicht ausgereift, aber er wird den Granden zeigen, dass es die Märtyrer von Heiligen Berge Visars noch gibt und dass sie stark genug sind, den Silberberg erneut in Angst und Schrecken zu versetzen. Ihr werdet sehen, man wird noch Jahre über uns sprechen. Und sollte er euch nicht gefallen oder ich scheitern, könnt ihr immer noch Jesidora zu eurer neuen Anführerin machen.«

»Angst und Schrecken ... das hört sich für mich nach einem guten Vorschlag an«, ließ sich Dom Raquirio unter dem Tisch vernehmen. »Meine Unterstützung hast du.«

»Und meine auch.« Bataga nickte.

»Ein verwegener Plan als Probe?« Mirio kicherte. »Das gefällt mir. Haben wir früher auch gemacht, für jeden, der mitkämpfen wollte. Jungs und Mädels, das ist eine gute Sache.«

Auffordernd wandte sich Lucio wieder Jesidora zu. »Und was ist mit dir? Bist du auch einverstanden?«

Die Söldnerin zuckte mit den Schultern. Nur die Augen verrieten ihre Enttäuschung. »Wenn die anderen dir noch eine letzte Möglichkeit geben wollen, muss ich das hinnehmen, auch wenn ich es nach wie vor für einen Fehler halte«, antwortete sie eine Spur zu gleichgültig. »Aber ich denke, dass ich dem Ganzen gelassen entgegenschauen kann«, fügte sie mit einem bösen Grinsen hinzu. »Drei Wochen sind keine lange Zeit, wenn man bedenkt, wie wenig du in den letzten drei Jahren auf die Beine gestellt hast. Gut, ich bin einverstanden. Allerdings unter einer Bedingung.«

»Die wäre?«

»Die alte Quesina«, schnurrte Jesidora. »Sorge dafür, dass sie uns nie wieder behelligt. Sie ist zu gefährlich.«

Lucio sog hörbar Luft ein. »Du weißt genau, dass sie ohne unsere Hilfe verloren ist!«

Jesidora winkte ab. »Sie wird schon durchkommen, auch ohne uns.« Bataga und Mirio nickten zustimmend.

»Die Alte frisst doch nicht so viel, das geht doch schon«, geiferte der Greis. Lucio atmete tief durch und zwang sich zu einem gequälten Lächeln. Im Augenblick konnte er Quesina nicht vor ihnen verteidigen.

»Einverstanden«, antwortete er langsam. »Dann sehen wir uns in drei Wochen. Möge der Gestrenge mit euch sein und seid wachsam.«

3. Kapitel

6. Rahja 341 nach Golgaris Erscheinen, Wassertag

Amir Honak lehnte sich gegen den Fels und atmete entspannt aus. Neben ihm rauschte ein künstlicher Wasserfall in einen kristallklaren Teich, auf dem Lotos in allen Größen und Farben blühte. Zwei Wasserschildkröten schoben neugierig die Köpfe durch das Blattwerk und bedachten ihn mit starrem Blick. Es duftete nach Kokosmilch, Papayas und Freiheit. Genießerisch schloss er die Augen.

»Ich hätte mir denken können, dass ich dich hier finde. Sie nennen es den *Verwegenen Winkel.*«

Amir lächelte, ohne die Augen zu öffnen. »*Piratenversteck*«, korrigierte er. »Jetzt hast du gewiss die Schildkröten erschreckt.«

Ein Schauer überlief ihn, als er jäh die Lippen seines Geliebten auf seiner Schulter fühlte. Sanft gruben sich Zähne in seinen Nacken, und die Spitze einer Zunge tastete sich über die Haut. Nur wenige Herzschläge, dann gab er ihn wieder frei.

»Er hat einen guten Geschmack, das muss man ihm lassen«, bemerkte Irschan und strich ihm zärtlich eine Strähne des langen Haars aus dem Gesicht.

»Goldo Paligan?« Amir lachte leise und wandte sich um. Sein Geliebter trug nur ein leichtes Seidentuch um die Hüften geschlungen, die schwarzen Locken fielen ihm offen über die Schultern und umrahmten das makellose Gesicht, das er mithilfe von Magie gegen die Stürme versiegelte, die Satinavs Fahrt begleiteten. »Er lässt es sich nichts kosten, seinem Namen ein Denkmal zu setzen mit dieser Therme. Und mit ihrer Eröffnung. Ein Fest, von dem man noch lange reden wird.« Schmunzelnd betrachtete er die Wände des *Piratenverstecks*, die mit Motiven charyptischer Freibeuterei verziert waren. »Ich werde mich später noch genauer in all den Hallen und Grotten umsehen. Einstweilen wollte ich etwas Ruhe.«

Irschan ließ sich neben ihm nieder. »Erinnerst du dich, mein Schöner? Es ist Rahjamond, keine gute Zeit für Staatsgeschäfte.«

Amir schnaubte. »Und nach wie vor keine gute Zeit für schlechte Scherze. Oder sollte dir entgangen sein, dass wir ein gewisses Problem haben?«

»Nicht doch«, murmelte Irschan versöhnlich. »Was hat Rahjadan Bonareth gesagt?«

»Es sei ihm als Familienoberhaupt eine Sache der Ehre, die Kandidatur seines geliebten Vetters zu unterstützen. Ich habe darauf verzichtet, ihm den Namen zu nennen. Und Shantalla?«

Irschan lachte. »Sie war ganz außer sich vor Entzücken. Aurelian Bonareth scheint eher ihren Geschmack zu treffen als Onjegin Wulwes'h'joden.«

»Sprecht ihr über mich?« Shantallas Stimme perlte durch den Raum. Die Grandessa, Oberhaupt des Hauses Karinor und sicherlich eine der schönsten Frauen Al'Anfas, schwebte auf sie zu. »Ich wusste doch, dass ich euch hier finden werde. Der *Verwegene Winkel*, wie passend für Euch, mein lieber, lieber Vetter.«

»*Piratenversteck*«, korrigierte Irschan.

»Wenn ich die beiden Turteltäubchen ganz kurz stören dürfte? Ich wünsche begrüßt zu werden.« Anmutig ließ sie sich auf Amirs Schoß nieder. Die rechte Hand umschlang seine Schultern, mit der linken zog sie sein Gesicht heran und gab ihm einen leidenschaftlichen Kuss.

»Habt ihr schon die *Oase* besucht?«, wandte sie sich mit einem anzüglichen Lächeln an Irschan. »Du wirst nicht widerstehen können.«

»Die tulamidischen Jünglinge? Eine wahre Augenweide.«

»Und sicher noch mehr als das.« Sie machte eine vielsagende Geste. »Gerade so, wie du sie liebst. Jung, gut gebaut ... an den richtigen Stellen.«

Amir atmete tief durch. »Wenn du gekommen bist, um geistlose Anzüglichkeiten zu dreschen, da vorn ist der Ausgang, dann immer links halten, bis du die *Meridianische Halle* erreichst. Dort kannst du dich ganz famos in die Schar von Höflingen einfügen, die Goldo den Großartigen umschwänzeln. Ansonsten haben wir Wichtigeres zu besprechen.«

»Wir sind unmöglich, nicht wahr?«, fragte Shantalla mit einem unschuldigen Augenaufschlag, und Irschan zauberte ein reuiges Lächeln in sein Gesicht.

»Empörend«, pflichtete er ihr bei.

»Einfach skandalös«, hauchte Shantalla dicht an Amirs Ohr, während ihre Hand über seine Brust glitt. Ihr Körper war unbedeckt, bis auf ein Geflecht aus fein gesponnenen Goldfäden, das sich über ihren Brüsten und der Scham ausreichend verbreiterte, um den Anschein von Züchtigkeit zu wahren.

Nein.

Entschlossen schob er seine Base von sich. Mit einem Quieken versank sie im Lotosbecken. »Du auch?«

Irschan lachte. Seine schwarzen Augen glitzerten im Schein der Fackeln.

»Seht nur, ich habe einen Schatz gefunden!« Prustend tauchte Shantalla zwischen den hektisch wippenden Lotosblüten auf und hielt triumphierend ein Goldstück in die Höhe. »Amalthéa Paligan, genannt *La Cruella*«, entzifferte sie mit zusammengekniffenen Augen. »Charypso, 86 bis 102 nach Golgaris Erscheinen. Recht ansehnlich, die Gute.«

»Syllanische Herrschaft«, bemerkte Irschan. »Kein Wunder, dass sie schamhaft verschwiegen wird. Kann man Euch aus dem Wasser helfen, Verehrteste?«

»Ihr seid zu gut, mein Teuerster«, kicherte sie. »Aber da wir gerade von Seiner Hoheit sprachen, habt ihr schon Goldos neueste Spielfigur gesehen? Irschan, ich wette, du würdest ihn an dein Bett fesseln und nie wieder gehen lassen wollen.« Sie zog vorsichtig die Lotosblätter aus ihrer schwarzen Haarpracht. »Wie hieß er noch gleich ... Anastasio ... Adamanto ... nein, Amato!«

»Oh, wie ich sprechende Namen liebe«, raunte Irschan.

»So wie Aurelian?« Amirs Stimme war kühl. »Ein sehr gesprächiger Name. Hauptbedeutung: Bonareth, Nebenbedeutung: kein Priester. Ergo: äußerst schwer für uns, ihn im Rat durchzusetzen. Was zum einen«, er warf Shantalla einen scharfen Blick zu, »daran liegt, dass meine priesterliche Schwester Malane durch meine alles andere als priesterliche Base Shantalla ersetzt wird, und zum anderen daran, dass es uns nicht einmal gelungen ist, Bruder Onjegins Tod länger als gerade drei Tage geheim zu halten. Inzwischen krächzen es die Raben von den Dächern. Sogar eine mittelreich'sche Klatschschreiberin bat um Audienz! Wer kam bloß auf den Gedanken, den Tempel ausgerechnet Stadt des *Schweigens* zu nennen?«

»Wenn ich mich recht erinnere, Sancta Velvenya Karinor«, erwiderte Irschan salbungsvoll.

»Bleiben also sechs«, fuhr Amir eisig fort, ohne auf ihn einzugehen. »Wir brauchen Zugeständnisse an Zornbrecht, Ulfhart und Florios, von der Priesterschaft ganz zu schweigen. Dolgur Kugres, Brotos Paligan und Mata Al'Sulem werden Gift und Galle speien, wenn ein weiterer Geweihtensitz im Rat wegfällt, was ich ihnen ehrlich gesagt nicht einmal verdenken kann. Und oh, fast hätte ich es vergessen, Goldo Paligan schickte natürlich prompt ein Audienzgesuch.«

»Und?«

»Ich habe ihn auf den Praiosmond vertröstet. Zum Glück hat er Manieren und wird es nicht wagen, sich mir gegen meinen Wunsch zu nähern. Aber noch sind es drei Wochen bis zur Wahl, und Aurelian ist *unser* Kandidat.«

Gereizt musterte er seine flatterhafte Base und seinen anzüglichen Geliebten. »Wenn es den Herrn und die Dame nicht allzu sehr überfordert, für einige Augenblicke nicht über die Fesselung von Knaben an Bettstätten oder die körperlichen Vorzüge längst vermoderter Freibeuterinnen nachzudenken, sondern sich der Planung unseres Vorgehens zu widmen, wäre ich wirklich beeindruckt. Rahjadan ist vermutlich nicht ansprechbar?«

»Zuletzt sah ich ihn in der Eingangshalle dösen«, säuselte Shantalla. »Vielleicht hat er es inzwischen in den Auskleideraum geschafft?«

»Danke, liebe Base, ein einfaches ›Nein‹ hätte durchaus genügt. Also. Habt ihr Vorschläge?«

***

Skeptisch beobachtete Amato, wie die Sklavin, die ihn entkleidet hatte, nun das Handtuch um seine Hüfte legte und daran herumzupfte, ein Lächeln auf den Lippen, das ihm anbot, noch eine Weile in den Umkleideräumen zu bleiben.

Amato trat durch den Perlenvorhang in den ersten Raum der Thermen, in dem sich bereits eine Anzahl Granden und Grandessas tummelte, andere lagen auf Marmorbänken und ließen sich von kundigen Sklaven einölen und massieren, das Haar in kunstvolle Locken drehen, die Schminke auffrischen. Überall glänzte Haut, dufteten Öle, Rose und Vanille und eine atemberaubende Anzahl Orchideendüfte, die miteinander in Süße und Kostbarkeit wetteiferten. Die meisten Granden trugen kaum etwas am Leibe – stellten sich zur Schau, als seien sie sich ihrer Makel nicht bewusst oder stolz darauf, als seien ihre Körper schon dadurch begehrenswert, dass sie über so viel Gold geboten.

»Mein lieber Amato«, erklang es da von der Seite, und Goldo Paligan, Namensgeber dieses Ortes, sein Oheim und Mentor, trat aus einem Seitengang. Er hatte sich von einer Gruppe Bewunderer gelöst, die Amato mit unverhohlener Eifersucht anblinzelten, um dann rasch ihr falsches Lächeln wieder festzuzurren wie Segel, die sich in einer plötzlichen Böe gelöst hatten. Goldo betrachtete ihn von oben bis unten, fasste ihn dann an der Schulter. »Prächtig, prächtig, mein Lieber. Schön, dass du kommen konntest. Ich möchte dir etwas zeigen.« Damit führte Goldo ihn an seinen Bewunderern vorbei, denen der Neid darüber, dass Goldo ihm gegenüber nicht den Majestätsplural verwendete, in die lächelnden Gesichter geschrieben stand.

Goldos breite Schultern glänzten von Öl, er duftete nach exotischen Hölzern, sein Haar war dunkel wie altes Gold und nach neuester Mode frisiert und etwas gelockt. Die blauen Augen glitzerten vor Vergnügen. Er hatte Gewicht verloren auf der Reise von den Zyklopeninseln, vermutlich, dachte Amato leicht ironisch, weil er sich das als kunstsinniger Mensch schuldig war.

»Ihr habt Euch selbst übertroffen, Don Goldo.«

»Ja, nicht wahr? Und ich kann dir sagen, das wird immer schwieriger.« Ein Blinzeln, ein leises Blähen der Nasenflügel, dann Lachen. »Aber bitte, mein Junge, verschone mich mit diesen Phrasen. Dies hier ist so sehr meine Errungenschaft wie ein Gewinn für die Familie.«

Amato neigte leicht den Kopf und folgte Goldo in den leicht gebogenen Gang, der alle Räume der Therme streifte, und durch seitliche Säulenportale konnte man einen Blick in jeden einzelnen werfen. Ein Wandelgang, ganz in kühlem Marmor gehalten, ein vortrefflicher Ort für Gespräche und eine gute Möglichkeit, sich einen Überblick über die Gäste zu verschaffen. Raffiniert.

»Die Wahlen zum Rat der Zwölf stehen bevor, mein Lieber«, eröffnete Goldo das Gespräch und blieb vor einem Wandgemälde stehen, das einen seiner illustren Vorfahren darstellte. Eine Inschrift in silbernen Lettern stellte sicher, dass niemand die Person verwechselte. »Ich hoffe, du hast deine Studien vervollkommnet.«

»Meine Fechtlehrer sind mit mir zufrieden«, murmelte Amato und sah, wie sich Goldos Schultern spannten.

Dann lachte das Oberhaupt der Paligan. »Die Anhänglichkeit an deinen Vater. Ja, natürlich. Wie steht es mit der Staatskunst?«

Amato schnaubte. »Ihr meint die Universität? Ich habe es aufgegeben, verstaubte Texte über Reiche zu lesen, die nicht mehr existieren und an die sich sonst niemand mehr erinnert. Wenn die Professores so viel über die Staatskunst wüssten, wie sie zu wissen vorgeben, wäre jeder von ihnen Herr seines eigenen Königreiches. Stattdessen feilschen sie um die Gunst der Studenten und die Verteilung der Zuwendungen durch die Granden.«

Goldo warf ihm einen neugierigen Blick zu. »Du solltest erwägen, aus dem Untergang dieser vergessenen Königreiche zu lernen.«

»Alles ist vergänglich.«

Goldos Lippen zuckten unwillig. »Fast alles, mein Lieber.« Er winkte Amato weiter, zum nächsten Ahnenportrait. »Nun. In den letzten sechzehn Jahren saßen sieben Geweihte und fünf Granden im Hohen Rat. Durch die Auflösung des Triumvirats gerät nun die Balance der Macht in Bewegung. Zum ersten Mal seit langer Zeit gibt es wieder Macht, die man verteilen kann.«

Amato betrachtete gehorsam das sorgsam ausgeführte Portrait des nächsten Paligan. Die Bilder waren chronologisch angeordnet, sie bewegten sich aus der Vergangenheit in die Gegenwart. Einige Bilder weiter war bereits die Kaiserwitwe Alara Paligan zu sehen.

»Durch einen überraschenden Tod eines der Geweihten ist ein Platz frei geworden, den ein Grande besetzen wird.« Goldo hob die Hand, als Amato fragten wollte, wie er sich so sicher sein konnte. »Ich weiß es, das sollte dir genügen.« Goldo ging weiter, begutachtete das Bild seiner Schwester. Er hatte auf ein eigenes Portrait verzichtet, stellte Amato überrascht fest. Aber wenn die Thermen sein Denkmal darstellten, dann wäre es ein Zeichen von Bescheidenheit, sich nur mit einem Bild zu begnügen. »Die Modalitäten zum Rat sind die üblichen – jeder kann so viele Stimmen kaufen, wie er es vermag. Was dazu führt, dass nur Granden die Plätze besetzen, was verhindert, dass irgendein

Hungerleider mit seltsamen Ideen zu Macht kommt.« Goldo ging weiter, doch die nächste Nische war leer. Er blinzelte für einen Moment, und Amato fragte sich, ob hier der verschollene Sohn Darion seinen Platz gehabt hätte. Oder noch erhalten würde.

»Und Ihr kauft bereits Stimmen.«

Goldo nickte, ohne den Blick von der leeren Wand zu nehmen, als betrachte er ein Kunstwerk, das nur er sehen konnte.

Und als erwäge er, welcher Maler das Bild, das er vor Augen hatte, auf die Wand bannen würde. »Der Patriarch, als Vorsitzender des Rates und Höchster Geweihter des Göttlichen Raben bestimmt die Priester, und auch im Rat selbst hat er letzte Entscheidungsgewalt. Amir Honak ist weniger entschlossen als seine Vorfahren, seine Macht ist jedoch beträchtlich genug, dass ich mit ihm über die Besetzung des letzten Platzes werde verhandeln müssen.« Goldos Augen wurden schmal, aber noch immer starrte er die leere Wand an. »Er geht mir aus dem Weg, aber das war zu erwarten, nach dem fetten Bissen, den er Zornbrecht reichen musste. Man sollte sich darüber wundern, dass Zornbrecht nicht auch Honaks Hand verschlungen hat.«

Amato nickte. »Ich danke Euch für den Unterricht in Staatskunde.«

Goldo lachte tonlos auf. »Mit den Triumvirn aus dem Gefüge gewinnt der Rat an Bedeutung und Macht; Amir Honak hat seine Stellung gefestigt, die Kirche ist stark wie nie zuvor. Ich kann sehen, wohin sich das alles bewegt, vor allem mit seiner designierten Nachfolgerin. Aber sei das, wie es ist, das wird alles erst in einigen Jahren geschehen.« Er wandte den Blick zu Amato. »Wir müssen die Zeit bis dahin gut nutzen. Und du wirst dir den Platz dort«, er nickte in Richtung der leeren Wand, »verdienen.« Eine schwere Hand legte sich auf Amatos Schulter. »Ich weiß, dass der Honak-Welpe nicht darauf aus ist, mich zu treffen, weil er weiß, was ich plane, aber ich habe Mittel und Wege, ihn dazu zu bringen. Auch der Patriarch wird seine Rolle spielen.« Goldo lachte wieder. »Er kann gar nicht anders.«

***

»Ja, das wird sie vermutlich zufrieden stellen.« Amir seufzte und betrachtete Shantalla und Irschan nachdenklich. Geistesabwesend spielten seine Finger mit der Dublone, die seine Base aus dem Becken gefischt hatte. »Bleibt die Priesterschaft, aber darum werde ich mich kümmern. Solange es mir gelingt, Goldo Paligan die nächsten drei Wochen aus dem Weg zu gehen, steht Aurelians Wahl nichts im Wege. Wenn ich nur herausfinden könnte, wer Bruder Onjegins Tod ...«

»Vater! Ich muss mit Euch reden! Allein!«

Überrascht fuhr er herum. Seine Tochter Amira stand im Eingang des *Piratenverstecks*. Ihr langes blondes Haar fiel ihr wild und ungebändigt über die Schultern, ihre Augen blitzten in unverhohlenem Zorn. Im Gegensatz zu ihm trug sie das volle Ornat einer *Hüterin der Nacht*.

»Nun, dann werde ich mich mal daran machen, die weiteren Hallen zu erkunden«, flötete Shantalla. Wie üblich ließ den Blick einen Moment zu lang auf den spitzen Ohren verweilen, bevor sie sich vor der halbelfischen Priesterin verneigte und an ihr vorüber in die dampfenden Nebel der Schwitzgrotte eintauchte.

Irschan erhob sich ausnehmend langsam. Amir fühlte, wie es in ihm brodelte. »Ehrwürdigste.«

Seine ergebene Verbeugung war pure Ironie, und der Patriarch schloss für einen Moment die Augen. Seine Tochter war in einer Stimmung, in der schon ernst gemeinte Artigkeiten ihren Zorn heraufzubeschwören vermochten, und ihr Widerwillen gegen seinen Geliebten war ihm nur allzu bekannt. Doch Amira kümmerte sich nicht um Irschans Gebaren, sondern trat mit ernster Miene auf ihn zu.

»Goldo Paligan hält einen Necker gefangen, hier in seiner Therme.« Ihre Stimme bebte vor Abscheu. »Ich habe ihn aufgefordert, uns unverzüglich eine Erklärung zukommen zu lassen.«

»Du hast Goldo Paligan zu einer Audienz zitiert?«

»Ja«, gab Amira grimmig zurück. »Und ich hoffe für ihn, dass er uns nicht über Gebühr warten lässt.«

Ausgerechnet jetzt. Morgen früh schon hatte er mit ihr sprechen wollen, das gemeinsame Vorgehen planen, die Unwägbarkeiten eingrenzen. Wenige Stunden nur ...

Er fühlte ihren prüfenden Blick. »Vater, ich weiß, dass du ihn meiden wolltest«, erklärte sie mit fester Stimme. »Aber es gibt Dinge, die wichtiger sind als Politik.«

Kühl und schwer lag das Rabenamulett auf seiner Brust und hob und senkte sich im Rhythmus seines Atems. Natürlich hatte sie Recht.

»Tritt an meine Seite, Tochter. Wir werden Seiner Hoheit den Empfang bereiten, den er verdient.«

4. Kapitel

8. Rahja 341 nach Golgaris Erscheinen, Erdstag

Stimmen und die gebellten Rufe des Aufsehers rissen ihn aus dem Dämmern, in das sich sein geschundener Geist geflohen hatte. Mit einem unwilligen Stöhnen drehte er sich zu Seite. Das helle Licht der Mittagssonne brannte durch das halb geöffnete Fenster und auf die Seidenschleier, die das Bett umflossen. Aurelian blieb eine Weile mit geschlossenen Lidern liegen, um die Augen an die Helligkeit zu gewöhnen, während er versuchte, seine wirren Gedanken zu ordnen und das niederhöllische Stechen zu ignorieren, das seinen Kopf zu zerbersten drohte. Ein Würgen brannte in seinem Hals und fuhr mit glühenden Fingern durch seine Eingeweide.

Die Orgie ... Aurelian atmete tief durch, während die Bilder des gestrigen Abends noch einmal aufflackerten, verzerrt und grell, abstoßend am Morgen danach, da der Rausch verflogen war.

Die Orgie ... Die Zwillinge hatten es an nichts fehlen lassen, ihren Empfang gebührend zu feiern ... diese *Kinder*, die von der Plantage in die große Stadt kamen und von allen hofiert wurden; die große Hoffnung des Hauses Bonareth – zwei verzogene Bälger, die kaum mehr Geschick an den Tag legten als jeder dummdreiste Fana, der um Gunst und Wohlwollen buhlte. Kein Silberberger, der nicht geladen war, tulamidische Schleiertänzer, Ringkämpfer und sogar zwei Barbaren aus dem Norden, die man mit Orchideen bewaffnet gegeneinander hetzte, bis beide von den scharfen Klingen verwundet in ihrem Blut lagen. Er hatte dem Ganzen eine Weile amüsiert beigewohnt, bis er sich schließlich mit einigen Gästen in seine Privatgemächer zurückgezogen hatte, um da ungestört von Emilias greller Stimme und Dorianos weinseligem Gelächter weiterzufeiern.

Ein Krampf durchlief seinen Körper und er öffnete seufzend die Augen. Auf den Kissen gleich neben ihm lagen umeinander geschlungen ein hübscher Grandenspross und diese Frau, deren Name ihm jetzt nicht mehr einfallen wollte. Ihr Bein ruhte über der schmalen Hüfte des Jünglings, während sich ihre kunstvoll aufgebaute Lockenpracht in wirre Flechten gelöst hatte. Schweres Duftwasser mischte sich mit dem sanften Rosenduft der seidenen Laken. Sie schliefen friedlich, aber auf den Gesichtern zeugten die verschmierten Reste von Kohlestift und Wangenrot von der vergangenen Nacht.

Aurelian stemmte sich mühsam in den Kissen hoch und schob die Schleier zur Seite. Schwindel ergriff ihn jäh, und er musste sich einen Moment lang am Bettpfosten festhalten. Das Kraut war gut gewesen, so gut, wie es sein Apothecarius vorhergesagt hatte. Eine schier überderische Nacht hatte es ihm bereitet, um die ihn selbst Rahja beneidet hätte. Aber dieser Frevel hatte seine Folgen.

Er rang nach Luft, als der Schmerz seinen Blick verschleierte und Übelkeit erneut nach ihm griff. Mühsam tastete er nach dem Seidenmantel und schob die zerzausten Haare über die Schultern. Die Rufe, die immer noch von draußen durch das Fenster drangen, hallten wie Paukenschläge in seinem Kopf wider. Mit zitternden Händen warf er den Rock über und genoss die kühle Seide auf seinem Körper, ehe er zur Tür wankte, die zum Salon führte.

Umgestürzte Sessel empfingen ihn, Platten voller angebissener Köstlichkeiten, zertretene Trauben, ausgekippte Pokale und weinbesudelte Diwane. Irgendjemand hatte die Wasserpfeife umgestoßen, sodass sie auf dem Marmorfußboden zersprungen war, und in einem Käfig am Fenster lärmte der schwarzrote Papagei.

Einen kurzen Moment blieb er in der Tür stehen und schloss die Augen.

»Kito!«

»Ja, Herr?«

Die Sklavin erschien in der Tür zum Empfangsraum, zwei Kissen unter dem Arm, auf die sich einer der Gäste im Laufe des gestrigen Abends entleert hatte. Der Gestank von Erbrochenem schlug ihm entgegen und krampfte seinen Magen zusammen, aber er zwang die beständig aufsteigende Übelkeit nieder.

»Warum ist noch nicht aufgeräumt?«, fragte er knapp und schaffte es tatsächlich, Zittern in seiner Stimme zu vermeiden.

»Verzeiht, Herr«, lächelte Kito. »Wir ... ich konnte noch nicht eher beginnen. Die letzten Gäste wurden erst vor wenigen Stunden von ihren Sklaven nach Hause getragen und ...«

»Dann hol jemanden, der diesen ... Dreck wegmacht. Und bring mir Tee und etwas zu essen.«

»Ja, Herr.«

»Und lass auch etwas für meine Gäste vorbereiten«, fügte er noch rasch hinzu, bevor der Schwindel ihn erneut packte und er gerade noch am Türrahmen Halt fand. In seinem Kopf hämmerte und bohrte es, Nebel schoben sich vor seinen Blick. »Im Empfangsraum, wenn man hier noch nicht fertig ist. Ich will sie heute nicht mehr sehen.«

»Sofort, Herr.« Kito nickte und eilte mit den Kissen davon.

Mit zittrigen Knien trat Aurelian hinaus auf den Balkon und ließ sich in dem Sessel fallen, den man ihm morgens hier bereitstellte. Seine Hände krampften sich um die Lehnen. Die frische Luft tat gut, trotz der Schwüle, die zu dieser Tageszeit bereits wieder über der Stadt lag.

Nur die Stille, die ihn gewöhnlich empfing und ihm einen Augenblick Ruhe mit sich und seinen Gedanken schenkte, war heute durchbrochen von dem Lärm emsiger Geschäftigkeit. Rufe und die Geräusche angestrengter Arbeit drangen zu ihm hinauf, ungeduldige Rufe, dazwischen das Plätschern von Wasser und nassen Füßen auf glattem Marmor. Stirnrunzelnd wandte er den Blick hinab in den Park, auf den Lotusteich, auf dem das Zeichen seiner Familie vieltausendfach erblühte. Oder besser erblüht war. Aurelian schüttelte den Kopf, um sicherzugehen, dass ihm seine angeschlagenen Sinne keinen Streich spielten. Nein, das war kein Trugbild, das ihm das Rauschkraut eingab. Gut hundert Sklaven standen bis zur Brust im trüben Wasser, feuchte Tücher um Mund und Nase gewunden, und waren damit beschäftigt, sorgsam Lotos um Lotos vom Grund des Teiches zu reißen. Wie tote, erschlaffte Körper lagen die Pflanzen auf einem Haufen, rote, weiße und schwarze Blüten zwischen weit ausladenden, fleischigen Blättern und schlammüberzogenen Wurzeln. Zwei Aufseher trieben die Sklaven zur Eile, denen man deutlich ansah, wie ungeübt sie bei dieser Arbeit vorgingen. Die weißen Kleider und Hemden waren schwarz von dem aufgewühlten Untergrund, und selbst aus der Entfernung konnte Aurelian die grell geschminkten Gesichter der Lustsklaven erkennen, die gestern Nacht noch für das Vergnügen der Gäste gesorgt hatten.

Kito war neben ihn getreten und stellte ein Tablett mit allerlei Schalen, Tellern und Pokalen auf einem kleinen Tisch ab. Aurelian streifte kurz ihren Blick und wandte sich dann wieder missmutig dem Treiben am Teich zu, während sie Obst, warmes Brot und eine scharfe, dampfende Brühe neben ihm aufbaute. Die Schwere in seinem Kopf machte ihn benommen, zu benommen, als dass er sich erinnern konnte, warum man dort unten soeben diesen Hort alter Erinnerungen vernichtete.

»Hier, trinkt, Herr.« Die Sklavin reichte ihm einen silbernen Becher mit einer unangenehm riechenden, dunklen Flüssigkeit. Aurelian warf ihr einen dankbaren Blick zu und leerte den Trank, ließ ihn kurz auf der Zunge ruhen, ehe er ihn herunterschluckte. Sein Rachen brannte, aber er wusste, dass es gleich ein Ende finden würde, wie auch Schwindel und Übelkeit.

»Was geht dort unten vor?«, fragte er, während die Sklavin den Becher beiseite stellte und duftenden Tee aufgoss.

»Donna Emilia hat befohlen, dass der Teich gerodet wird«, erklärte sie. »Man hat ihr ein zahmes Krokodil geschenkt und es soll im Teich untergebracht werden. Die Haussklaven haben Angst, Herr.«

»Das kann ich mir denken«, murmelte Aurelian und setzte die Schale mit der scharfen Brühe an. Ein zahmes Krokodil! Als ob man diese tumben Echsen zähmen könnte. Kein angenehmer Gedanke, ein unberechenbares Raubtier wenige Schritt von der Festterrasse entfernt zu wissen. Aber darüber hatte sich Emilia vermutlich nicht ihr hübsches Köpfchen zerbrochen. Als Erben ihres Vaters und zukünftige Herren über diesen Palazzo und das bonarethsche Familienvermögen gab es wenig, worüber sie und ihr Bruder sich überhaupt den Kopf zerbrachen. Sie waren genauso einfältig und lethargisch wie ihr Vater Rahjadan, Familienoberhaupt und *Praefectus Militaris* im Hohen Rat der Zwölf. Kein Wunder, dass kaum noch jemand die Bonareth als ernsthafte Konkurrenten um Macht und Einfluss ernst nahm. Warum auch, wenn Rahjadan die meiste Zeit des Jahres auf seiner Plantage verbrachte und sich lieber seinen Marotten widmete als der Politik. Nicht, dass das nicht auch Vorteile hätte. Wenn er erst einmal den Ratssitz innehatte, würde sein ›Vetter‹ ihm nicht im Weg stehen, während er dafür sorgte, dass das politische Schattendasein, das seine Familie fristete, bald der Vergangenheit angehörte.

»Sie haben befohlen, dass alle Sklaven helfen sollen, damit der Teich fertig ist, ehe Donna Emilia aufsteht«, riss ihn Kitos Stimme aus den Gedanken. Ein unglückliches Lächeln zuckte über ihr hübsches Gesicht. »Wenn Ihr mich entbehren könnt, würde ich wieder gehen.«

»Alle Sklaven?« Aurelian hob den Blick über den Rand der Schale. »Ich wüsste nicht, dass sie über meine Sklaven zu gebieten haben.«

»Der Herr Doriano sagte, wir alle seien Besitz des Herrn Rahjadan und damit auch sein Besitz. Die anderen sind bereits unten, ich ... sagte, ich ...«

»Du bleibst hier«, befahl er knapp. »Und sag Razir, er soll Ashan und Nahim aus dem Wasser holen.«

»Aber der Herr Doriano ...«, begann Kito, doch Aurelians Blick ließ sie augenblicklich verstummen. Ihre Lider zuckten.

»Kümmert es dich, was Doriano sagt?« Aurelian schüttelte den Kopf, stellte die Schale beiseite und streckte die Hand aus, um sie heranzuziehen. Bereitwillig folgte sie und ging neben dem Sessel in die Knie, den Mund zu einem zerknirschten Lächeln verzogen. Sie war rundlicher geworden, stellte er überrascht fest, ihre Hüften unter dem schlichten Kleid weicher und ihre Brust voller, aber es stand ihr gut. Die Haare trug sie zu einem schwarzen Zopf geflochten, sodass ihr dunkles Gesicht mit den großen, mandelförmigen Augen betont wurde. Fast bedauerte er, dass er sie gestern Nacht nicht dazugeholt hatte. Er hatte sie lange nicht mehr dazugeholt, aber wenn er darüber nachdachte, wollte er das eigentlich auch gar nicht mehr. Der Gedanke, sie mit dem Jüngling oder der blonden Frau in seinem Bett zu teilen, gefiel ihm überhaupt nicht.

»Ich möchte nicht, dass du auch nur einen Befehl ausführst, den dir Doriano oder Emilia erteilen, ist das klar?«

Kito nickte zögerlich. Er konnte sehen, wie sie sich auf die Unterlippe biss und verlegen den Kopf senkte.

»Oder haben sie bereits ...«

»Nein, das nicht Herr.« Kito beeilte sich beruhigend zu lächeln, aber ihre Augen flackerten. »Sie haben ... Donna Emilia hat mir gesagt, sie wünsche, dass ich ihnen bei der nächsten Feier zur Verfügung stehe. Ich dachte ... Ihr habt ihnen vielleicht ...«

»Ich habe ihnen nichts versprochen«, knurrte Aurelian und zwang den jäh aufflammenden Zorn nieder, der ihn so oft befiel, seit die Zwillinge häufiger in der Stadt weilten. Ein weiterer Grund, weshalb es dringend Zeit wurde, dass sich etwas änderte.

Kito nickte stumm.

»Lass Razir das klären«, sagte er versöhnlicher und gab ihr einen Kuss auf die Stirn. »Er soll den beiden ausrichten, ich wünsche weder, dass meine Leibsklaven zu ihren Vergnügungen gebraucht werden, noch dass man nun meine Bediensteten zu diesen Arbeiten heranzieht. Was sagt eigentlich Donna Imana zu dieser ... Umgestaltung ihres geliebten Teiches? Hat man es ihr mitgeteilt?«

»Nein, Herr. Aber ich kann es gerne tun, wenn Ihr es wünscht.«

»Ich denke, es wird sie brennend interessieren.« Aurelian lächelte böse. »Wahrlich brennend.« Und er würde sich den Rest des Tages in die Paligan-Therme zurückziehen, während Imana ihren Zorn über den Zwillingen entlud. Den Teich würde es nicht retten, aber die Unverfrorenheit, mit der diese Kinder meinten, die Herren spielen zu können, war nicht hinzunehmen. Nun, nach der Wahl würden die Karten anders verteilt sein.

Er gab Kitos Hand frei, und sie huschte zurück ins Innere des Palazzos. Nachdenklich lehnte er sich zurück und griff nach einem Stück warmen Brot. Der Trank hatte seinen Magen ein wenig beruhigt und die Übelkeit ließ allmählich nach. Es waren Morgende wie dieser, die ihm schmerzlich vor Augen führten, wie unbarmherzig Satinavs Schiff durch die Wogen der Zeit dahinglitt, während er Jahr für Jahr damit verbrachte, seine Pläne voranzutreiben und Verbündete zu gewinnen. Viel zu viele Jahre. Lange hatte er um den Ratsitz gekämpft, an Rahjadan vorbei, hatte sich seine eigenen Gönner und Verbündeten gesucht und fast alles im Khômkrieg verloren, als ihn eine Intrige den Löwen vorwarf. Aber er hatte überlebt, hatte gelernt zu kämpfen und sich zu verstellen, nur sich selbst zu trauen, nicht dem Freund, für den sich Vertrauen darin bemaß, wie viele Dublonen man ihm für sein Wissen zahlte, nicht der Geliebten, hinter deren leidenschaftlichen Küssen nur Verrat und Berechnung standen, nicht dem Verbündeten, dessen Bündnis dort endete, wo sein eigener Vorteil schwand. Nach dem Krieg waren die Spielfiguren neu gesetzt worden, und er hatte sich als Ratgeber und Vertrauter des jungen Patriarchen unentbehrlich gemacht, leise und vorsichtig, um keine Missgunst hervorzurufen, nie zudringlich, aber immer loyal. Dass Amir zuerst an ihn dachte, als es um die Vergabe des freien Ratssitzes ging, war nun die Frucht jahrelanger Bemühungen, die sich endlich auszahlen sollten.

»Herr?« Kito war wieder in der Tür zum Salon erschienen, ein versiegeltes Schriftstück in der Hand. »Ein Bote aus der Stadt des Schweigens hat dies soeben gebracht.«

Aurelian winkte sie mit einer knappen Geste heran. Das Papier war mit einem Raben gesiegelt, der ein Schwert in den Klauen hielt. Das Wappen Amir Honaks, nicht das des Tempels. *Endlich!* Er brach es und überflog rasch die knappen Zeilen. Dann faltete er es wieder zusammen und legte es achtlos zwischen die Schalen und Teller. Ein zufriedenes Lächeln umspielte seine Mundwinkel.

»Kito, richte mir ein Bad.«

»Und Eure Gäste?«

»Wirf sie hinaus.« Aurelian erhob sich, vorsichtig, damit der Schwindel ihn nicht erneut ergriff, und strich den Seidenmantel glatt, während er einen letzten Blick auf das Treiben im Garten warf.

»Und richte meine Garderobe. Der Patriarch wünscht mich zu sprechen.«

***

»Du weißt, dass ich dich töten musste«, flüsterte Amato und meinte in den marmornen Augen seines Vaters denselben Stolz zu sehen, der Irato Ugolinez-Paligan immer umgeben hatte, in Liebe und Tod, Niederlage oder Sieg. Die Bildhauer hatten ganze Arbeit geleistet – ohne Zweifel inspiriert von Iratos Aufsehen erregenden Auftritten in der Stadt. So lange war das alles noch nicht her, die Leute erinnerten sich an ihn. Mitleid und Erleichterung hatten sich die Waage gehalten, nachdem Al'Anfa von seinem Tod erfahren hatte. Seine Klienten hatten Amato mit Geschenken überhäuft, schließlich galt es, sich den neuen Herrn gewogen zu machen.

Amato lächelte bitter und strich der Statue über die marmorne Wange. »Hätte ich geahnt, was es bedeutet, ein Grande zu sein ...«

So?, schien Irato zu fragen. Eine seiner Augenbrauen war hochgezogen, das Kinn herausfordernd gehoben, eine Hand in Fechterhaltung in die schmale Hüfte gelegt. Irato würde noch Boron selbst mit der Klinge in der Hand gegenübertreten. Von allen Entwürfen hatte ihm dieser am besten gefallen. Und Goldo Paligan hatte zugestimmt und ihm zu seinem Geschmack gratuliert.

»Du wärest trotzdem stolz auf mich, Vater. Ich lerne rasch.« Amato berührte das schwarze Amulett um seinen Hals, ein weiteres Erbstück, das seinen Vater nur deshalb nicht vor dem Gift hatte schützen können, weil er es ihm zum Geschenk gemacht hatte. Die Erinnerung schmerzte dumpf, wie die an die Nachricht vom Tod seines Geliebten, oder der Gladiatorin, die vor seinen Augen hatte sterben müssen.

Sie alle waren Figuren in einem gewaltigen Spiel gewesen, die nach und nach vom Brett genommen wurden, bis nur noch Irato übrig blieb, und Amato, um ihn zur Strecke zu bringen.

Lernst du rasch genug? Du bist so jung. Du wirst meine Fehler begehen.

Amato lehnte die Stirn gegen den kühlen Marmor, aber keine Arme schlossen sich um ihn, kein Herz schlug in der steinernen Brust. Er hatte keine andere Wahl gehabt, nach all dem Tod und dem Elend, die sein Vater gebracht hatte, hatte er nicht davonkommen dürfen. Viele hatten Irato für von Grund auf böse gehalten, und er hatte sich den Ruf wirklich verdient. Ihn zu töten war zugleich Verrat und

Gnade gewesen. Ihn zu halten, während er starb, schließlich nur noch Liebe.

Amato spürte, wie sich der Atem in seiner Kehle fing, und er unterdrückte den Wunsch, zu weinen.

Aus dem Augenwinkel konnte er die Dukatensöldnerin sehen, die geduldig mit beiden Pferden wartete. Sie begleitete ihn immer treu hierher, jedes Mal, wenn er kam, um Ruhe zu finden, um sich zu erinnern, vielleicht auch, um den Schmerz zu spüren, wenn er Iratos Statue sah.

Der Schmerz ließ ihn sich lebendig fühlen, hielt den anderen Schmerz, die Sehnsucht und Einsamkeit im Zaum. Vielleicht quälte er sich nur, um Buße zu tun für den Mord, dessen ihn nie jemand verdächtigt hatte. Nach hastigen Untersuchungen war die Stadtgarde zu dem Schluss gekommen, dass Irato einem Anschlag zum Opfer gefallen sei – und das Amulett seinen Sohn gerettet habe. Niemand traute ihm einen Mord zu. Und Goldo Paligan, das Oberhaupt der Familie, erklärte die Sache für abgeschlossen. Vielleicht hatte er ein Abkommen mit dem Kommandanten der Stadtgarde geschlossen, um die Sache rasch unter den Teppich zu kehren, jedenfalls wurde Amato nicht verhört, nicht einmal befragt. Und so ging das Leben wie gewohnt weiter.

Die Schwüle drückte fast unerträglich, und ein großer, weicher Tropfen zerplatzte auf Amatos Stirn. Ansatzlos fiel der Regen, mit dichten, schweren, rauschenden Tropfen. Amato begrüßte die erfrischende Nässe, obwohl die Schwüle danach noch schlimmer sein würde, und eilte zu den Pferden, nicht ohne vorher die Rosen zu Iratos Füßen niedergelegt zu haben. Es sah so aus, als wolle Irato sich aus der Versteinerung lösen, nur um auf die Blumen zu treten.

Die Dukatensöldnerin schüttelte missbilligend den Kopf, sagte aber nichts. Amato tat es Leid, schließlich trug sie noch die Rüstung. Der Regen durchweichte ihn innerhalb weniger Atemzüge, klebte sein Haar an den Kopf und rann ihm den Rücken hinunter. In der Ferne rauschte der dichte Wald, das Schreien der Vögel und Affen war verstummt und einem dumpfen Dröhnen und Plätschern gewichen.

Binnen kurzer Zeit war der schwere Boden ganz und gar aufgeweicht, und als sie sich im raschen Trab der Stadt näherten, waren sie bald über und über mit Schlamm bespritzt.

Die Gardisten am Tor ließen sich nichts anmerken, aber Amato meinte, Geringschätzung auf ihren Lippen zu sehen. Ein Grandensöhnchen, das sich vom Mittagsregen überraschen ließ.

Amato wandte das Pferd nicht in Richtung des Silberbergs. Noch immer fühlte es sich seltsam an, nicht dort hinaufzureiten, wenn er in die Stadt zurückkam. Goldo verfügte wieder über den Besitz der Paligan, nicht zuletzt war das Teil des Abkommens gewesen. Die Grafenstadt begrüßte ihn ihrer Vielfalt, der er heute aber keinen Blick schenkte.

Amato schlug den Weg zu seinem eigenen Anwesen ein, sah die hellen Flächen der offenen Zelte aus gewachster Leinwand, die dem Regen trotzten, und wie die Arbeiter hastig aufsprangen, als er näher kam. Sie hielten Mittagsrast, die meisten aßen, einige schienen zu schlafen. Jene, die wach waren, verbeugten sich tief, und Amato zweifelte, dass sie sein Nicken überhaupt gesehen hatten – hatten sehen wollen. Solange er niemanden auspeitschte, galt er als milde, so viel hatte er verstanden. Freundlichkeit dagegen gab es für die Arbeiter nicht.

Zwischen den Regenschleiern erhob sich die schwarze Villa, die er in einem Anflug von Wehmut *Villa Desiderya* genannt hatte. Die meisten meinten gewiss, das komme aus dem Bosparano und bedeute ›die Ersehnte‹, die Wahrheit war dagegen viel schwieriger und Amato legte keinen Wert darauf, dass jemand sie erfuhr. Wahrheit vertrug man in Al'Anfa ohnehin nicht, vor allem nicht auf nüchternen Magen, hatte Goldo gewitzelt, und Amato war mittlerweile geneigt, ihm zuzustimmen. Nur waren die meisten Mägen in Al'Anfa ständig nüchtern.

Amato stieg ab und sah, wie ein Pferdebursche auf ihn zugelaufen kam. Noch vor einigen Monaten hätte Amato den Sklaven zurechtgewiesen – schließlich war es wirklich nicht nötig, dass auch er nass wurde, und vor allem ritt er gut genug, um niemanden zu brauchen, der das Pferd ruhig hielt, wenn er abstieg. Die Sklaven hatten auf alle Versuche, solche unnötigen Dienste einzudämmen, mit Unverständnis, ja Entsetzen reagiert, und Amato nahm sie mittlerweile stumm hin. Als wäre er nicht Herr im eigenen Haushalt, sondern erfüllte nur die Stelle, die die Sklaven mit ihrer Geschäftigkeit und ihrem andressierten Verhalten für ihn übrig ließen.

Im Haus selbst roch es nach Steinstaub, nach Holzspänen, und er hörte die Handwerker arbeiten. Die Treppe musste vollständig ausgetauscht werden und in den Holzvertäfelungen der Herrenzimmer hatte sich Ungeziefer eingenistet. Die Tatsache, dass einige der verbauten Hölzer aus dem Norden stammten und die Feuchtigkeit nicht vertrugen, machte das Ganze zu einem kostspieligen Vergnügen.

Das Haus war die ehemalige Villa einer Professora, die vor zwanzig Jahren unerwartet verstorben war. Einige behaupteten, es sei die Hand Borons gewesen, andere sagten, sie sei die morsche Treppe hinuntergestürzt und habe sich den Hals gebrochen. Jedenfalls hatte die alte Dame keine Erben gehabt und niemand hatte sich für das Anwesen interessiert, das so offensichtlich wenig Glück brachte. Eine Borongeweihte hatte Amato allerdings versichert, auf dem Haus läge kein Fluch, und ebenso wenig trieben sich darin irgendwelche Gespenster oder Erscheinungen herum.

Das Wunderlichste aber war die gewaltige Menge an sorgfältig in Vitrinen ausgestellten Schnupftüchern gewesen, die in jedem Raum herumstanden. Mit Überraschung hatte Amato erfahren, dass es sich bei der Professora um die aventurienweit bedeutendste Sammlerin Liebfelder Schnupftücher gehandelt hatte, angeblich befanden sich sogar zwei Exemplare darunter, die der Kaiserin Hela-Horas Erleichterung verschafft hatten – etwas unansehnliche, grau verblichene Seidentücher mit Goldspitzenbesatz, die es dann immerhin auf ein Alter von über tausend Jahren brachten. Auf die Kostbarkeiten zu verzichten und die dreihundert Schnupftücher dem Fundus der Universität zur Verfügung zu stellen, war Amato nicht schwer gefallen. Noch hatte er die Werke in der Bibliothek nicht aussortiert, die sich zum größten Teil mit den verschiedenen Stadien der Schnupftuchherstellung befassten, aber solange sein eigener Bestand an Büchern kaum nennenswert war, füllten sie die Regale zumindest.

Amato nahm ein Handtuch entgegen und trocknete sich Gesicht und Hände ab. »Richte mir ein Bad.« Die Sklavin verschwand sofort, um den Befehl auszuführen. Er betrat seine Gemächer, wo bereits eine weitere Sklavin wartete. Die wesentliche Kunst eines Granden schien darin zu bestehen, zu erraten, was seine gut abgerichteten Sklaven als nächstes von ihm erwarteten. Und sie konnten nicht zulassen, dass er sich womöglich Fieber holte.

Die Sklavin half ihm beim Umkleiden, Stiefel, Hose und Hemd, alles schwarz. Goldo hatte ihm oft gesagt, wie blass er aussah, und dass er andere Farben tragen solle. Goldo, Goldo, Goldo, der alles wusste, vor allem besser, natürlich. Amato atmete tief ein und hielt die Luft an, um die Bitterkeit nicht hochkommen zu lassen, um nicht zuzulassen, dass es schmerzte, wie sehr er jetzt, ohne seinen Vater als Schutzschild, von Goldo abhängig war.

Aber du warst auch von ihm abhängig, Vater, die ganze Zeit. Hat das nicht geschmerzt? Einen Mann wie dich?

Nichts antwortete, obwohl Amato lauschte. Irato antwortete nie in diesem Haus; sein Geist war tatsächlich auf dem Boronanger, bei seinem Körper, seiner Statue.

»Verzeiht, Herr«, flüsterte die Sklavin, und Amato begriff, dass sie seine Regung als Missbilligung verstanden hatte. Es hatte keinen Sinn, sie eines Besseren zu belehren.

Vorsichtig trocknete sie ihm das kurze Haar mit einem Handtuch, und Amato schmiegte die Wange in den weichen Stoff. Nicht denken, einfach nur leben, oder doch zumindest atmen und essen und trinken, das konnte nicht zu viel verlangt sein.

»Herr?«

Seine Leibdienerin war eingetreten. Ja, richtig. Er hatte ihr ausrichten lassen, sie solle ihn bei seiner Rückkehr aufsuchen. »Ja?«

Sie schenkte ihm ein Lächeln und hob ein Stück Pergament in die Höhe. »Ihr habt eine Einladung erhalten.«

»Eine Orgie?«

Sie räusperte sich. »Es sieht ganz so aus, Herr.«

Amato wischte die Einladung mit der Hand zur Seite. »Herzlichen Dank. Die Sache in der Therme hat mir schon gereicht.«

»Sie kommt von Rahjadan Bonareth, anlässlich der Verabschiedung von Padrigo Bonareth ...«

Amato schüttelte den Kopf. »Eine Orgie.«

Sie lächelte, anscheinend etwas hilflos. »Herr, es würde Euch helfen, Verbündete zu gewinnen. Ihr seid noch immer nicht ausreichend eingeführt ...«

Amato holte tief Luft. »Auf diese Art *Einführung* lege ich keinen Wert.« Ekel überlief ihn, als er an die verschlungenen Gliedmaßen dachte, den Schweiß, den Geruch nach Brunft und Gier und tierhafter und gleichzeitig so berechnender Geilheit. Die zuckenden Bewegungen, das geistlose Reiben von Körpern – und man erwartete von ihm, dass er sich in einen solchen Niederhöllenschlund stürzte, weil das alle taten. Weil man nur im Bett einigermaßen sicher war, dass der andere es zumindest für Stunden gut meinte.

»Don Amato.« Sie trat näher. Die einzige Sklavin, die verstanden hatte, dass er ein Mensch war, trotz des *Paligan* in seinem Namen. Sie hatte verstanden, dass Respekt und Kriecherei zwei verschiedene Dinge waren. Amato blickte in ihre klaren, dunklen Augen, die inmitten eines Netzes von Falten lagen. Sie alterte weder sanft noch schön; das Haar bereits grau durchschossen, tiefe Kerben rechts und links des Mundes.

Eine ehemalige Sklavin seiner Mutter, die er gekauft hatte, als er sie wiedererkannt hatte. Silvanas Zofe. Das bedeutete, sie kannte alle schmutzigen Geheimnisse seiner Familie.

»Es ekelt mich, wenn ich nur daran denke.«

Sie legte ihm die Hand auf den Arm und sah ihn unverwandt an. »Ihr müsst eigene Macht gewinnen.«

»Ich habe kein Interesse an diesem Spiel. Es hat mich zu viel gekostet, viel zu viel, und ich habe es nicht einmal selbst gespielt.«

»Ich weiß.« Beruhigende Worte, wie zu einem verletzten Kind. »Aber Ihr müsst Macht gewinnen, Don Amato, und sei es nur, um stark genug zu sein, nicht mitspielen zu müssen.«

Für einen Moment durchzuckte ihn der Wunsch, sie an sich zu drücken und sich trösten zu lassen wie von einer Mutter. Das aber hatte er gelernt – dass es keinen Trost gab, außer bei den Göttern. »Muss ich die Macht denn im Bett gewinnen?«

Sie lächelte. »Lasst Euch erst einmal nur sehen, Don Amato. Und geht, wenn der Abend zu *fröhlich* wird.«

»Es ist nicht einmal Fröhlichkeit«, begehrte Amato auf. »Barmherzige Marbo, hast du je gesehen, was da geschieht?«

»Ich war nicht immer alt und hässlich, Don Amato.«

»Verzeih mir.«

Sie lachte, aber ohne Vorwurf. »Mögen es die Götter geben, dass Ihr Euch das reine Herz bewahrt, Don Amato. In dieser Stadt so menschlich zu sein kostet übermenschlich viel Kraft.«

Die Worte blieben ihm im Hals stecken – ihre Offenheit, ihre Erfahrung und vielleicht alles das, was sie im Besitz seiner Mutter durchgemacht hatte, all das lähmte ihn und machte ihn stumm. Wer war er denn, dass er sein Schicksal beklagte, angesichts ihres Lebens? Er senkte den Blick, fand nichts, was er hätte sagen können oder wollen.

»Ich schreibe ihnen dann eine Ablehnung«, sagte sie, ihr Tonfall wieder sachlich, geschäftsmäßig, als wären die letzten Worte nie gefallen.

»Meine Mutter wäre gegangen. Mein Vater … wäre gegangen. Hätten meine Geschwister überlebt …« Amato grub die Fingernägel die Ballen seiner Hände und wandte den Blick ab. »Haltung. Haltung ist das Wichtigste.« Er richtete sich auf, hob den Kopf und zwang sich, die Arme an seinen Körper anzulegen, die Handflächen gegen die Oberschenkel. Nur für einen Moment so tun, als wäre er so kalt und stolz, wie sein Vater gewesen war.

»Donna Silvana hat die Granden gehasst, Don Amato.« Eine Hand zwischen seinen Schulterblättern. »Eure Mutter hat immer auf den Silberberg gewollt, aber als sie dort war, hat sie sich geschworen, so viele zu verderben, wie sie nur konnte.«

»Wäre sie zu dieser Orgie gegangen?«

»Natürlich. Sie hätte irgendeinen armen Teufel, der im Rausch nicht mehr weiß, was er tut, ins Verderben gelockt. Sie hat es genossen, sie gegeneinander zu hetzen wie wilde Hunde, absichtlich, hat Duelle und Morde provoziert, nur weil sie es konnte. Um ihnen zu zeigen, wie wenig Macht sie wirklich haben.«

Eine Gänsehaut legte sich kribbelnd auf Amatos Arme und er schüttelte den Kopf. »Sie war eine Fana. Natürlich hat sie die Granden gehasst. Aber ich hasse nicht. Ich bin nur … anders.«

Die Hand verließ seinen Rücken. »Ihr seid besser, Don Amato.« Wieder einige Augenblicke Schweigen. Dann: »Ihr habt keine weiteren Einladungen.«

»Danke.«

Sie lächelte ironisch, verneigte sich und verließ ihn wieder. Amato starrte die Tür an, die sich hinter ihr schloss, altes Holz, aufgequollen und verzogen von der allgegenwärtigen Feuchtigkeit. Die Maserung erinnerte ihn an eine Landkarte, und er fragte sich, wie es wohl außerhalb von Al'Anfa wäre. Nicht, dass er es je herausfinden würde. Granden waren an die Stadt gefesselt, kreisten um Al'Anfa wie die Sterne um die Himmelsmitte, und kamen sich dabei frei und herrlich vor.

Er schüttelte den Kopf und verließ seine Gemächer wieder, trat hinaus in den Park, wo jetzt, so kurz nach dem Regen, Dampf aufstieg und alles Strenge, Harte verwischte. Schweiß trat ihm auf die Stirn, die Luft war so feucht, dass er sie zu trinken meinte.

Die Sklaven schreckten auf, als sie ihn sahen und begannen mit ihrer Arbeit, als könnte sie nicht warten, als würden sie bestraft, wenn sie nicht alle Zeit nutzten. Amato verzog den Mund und wandte den Blick ab. Je schneller er wieder ginge, desto schneller würden sie mit diesem Unsinn aufhören und wieder so arbeiten, wie es bei dieser Witterung nur möglich war: langsam.

Hinter dem Haus, von allen Seiten vor neugierigen Blicken geschützt, lag der Sandplatz. Wasser sammelte sich in dem Graben, der ihn wie ein Ring umgab, und floss dem kleinen Bach zu, der das Grundstück durchzog und die überschüssige Feuchtigkeit ableitete. Der Sandplatz selbst lag etwas erhöht, Amato hatte zugesehen, wie verschiedene Arten Geröll und Kies aufgeschüttet worden waren, zuletzt schwarzer Vulkansand. Dahinter lag die Schule. Er hatte die Gladiatoren seines Vaters übernommen, und Irato hatte zuvor die Gladiatoren seines Feindes als Schuldentilgung an sich gebracht.

Fast ohne sein Zutun besaß er damit eine der besten Gladiatorenschulen, die man in Al'Anfa nur hatte zusammenbringen können. Natürlich nicht Khorra, *die Bestie*, die

Halborkin, deren Taten in der Arena zu einem Ansteigen der Preise für Orks und Halborks geführt hatten, auch nicht Frostnacht, die Elfe, die zwar nicht gut kämpfte, dafür umso hübscher war, und auch nicht Severo, der mittelreichische Lustsklave seines Vaters, der aus der Arena heraus immer noch seinem Herrn gedient hatte, obwohl man ihn zum Sterben schickte.

Aber immerhin fünfzehn erlesene, gut ausgebildete Gladiatoren, die von den Scipiona-Schwestern, Iratos alten Lanistas, weiter ausgebildet wurden. Noch hatte er keinen davon in die Arena geschickt. Die Erinnerung daran, wie Desiderya gefallen war, die der Wut der Bestie nichts hatte entgegensetzen können, krampfte ihm immer noch den Magen zusammen.

Valeria Scipiona, die ältere der beiden Schwestern, trat aus der Schule und grüßte ihn. »Don Amato.«

Amato deutete auf den Sandplatz. »Ist er gut angelegt?«

»Bestens, Herr. Man hat alles auf das Beste erfüllt. Unter solchen Bedingungen können wir hervorragend arbeiten.« Sie lächelte, aber Amato fand ihre Augen zu kalt. Helle, graue Augen, mit einem dunklen Ring um die Pupille, wie ein Wolf. Er blickte ungern hinein. Valeria besaß den schmalen, muskulösen Leib einer Akrobatin, und in der Tat war ihre Kampfesweise geprägt von Schnelligkeit und Sprüngen, von Schwindel erregend raschen Wechseln der Taktik, des Angriffsziels. Sie deckte einen Feind mit Schlägen ein, reizte und verwirrte, verletzte tausendfach leicht, um dann den letzten Schlag zu führen, wenn das Opfer durch die Wunden zermürbt war. Früher hatte sie selbst in der Arena gestanden, eine der paar freien Gladiatorinnen, die das Gold und die Aufregung hinaus auf den blutigen Sand trieben.

»Wollt Ihr Euch den Neuen ansehen, Don Amato?«

»Hat er sich erholt?«

Sie grinste. »Nichts, was ein Heilzauber, eine Woche Ruhe und gutes Essen nicht hätten richten können.«

Er nickte. »Gut. Zeig ihn mir.«

Vor einer Woche hatte er die Plantagen besucht, um sich einen Überblick zu verschaffen. Die Aufseher kannten ihn, die Verwalter ebenso, trotzdem machte er es sich zur Gewohnheit, häufig unangekündigt vorbeizuschauen. Sie sollten sich nicht zu sehr in Sicherheit wiegen, nicht glauben, der junge Herr sei weltfremd oder desinteressiert. Selbst wenn er es war. Er war kein Dublonenzähler, kein Menschenschinder, kein Blutsauger, der aus den Sklaven noch das Letzte herauspresste. Aber er musste sicherstellen, dass sich die Verwalter nicht auf seine Kosten bereicherten, und in der Tat schien die Plantage mehr abzuwerfen, seit er sich regelmäßig die Bücher zeigen ließ.

Die Gladiatorenschule war ein niedriges, gekalktes Gebäude, in dem es angenehm kühl war. Es war so angelegt, dass es auch die geringste Brise fing und die Luft frei strömen konnte, und Amato atmete auf. »Sie ruhen sich aus?«

»Wenn sich der Dunst gelegt hat, machen wir weiter«, versicherte ihm Valeria und führte ihn den Gang entlang zur letzten Zelle. Sie schob den Riegel zur Seite, trat ein und bedeutete Amato, ihr zu folgen. Er sah, dass sie die Hand auf die Peitsche in ihrem Gürtel gelegt hatte, und spähte neugierig ins Halbdunkel.

Auf der Pritsche hockte der Neuzugang. Man hatte die Striemen auf seinem Körper gereinigt und mit Salbe bestrichen, sie schienen fast völlig geheilt zu sein. Der Schmutz war abgewaschen, und mit Schaudern erinnerte sich Amato an den dreckverkrusteten Grubenkämpfer, den er auf der Plantage aus dem Loch hatte holen lassen. Ein Krieger, gewiss ein ehemals freier Mann, vielleicht ein Kriegsgefangener aus einem Scharmützel irgendwo im Norden. Ein Aufseher hatte ihn auspeitschen lassen, hieß es, und der Sklave habe ihn dafür mit seinen Ketten erdrosselt. Weshalb man ihn in eine Grube sperrte und gegen andere Sklaven antreten ließ, die man töten wollte. In der Zwischenzeit hatte man ihn wie einen Hund angekettet und misshandelt. Rebell, wildes Tier und Henker.

»Steh auf, wenn dein Herr den Raum betritt«, zischte Valeria.

Der Mann erhob sich und blickte ihm direkt in die Augen. Helle Augen, Haar wie geschlagenes Gold. Er war nicht hübsch, aber seine offenen Züge verrieten Ruhe und Selbstsicherheit. Da waren Pockennarben auf seinen Schläfen, eine Narbe teilte die linke Augenbraue, eine Strieme verriet, dass ihn eine Peitsche mitten im Gesicht getroffen hatte. Der Mann lächelte ironisch. »Mein Herr. Eine Ehre, Euch zu treffen.« Sein Brabaci war schleifend, langsam, aber fehlerlos.

»Amato Ugolinez-Paligan«, sagte Amato und betrachtete den breiten Oberkörper für einen Herzschlag, blickte dann wieder auf. Der Mann war gut eine Handbreit größer als er. Die Spuren des Hungers waren noch zu erkennen, die Muskeln zeichneten sich scharf unter der Haut ab, und er fragte sich unwillkürlich, wie sie sich unter seinen Fingern anfühlen mochten. Etwas reizte ihn an dem Gladiator, vielleicht dessen Kraft, vielleicht die Tatsache, dass er ihn so unverwandt anblickte. Nein.

Amato trat einen Schritt zurück, obwohl er sich schon außerhalb der Reichweite der Ketten befand. »Man hätte dich getötet, wenn ich dich nicht hätte hierher bringen lassen. Du hast einen Mord begangen.«

»Wenn Euch jemand mit der Peitsche ins Gesicht schlägt und ihr bringt den Hund um, das wäre dann kein Mord?«

»Ich bin ein Grande.«

»Oh, ich vergaß.« Der Mann grinste schmal. »In Al'Anfa holt man noch aus den Hinrichtungen das meiste raus. Was für eine Verschwendung, einen Sklaven einfach umzubringen.«

»Wenn wir es anders halten würden, hätte ich dich nicht herbringen lassen können. Dann wärest du bereits bei Boron.«

Die Schultern des Gladiators spannten sich. »Was erwartet Ihr dafür, Don Amato?«

Amato überlief es kalt. Valeria wollte vortreten, um den Mann zu bestrafen, aber er hob die Hand und nickte ihr zu. »Lass uns allein.«

Valeria ging. Sie hatte sich zu gut in der Gewalt, um ihm zu widersprechen.

Amato holte den Schlüssel und öffnete die Ketten an den Handgelenken des Sklaven. Klirrend fielen sie zu Boden, und für einen Moment standen sie einander so dicht gegenüber, dass er die Wärme des fremden Körpers spüren konnte. Er erwartete einen Schlag, einen Hieb, einen Angriff, aber nichts geschah.

»Ihr habt sicher Eure Leibwächter draußen.«

»Nein.« Amato verharrte und blickte den Gladiator an. Jetzt konnte er ihn berühren, vielleicht, aber er las nichts davon im Gesicht des Mannes.

»Ich habe nichts mehr zu verlieren«, grollte der Sklave.

»Ich weiß.«

»Und den Tod fürchte ich nicht.«

Amato lächelte. »Es gibt auch nichts zu fürchten.«

Der Gladiator ballte die Fäuste und starrte ihn böse an, als habe er ihm die Ketten angelegt und nicht abgenommen. »Und warum breche ich Euch nicht einfach das Genick?«

»Das sollte ich dich fragen, oder?« Amato wandte den Kopf halb zur Seite, betrachtete die Zelle, das Lager, da standen ein Napf und ein Becher – mehr gab es hier nicht.

Plötzlich lagen die Hände um seinen Hals, und Amato lächelte. Also doch. Er hatte sich geirrt, aber das spielte keine Rolle. Sie waren beide Mörder, jeder auf seine Art. Der Griff wurde hart, zwingend, als würde der Gladiator ihm noch Gelegenheit geben wollen, zu schreien, unsicher darüber, wie leicht es war.

Er bekam keine Luft mehr, spürte, wie Blut und Atem unter dem Griff stockten, legte die Finger um die starken Handgelenke. Aber da war keine Angst. Er empfand keine Angst vor dem Tod. Er wusste, dass es nur Ruhe war, dunkle, weiche Stille, so geborgen wie in einem Bett aus Samt. Der Raum zog sich um ihn zusammen, das Licht verblasste, da waren die hellen Augen, unbarmherzig aber klug, wie Severos Augen. Severo hatte seinen Vater mit ganzer Seele geliebt, aber Irato hatte nie begriffen, was das für ein Geschenk gewesen war. Doch dieser Mann war nicht sein Severo – nicht alle Mittelreicher lernten, die Sklaverei zu schätzen und ihren Herren zu verzeihen. Er lächelte.

Plötzlich löste sich der Druck, sein Herz raste, er hustete und sank fast auf die Knie, taumelte, stützte sich an der Wand ab und hielt sich die Kehle. Er konnte den Druck der Finger noch immer spüren wie Feuermale, aber die Luft floss wieder in seine Brust, sein Kopf pulsierte nicht mehr, als müsse er zerspringen.

Der Gladiator trat seelenruhig zu seinem Becher, füllte ihn mit Wasser und reichte ihn Amato. In seinem Gesicht zuckte es.

»Seid nicht so verdammt leichtsinnig.«

Amato brachte zuerst nur ein Krächzen heraus, aber es gelang ihm, das abgestandene Wasser in kleinen Schlucken zu trinken. »Danke … für die Warnung.«

Der Gladiator warf sich auf die Pritsche und starrte ihn an. »Ich bin ein Halsabschneider, das sollte man Euch gesagt haben.«

»Warum hast du mir dann nicht den Hals abgeschnitten?«

»Weil ich lieber in der Arena sterbe als in einer Grube, vielleicht?«

»Warum? Magst du Ruhm? Applaus?«

Der Gladiator schüttelte den Kopf. »Ich bin ein Krieger. Krieger fallen durch das Schwert.«

»Aber Rondra wird doch die Ihrigen erkennen, oder nicht?«

»Was spielt Ihr für ein Spiel? Warum seid Ihr hier? Ihr habt mich aus der Grube geholt, danke dafür, ich ziehe diesen Tod wirklich vor. Aber warum das da?« Er deutete auf die Ketten.

Amato lächelte und stellte den Becher ab. »Du erinnerst mich an einen anderen Mittelreicher.«

»Wehrheim.«

»Deine Stadt?«

Der Krieger nickte leicht. »An wen erinnere ich Euch?«

»Den Sklaven meines Vaters.«

Der Mann betrachtete ihn, wollte offenbar nicht fragen, was es damit auf sich hatte, und Amato wollte die Wunde selbst auch nicht wieder aufreißen. Eigentlich sollte er das hier nicht tun. Die Bedrohung, dass ihm einer seiner Gladiatoren den Hals umdrehte, war nichts im Vergleich zu der Gefahr, die sonst noch in diesem Körper lauerte. Er hatte es mit Desiderya erlebt – aber Gladiatoren konnte man unmöglich lieben. Anders als Lustsklaven wollten sie nicht um jeden Preis gefallen, anders als Lustsklaven hatten sie nichts zu verlieren, weder Schönheit noch Leben.

»Ich könnte dich freilassen.«

Die breite Brust spannte sich, als habe Amato gerade zugeschlagen. Der Mann starrte ihn von unten her an, lauernd, tückisch. »Ihr seid also hier, um Euch über mich lustig zu machen.« Eine Warnung.

»Du sagtest selbst, du zögest dieses Leben einem Leben in der Grube vor.«

»Ich sagte, ich ziehe diesen Tod dem Tod in der Grube vor.«

Amato lachte. »An dir ist am Ende noch ein Schriftgelehrter verloren gegangen.« Er zwang sich, wieder ernst zu werden, denn in der Miene des Gladiators flackerte Wut auf. »Es ist wahr, Granden erfreuen sich an den seltsamsten Dingen. Wollte ich dich aber demütigen, hätte ich dir nicht die Ketten abgenommen. Ich könnte dich, wenn ich wollte, in mein Bett nehmen und es gäbe nichts, was du dagegen tun kannst.«

Der Gladiator verzog angewidert die Lippen. »Dann sollte ich darauf hoffen, dass Ihr so weich und unschuldig seid, wie Ihr ausseht. Vielleicht seid Ihr auch wahnsinnig. Wer lächelt, wenn er erwürgt wird, scheint mir nicht ganz … bei Trost zu sein.«

Amato trat einen Schritt vor. »Wenn du für mich kämpfst und siegst, werde ich dich freilassen.«

Der Gladiator grinste. »Ja, sicher.«

»Ich schwöre bei Boron und seiner sanften Tochter, dass ich dich freilassen werde.« In den Augen des Gladiators glitzerte es. Amato fragte sich, ob der Mann ihm tatsächlich zutraute, so verrückt zu sein, dass er Boron und Marbo in Borons eigener Stadt lästerte.

»Siegen soll ich?« Der Gladiator maß ihn, die Lippen geschürzt. »Als ob ausgerechnet ein Al'Anfaner mir das befehlen könnte.« Er wandte den Blick zur Seite und starrte die Wand an, aber Amato konnte sehen, wie der Mann versuchte, eine Falle zu finden, zu begreifen, warum er tat, was er tat. Am Ende ließe er sich nur deshalb umbringen, weil er den Befehl nicht ausführen wollte.

»Dann verstehen wir uns.« Amato trat zurück und verließ die Zelle. Valeria stand tatsächlich nicht vor der Tür, sondern besprach sich mit ihrer Schwester, stellte Paare für die nächsten Waffenübungen zusammen. Sie hoben die Köpfe, als Amato näher kam.

»Der Mittelreicher. Gebt ihm heute Nacht ein hübsches Mädchen. Ich glaube, er ist wieder gesundet, und vielleicht zeigt er sich dann zugänglicher.«

Valeria nickte. »Eine gute Idee, Herr.«

Und es würde die Versuchung mindern, ihn wieder zu besuchen. Es darauf ankommen zu lassen, vielleicht.

***

»Was hat er geantwortet?«

»Dass alle Sklaven des Palazzos Eurem Vetter gehören und Ihr Euch glücklich schätzen könnt, überhaupt in der Villa zu wohnen. Das sei keine Selbstverständlichkeit, und er werde dies sehr gründlich überdenken, sobald er die

Nachfolge seines Vaters antrete.« Razir bleckte die Zähne. »Er hat dabei gezittert und gestammelt, aber er hat sich tapfer gehalten, der Kleine.«

Aurelian verzog verächtlich den Mund, während Kito ein letztes Mal mit der Bürste durch seine Haare fuhr, bevor sie sich erhob, um das Hemd zu holen.

»Der Kleine wird viel zu schnell erwachsen.«

»Wünscht Ihr ...«

Aurelian schüttelte den Kopf und nahm einen Schluck aus dem Kristallpokal. »Lassen wir den beiden noch etwas Zeit. Ich denke, ich kann es mir leisten.«

»Mit dem Ratssitz sicher.« Razir grinste breit und lehnte sich mit verschränkten Armen gegen den Türrahmen. »Don Doriano wird fluchen.«

»Das wird er so oder so.« Aurelian blickte spöttisch zu dem Maraskaner hinüber, der seinen Blick mit dem Zucken einer Braue erwiderte. Doriano und Emilia fürchteten den ehemaligen Gladiator, der sich der Freiheiten durchaus bewusst war, die Aurelian ihm einräumte – Freiheiten, die ihm auch gestatteten, gegenüber Verwandten einen bisweilen harschen Ton anzuschlagen, wenn er die Interessen seines Herrn gefährdet sah. Und bei lästigen Bagatellen wie der Frage nach den Haussklaven schickte Aurelian eher Razir, als sich selbst damit beschäftigen zu müssen. Natürlich hatte er von Doriano nie eine andere Antwort erwartet, aber der Kleine würde beim nächsten Mal vorsichtiger sein. Dieses Spiel spielten sie jedes Mal, zu belanglos, als dass er es wirklich den Machtkampf nennen mochte, als den es Doriano und Emilia verstanden.

»Wann werden sie abreisen?«

»Die Zwillinge?« Razir grinste noch breiter. Seine Augen funkelten belustigt. »Zurzeit fühlen sie sich noch sehr wohl, erzählt man mir. Bis zur Einweihung des Kolosses sicher. Es sei denn ...«

»Lass die Finger von ihnen. Und von ihren Sklaven.« Aurelian warf ihm einen scharfen Blick zu. »Mein Vetter wird ungehalten sein, und das wollen wir doch vermeiden, oder?«

»Natürlich, Herr.« Razir neigte kaum merklich den Kopf.

Aurelian nickte, während er die Ringe auf die Finger schob und sich erhob, damit ihm Kito das Hemd und die blutrote Schärpe anlegen konnte.

Er wusste, dass er sich auf Razir verlassen konnte. Seit bald zehn Jahren diente ihm der Maraskaner, seit jenem Tag, an dem er ihn aus der Arena freikaufte und ihm anbot, in seine Dienste zu treten. Ein guter Gladiator und ein hervorragender Leibwächter. Und mit seinen dunklen, zu unzähligen Zöpfen und Strähnen geflochtenen Haaren, den Hautmalereien auf den muskulösen Armen und dem kantigen, harten Gesicht, das in einem irren Feuer zu glühen schien, sobald er das Tuzakmesser singen ließ, ein sehr imposanter dazu.

Kito zog die Schärpe ein letztes Mal zurecht und trat zurück. Mit dem Pokal in der Hand schlenderte Aurelian zu einem niedrigen Tisch hinüber und nahm den Nachtwind auf. Er schätzte diese schnelle, elegante Waffe, mehr als die Degen und Florette, die andere Granden gerne zur Zierde an ihrer Seite trugen. Eine Waffe, die in den richtigen Händen auch dem Khunchomer eines Novadi oder dem Kurzschwert eines Meuchlers standhalten konnte.

Zufrieden warf er einen letzten Blick in den großen Silberspiegel. Ein wenig Kohlestift um die Augen, die schwarzen Haare offen und lang über den Schultern, das Amulett unter dem offenen Hemd, die enge Hose aus feinstem Iryanleder, die seinen trotz der fünfundvierzig Jahre immer noch sehr rahjagefälligen Körper betonte – so würde es gehen, trotz aller Eile, die die unverhoffte Einladung gebot. Mit einer knappen Geste winkte er Kito heran, die ihm einen leichten Mantel über die Schultern legte, weniger ein Tribut an die schwüle Hitze, die über der Stadt lag, als vielmehr ein letzter lästiger Bestandteil der Garderobe.

»Lassen wir den Patriarchen nicht länger warten.«

Razir folgte ihm wortlos durch die weitläufigen Gänge und Marmortreppen nach draußen, wo bereits ein Sklave mit den Pferden wartete. Eigentlich wäre es angemessener gewesen, für einen Besuch im Tempel eine Sänfte zu bemühen, aber es hatte sich schnell herausgestellt, dass alle Sänftenträger ebenfalls in die Rodung des Lotusteichs einbezogen waren.

Kunstvoll geschnittene Büsche und duftende Blütenpracht flankierten den breiten Weg, dahinter die Mauern zu den Anwesen der einzelnen Grandenfamilien. Ruhe lag zu dieser Zeit über dem Silberberg, nur unterbrochen von hellem Gelächter aus einem der Gärten oder den sanften Klängen einer Harfe. Der Maraskaner ließ sich ein Stück hinter ihn zurückfallen, als sie das Silberbergtor erreichten und die Dukatengardisten die schweren Torflügel öffneten. So leicht es gewesen wäre, direkt vom Silberberg aus einen Zugang zur *Stadt des Schweigens* zu schaffen, so vehement wehrte sich die Borongeweihtenschaft gegen solche Vorstöße, wie sie zuletzt sein Vetter Rahjadan vorgebracht hatte, der es leid war, jedes Mal den Umweg über das Silberbergtor nehmen und gemeinsam mit dem Pöbel zum Tempel aufsteigen zu müssen.

Die breite Prozessionsstraße zog sich am Hang des Silberbergs entlang bis zur Stadt des Schweigens. Tief unter ihnen schäumte der Hanfla tosend ins Meer, und in der Ferne wachte der verhüllte Koloss breitbeinig und majestätisch über der Hafeneinfahrt. Jetzt am frühen Nachmittag, nach dem allmittäglichen Regen, hing die Schwüle drückend über der Stadt, und der Geruch nach Fäulnis und Verwesung stieg vom Meer empor, stärker und drängender nun, als ob die Mauern des Silberberges neben dem Pöbel auch den Gestank der Gassen fernhalten könnten.

Sie erreichten das Tor zur *Stadt des Schweigens*, jenes gewaltigen Areals an der Spitze des Silberbergs hoch über dem Meer, auf dem man den Tempel des Götterfürsten errichtet hatte.

Durch gepflegte Gärten und weite Rasenflächen führte der breite, mit feinem Obsidiankies bedeckte Weg auf den neuen Tempel zu, jenem Prunkbau, der unter Bal Honak begonnen und erst vor kurzem beendet worden war. Kristallschwarze Mauern trugen ein aufwändig vergoldetes Dach, flankiert von zwei mächtigen Türmen, die von den Kolossalstatuen der Patriarchen Bal und Tar Honak gekrönt waren. *Für Amirs Statue würden sie einen dritten Turm errichten müssen,* dachte Aurelian spöttisch, während er absaß und einem herbeieilenden Tempelsklaven die Zügel in die Hand drückte. Razir folgte ihm wie ein Schatten, als er durch die prächtige Säulenhalle ins Innere des Tempels trat.

Es war dunkel in der Gebetshalle. Eine prächtige Rabenstatue erhob sich an der Stirnseite der Halle, mit ausgebreiteten Flügeln, auf dem Haupt eine goldene Krone. Der süßliche Geruch nach verbrannten Dufthölzern und Alphana lag in der Luft, rechts und links neben dem Altar glommen Kohlenbecken. Goldene Friese, mit Opalen und Mondsteinen besetzt, zierten die Wände. Einige Gläubige knieten auf dem schwarzen Marmorboden, still, den Blick auf den Raben gerichtet oder mit geschlossenen Augen, den Oberkörper leicht hin und herbewegend, während die Lippen lautlos Gebete sprachen.

Aurelian ließ sich auf die Knie sinken und hielt kurz inne, ehe er einige Dublonen in die goldene Opferschale fallen ließ. Ein hagerer Boroni löste sich aus dem Schatten eines Mauervorsprungs.

»Seine Erhabenheit erwartet Euch.«

Aurelian nickte knapp und folgte dem Geweihten durch eine schmale Tür. Die Absätze seiner Stiefel klangen hart in den stummen Gängen wider, die nur von einigen Kohleschalen beleuchtet wurden. Büsten längst verstorbener Kirchenoberhäupter hielten Wacht über den Treppen, Reliefs und Wandgemälde zeugten von borongefälligen Taten und dem Reich des Götterfürsten, bis sich schließlich ein

Arkadengang auftat, von dem aus man weit über den Rabenfelsen und den alten Tempel hinweg auf die Goldene Bucht blicken konnte, und der warme Schein der Praiosscheibe die drückende Schwärze durchbrach.

Auf dem Platz hinter dem neuen Tempel herrschte emsige Geschäftigkeit durch Sklaven und Aufseherinnen, dazwischen einige Priester, die vorsichtig eine grobe Plane von einer gewaltigen Obsidiantafel lösten. Auch einige Statuen waren hier aufgestellt, offensichtlich, um sie anschließend an ihre jeweiligen Bestimmungsorte zu bringen. Aurelian runzelte verwundert die Stirn, die Art der Reliefs kam ihm vage vertraut vor.

Der Priester hielt inne und trat zur Seite, um den Weg zu der zweiflügeligen Mohagonitür frei zu geben, die zu den Gemächern des Patriarchen führte. Zwei Ritter der Tempelgarde hielten hier Wache, als seien auch sie nur weitere Statuen, die nun plötzlich zum Leben erwachten.

»Man erwartet Euch.«

Aurelian bedeutete Razir mit einer Geste, auf ihn zu warten, und trat ein.

Leise schloss sich die Tür hinter ihm, und er machte zwei Schritte in den Raum hinein. Angenehmes Halbdunkel umgab ihn und es war still, vollkommen still, bis auf das leise Knistern der beiden Kohlepfannen, in denen wohlduftende Kräuter langsam verbrannten.

Der Patriarch saß ihm gegenüber, kaum zehn Schritt entfernt, auf einem hohen Lehnstuhl aus schwerem Ebenholz. Die Seitenlehnen des Möbels waren den Schwingen eines Raben nachempfunden, die den Priester schützenden Fittichen gleich umfingen, während auf der hinteren Lehne zwei lebensecht geschnitzte Raben dem Betrachter entgegenstarrten – die beiden Ausprägungen Bishdariels, rechts die makellose Gestalt des milden Traumbringers und links das wurmzerfressene Antlitz des Albtraumboten. Die Köpfe der Statuetten waren leicht nach innen geneigt, die Schnäbel dem zwischen ihnen sitzenden

Mann zugewandt, ihn bewachend, doch stets auch stumm mahnend: *Sei Du, der Du auf diesem Throne Platz nimmst, würdig – oder spüre Unsere Rache.*

Mit einem Lächeln erhob sich der Patriarch und kam auf ihn zu. Er hatte sich kaum verändert, in all den Jahren, die sie sich schon kannten. Noch immer die hoch gewachsene schlanke Statur, die er als junger Mann besessen hatte, der Gang kraftvoll, die Bewegungen voller Geschmeidigkeit.

Knapp einen halben Schritt vor ihm blieb er stehen und schenkte ihm ein weiteres herzliches Lächeln. Seine blaugrünen Augen schimmerten sanft im Zwielicht der knisternden Glut.

»Aurelian, wie schön, dich zu sehen.« Mit diesen Worten beugte sich Amir vor und hauchte ihm einen Kuss auf die Wange. »Es ist lange her«, wisperte er dicht an seinem Ohr, und einige Strähnen seines langen Haares strichen über Aurelians Haut. Die federleichte Berührung entfachte einen plötzlichen Sturm der Erinnerungen; Erinnerungen an jene Nacht vor beinahe siebzehn Jahren, die er längst aus seinem Gedächtnis gebannt hatte.

Eine Orgie im Palazzo Bonareth, und natürlich hatte er teilgenommen, obwohl er in jenen Tagen nach dem Khômkrieg solcher Festivitäten entsetzlich überdrüssig war. Weit nach Mitternacht war er in den Garten getreten, trunken und dennoch aufgewühlt, und da hatte der Fremde gesessen, bleich und schön am Rande des Lotosteiches. Er hatte einen Vers gemurmelt, sanfte Worte über Schnee, Blut und Raben und die Farben der Lotosblüten auf dem Teich und dabei auf eine Weise gelächelt, die seinen Hals eng werden ließ. Dann hatte der Unbekannte verschwörerisch die Finger an die Lippen gelegt und seine Hand ergriffen, ihn über verschlungene Pfade zur Villa Karinor geleitet, und dort, auf einem Lager aus Raubtierfellen und seidenen Kissen, hatten sie sich hemmungslos geliebt.

Hingebungsvoll war der Schöne gewesen, keine Spur von den berechnenden Spielchen, die Aurelian von anderen

Bettgefährten kannte und die er selbst nur zu gut beherrschte. Es hatte ihn verblüfft und fasziniert, und es hatte Begehrlichkeiten geweckt, die weit über jene Nacht hinausgingen.

Erst Tage später hatte er erfahren, mit wem er jene Nacht verbracht hatte, und als ihn Amir Honak zu einer ersten Audienz in die *Stadt des Schweigens* lud, hatte er sich alles zurechtgelegt, um dort anzusetzen, wo er bei Tar Honak verloren hatte. Doch bald schon musste er feststellen, dass seine Gedankenspiele nichts taugten, denn der frisch geweihte Patriarch entpuppte sich in der Würde seines Amtes als keineswegs willensschwach; einzig sein offenherziges Lächeln war geblieben. Geblieben war auch der schwarze Lotos, den er am Morgen nach jener denkwürdigen Nacht als einsames Geschenk auf dem gemeinsamen Liebeslager vorgefunden und dessen Einpflanzung in den Teich er mit einem verwirrenden Gefühl von Zärtlichkeit überwacht hatte. Geliebt jedoch hatten sie sich niemals wieder. Amir hatte es kein zweites Mal zugelassen, obschon Aurelian zumindest anfänglich glaubte, hinter der Zurückweisung Sehnsucht zu lesen.

Stattdessen bat ihn der Patriarch um Gefälligkeiten, die ihn mondelang von Al'Anfa fernhielten, nach Vinsalt, Punin und Gareth führten, und schließlich verblasste die Erinnerung an jene unwirkliche Nacht. Warum legte es Amir gerade heute darauf an, alte Leidenschaften heraufzubeschwören?

Der Patriarch trat einen Schritt zurück. Sein Blick war dunkel geworden, sein Lächeln eine Spur trauriger. »Ja, es ist schön, dich wiederzusehen, jedoch ...«, er stockte, und das leichte Zittern seiner Stimme warf Aurelian unsanft in die Wirklichkeit zurück, »der Anlass ist kein glücklicher.«

Das Unbehagen vertiefte sich, aber es löste auch die eiserne Fessel um seine Brust. Prüfend richtete er den Blick auf den Mann vor ihm, der sich nun mit einer unbestimmten Geste von ihm abwandte und einige Schritte zurück zum Rabenthron machte, ganz der würdevolle Patriarch, Abbild seiner erhabenen Vorfahren, die auf den Türmen des Tempels thronten.

»Auch ich grüße Euch, Aurelian Bonareth.« Klar und hell erklang die Stimme, und er wandte irritiert den Kopf. Eine schmale, hoch gewachsene Gestalt löste sich aus dem Schatten einer lebensgroßen Statue der Heiligen Velvenya und trat neben den Thron, auf dem der Patriarch soeben wieder Platz nahm. Amira Honak legte ihre rechte Hand wie liebkosend auf den Kopf des Albtraumbringers und blickte Aurelian aus tiefblauen Augen hochmütig entgegen. Ihr weißblondes Haar schimmerte im gedämpften Schein der Kohlenglut, und das Elfengesicht wirkte fremd über der schwarzen Robe einer *Hüterin der Nacht*.

Aurelian ließ sich seine Überraschung nicht anmerken und trat gelassenen Schrittes vor den Thron, wo er sich höflich verbeugte. Seine Lippen neigten sich über den Ring des Patriarchen, dann eine weitere Verbeugung vor der Tochter, ohne den Handkuss und eine wohl dosierte Spur weniger tief.

»Ich grüße auch Euch, Ehrwürdige«, erwiderte er und bedachte die junge Halbelfe mit einem kalten Lächeln, ehe er einen Schritt zurücktrat und sich wieder dem Patriarchen zuwandte. »Ihr ließet mich rufen, Euer Erhabenheit?«

»Ja«, erwiderte Amir schlicht, doch angesichts der plötzlichen Förmlichkeit wirkte diese nüchterne Bestätigung seltsam unheilschwanger.

Erneut zögerte der Patriarch, schien mit sich zu ringen, schenkte Aurelian einen beinahe bittenden Blick. Scheinbar unabsichtlich glitt die Hand der Tochter von dem geschnitzten Rabenkopf herunter und legte sich ihrem Vater auf die Schulter. Amir holte Luft. »Ich kann Eurer Kandidatur zum Rat der Zwölf keine Unterstützung gewähren.«

Für einen Moment war es totenstill. Selbst sein Atem schien zu gefrieren, und der eisige Reif um seine Brust war wieder da, härter, beklemmender und gleichzeitig sehr viel schmerzhafter als zuvor.« Das ist nicht Euer Ernst.«

»Es wäre kein gutes Thema, um Scherz damit zu treiben«, erwiderte Amir leise und schaute ihm geradewegs in die Augen. Sein Blick verriet Bedauern, doch lag gleichzeitig tiefe Entschlossenheit darin. »Ich könnte vieles erklären oder gar nichts, allein, ich käme stets zum selben Schluss: Ich kann mir Eure Unterstützung nicht gestatten. Nicht im Augenblick.«

»Nicht im Augenblick?« Aurelian sog hörbar Luft zwischen den Zähnen ein. Das war ein Traum, ein böser Traum, Bishdariels Albgesicht, neben dem schweigend und unnahbar Amira stand und ihren Blick prüfend auf ihm ruhen ließ. Ungläubig schüttelte er den Kopf. »Was hält Euch davon ab? Die Furcht vor denen, die Euch zu dieser Entscheidung drängten?«

»Furcht!«, zischte Amir. »Wie wenig du mich kennst, Aurelian Bonareth.« Das Bedauern war aus seinem Blick gewichen, nun lag Verärgerung darin. »Doch wie auch, wenn der Einzige, um den deine Gedanken kreisen, du selbst bist. Deine kleinen Ränke, deine kleinen Spielchen!«

Beschwörend trat Aurelian einen Schritt näher an den Thron heran, und sein Blick suchte den des Patriarchen, während er sich innerlich zur Ruhe zwang. »Amir, das ist doch nicht dein Ernst. Du kannst mich jetzt nicht fallen lassen.«

Ruckartig richtete der Patriarch sich auf. »Dich fallen lassen?« Er lachte freudlos auf. »Nur, weil du nicht auf der Stelle dein kostbares Pöstchen erhältst, nach dem es dich so sehr verlangt, sondern vielleicht erst in zwei oder gar vier Jahren?« Angewidert verzog er das Gesicht.

Aurelian holte tief Luft. »Ist das der Dank?«, fauchte er. »Für all die Jahre, in denen ich für dich überall dort gewesen bin, wo du mich brauchtest? Ohne auch nur einmal deine Interessen in Frage zu stellen?« Seine Hände ballten sich zu Fäusten.

»Meine Interessen?« Erneut lachte Amir auf, bitterer als zuvor. »Du hast ja keine Ahnung.« Einen Augenblick lang vermeinte Aurelian, in den Zügen seines Gegenübers Trauer zu lesen, doch vielleicht war es nur das Schattenspiel der Kohlenglut, das ihn narrte.

Neben dem Thron bewegte sich die Halbelfe. Ihr Gesicht neigte sich zu dem ihres Vaters herab, und sie wisperte einige Worte in sein Ohr. Dann richtete sie sich wieder auf, warf Aurelian einen letzten eisigen Blick zu und verschwand hinter einem schwarzen Samtvorhang. Das Klappen einer Tür, das kurze Eindringen der mittäglichen Geräuschkulisse, dann war es wieder still.

»Deine Gier macht dich blind«, erklang die Stimme des Patriarchen, gelassener jetzt, doch keineswegs besänftigt. »Hältst du mich für so naiv, dass ich auf deine Großsprecherei von Selbstlosigkeit und Edelmut hereinfalle? Eigennutz brachte dich dazu, mir zu dienen, und jetzt begehrst du auf wie ein trotziges Balg, dessen Lieblingsgladiator hingemetzelt im Staub der Arena liegt.« Er beugte sich auf seinem Thron vor, suchte seinen Blick. »Aurelian, höre zu. Es liegt keineswegs in meiner Absicht, dich fallen zu lassen. Alles, was ich verlange, ist ein wenig mehr Geduld.«

»Geduld!« Aurelian schüttelte den Kopf. »Als ob ich nicht schon genug Geduld aufgebracht hätte in all den Jahren. Wie lange noch? Zehn Jahre? Oder noch länger?« Wut rang mit ohnmächtiger Enttäuschung, brodelnd und lähmend zugleich. *Ein trotziges Balg ...* natürlich, er war nützlich, solange er ruhig blieb, solange er es hinnahm, zu warten; Jahre, Jahrzehnte lang tat, was der Patriarch wünschte. Seine Stimme zitterte vor Bitterkeit, als er den Blick hob. »Und wer soll an meiner statt in den Rat nachrücken? Eine neue Spielfigur, die dir dienlicher ist, als ich es sein kann?«

»Das genügt!« Wutentbrannt sprang der Patriarch von seinem Stuhl. »Ich muss mir deine Anschuldigungen nicht länger anhören! Was erlaubst du dir!« Zornig hob er die Hand. »Geh mir aus den Augen, Aurelian Bonareth. Wir reden erneut, wenn du wieder zur Besinnung gekommen bist.«

Einen Moment lang war es still, während sie sich wütend anstarrten, eine eisige Stille, die jeden Laut zu schlucken schien. Dann trat Aurelian einen Schritt zurück.

»Ich ... verstehe.« Er nickte kühl und deutete eine knappe Verbeugung an. »Es tut mir Leid, Eure Zeit in Anspruch genommen zu haben, Euer Erhabenheit.«

Ohne eine Antwort abzuwarten, wandte er sich abrupt um und verließ den Raum.

***

Mit einem Wutschrei ergriff Amir die Karaffe, die auf einem Ebenholztischchen neben dem Rabenthron stand, und schmetterte sie mit aller Kraft gegen die sich schließende Tür. Mit einem lauten Splittern zerbarst das kostbare Glas, und die blutrote Flüssigkeit rann langsam die schwarze Mohagoni-Tür herab, Mahnung und Zeichen zugleich. Stille.

Langsam ließ sich Amir auf den Stuhl zurücksinken und vergrub das Gesicht in beiden Händen. Wie hatte es nur dazu kommen können, dass er derart die Beherrschung verlor? Früher, als jungem Mann, war ihm das beinahe täglich passiert, doch die Disziplin des Tempeldienstes und die Zwänge seines Amtes hatten ihn über die Jahre Besonnenheit gelehrt, die ihn – zumindest meistens – vor übereilten Reaktionen bewahrte. Doch nun hatte sein alter Feind, der blindwütige Jähzorn, einen Augenblick der Schwäche genutzt, um erneut aufzubegehren, und er hatte sich ihm kampflos ergeben.

Gewiss, Aurelian hatte kein Blatt vor den Mund genommen, doch war ihm dies zu verdenken? Er hatte schließlich allen Grund enttäuscht zu sein. Der Ratssitz war ihm versprochen gewesen, die Planungen abgeschlossen und seine offizielle Unterstützung eine reine Formsache.

Aurelian ist unser Kandidat. Hohl und bitter klangen ihm die eigenen Worte im Geist, mit denen er vor zwei Tagen erst Shantalla und Irschan ermahnt hatte, sich auf das Wesentliche zu konzentrieren, anstatt sich in den üblichen Frivolitäten zu ergehen. Doch dann kam Goldo Paligan und mit ihm ein Angebot, das er nicht hatte ablehnen können. Nicht hatte ablehnen wollen, wenn er ehrlich war.

Seufzend schüttelte Amir den Kopf. Es nutzte wenig, über seine Unbeherrschtheit zu lamentieren. Die Scherben mussten gekittet werden, doch am Ergebnis änderte sich letztlich nichts. Er hatte seine Entscheidung getroffen. Punktum.

Entschlossen erhob er sich und trat ebenfalls hinaus auf die Veranda, wo seine Tochter mit ernstem Gesicht an der Brüstung lehnte und in die Ferne starrte. Bei seinem Erscheinen drehte sie sich um und schenkte ihm ein liebevolles Lächeln.

»Du solltest ihn beseitigen lassen, er wird dir noch gefährlich werden.«

Die herzlichen Worte blieben ihm im Halse stecken.

Sie kam auf ihn zu und umarmte ihn zärtlich. »Seine Haltung zeugte von Verbitterung, sein Antlitz war hasserfüllt. Diese Mischung birgt Gefahr.«

Mit gemischten Gefühlen erwiderte er die Umarmung seiner Tochter. Die vertraute Nähe war tröstlich, doch ihre Worte beunruhigten ihn zutiefst. In ihrer Härte war Amira ebenso maßlos wie er selbst in seinem Zorn. ›Ganz der Urgroßvater‹, hatte Mata Al'Sulem einmal gesagt, die Einzige, die Bal Honak noch persönlich gekannt hatte. Meist beruhigte ihn diese Vorstellung, doch manchmal erschreckte sie ihn auch.

»Ganz so einfach ist es nicht, meine Tochter«, sprach er mit mildem Tadel und schob sie leicht von sich. »Aurelian hat sich auf meine Unterstützung verlassen, und ich wies ihn zurück. Natürlich ist er gekränkt, natürlich ist er zornig.«

»Er hatte kein Recht, dir derart die Stirn zu bieten!«, erregte sich seine Tochter. »Du schuldest ihm also Dank?« Sie schnaubte abfällig. »Was bildet er sich ein! Du bist der Erste Diener des Allmächtigen Götterfürsten. Er sollte vor dir im Staube kriechen und dort um die Gunst winseln, überhaupt von dir gehört zu werden! Er sollte erblassen vor der Größe deiner Erhabenheit, sich niederwerfen im Angesicht deiner Herrlichkeit! Er sollte ...«

»Genug, genug! Ich habe verstanden.« Er musste schmunzeln.

»Du weißt, dass ich Recht habe«, schloss sie ungerührt, und er betrachtete seine ungestüme Tochter voller Zärtlichkeit. Amira hatte ihn noch niemals enttäuscht, ihre Liebe zu ihm war unverbrüchlich, ebenso wie ihr Vertrauen. *Boron gebe, dass ich mich dessen würdig erweise*, sandte er – wie so oft in letzter Zeit – ein Stoßgebet gen Alveran, bevor seine Gedanken ins Hier und Jetzt zurückkehrten.

»Aurelians Wortwahl war unangemessen, doch das war die meine auch. Er hatte nicht völlig Unrecht, als er mich der Feigheit zieh.«

»Feigheit!«, wiederholte Amira voller Empörung und schüttelte den Kopf, dass ihre blonden Locken flogen.

»Na schön, dann nenne es Staatsräson. Ich beugte mich den Notwendigkeiten, anstatt für einen Freund mit dem Kopf durch die Wand zu gehen. Vor ein paar Jahren hätte ich es vermutlich noch getan.«

Amira hob die Augenbrauen. »Aurelian Bonareth ist vielleicht dein Liebhaber, ihn aber einen Freund zu nennen, ist nun wahrlich zu viel der Ehre. Er ist ein ebensolcher Schmarotzer wie der Rest dieser unsäglichen Granden-Sippschaft. Ekelhaft.« Ihr feines Antlitz verzog sich vor Widerwillen, und abermals musste Amir lächeln.

»Ehemaliger Liebhaber«, korrigierte er sie und fühlte erneut den Stich in seiner Brust. »Doch das ist lang vorüber.«

»Umso besser«, konterte seine Tochter. »Das ist er nämlich schon gar nicht wert.«

Eine Weile schwiegen sie einträchtig.

»Und warum hast du ihn geküsst?«

Amir zuckte zusammen. Sie schaffte es immer wieder, ihn aus der Reserve zu locken. »Wäre nicht doch das Amt der Obersten Glaubenswahrerin angemessener für dich gewesen als das der Commandanta der Rabengarde?«

»Du lenkst ab.«

»Natürlich lenke ich ab!«, entgegnete er, amüsiert ob ihrer Unverfrorenheit. »Was stellst du auch für Fragen?«

»Berechtigte?«

Er musste lachen und spürte erleichtert, wie die Beklemmung von ihm wich, die ihn seit Aurelians kühlem Abgang bedrückt hatte. »Weil Rahjamond ist? Würde Euch das zufrieden stellen, Eure inquisitorische Hochwürdigstkeit?«

Amira machte eine großmütige Geste. »Es sei.«

»Du hast schon Recht, Liebes«, nahm er, nun wieder ernst geworden, den Faden auf. »Das war nicht gerade vernünftig. Und ebenso unvernünftig war es, ihm nicht die Gründe für meine Entscheidung zu nennen.«

»Oder dafür, warum du ihn damals tatsächlich so lange in die Fremde schicktest. Er hat danach gefragt«, setzte sie rasch hinzu, als sie seinen flammenden Blick bemerkte.

»O sicher, nichts leichter als das: ›Ich musste dich fortschicken, weil du sonst vor fünfzehn Jahren bereits als Krokodilfutter auf dem Grund des Hanfla geendet hättest, da mein maßloser Geliebter in seiner Eifersucht vor nichts zurückschreckte.‹ Welch eine Offenbarung des mächtigen Honak-Erben! Holt die Schreiberlinge des Tempelrufers.« Amirs Stimme triefte vor Sarkasmus.

»Auch diese Zeiten sind vorüber«, erklang die ernste Stimme seiner Tochter, und er fühlte Scham in sich aufsteigen.

»Gewiss, das sind sie. Allerdings«, fuhr er leicht verärgert fort, »du hast das Thema keineswegs unschuldig angeschnitten.«

Amira senkte den Blick. »Ich hasse ihn«, murmelte sie.

»Und ich liebe ihn«, entgegnete Amir mit Nachdruck, bevor er abermals den Kopf schüttelte. Das hier führte zu nichts. In ihrer Einstellung zu Irschan Perval war seine Tochter noch unerbittlicher als in anderen Dingen. Abgesehen davon gehörte dieses Thema nun wirklich nicht hierher. Was auch immer heute zwischen ihm und Aurelian vorgefallen war, mit Irschan hatte es ausnahmsweise einmal nichts zu tun.

»Ich werde mit ihm reden«, schloss er seine Überlegungen. »Ich werde ihn aufsuchen und ihm die Gründe für meine Entscheidung darlegen. Er wird verärgert sein, aber letztlich wird er es verstehen. Er ist zu sehr ein Kind dieser Stadt, als dass er es nicht einsehen könnte, wenn politische Notwendigkeiten mich zum Abwägen zwingen. Ich werde einen anderen Weg finden, um ihn einstweilen für seine treuen Dienste zu entlohnen. Und dann, wenn alles gut geht, wird er ohnedies in einigen Jahren den Ratssitz erhalten, den ich ihm versprach. Du wirst sehen, meine Tochter, deine Sorgen werden sich als unnötig erweisen.«

5. Kapitel

9. Rahja 341 nach Golgaris Erscheinen, Markttag

Sanft strichen ihre Finger über seine Brust und an seinem Bauch hinab. Ein angenehmes Kribbeln zog sich über seine schweißnasse Haut. Es war schwül in der kleinen Kammer, in der Ayji ihr Lager bezogen hatte, sodass es Lucio die Schweißperlen auf die Stirn trieb, selbst jetzt noch, als er entspannt und zufrieden zwischen den zerschlissenen Decken ruhte. Von irgendwoher drang Lärm an sein Ohr, Kindergeschrei und das Scheppern billiger Tonkrüge, die aus Unachtsamkeit zu Bruch gingen. Und tief unter der winzigen Luke, die man nur mit sehr viel Wohlwollen als Fenster bezeichnen konnte, brummte der Lärm der Gasse, wie ein Bienenschwarm, hastig und geschäftig – aber weit entfernt.

Lucio schloss die Augen und seufzte behaglich, während sich Ayji behutsam zu ihm hochschob und zärtlich seinen Hals küsste. Es tat gut, wenigstens für ein paar kurze Stunden nicht an all die Dinge denken zu müssen, die ihn zu erdrücken drohten wie ein Mühlstein, der ihm tonnenschwer um den Hals hing.

Eine Fliege summte ihm um die Nase und ließ sich von seinem widerwilligen Schnauben nicht beirren. In der Wohnung unter Ayjis Kammer begann die dicke Tertia gerade, mit einem Stößel Getreidekörner zu zermahlen. Ein schlechtes Zeichen, Getreide gab es selten, zumindest für sie, die das erhielten, was die Hunde der Reichen verschmähten. Es musste wieder so weit sein, die Reiskammern waren leer, und die Herren der Stadt verteilten das Getreide, mit dem sie unter anderen Umständen nur die ihnen treu Ergebenen belohnten. Lucio wünschte, sie würden einmal nicht so viel Voraussicht zeigen, einmal nur zögern, bis die Unterstadt vor Hunger in Zorn entbrennen konnte, bereit, sich gegen ihre Unterdrücker aufzulehnen. Aber die Fanas würden es nicht tun. Sie hatten es noch nie getan. Lieber löffelten sie tagein, tagaus ihre dünne Reisbrühe und feierten den Morgen wie einen Festtag, an dem ihnen die Silberberger ihre abgenagten Knochen hinwarfen. Sie waren so träge, eine träge, schlaffe Masse, wie Hefe, langsam vor sich hinquellend, wachsend und sich ausdehnend, unaufhaltsam, nur um im nächsten Moment wieder in sich zusammenzufallen.

Lucio seufzte und schlug beiläufig nach der Fliege, die sich auf seiner Stirn niedergelassen hatte. Es war wie immer, der Rausch war verflogen und die trüben Gedanken drangen erneut auf ihn ein. Als er vor sechs Tagen die Versammlung verlassen hatte, war er verwirrt und verzweifelt gewesen. Er hatte schon lange geahnt, was Jesidora nun endlich zur Sprache brachte.

Aber was würde sich ändern, wenn er sich zurückzog und ihr das Feld überließ? Sie hatte ihre eigenen Gründe und Ziele, wie sie alle, und doch spürte er, dass bei ihr etwas anderes dahinter lag. Sie scheute sich nicht, Wege zu gehen, die sie ablehnten, die *er* ablehnte, weil sie ihre Sache verrieten und ihre Träume begruben. Drei Wochen waren nicht viel Zeit, um den versprochenen Plan vorzubringen – den es nicht einmal gab!

»Woran denkst du?«

Ayjis weiche Stimme riss ihn aus seinen Gedanken. Verlegen lächelnd wandte er sich ihr zu. Sie musste ihn schon eine ganze Weile beobachtet haben. Den Kopf hielt sie schräg auf die Hände gestützt, während sie ihn mit ihren nachtschwarzen Augen halb belustigt, halb besorgt musterte.

»Du machst dir dunkle Gedanken, nicht wahr, Lucjian? Bist du nicht zu mir gekommen, um sie zu vergessen?«

»Du verstehst dich gut darauf, mich alles um mich herum vergessen zu lassen«, antwortete Lucio und rückte ein Stück näher an sie heran.

Ayji schlang ihre Arme um seinen Hals und zog ihn zu sich herüber. Zärtlich strich sie durch seine dunkelbraunen Locken, während sie ihn nachdenklich betrachtete.

»Deine Sorgen liegen tiefer«, stellte sie fest. »Tiefer, als du mir gegenüber zugeben würdest.«

»Ich möchte dich nicht mit meinen Sorgen belasten«, erwiderte Lucio und strich sanft über ihre schmale Hüfte. »Du hast selbst genug Nöte.«

Die Maraskanerin lachte leise und rollte sich zu seinem Bedauern ein Stück zur Seite. »Was hilft es mir, Sorgen lange mit mir herum zu tragen? Die Schönheit der Welt bedarf keiner Sorgen, Lucjian.« Sie setzte sich auf, soweit es die Dachschräge zuließ. Im gedämmten Licht der Abendsonne verschwammen ihre Umrisse vor dem Hintergrund der schäbigen Wand aus Brabaker Rohr, die ihre Kammer nur notdürftig von den Nachbarräumen abtrennte. Unwirklich fast, wie ein Schemen in der Mittagshitze. »Du kommst immer zu mir, wenn du Sorgen hast. Aber du redest nicht mit mir darüber. Meinst du, das wird dir helfen?«

»Es hilft mir, eine Weile zu vergessen ...«

»Zu verdrängen, nicht zu vergessen«, berichtigte ihn Ayji. Ihre großen Augen blickten traurig. »Muss ich mich jetzt glücklich schätzen, dass du nur zu mir kommst, um dir ein paar Stunden die düsteren Gedanken vertreiben zu lassen?«

»Du weißt selbst, dass das nicht so ist«, antwortete Lucio müde und ließ sich auf die Decken zurückgleiten. »Ich ...«

»Viele tun das. Sie bezahlen mich dafür, also vertreibe ich ihre Sorgen.«

»Ich bezahle dich nicht.« Lucio hielt die Augen geschlossen.

»Ich weiß.«

Von der Straße drang das Geschrei zweier Bettler zu ihnen herauf, die sich um eine Schale verdorbener Essenreste stritten. Ein Hund bellte wütend, und in das Gebell mischte sich das erschreckte Quieken einiger Selemferkel. In der Wohnung unter ihnen zermalmte der Stößel Korn um Korn, Schlag um Schlag.

Langsam setzte Lucio sich auf. Ayji blickte ihn an, abwartend, die Arme auf die Knie gelehnt. Er spürte die Frage, die knisternd in der Luft hing, die er jetzt stellen sollte und die sie von ihm erwartete. Aber er wollte sie nicht stellen. Weil er selbst keine Antwort darauf wusste? Konnte er überhaupt einen Menschen lieben, nach Ranaris' Tod? Hatten die Klauen der Löwen mit ihrem Leben nicht auch jede Empfindung in ihm ausgelöscht?

Behutsam legte er den Arm um Ayjis Schultern und gab ihr einen Kuss auf die Stirn.

»Ich muss gehen«, sagte er und bemühte sich um ein entschuldigendes Lächeln. »Es tut mir Leid, wenn ich dich mit meinen Sorgen belaste. Ich sollte vielleicht besser ...«

» ... nicht mehr zu mir kommen?« Ayji verzog den Mund zu einem herausfordernden Grinsen. »Hältst du das für eine gute Lösung?«

Lucio hob die Schultern. »Ich weiß nicht, vielleicht ... Ach, verdammt, ich weiß ja selbst nicht, was ich tun soll. Es ist einfach ...«

»Vielleicht ein wenig Vertrauen fassen?« Die Maraskanerin blickte auf. »Du bist wie ein wildes Tier, immer auf der Flucht. Jetzt willst du auch vor mir fliehen. Warum? Habe ich etwas getan, weshalb du mir misstrauen könntest?«

»Ich bringe dich in Gefahr, wenn ich ...« Lucio hielt inne und runzelte die Stirn. »Warum kümmert dich das eigentlich? Oder bezahlt dich jemand dafür, dass du mir im Bett Geheimnisse entlockst, die ...«

Weiter kam er nicht, da im selben Moment Ayjis Hand sein Gesicht traf.« Sag so etwas nie wieder, du verdammter Hurenbock«, zischte sie. Ihre Augen funkelten zornig. »Ich spreche von Vertrauen, und du wirfst mir vor ... Geh, los, verschwinde! Und vergiss nicht, dich vor Huren in Acht zu nehmen, die dich und deine Geheimnisse verraten könnten! Verschwinde!«

»Was weißt du schon von mir?« Lucio sprang wütend auf und stieß unsanft mit dem Kopf an den niedrigen Dachbalken. Fluchend zog er das Hemd über den Kopf und sah sich nach seiner Hose um, die er zwischen einem alten Kleid und einer zerrissenen Decke fand, mit der Ayji beim allmittäglichen Regenguss die Dachluke verhängte. Umständlich verstaute er den Dolch unter dem Gürtel und bedachte Ayji mit einem letzten, wütenden Blick, ehe er sich abrupt abwandte und den löchrigen Vorhang zur Seite schob, der den Durchgang zu ihrer Kammer notdürftig verschloss. Das Stößeln in der Wohnung unter ihnen hatte aufgehört, vermutlich hatte Tertia ihren Streit mitbekommen und lauschte nun an der Decke. Genau wie die übrigen Bewohner dieses Miethauses.

Lucio war es egal. Sollte sie sich das Maul zerreißen, das taten sie sowieso. Die Hure stritt mit ihrem Liebhaber, eine Hure, eines jener unglücklichen – oder glücklichen – Mädchen, denen die schöne Göttin genug von ihren Gaben geschenkt hatte, dass sie noch nicht auf das Betteln in den Gassen angewiesen waren. Eine Hure, die sich und ihren Körper bereitwillig verkaufte. Und all die kleinen Dinge, die man ihr zwischen zerschlissenen Decken und schmutzigen Kissen erzählte. Und er mochte sich nicht ausmalen, welche Dienste sie ...

»Lucio!«

Er zuckte zusammen. Noch nie hatte sie ihn mit seinem richtigen Namen angesprochen. Langsam drehte er sich zu ihr um. Mit gekreuzten Beinen saß sie auf dem Schlaflager, die zahllosen Zöpfe schmiegten sich wie schwarze Schlangen an ihre Schultern und die festen Brüste. Ihre Unterlippe zitterte, als sie zu ihm aufsah.

»Warum?«

»Was *warum*?« Lucio schüttelte unwillig den Kopf. »Du wirfst mich raus und fragst nach dem *Warum*?«

»Warum kannst du nicht vertrauen?« Ayjis Augen blickten traurig. Der Zorn, der sie gerade noch hatte glühen lassen, war verraucht. »Weißt du überhaupt, was Vertrauen ist?«

»Vielleicht wusste ich es mal«, knurrte er und wandte den Blick von ihr ab und hinaus aus der schmalen Fensteröffnung. Tausende Dächer erstreckten sich vor ihm, manche der neuen Mietshäuser waren ebenso hoch wie dieses, eilig und mit viel Gottvertrauen zusammengezimmerte Gebäude, die schon der nächste Kauca niedermähen mochte wie Grashalme, dahinter die schäbigen Häuser der Altstadt, verkommen und vergessen. Und der Hafen, wo gerade eine der schwarzen Galeeren auslief, eine schwarze Spinne, die über die blauen Fluten huschte, vorbei am Koloss, der bald eingeweiht werden sollte, verborgen unter den Planen, die den Kopf noch verhüllten. Lucio ballte unwillkürlich die Hand zur Faust, als er daran dachte, wie viele Sklaven, wie viele tapfere Handwerker ums Leben gekommen waren, um der Prunksucht der Granden Genüge zu tun und dieses Denkmal alanfanischer Herrlichkeit zu schaffen. Und wie viel Korn man für das Gold hätte kaufen können.

»Diese Stadt ... tötet alles in mir, woran ich jemals geglaubt habe«, sagte er leise, mehr zu sich selbst als zu Ayji, die ihn immer noch abwartend anschaute. »Wie kann man vertrauen, wenn es nichts mehr gibt, was nicht mit Gold aufzuwiegen wäre? Wenn alles käuflich ist? Wenn das Leben eines braven Handwerkers, eines tüchtigen Seemanns, einer ... Gladiatorin einfach vergeudet wird, wenn man ihr Blut vergießt, ohne dass es einen Sinn hätte? Wie kann ich dir vertrauen, wenn du dich und deinen Körper verkaufst? Wer sagt mir, dass du nicht auch mich verkaufst?«

»Du vermisst sie.«

»Wen?«

»Diese Frau.« Ayji lächelte traurig. »Sie ist gestorben, und du kannst sie nicht vergessen.«

»Woher ...?«

»Du musst mir nichts vormachen, Lucjian.« Sie erhob sich langsam und trat an ihn heran. Behutsam nahm sie seine Hand. »Ich erkenne es in deinen Augen, wenn du mich ansiehst. Du findest etwas an mir, was dich an sie erinnert. Außerdem ... hast du ihren Namen genannt.«

»Ich habe ... was?«

»Schsch.« Ayji legte ihm den Finger auf den Mund, als er zurückfahren wollte, und zog ihn sanft an sich heran. »Vielleicht magst du mir von ihr erzählen?«

Lucio schüttelte erst den Kopf, nickte dann aber zögerlich. Vielleicht hatte sie Recht, vielleicht konnte er die Dämonen der Vergangenheit vertreiben, wenn er aufhörte, sie Nacht für Nacht in sein Gedächtnis zurückzurufen; Ranaris' zerfetzter Leib, den man aus der Arena zerrte, das zufriedene Gesicht ihres Herrn, gegen den sie die Hand erhoben hatte ...

»Sie ... sie war die Letzte, die mir Boron genommen hat«, begann er stockend. »Meine Mutter starb an dem Fieber, meine Schwestern folgten ihr kein Jahr später. Als ich Ranaris kennen lernte, arbeitete ich als Wasserträger in der Arena. Eine gute Arbeit für jemanden, der aus den Brabaker Baracken kommt«, fügte er mit einem bitteren Lächeln hinzu, »fünf Dirham am Tag, und eine Schale Reissuppe. Sie war Gladiatorin, aus Sylla. Man hatte sie von charyptischen Piraten gekauft. Ich liebte sie. Ich hatte damals Träume, wirre Träume, mit ihr zu fliehen, von hier fortzugehen.« Lucio lachte trocken. »Seltsam, wie schnell diese Stadt Träume zerstören kann, nicht wahr? Es sind nicht einmal fünf Jahre, seit ihr Herr sie in der Arena hinrichten ließ, und ich weiß kaum noch, was Träume, was Hoffnungen sind.«

»Du hast Träume.« Ayji blickte ihn ernst an. »Ich spüre es. Du hast nicht aufgegeben.«

»Das sind andere Träume.« Lucio verzog den Mund zu einem schiefen Lächeln. »Der Traum von einem besseren Al'Anfa.«

»Erzähl mir davon«, forderte ihn Ayji auf. »Erzähl mir von deinem Al'Anfa.« Zärtlich strich sie ihm über die Wange. »Ich wollte noch nie Geld von dir«, flüsterte sie, »aber ich will, dass du mir vertraust. Ich möchte dir helfen. Nicht nur, indem ich dir mithilfe der Schwester Rahja süßes Vergessen bereite.«

»Warum?« Lucio schüttelte den Kopf. »Ich bringe dich in Gefahr, wenn ich ... Bitte, dräng mich nicht.«

»Ich dränge dich nicht«, lächelte sie. »Um mich musst du dir keine Sorgen machen. Ich weiß auf mich aufzupassen. Und ... ich mag dich. Ist es da verwerflich, dir helfen zu wollen?«

Lucio schüttelte stumm den Kopf.

»Es ist nur so ...«, begann er und überlegte kurz, ehe er weitersprach. »Nach Ranaris Tod habe ich mich den Märtyrern vom Heiligen Berge Visars angeschlossen. Du hast vielleicht schon ...?«

»Die Rebellen vom Visarberg, ich weiß. Dom Raquirio besucht mich regelmäßig«, antwortete Ayji und fasste Lucio beruhigend am Arm, als er auffuhr. »Er redet viel, und er hat mir einiges über diese Bruderschaft erzählt. Aber mach dir keine Sorgen«, fügte sie mit einem verschwörerischen Lächeln hinzu, »eure Geheimnisse sind bei mir sicher.«

»Ich glaube, ich sollte mal mit Raquirio reden«, murmelte Lucio grimmig und legte den Arm um Ayjis Schultern. Überrascht stellte er fest, dass ihm die Vorstellung, der Horasier könnte bei ihr liegen, einen Stich versetzte.

»Nun, jedenfalls haben sie mich bald zu ihrem Anführer bestimmt«, fuhr er hastig fort und drängte seine Eifersucht auf den Freier einer Hure zurück. »Wir könnten so viel erreichen! Wir könnten die Silberberger in Angst und Schrecken versetzen. Wir könnten den Fanas neue Hoffnung geben, wir könnten ihnen zeigen, wie leicht es ist, Widerstand zu leisten. Wir könnten ...«

»Und warum tut ihr es dann nicht?«

»Weil ...« Lucio rang um Worte. »Wir suchen nach einem geeigneten Vorhaben. Und wir streiten uns. Jedes Mal, wenn wir uns treffen. Ich hatte so viele Pläne, aber sie haben sie zerschlagen, jeden einzelnen. Und jetzt, jetzt stellen sie mich in Frage. *Weil* wir nichts unternehmen. Weil die Granden sorglos in ihren Palästen sitzen und nichts fürchten müssen.« Seine Stimme, die sich zunächst zu einem Flüstern gesenkt hatte, wurde immer erregter. »Jetzt habe ich ihnen ein Vorhaben versprochen, das die Stadt in ihren Grundmauern erschüttert und sie endgültig überzeugen soll. Ich habe ihnen vorgemacht, ich hätte eine Idee, aber ...«

»... du weißt nicht, was du ihnen erzählen sollst? Und deshalb bist du bedrückt und quälst dich mit deinen Sorgen?«

»Es ist ja nicht so, dass ich keine Ideen hätte«, erwiderte Lucio grimmig. »Aber sie haben sie abgelehnt, alle, ohne Ausnahme, und sie werden auch diese wieder ablehnen. Oder zumindest zwei Monde darüber streiten. Ich kenne sie.«

»Warum machst du es dann nicht alleine?«

»Alleine?«

»Wenn sie nicht handeln wollen, dann lass sie sich weiter streiten und zeig ihnen, dass wenigstens du bereit bist, ein Zeichen zu setzen.«

»Vielleicht hast du Recht.« Lucio seufzte. »Ich werde ... nein, ich *muss* es diesmal schaffen, egal was sie sagen. Und sollte es mein Leben kosten.«

»Sei vorsichtig mit deinem Leben. Ich hänge sehr daran«, neckte Ayji. »Und was willst du tun? Weißt du es schon?«

»Nein, noch nicht.« Lucio drehte sich zu ihr. »Darüber zerbreche ich mir unentwegt den Kopf.«

»Ich kann mich umhören«, flüsterte sie und küsste ihn. »Meine Bruderschwestern haben viele Augen und Ohren. Ihnen entgeht nichts, was in Al'Anfa geschieht.«

»Das klingt gut«, antwortete Lucio seufzend und erwiderte ihren Kuss. »Ich wusste schon immer, dass die Maraskaner die heimlichen Herrscher der Stadt sind.«

»Wir sind Fremde«, lächelte Ayji und zog ihn sanft zurück auf die Decken. »Wir müssen uns gegenseitig vertrauen, etwas, was ihr nicht könnt oder nicht können wollt.«

»Ich werde versuchen dir zu vertrauen.« Er strich ihr über die Wange. »Ich werde es versuchen. Das verspreche ich dir.«

6. Kapitel

10. Rahja 341 nach Golgaris Erscheinen, Boronstag

»Herr, Euer Gast ist soeben eingetroffen«, sagte eine Sklavin, und Amato fuhr aus dem Studium der Baupläne hoch. Es war eine mühsame Aufgabe, sich anhand von Zeichnungen vorzustellen, wie sein Haus aussehen würde. Aber ...welcher Gast? Er schob die Rollen mit den Skizzen zusammen und verließ die Bibliothek, die der einzige halbwegs ruhige Raum im ganzen Haus war. Überall wurde gearbeitet, es schien, als gäbe es keine Wand, die so belassen werden konnte, wie sie war.

Als er nach draußen trat, blinzelte er gegen die Sonne. Vor seinem Haus standen einige Utulu-Trägersklaven, und soeben ließ sich Goldo Paligan elegant aus der Sänfte helfen. Diener standen in der Nähe bereit, um jeden seiner Wünsche zu erfüllen. Amato biss sich auf die Lippen, ärgerte sich darüber, dass Goldo seinen Besuch nicht angekündigt hatte, und lief zu ihm. Sein Großonkel betrachtete sachkundig das Haus. »Ich wusste doch, dass die Fassade im spätgüldenländischen Stil erbaut ist. Über die almadischen Stilelemente kann man leicht hinwegsehen, denke ich. Ja. Ich bin zufrieden. Und du, mein Lieber?« Goldo drehte sich auf eine Art um, die Amato verriet, wie wohl vorbereitet jede Bewegung, jede Geste, ja die Eröffnung des Gesprächs an sich war. Er neigte den Kopf. »Ich bin zutiefst dankbar, Don Goldo.«

»Aber mein lieber Junge.« Goldo trat näher und legte ihm den Arm um die Schultern. »Mein lieber, lieber Junge.« Goldo schob ihn wieder fort, hielt ihn aber an den Schultern fest und betrachtete ihn von oben bis unten. »Ach, ganz der Vater, die Haltung, ja, die Haltung. Und dann die seelenvollen Augen von meiner lieben Silvana. Du wächst ja prächtig heran, mein Lieber, das ist mir schon in den

Thermen aufgefallen. Wir sollten dich bald in Marmor schlagen lassen. Vielleicht noch ein Jahr und einige Fechtstunden mehr. Und lass die Haare wachsen, so kurz, das steht dir nicht.«

Amato zwang sich zu einem Lächeln. »Ich bin kein Kunstwerk, Oheim, so sehr mir das schmeichelt.«

Goldo lachte, aber in seinen Augen glitzerte es listig. »Und ob du ein Kunstwerk bist«, sagte er leise, zu leise, um nicht bedrohlich zu sein. »Du bist immerhin ein Paligan.«

Ugolinez-Paligan. Sein Vater war immer stolz auf das ›Paligan‹ gewesen, hatte aber Silvanas Namen tragen müssen, weil ihre Familie nur unter dieser Bedingung der Heirat zugestimmt hatte. »Ja, natürlich.«

»Du solltest den Fana-Namen langsam ablegen. Paligan, das reicht vollkommen. Das zeigt, wessen Geistes Kind du bist, wo deine Loyalitäten liegen. Das Ugolinez wird am Ende noch missverstanden.« Goldo rieb sich die Hände. »Möchtest du mir keine Erfrischung anbieten?«

Amato verneigte sich leicht, froh darüber, dass Goldo das Thema so rasch gewechselt hatte. Er wollte ihm nicht missfallen, und so froh Irato darüber gewesen wäre, wenn sein Sohn den ungeliebten Fana-Namen ablegte, so war dieser Name doch das Einzige, was an Silvana erinnerte. »Natürlich. Verzeiht mir.«

Er winkte den Sklaven und geleitete Goldo ins Haus. Von allen Dienern folgte ihnen nur ein spindeldürrer Bursche, der unglücklich den Kopf hängen ließ. Amato fragte sich flüchtig, um welche Art Diener es sich handelte, dass er sein Missvergnügen so deutlich zeigen durfte.

Einen richtigen Empfangssaal besaß Amato noch nicht, aber es gab die Terrasse, die einen Blick auf die Gladiatoren erlaubte. Er ließ eine leichte Mahlzeit aus gekühlten Früchten reichen und betrachtete Goldo über den Rand eines fein geschliffenen gläsernen Kelches hinweg, während die Gladiatoren unten Aufstellung nahmen. Leicht deutete er mit dem Kopf zu dem Diener mit den verfärbten Fingern, und Goldo war offenbar bereit, ihm die Frage zu beantworten.

»Dieser … Künstler hatte noch nicht die Gelegenheit, Gladiatoren nah genug zu sehen, um eine Ode darauf zu verfassen. Ich fühle mich geneigt, diese Lücke in seiner Ausbildung zu schließen und dachte, du könntest ihn deine Schule besichtigen lassen.«

Und warum sah der jämmerliche Tropf jetzt noch unglücklicher aus? »Aber natürlich.« Amato wandte sich an den Künstler. »Sag der Lanista Valeria, sie soll dich herumführen.«

Der Künstler verneigte sich tief und eilte davon.

Das Oberhaupt der Paligan aß mit gutem Appetit. »Du erinnerst dich an unser Gespräch bei der Eröffnung meiner Thermen? Über die Auflösung des Triumvirats und den Hohen Rat der Zwölf?«

»Und darüber, dass Amir Honak seine eigene Stellung stärkt? Das bedeutet, dass Amira Honak ebenfalls an Macht gewinnt, da ihr Vater ihr alle Wege ebnet, damit sie ihm so leicht wie möglich nachfolgen kann.«

Goldo gluckste vergnügt. »Auch Amir Honak weiß um seine Sterblichkeit, Boron behüte ihn.«

»Dann sollten doch alle zufrieden sein. Außer vielleicht der Großexecutor, dessen Macht abnimmt.«

»Der hat andere Sorgen. Schließlich wird Amira Honak langsam bedeutender als er.« Goldo leerte seinen Kelch. »Ein guter Tropfen.«

»Der Lieblingswein meines Vaters.« Amato lächelte schmal und prostete seinem Oheim zu.

Goldo stockte für einen Herzschlag und überspielte das rasch, dann lacht er plötzlich. »Du hast Talent, mein lieber Junge.«

Amato lächelte und neigte den Kopf. Unnötig, Goldo zu gestehen, dass er nur die Wahrheit gesprochen und es nicht als Drohung vorbereitet hatte.

»Sprechen wir über den freien Ratsitz. Ursprünglich war dafür Aurelian Bonareth vorgesehen, beste Verbindungen zum Patriarchen, ein verdienter Mann.« Goldo leerte seinen Kelch und ließ sich nachschenken.

Die Einladung zu der Orgie. Padrigo Bonareth, Vetter oder Bruder dieses Aurelian. Amato schwante Böses. Er schüttelte leicht den Kopf. »Er ist mir nicht bekannt.«

»Du wirst ihn kennen lernen. Kein ungeschickter Politiker, aber er ruht sich zu sehr auf seinen Verdiensten um das … Wohl des Patriarchen aus.« Goldo zerbiss eine Weintraube. »Er hätte den Sitz im Rat so gern gehabt. Aber zwei Bonareth, das geht unmöglich gut.«

»Das heißt, der Sitz geht an die Paligan? Werdet Ihr am Ende noch Ratsherr?«

»Ach, nein. Das ist gar nichts für mich.« Goldo schüttelte den Kopf. »Kompromisse sind nicht mein Fall, und ich kenne mich weder mit den Feinheiten der Gesetzgebung aus, noch interessieren sie mich besonders.«

»Natürlich.«

Goldo blitzte ihn an. Seine so offensichtlich zur Schau gestellte Sentimentalität rührte von einem gesunden Gefühl für das Komische her. Darüber zu lachen jedoch war und blieb gefährlich. »Du musst ohnehin noch einiges lernen. Nichts wird deine Talente so zur Entfaltung bringen wie eine gewisse Zeit im Rat.« Es klang beinahe nach einer Drohung.

Amato schluckte den Wein herunter und setzte langsam den Kelch ab. »Also kauft Ihr den Sitz für mich?«

»Es sei denn, du hast etwas anderes vor, mein Lieber.« Jetzt war die Drohung unverbrämt. »Aber ich dachte, da dein Vater tot ist, sollte ich mich noch mehr um dich kümmern. Du bist schließlich ein Paligan.«

»Ugolinez-Paligan«, murmelte Amato atemlos.

Goldo blickte ihn schweigend an. Die hellen Augen maßen ihn ruhig, ohne einen Hauch von Gefühl. Goldo war ein meisterhafter Spieler des großen Spiels, um das ganz

Al'Anfa kreiste. So freundschaftlich, geradezu liebevoll er sein konnte, nichts erreichte die Seele dieses Mannes, kein Gott, kein Gefühl und ganz sicher kein Mitleid. Amato schauderte, zwang sich zu einem Lächeln. »Don Goldo, bitte, mein Vater ist noch nicht lange tot. Erlaubt mir, sein Andenken zu bewahren. Zumindest für eine Weile.«

Goldo blickte zu den Gladiatoren hinunter, und Amato fragte sich, ob er ihn jetzt einfach fallen lassen würde. Es gab noch andere junge Paligan, die danach lechzten, dass das Oberhaupt der Familie Talent in ihnen erkannte. Junge Bluthunde, jeder von ihnen gefährlich. Um den entsprechenden Preis würden sie sich gegenseitig die Kehlen aufreißen.

»Was ist das da an deinem Hals?«

»Nichts.«

Goldo stand auf, war schneller um den Tisch herum, als Amato sich das hätte vorstellen können und schob ihm den Kragen auseinander. Er zuckte unter der Berührung zusammen.

»Würgemale. Wer war das?«

»Bitte, Don Goldo. Das spielt doch keine Rolle.«

Die leichte Ohrfeige traf ihn völlig unvorbereitet. »Sprich, mein Junge.«

Amato wollte aufspringen, die Berührung abschütteln, Goldo zurechtweisen. Er schob die Hände vorsichtig fort. »Ein Gladiator.«

»Ist er gut?« Die Frage war so widersinnig wie die Ohrfeige. Tat Goldo jemals etwas, was man voraussehen konnte?

»Vielleicht einer der Besten, die ich habe. Ich weiß noch nicht recht.«

»Wie passend«, murmelte Goldo und kehrte auf seinen Platz zurück. »Du solltest einen Schal tragen, bis das verheilt ist, oder einen Magier kommen lassen. Ein Paligan sollte sich nicht verletzt zeigen.« Das ironische Lächeln verbarg etwas. Amato hätte erwartet, dass Goldo ärgerlich wäre oder vielleicht fragte, wie er den Mann hatte bestrafen lassen. Entweder nahm er das einfach an, so selbstverständlich, dass er nicht zu fragen brauchte, oder er meinte etwas zu wissen, von dem Amato noch nicht einmal etwas ahnte.

»Wie dem auch sei. Wir machen aus dir den Ratsherrn für Spiele und Lustbarkeiten.« Goldo lachte vergnügt. »Gladiatoren passen zu dir, und das mit den Lustbarkeiten ...«, er zuckte die Schultern, »das wird sich noch finden. Achte nur darauf, dass Rahjadan Bonareth dich bei den Sitzungen nicht zu Tode langweilt. Ich brauche dich noch, mein Junge.« Der Tonfall verriet, dass er das Gegenteil meinte. »Nun zu etwas anderem. Nareb Zornbrecht hat derzeit einen Narren an einer neuen Gladiatorin gefressen. Er nennt das Vieh ›die Todesechse‹, die größte Gladiatorin aller Zeiten – das übliche Geschwätz. Wenn ich anlässlich des Festes der Freuden Spiele gebe, wirst du deine Gladiatoren antreten lassen. Am besten den Burschen, der dich gewürgt hat. Das wäre eine passende Strafe für ihn.«

»Ich bin nicht sicher, ob er dann schon soweit ist.«

»Dann sorge dafür, dass er es ist.« Goldo schüttelte den Kopf. »Oder soll ich mit deinen Lanistas sprechen?«

Die Entscheidung war längst gefallen. Eigentlich hätte der Mittelreicher mehr Zeit gebraucht, aber Goldos Missvergnügen wäre ein hoher Preis für die bessere Ausbildung eines Barbaren. Amato hatte bisher keine Vorstellung davon, wie weit Goldos Geduld reichte, aber er wusste, dass er es noch nicht ausprobieren wollte.

»Er wird die Todesechse schlagen.«

»Guter Junge.« Goldo verlagerte das Gewicht im Stuhl, dass das Flechtwerk knirschte. »Ich hörte, du hast Rahjadan Bonareths Einladung erhalten. Man will sich dich gewiss genauer ansehen. Sei ganz du selbst, wenn du gehst. Das wird genügen. Es ist eine Familienfeier der Bonareth und der Karinor – ohnehin alles eins. Kaum ein Bonareth, der nicht ein halber Karinor ist. Irschan Perval wird auch dort sein. Du hast ihn ja während der Thermeneröffnung gesehen.« Goldo lächelte. »Ich habe versprochen, dir die Türen bis zum Patriarchen zu öffnen. Perval ist nur ein Fana, aber er hat die Schlüssel. Du hast einen guten Eindruck gemacht, ich denke, er wird darauf brennen, dich näher kennen zu lernen.«

»Wenn ich das gewusst hätte, hätte ich nicht schon abgelehnt.« Amato senkte den Blick und hoffte, dass Goldo ihm die Lüge glaubte.

Goldo seufzte. »Beim nächsten Mal fragst du mich vorher. Wie gut, dass ich die Audienz schon erwirkt habe.«

»Beim Großexecutor?«

»Wo denkst du hin? Beim Patriarchen natürlich. Amir Honak ist bereit, dich zu empfangen. Und diese Einladung lehnst du nicht ab.«

7. Kapitel

12. Rahja 341 nach Golgaris Erscheinen, Feuertag

»Eine missliche Entwicklung.«

Aurelian schnaubte und nahm einen weiteren Schluck von dem schweren Goldfelser Morgenrot, während er am Fenster lehnte und in den Park hinausstarrte, wo inzwischen die ersten Gäste eintrafen. Man hatte Ketten roter Seidenlampions zwischen den Bäumen gespannt und Kerzen auf den Teichen schwimmen lassen, die den Garten in ein sanftes Licht- und Schattenspiel tauchten. Die leisen Klänge einer Maraskoline schwebten zum Fenster herauf. Einzig der Lotusteich mit dem Alligator lag stumm und düster neben der Festterrasse, bewacht von fünf Söldnern mit Netzen und Fangschlingen, die verhindern sollten, dass die Echse ihr Heim auf der Suche nach angenehmeren Orten verließ.

»Wahrlich eine missliche Entwicklung«, wiederholte Imana, und Aurelian drehte sich zu ihr um. Rote Seide umfloss ihren alternden Körper, den sie auf einen Diwan gebettet hatte. Ihre Hand fuhr beiläufig durch das silbergraue Fell ihrer Katze, während ein dünnes Lächeln ihre Lippen kräuselte. »Du hast ihm vertraut. Ein Fehler.«

»Ein Fehler, den ich nicht wiederholen werde«, knurrte er und wandte den Blick wieder nach draußen, wo soeben die Sänfte des Großexecutors eintraf. Nicht die Erste heute Abend. In der Tat konnte es kaum einen besseren Anlass geben, das Bündnis zwischen den Häusern Karinor und Bonareth zu feiern, als die Entsendung seines Vetters Padrigo als Commandant dieses boronverlassenen Piratennest, dachte er, während sein Blick Irschan Perval folgte, der gelassen die Freitreppe hinaufstieg, wo sich bereits einige andere Gäste eingefunden hatten. Am Arm des Großexecutors schritt dessen Schwester Viviane.

»Wenn du die Zeit hast, ihn überhaupt noch einmal zu begehen.« Imana winkte eine Sklavin heran und ließ sich ihren Pokal auffüllen. Mit spitzen Fingern wählte sie eine Perle aus der Schale neben ihr und ließ sie im Rot des Weins versinken. »Satinavs Zahn nagt an uns allen.«

»Und sie werden mir so schnell keine zweite Gelegenheit geben, nicht wahr?«

Imana hob eine Augenbraue unter dem Schleier, der ihr faltiges Gesicht weich erscheinen ließ. »Du weißt, dass ich einen anderen Weg favorisiere«, erwiderte sie und spießte mit dem Fingernagel eine Traube auf, die sie genüsslich zerbiss.

»Ich brauche Rahjadans Unterstützung.« Aurelian schüttelte gereizt den Kopf. Dieses Gespräch führten sie nicht zum ersten Mal. Aber heute hatte er seinen entscheidenden Trumpf verloren, und Imana machte kein Hehl aus ihrer Genugtuung. »Sie werden mich zerschmettern, wenn ich versuche, ihn zu entmachten.«

»Es ist ihnen nur zu recht, dass dein lieber Vetter unser Haus vertritt.« Imana scheuchte die Sklavin mit einer Handbewegung zur Seite und erhob sich ungelenk.

»Sorgst du nicht selbst dafür, werden sie dich niemals dorthin aufsteigen lassen, wo du hingehörst.«

Ihr Gang mochte beschwerlich erscheinen, ein Tribut an das Alter, dem auch mit Salben und Magie nicht mehr beizukommen war, aber ihre schwarzen Augen funkelten, als sie an Aurelian herantrat. Ihre Hand legte sich kalt auf seine Wange. »Es geht kein Weg daran vorbei, mein Sohn, jetzt, da alles andere gescheitert ist. Selbst der kühnste Plan schlägt fehl, wenn du vom Wohlwollen anderer abhängig bist. Sie werden dir nur als Familienoberhaupt den Ratsitz zugestehen, nur wenn du die Macht hast, ihnen Gleiches mit Gleichem zu vergelten. Rahjadan wird nicht sterben, und die Zwillinge werden ihm niemals nachfolgen.« Sie senkte die Stimme zu einem Flüstern. »Du musst handeln. Jetzt. Emilia ist ein hübsches Mädchen.«

»Nachdem bereits mein erster Traviabund so erfolgreich verlief?«, erwiderte Aurelian bitter. Es war zu lange her, um sich noch an die Züge des Mädchens zu erinnern, das man damals mit ihm verheiratet hatte. Eine Fana aus reicher Händlerfamilie, die man enger an das Haus Bonareth binden wollte. Gut erinnern konnte er sich dagegen an ihren zerschmetterten Leib, den man eines Tages auf den Klippen unter dem Rabenfelsen fand.

»Es ist weder meine Schuld noch Rahjadans, dass ihre Mutter meinte, uns hintergehen zu können.« Imana trat zurück, das Lächeln gefroren, und ließ sich auf den Diwan zurücksinken. Die Sklavin reichte ihr die Katze, die empört maunzte und vergeblich versuchte, die gekappten Krallen in den Arm ihrer Herrin zu schlagen.

Und es war auch nicht deine Schuld, dass dein Gemahl sich dir entzog, nach dem er dich ›Sklavenbastard‹ genannt hatte; ebenso wenig, wie du Schuld an den vielen anderen Toten trägst, die du über das Nirgendmeer geschickt hast, dachte er und betrachtete seine Mutter. Es schien, als wäre der Schleier gefallen, die Züge wieder hart wie eh und je.

»Das sind Eure Pläne, nicht meine«, sagte er schließlich und lehnte sich wieder gegen den Fensterrahmen. Der abendliche Wind strich sanft durch sein Haar. »Wenn ich Rahjadan beseitige, wird der Silberberg vor Entrüstung aufschreien. Ich brauche Verbündete, keine weiteren Feinde.«

»Und was gedenkst du zu tun?«

»Ich werde zunächst mit Rahjadan sprechen.« Aurelian nahm einen tiefen Schluck von dem Wein. »Er ist anlässlich der Verabschiedungsfeierlichkeiten in die Stadt gekommen und wird gleich auf dem Fest sein. Nur weil Amir mir seine Unterstützung versagt, heißt das nicht, dass mich auch die anderen fallen lassen.«

»Von den Karinor solltest du keine Hilfe erwarten. Wenn sich der Patriarch abwendet, wird es Shantalla auch tun.« Imana schnaubte. »Und Rahjadan, nun, ich glaube nicht, dass seine Weitsicht über den eigenen Ratssitz hinausgeht. Und den wird er dir schwerlich abtreten.«

»Nein, wahrscheinlich nicht«, murmelte Aurelian. Sie hatte Recht. Er hatte hoch gespielt, und die erste Runde verloren. Nun blieb ihm nur, den Einsatz zu erhöhen und nötigenfalls auch auf verdeckte Karte zu setzen.

Imana setzte die Katze zur Seite und hob den Schleier. Ihr Gesicht musste einmal außergewöhnlich schön gewesen sein. Einzig das volle, schwarze Haar mit dem bläulichen Schimmer und die großen Mandelaugen hatte die Zeit davon übrig gelassen. Beides Erbe ihrer mohischen Mutter, die ihren Herrn – einen Karinor – so verzauberte, dass er sie zur Gemahlin erhob, um ihre Tochter an das Haus Bonareth zu verheiraten.

»Du wirst früher oder später mit ihm brechen müssen. Es sei denn ...«, ein verächtliches Lächeln schob sich über ihr Gesicht, »du nimmst vorlieb mit Ämtern, wie sie der arme Padrigo nun wahrnehmen muss.«

Aurelian verzog den Mund zu einem schiefen Grinsen. »Als Präfekt auf einer Waldinsel, weit genug entfernt, dass ich niemandem auf die Füße treten kann, meint Ihr das?« Er stellte den Pokal zur Seite. »Nein, den Gefallen tue ich ihnen nicht. Aber ich muss Mauern nicht einreißen, solange sie sich überwinden lassen. Doch um auf Padrigo zurückzukommen, ich nehme an, Ihr habt ihm eine geeignete Begleitung zur Seite gestellt?«

»Ich werde über alles in Kenntnis gesetzt.« Imana lächelte spöttisch. »Ich lasse meinen armen Neffen nicht allein unter all den Piraten, wo er wohlmöglich noch Schaden anrichten kann.«

Aurelian nickte.

Unten hatte man inzwischen die großen Fackelschalen entzündet. Knisternd legten sich die Flammen in den auffrischenden Wind, der die Lampions auf und ab schaukeln ließ. Unmittelbar vor der Freitreppe hielt gerade eine schwarze Sänfte mit dem Wappen der Honaks, und einige

Sklaven eilten rasch herbei, um Amira gebührend zu empfangen.

»Der Patriarch schickt seine Tochter.« Seine Finger spielten mit einer dünnen Haarsträhne, während er die Halbelfe beobachtete, die die Stufen erklomm, bis sie im Eingang verschwand. Er atmete tief durch. »Es wird Zeit, hinunterzugehen.«

»Du bist verbittert.«

»Nein ...« Die Lichter auf den Teichen hüpften auf und ab, daneben das Dunkel des Lotusteichs, ein kurzes Aufflackern der Erinnerung, ein flüchtiger Schatten, den er mühsam zurück ins Vergessen zwang. Hinter sich hörte er Seide knistern, als Imana sich aufsetzte. »Es führt kein Weg an Amir vorbei, auch dann nicht, wenn Rahjadan mir seine Unterstützung zusichern sollte.« Er lächelte trüb. »Verbitterung hilft mir nicht weiter.«

»Du solltest dich nach neuen Verbündeten umsehen«, bemerkte Imana, während die Sklavin ihr das Kleid und den Schleier richtete und die Katze in ein Seidenkörbchen setzte. »Rahjadan wird wenig dagegen haben – wenn er es überhaupt wahrnimmt. Vielleicht ein passender Traviabund? Möglicherweise auch nur vorübergehend. Und trenne dich endlich von dieser Leibsklavin.«

»Kito?« Aurelian runzelte die Stirn und wandte sich wieder Imana zu. »Was habt Ihr an Kito auszusetzen?«

»Du hängst an dem dummen Ding. Das macht dich verletzlich.«

Aurelian nickte spöttisch. »Und Ihr seht Gespenster. Kito ist mir treu ergeben.«

»Nun, das ist deine Entscheidung. Ich halte jedoch eine politisch einträgliche Ehe für sinnvoller als eine Liebschaft mit einer Sklavin, die dir alle paar Jahre einen Bastard gebiert. Aber lassen wir das.« Seufzend streckte sie den Arm aus und winkte die Sklavin heran, damit sie ihr aufhalf. »Ich werde übrigens morgen früh abreisen, auf die Plantage.«

»Wie kommt es zu diesem plötzlichen Aufbruch?« Aurelian löste sich vom Fenster und bot ihr den Arm.

»Für die neugierigen Ohren da unten im Festsaal wird es die Luft sein, die mich aus der Stadt hinaustreibt«, lächelte sie matt, und das Perlmutt ihrer künstlichen Zähne glitzerte im Schein der flachen Feuerschalen und Öllampen, die ihr Gemach erhellten. Das Gesicht unter dem Schleier schien plötzlich eingefallen und müde. »Tatsächlich setzen mir die Zwillinge mehr zu, als ich mir eingestehen mag. Und nachdem sie nun auch noch den Lotusteich zerstört haben ...«

»Ihr neues Spielzeug wird in spätestens zwei Wochen mit dem Bauch nach oben im Wasser treiben.«

Imana hob eine Augenbraue. »Oh, es verträgt keine alanfanischen Hühner?«

»Das arme Tier hat einen empfindlichen Magen.«

»Ich hoffe, es kommt niemand auf die Idee, den beiden diese Unverträglichkeit mitzuteilen?«

»Die Sklaven sind sehr dankbar«, grinste Aurelian, während sie die Treppe hinabschritten, die in den großen Saal führte, gefolgt von Imanas Sklavin mit dem Katzenkorb. »Razir musste sie davon abhalten, alles auf einmal zu geben, so erleichtert waren sie.«

»Sehr schön.« Imana zauberte ein Lächeln auf ihre faltigen Züge. Stimmengewirr drang ihnen entgegen, der Duft nach würzigen Hölzern, die in den Kohlebecken glimmten, und teuren Duftwassern, gemischt mit den Köstlichkeiten, die von bis auf einen schmalen, goldenen Schurz unbekleideten Sklaven gereicht wurden. Die großen Flügeltüren zur Terrasse standen weit offen, und zwei tulamidische Tänzer räkelten sich zum Klang der Kabasflöten um das marmorne Bassin mit den Muränen, während die Gäste auf seidenen Diwanen ruhten, Blicke über die makellosen Körper der Tänzer wandern ließen oder sich angeregt unterhielten. Grell geschminkte Lustsklaven mit einem Reif aus vergoldeten Pfauenfedern um die Hüften schlenderten dazwischen umher, strichen hier zärtlich über einen Nacken oder ließen sich dort von den Feiernden auf die seidenen Kissen hinabziehen. Padrigo selbst, dem diese Feier heute galt, lag gelangweilt auf einem besonders prächtigen Diwan. Tiefe Ringe unter den winzigen Augen ließen erahnen, dass sein Geist längst in anderen Gefilden weilte. Kaum ein Tag, an dem er nüchtern war – vielleicht der Grund, weshalb man gerade ihn nach Port Visar zu den Korsaren schickte.

»Rahjadan! Welche Freude!« Imana setzte ein entzücktes Gesicht auf und ging auf eine kleine Gruppe zu.

»Imana, meine Liebe.« Rahjadan wandte sich ihr mit einem Lächeln zu, das nicht bis in seine Augen vordrang. »Ein hübsches Fest, nicht wahr? Amüsant, möchte man meinen. Ach, und Aurelian. Ich dachte schon, dich heute gar nicht mehr zu sehen.«

Aurelian neigte den Kopf zum Gruß und bedachte die Zwillinge, die jetzt neben Rahjadan erschienen, mit einem knappen Nicken. Wie ähnlich sie ihrem Vater sahen. Aus von dunklen, welligen Haaren umrahmten Gesichtern starrten ihn gleich sechsmal die schmalen, hochmütigen Augen des Lebemannes an, der spöttische Ausdruck bei den Zwillingen jedoch gemildert von den sanften Zügen ihrer Mutter Gilia Karinor, die sich mit den Jahren immer mehr durchzusetzen schienen. Emilia schenkte Aurelian und Imana ein herablassendes Lächeln, während Doriano seinen Blick mied.

»Wie passend, dass wir uns heute sehen, meine Liebe«, fuhr Rahjadan fort und nippte an einem zierlichen Kristallpokal. »Gilia ist derzeit unpässlich, das Wetter, die Luft, du weißt schon. Und da ich bei der Einweihung des Kolosses auf der *Stolz von Al'Anfa* Gesellschaft wünsche, fragte ich mich, ob du mich an ihrer statt begleiten möchtest. Diese Zeremonien sind so furchtbar fade.«

»Eigentlich hatte ich beabsichtigt, die nächsten Wochen auf der Plantage zu verbringen«, lächelte Imana, »doch in diesem Fall werde ich natürlich früher zurückkehren. Ich hoffe, Gilia geht es gut?«

»Kein Grund zur Sorge, es sind nur vorübergehende ... Verstimmungen.«

»Dann bin ich beruhigt. Welch ein Jammer, dass sie heute nicht hier sein kann.« Imanas Lächeln wurde noch eine Spur herzlicher. »Doch entschuldige mich, mein Lieber. Doriano, Emilia, seid so gut und beleitet eure alte Tante ein Stück. Mir steht der Sinn nach frischer Luft.« Die Zwillinge wechselten einen verwunderten Blick, folgten Imana aber ohne zu zögern hinaus auf die Terrasse.

»Ja, ja, meine lieben Kinder, meine Erben.« Rahjadan blickte ihnen mit einem Ausdruck seltener Sentimentalität nach. »Sie haben eine große Zukunft vor sich.«

»Daran zweifle ich nicht«, antwortete Aurelian und nahm beiläufig ein Stück Konfekt, das ihnen ein Sklave auf einem silbernen Tablett reichte. »Wann sollen sie deine Nachfolge antreten?«

»Ach, das wird sich zeigen. Wir wollen doch nichts überstürzen. Es ist angenehm, dich wieder einmal in diesem Hause zu sehen. Du warst viel unterwegs in letzter Zeit, nicht wahr? Unser lieber Patriarch nimmt dich sehr in Beschlag. Ich hörte, du warst in Port Corrad? Was hat der alte Löwe Oderin dazu gesagt, dass unser guter Goldo ihm den Palazzo genommen hat?«

»Seine Worte möchte ich ungern wiederholen. Es sollte genügen, dass er nicht eben erfreut war, sich aber dem Willen des Rates beugt. Ich hoffe, ihm gezeigt zu haben, dass er sich nach dem Desaster in Chorhop besser ruhig verhält.«

»Sehr schön, sehr schön.« Rahjadan lächelte zufrieden, während sein Blick längst wieder auf einer mohischen Tänzerin ruhte, die sich geschmeidig um den Muränenteich bewegte.

»Aber da wir schon bei dem Patriarchen sind, ich müsste dringend mit dir sprechen ...«

»Politik? Heute Abend? Ach, Aurelian, bitte!« Rahjadan lachte gekünstelt und wies auf die Tänzerin. »Eine wahrlich schöne Katze, nicht wahr? Ich habe sie Padrigo geschenkt, zum Abschied. Vielleicht sollte ich sie doch besser behalten, was meinst du?«

»Du hattest schon immer einen guten Geschmack, was Tänzerinnen angeht, und Padrigo wird sie kaum zu schätzen wissen«, antwortete Aurelian, während er sich innerlich zur Ruhe zwang.

»Also behalte ich sie und schenke ihm ... zwei Sänftenträger?« Sein Lächeln wirkte zum ersten Mal wirklich zufrieden. »Aber wo wir gerade von Sklaven und gutem Geschmack sprechen – Doriano beklagte sich bitterlich, dass du dich weigerst, deine Leibsklavin heute Abend zur Verfügung zu stellen. Sie gefällt ihm.«

»Das Problem liegt wohl vor allem darin, dass Kito *meine* Leibsklavin ist«, erwiderte Aurelian liebenswürdig.

»Nun, eigentlich gehört sie mir, wie alles in diesem Haus und dieser Familie, nicht wahr?« Rahjadan machte sich nicht einmal die Mühe, ein überlegenes Feixen aufzusetzen, sondern nippte nur gleichgültig an seinem Wein. »Und ich denke, du solltest nicht so eigen sein mit dieser Sklavin. Es gebricht dir an nichts, wenn du eine Nacht auf sie verzichtest. Doriano und Emilia werden sich freuen.«

Aurelian atmete tief durch, um seiner Antwort noch einen angemessenen Tonfall geben zu können, als ein Aufflattern von roter Seide und schweren Düften ihm die Erwiderung abschnitt, die ihm schon auf der Zunge lag.

»Mein lieber Don Rahjadan, welch ein entzückendes Fest!«

Mit einem Schritt war Shantalla Karinor heran und drückte Rahjadan einen leidenschaftlichen Kuss auf den Mund. Ihr Haar umschmeichelte den schmalen Rücken, während die Robe aus durchscheinender Seide weitaus mehr enthüllte als verbarg. Ihre Augen strahlten, als sie einen Schritt zurücktrat.

»Welche Mühen Ihr Euch gemacht habt! Man könnte meinen, wir feierten Eure und meine Wahl, und nicht nur diese läppische Kommandantur, die ohnehin keiner wollte. Entzückend! Oh, Don Aurelian.« Mit einer fließenden Bewegung wandte sie sich um und legte die schlanken Arme um seinen Hals. Ihre Lippen wanderten an sein Ohr. »Ich hörte davon, und ich muss Euch sagen, dass ich Amirs Entscheidung zutiefst bedauere.« Sie knabberte spielerisch an seinem Hals. »Du hättest neben mir ein wirklich hübsches Bild abgegeben. Aber das muss uns nicht den Abend verderben, nicht wahr?«

»Was hat unser lieber Patriarch denn entschieden?«, fragte Rahjadan, und Shantalla löste sich von ihm, nicht ohne einen flüchtigen Kuss auf seine Lippen zu hauchen.

»Hat man es dir denn noch gar nicht gesagt?« Ihr Lächeln wich scheinbarem Erstaunen, um sofort in Bedauern umzuschlagen. »Er will die Kandidatur deines Vetters nun doch nicht unterstützen.«

»Man berichtete mir so etwas.« Rahjadan nickte gelangweilt. »Schade, wirklich schade, aber wohl nicht zu ändern.«

»Wenn ihr eure Unterstützung aufrecht haltet, ist der Ratssitz nicht verloren.« Aurelian wandte den Blick erst zu Rahjadan, dann zu Shantalla. »Mithilfe des Patriarchen wäre es einfacher, aber ...«

»Ach, Aurelian, es tut mir Leid.« Shantalla lächelte bedauernd, und diesmal wirkte es sogar ehrlich. »Ich habe mit Amir gesprochen, und es geht nicht, dass wir uns über zwei Kandidaten aufreiben. Keiner von uns will einen weiteren Zornbrecht im Rat. Ich habe Amir jedenfalls versprochen, seinen Kandidaten zu unterstützen – und Rahjadan auch, nicht wahr?«

Rahjadan nickte, während er immer noch den Bewegungen der Tänzerin folgte. »Unser lieber Patriarch wird seine Gründe haben«, sagte er. »Und unser Haus ist mit meinem Sitz ausreichend vertreten.«

»Es gibt also bereits einen neuen Kandidaten? Wer ist es?«, fragte Aurelian. Äußerlich gelassen, spürte er eisige Wut aufsteigen und mit ihr eine dumpfe Leere, die ihn aushöhlte und gleichzeitig lähmte. Natürlich gab es einen, es hatte ihn vermutlich schon vor seinem Gespräch mit Amir gegeben.

»Ein junger Paligan. Goldos Großneffe, Amato Paligan-Ugo... ach, ich habe das wieder vergessen, es ist ja auch nicht so wichtig.« Shantalla lächelte ihr liebenswürdigstes Lächeln und fasste Aurelians Hand. »Ein hübscher Bursche, noch recht jung, aber sehr zurückhaltend, nach allem, was man hört. Ideal für Goldos Spielchen.«

»So.« Aurelian erwiderte ihr Lächeln mit einem knappen Zucken der Mundwinkel. »Und welchen Vorteil zieht Amir aus diesem Bündnis?«

»Oh, *das* weiß ich gar nicht.« Sie kicherte und schmiegte sich erneut an seine Brust. »Es ist jedenfalls zu spät, um sich zu grämen. Ich hätte dich gerne im Rat gehabt, wirklich. Genieße lieber diesen Abend. Ich würde mich freuen, wenn wir uns nachher noch ... sehen. Und Ihr, mein lieber Don Rahjadan«, wandte sie sich abrupt um und hob auffordernd die Brauen, »Ihr schuldet mir noch einen Tanz. Ich habe bereits Platz schaffen lassen und meine aranischen Flötenspieler mitgebracht. Heute kommt Ihr mir nicht davon.«

»Donna Shantalla, ich käme nie auf den Gedanken, mich Euch entziehen zu wollen.« Rahjadan setzte den Kelch ab und bot ihr den Arm. Im Gehen warf sie Aurelian noch einen flüchtigen Handkuss zu, dann waren sie fort, und von der anderen Seite des Raumes klang bald danach getragene, aranische Tanzmusik herüber.

Aurelian ließ sich auf einem Diwan nieder und winkte ungeduldig einen Sklaven herbei, der ihm eilig einen Kelch Boronwein reichte. Müde lehnte er sich zurück und schloss für einen Moment die Augen, um all den Zorn, der in ihm brannte, hinunterschlucken zu können. Er hatte eigentlich nichts anderes erwartet. Natürlich schwenkten Shantalla und Rahjadan auf Amirs Kurs ein. Er wäre ein Narr, etwas anderes annehmen zu wollen. Trotzdem fühlte er sich wie gelähmt, leer und ausgebrannt. Er würde weitere Jahre warten, die Zeit verstreichen sehen, während die Zwillinge erwachsen und irgendwann eine ernsthafte Bedrohung für ihn wurden, weitere lange, zähe Jahre ..., in denen grell geschminkte Affen wie Shantalla und Rahjadan die Geschicke des Imperiums lenkten. Es war alles so gut vorbereitet gewesen, die Gelegenheit so günstig. Und nun scheiterte er, weil er zu sorglos gewesen war, einen kurzen Moment nachlässig, einen kurzen Augenblick, den Goldo Paligan zu nutzen verstand hatte. Zu spät ...

Der süßlich-herbe Geschmack des Boronweins lag schwer auf der Zunge, aber er besänftigte die wirren Gedanken, die auf ihn eindrangen, eine Flut von Erinnerungen, Bilder, Worte, Amir und der Streit, Enttäuschung, Wut, die Zwillinge ... Kito.

Aurelian schrak hoch.

»Razir?«

Aus dem Schatten hinter einem Vorhang löste sich die Gestalt des Maraskaners, der dort Stellung bezogen hatte, wie er es immer bei Festen und Orgien tat, um im Notfall einschreiten zu können. Ein belustigtes Grinsen lag auf den dunklen Zügen, aber Aurelian kannte ihn gut genug, um zu wissen, dass der Spott nicht ihm galt.

»Herr?«

»Geh in meine Gemächer und lass niemanden hinein. Und wenn es mein Vetter persönlich ist.«

Der Maraskaner schüttelte den Kopf. »Ich fürchte, es ist zu spät. Sie haben Kito schon geholt.«

Aurelian ließ den Becher mit einem Knall auf den niedrigen Mohagonitisch fallen. »Dann bring sie zurück.«

»Wollt Ihr wirklich, dass ich in die Gemächer der Zwillinge eindringe, ihre Leibwächter aus dem Weg räume und Kito aus ihrem Bett ziehe?« Razir hob eine Augenbraue und verzog den Mund zu einem hämischen Grinsen. »Es soll mir ein Vergnügen sein.«

»Nein. Das heißt ...ja ...« Aurelian schloss stöhnend die Augen und ließ sich zurück in die seidenen Kissen sinken. Was war heute nur mit ihm los? Sie war eine Sklavin, nur eine Sklavin. In seinem Kopf kreiste es wirr und in schillernden Farben, bunte Flecken und Punkte, bizarre Gesichter. Der Boronwein, der seinen Geist umnebelte. Nicht jetzt, nicht ... Mit einer fahrigen Bewegung stieß er den Becher zur Seite, sodass die milchige Flüssigkeit über die Fußbodenmosaike schwappte. Razir musterte ihn skeptisch.

»Eine dumme Idee, nicht wahr?« Aurelians Lächeln erstarb in einem schiefen Grinsen.

»Das hängt davon ab, ob ich sie umbringen soll. Tote reden nicht.« In den Augen des Maraskaners lag nicht eine Spur von Spott.

Aurelian winkte ab und setzte sich vorsichtig wieder auf. Ihm schwindelte, aber das würde gleich vergehen. Der erste Schluck des Boronweins brach jedes Mal wie eine Flutwelle über ihm herein, die sich ebenso schnell wieder legte, wenn er dem zweiten Schluck entsagte. Nur eine angenehme Schwere blieb zurück.

Er atmete tief durch und erhob sich. »Ich sollte frische Luft schöpfen. Begib dich in meine Gemächer und achte darauf, dass sie nicht auf die Idee kommen, noch weitere Dinge aus meinem Besitz für ihre Vergnügungen heranzuziehen.«

»Wie Ihr wünscht, Herr.« Mit einer knappen Verbeugung wandte Razir sich ab und schlenderte gemächlich durch den Festsaal, wo inzwischen zwölf tulamidische Schleiertänzerinnen die Aufmerksamkeit auf sich zogen. Die Luft war geschwängert vom Rauschkraut und dem Duft teuren Weins, lautes Lachen und Kichern übertönte gelegentlich das Schlagen der Tamburine und Trommeln.

Aurelian schwankte ein wenig, als er hinaus auf die Terrasse trat, aber die Wirkung des Boronweines war sanfter, als er im ersten Moment geglaubt hatte. Er brauchte Ruhe, und er brauchte vor allem seine Sinne im Hier und Jetzt.

Es war einsam geworden hier draußen, einzig aus einer verschwiegene Laube zwischen den Oleanderbüschen drangen rahjagefällige Laute. Aurelian schlenderte über die hellen Marmorplatten bis an die Brüstung, von der aus man einen bezaubernden Blick auf die nächtliche Stadt hatte. Tausende Lichter glitzerten auf den Terrassen des Visra und spiegelten sich hundertfach auf dem Wasser. Wind hatte sich erhoben und rauschte in den Blättern der Bäume. Die Lampions im Park taumelten hin und her, und die bunten Fackeln entlang der Kieswege knatterten in den Böen. Noch standen die Sterne klar und hell am Firmament, aber bald schon würde sich der Himmel verdunkeln und der Sturm über die Stadt kommen.

Aurelian lehnte sich gegen die Brüstung und blickte versonnen hinaus auf das Meer. *Verbündete* ... War es dafür nicht schon zu spät? Er hatte zu lange, zu ausschließlich auf Amir und Shantalla gesetzt, dabei hatte es vermutlich nie in ihrem Interesse gelegen, in ihm mehr zu sehen als einen Handlanger, jemanden wie Padrigo, den man fortschicken konnte, wenn er nicht genehm war, den man rufen konnte, wenn man seiner bedurfte. Aurelian schloss einen Moment die Augen und genoss den auffrischenden Wind.

Er war es schon lange leid, den Handlanger zu spielen, viel zu lange schon.

»Ein herrlicher Abend, nicht wahr?«, erklang unvermittelt die samtene Stimme des Großexecutors hinter ihm. »So friedvoll, so ganz und gar frei von der Mühsal des alltäglichen Geschäfts.«

Er hatte ihn nicht kommen gehört.

Aurelian schalt sich in Gedanken einen Narren, an einem Abend wie diesem seine Sinne im Boronwein zu ertränken, und zwang sich zu einem unverbindlichen Lächeln, als er sich Irschan Perval zuwandte. Der Magier trat an seine

Seite. Im abendlichen Zwielicht erschienen seine makellosen Züge wie das kalte Antlitz einer Statue, und in seinen Augen fing sich das Glitzern der letzten Sterne.

»Ein friedlicher Abend, in der Tat«, nickte Aurelian langsam. »Man mag kaum glauben, mit welcher Macht der Sturm bald über der Stadt toben wird. Ein beeindruckendes Schauspiel.«

»Und eine perfekte Kulisse überdies«, ergänzte Irschan liebenswürdig und wandte sich nun ebenfalls der Aussicht zu. Seine Hände legten sich leicht auf den Marmor der Brüstung und die Ringe an seinen Fingern funkelten im unsteten Schein der Lampions. »Ein atemberaubendes Panorama. Eines muss man Eurer Familie lassen, sie beweist wahrhaften Sinn für Schönheit. Wenn ich da an so manch protzige Zurschaustellung in anderen Villen dieses Stadtteils denke – schauderhaft. Doch sagt, was ist eigentlich mit dem bezaubernden Lotosteich geschehen, dessen geschmackvolle Zusammensetzung ich in der Vergangenheit stets bewundert habe? Mir schien, als läge er dunkel und verwaist.«

»Verwaist ist sicher das falsche Wort.« Aurelian lächelte schmal. »Sagen wir lieber, die Blütenkelche mussten einem neuen Bewohner weichen, auf dessen Präsentation heute Abend verzichtet wird. Wenn Ihr ihm vorgestellt zu werden wünscht, wendet Euch an Donna Emilia, sie wird Euch mit Freuden ihr neues Spielzeug vorführen.«

»Oh, Donna Emilia schien mir vorhin mit ganz anderen Spielzeugen beschäftigt«, lächelte der Magier. »Es erschiene mir äußerst ungehörig, sie dabei zu stören. Doch wo wir schon einmal beim Thema sind: Seine Erhabenheit bat mich, Euch sein Bedauern auszurichten, dass er dieser kleinen Feier nicht beiwohnen konnte. Er wird sich Euch aber selbstverständlich widmen, sobald er es vermag.«

»Wie schön.« Aurelian wandte den Blick wieder hinab zum Hafen, wo hastig umhergetragene Fackeln von der Eile kündeten, mit der die Stauer die letzten Güter entluden und Mannschaften ihre Schiffe vertäuten, bevor der Sturm die Wogen über die Kaimauer drückte.

»Nicht wahr?« In Irschans Stimme paarten sich Anteilnahme und Entschiedenheit. »Doch entnahm ich Euren Worten einen Hauch von Unbehagen?«

»Darüber, dass sich Seine Erhabenheit mir widmen will? Wo denkt Ihr hin?« Aurelian blickte weiter versonnen auf das nächtliche Treiben. Die Nebel des Boronweins lagen schwer über seinen Sinnen, ließen die Lichter der Stadt noch heller erstrahlen und dämpften die Klänge der Kabasflöten, die aus dem Festsaal zu ihnen hinausgetragen wurden, aber sein Geist schien ernüchtert. Es gab keine Ruhe unter dem Schatten des Visra, nicht einmal angesichts des nahenden Sturmes.

»Ein Dichter schrieb einmal, Al'Anfa sei wie eine Geliebte, die umsorgt und umschmeichelt werden will, um sie sich gewogen zu halten. Und gleichzeitig wie eine Hure, die sich jedem vor die Füße wirft, der ihren Preis bezahlen kann.« Aurelian hielt kurz inne und wandte den Blick zu Irschan, der ihn abwartend beobachtete. »Ihr versteht Euch ebenso gut auf die Kunst des Schmeichelns wie auf die des Kaufens. Al'Anfa liebt Euch.«

Theatralisch erhob der Magus die Hände. »Und was mehr könnte sich ein ergebener Sklave von seiner stolzen Herrin erhoffen! Habt Dank, Don Aurelian, Eure umsichtigen Worte erfüllen mein liebendes Herz mit Stolz und Dankbarkeit.« Glücklich seufzend wandte sich Irschan wieder der Kulisse zu. »Es war eine gute Entscheidung, Eure Gesellschaft zu suchen. Ihr seid ja ein wahrer Quell der schöngeistigen Gelehrsamkeit.«

Aurelian warf ihm einen knappen Blick zu. Ein eitler Geck war er, dieser Magier, ein erbärmlicher Fana, der nur durch die Gnade seiner Patrone und die Gunst eines liebestollen Patriarchen dorthin hatte aufsteigen können, wo er heute saß; der mächtigste ›Sklave‹ der Schwarzen Perle, eine Spinne, die die Fäden ihrer Intrigen nur zu geschickt auszulegen verstand. »Ihr seid doch sicher nicht gekommen, um mit mir über die Schönheit und Grausamkeit Al'Anfas zu philosophieren. Oder war es etwa die Luft, die Euch hinaustrieb?«

»Es mag Euch schwer fallen zu glauben, aber in der Tat halte ich ausgesprochen wenig von seichter Philosophierei; nennt es einen Tribut an meine Profession«, entgegnete Irschan in sachlichem Ton. »Jener Dichter, den Ihr zitiertet, hat offenkundig, wie die meisten seiner Zunft, einmal zu oft in einen Kelch mit Boronwein geschaut und einmal zu selten in ein gutes Buch. Städte sind weder grausam noch erweisen sie Gnade, sie bieten lediglich die Bühne dazu. Und nun kennt Ihr mein Geheimnis, Don Aurelian«, fuhr er zwinkernd fort. »Die Gunst einer grell geschminkten Hure hat mich niemals auch nur einen Oreal geschert. Ich pflege mich an jene zu halten, die sie besteigen – oder gefügig zwischen ihren Schenkeln hecheln. Erstere sind durch die Zuführung frischeren Fleisches zu bändigen und Letztere sehnen sich insgeheim selbst nach einem scharfen Beritt.« Mit einem Fingerschnippen wandte er sich Aurelian wieder zu und in seinen Augen glomm unverbrämte Lust. »Um auf Eure Frage zurückzukommen, mein feinsinniger *collega*: Mich trieb der Sturm hinaus.«

Eine jähe Böe schlug ihnen entgegen, nicht mehr warm und schmeichelnd, sondern fordernd, begehrend. Drohende Wolkentürme hatten sich über den nachtblauen Himmel geschoben. Über dem Meer zuckten vereinzelte Blitze, gleißend hell und unheilvoll, aber bezaubernd schön. *Euer Geheimnis ...* »Sie wird Euch eines Tages zertreten, die grell geschminkte Hure, wenn Ihr sie nicht achtet. Sie ist launisch und eifersüchtig, sehr eifersüchtig.« Aurelian schmunzelte. »Und, Don Irschan, wo seht Ihr mich in Eurem Bild? Reite ich die Hure oder hechele ich?«

»Wo würdet Ihr denn gern gesehen werden?« Die Augen des Magiers wanderten langsam und unmissverständlich über seinen Körper.

Aurelian fing seinen Blick. »Es ist Euer Bild, nicht meines. So oder so wäre ich Wachs in Euren Händen.«

»Nicht doch«, wehrte Irschan mit einem satten Lächeln ab, »einem jeden gebührt das Recht auf Widerstand. Doch um besagte Frage ein für alle Mal zu klären: Wie wäre es, wenn Ihr Eure Darstellung in meinem Gemälde einfach selbst gestaltet? Ich böte lediglich Staffelei und Farben, die Ausführung läge ganz in Eurer Hand.«

»Ihr wollt mich zu einem Künstler machen?« Aurelian lachte amüsiert auf. »Ich würde Euer Gemälde zerstören, Don Irschan, wenn ich ihm meinen Pinselstrich aufsetzen würde. Euer Stil und der meine ... vertragen sich nicht. Obwohl ...«, Aurelian trat einen Schritt näher an den Magus heran und verlieh seinem Blick ein frivoles Leuchten, »vielleicht käme es auf den Versuch an?« *Euer Spiel ...*

Irschan wich keinen Fingerbreit zurück. Aurelian spürte die Hitze seines Körpers, nahm den Geruch von Mohacca und Wein in seinem Atem wahr. »Meint Ihr?« Seine Stimme war ein Nuance rauchiger geworden, trug Verlangen in sich und das vage Versprechen auf Erfüllung. »Und was macht Euch so sicher, dass mein Gemälde Euren kecken Pinselstrich gestattet?«

Die nächste Böe riss die Worte des Magiers mit sich und zerrte aufbegehrend an ihrer Kleidung. Einen Augenblick glomm Zorn in Irschans Augen. Herrisch hob er die Hände über den Kopf, ein Ring blitzte jäh durch die Nacht. Der Sturm verstummte. Einzig der Hauch ihrer Atemzüge bewegte noch die Luft.

Unten ihnen pflückte der Wind einige Lampions von den Bäumen, die wie Irrlichter durch den Garten taumelten. Ein aufgescheuchtes Liebespaar suchte Schutz im Schatten der Mauern, ihre gelösten Gewänder flatterten wie Banner an ihren halb entblößten Leibern.

»Was, wenn das Bild dem Künstler das Motiv diktiert?« Irschans Stimme klang eigentümlich kraftvoll in der jähen Stille.

»Gälte es nicht, das herauszufinden?«

Aurelian hielt seinem Blick stand. »Die Macht des Bildes und der Willen des Künstlers ... ein interessanter Zweikampf. Und nun? Gedenkt Ihr dem Maler ebenso Einhalt zu gebieten wie dem Sturm?«

»Ihr macht verlockende Angebote, Aurelian Bonareth«, flüsterte Irschan und in seinen Augen loderte verzehrend eine dunkle Glut. Abermals nahmen sie die Wanderung über Aurelians Körper auf, nachdrücklicher nun, fordernder. Sein Brustkorb hob und senkte sich im schneller werdenden Rhythmus seiner Atemzüge, und die Hitze seines Leibes übersprang den schmalen Abstand zwischen ihnen, durchdrang die schmeichelnden Seidenstoffe und tastete züngelnden Flammen gleich nach Aurelians Haut.

Ein Blitz zerteilte das nächtliche Firmament. Vom Hafen wehten gellende Schreie herauf, Flammen loderten auf und zerstoben im brüllenden Sturm. Tief grub der Magier seinen Blick in Aurelians Augen. »Welch eine grandiose Kulisse für ein perfektes Bühnenstück.« Weitere Blitze zuckten über den Himmel, ein jäher Donner erschütterte die Nacht, und für wenige trügerische Augenblicke legte sich der Sturm. »Doch Ihr seid der Künstler, Euch gebührt der letzte Akt.« Unvermittelt trat Irschan einen Schritt zurück und machte eine knappe Geste zum Festsaal.

Aurelians Blick löste sich von seinem Gegenüber. Im erleuchteten Türbogen stand eine Frau. Der Wind zerrte an ihrem kunstvoll frisierten Haar und drückte die weiße Seide ihres Kleides eng an ihren wohl geformten Körper, als sie auf sie zukam. Aurelians Mund zuckte überrascht, als er die Schwester des Großexecutors erkannte.

Viviane Perval hob den Blick, als sie dicht vor ihnen stand und schenkte erst ihrem Bruder, dann Aurelian ein leises Lächeln.Sanft fasste der Magier nach ihrer Hand und dirigierte sie in die Windstille, gerade so, als wolle er einer hübschen Statue einen geeigneten Platz zuweisen. Mit der rechten Hand zog er sie halb vor seinen Körper, mit der linken strich er ihr windzerzaustes Haar zurück und gab den Blick auf ihr Gesicht und ihren unbedeckten Hals frei.

In diesem Augenblick senkte sich die unsichtbare Barriere, die den Sturm gebannt hatte, und der unerwartete Windstoß raubte Aurelian fast den Halt.

»Dies sei Eure Leinwand«, rief der Magier über das Heulen des Sturms und löste eine Fibel am Kleid seiner Schwester. Der hauchzarte Stoff glitt von ihren Schultern bis auf die Hüften, wo ein edelsteinbesetzter Gürtel ihm Einhalt gebot. Ihre Haut schimmerte blass im düsteren Wolkenspiel des Sturmes.

»Wählt die Farben, wählt das Werkzeug, wählt den Stil. Gestaltet das Kunstwerk ganz nach Euren Wünschen. Es sei das Eure, für diese Nacht.« Mit diesen Worten gab der Magier Hand und Schulter seiner Schwester frei und wandte sich ein letztes Mal an ihn. »Diese Gabe ist mir kostbar, vergesst das nicht.« Sacht fuhr seine Hand über Vivianes Wange, bevor er sich abwandte und in den Festsaal zurückzog.

Ein dünnes Lächeln umspielte Aurelians Mund, als er Viviane zu sich heranzog. Pfeifend fuhr Böe um Böe über die Marmorplatten, wirbelte Lotos und Rosenblätter auf, fuhr unter ihr Kleid und blähte den zarten Stoff. Der nächste Blitz offenbarte das Verlangen in ihren Augen, mit leicht geöffneten Lippen blickte sie ihn an. Er strich zart darüber, bevor er sich zu ihr hinunterbeugte und sie küsste, ihren Duft schmeckte.

Die perfekte Leinwand.

Verachtung stieg in ihm auf. Er küsste sie wieder, hart, spürte, wie sie zurückschreckte und drückte sie nur noch enger an sich, bevor er sie sacht nach hinten bog und nur noch seine Hand sie hielt, während seine Lippen über ihre Brüste wanderten, die zweite Hand ihre Hüften erkundete, über den schmalen Gürtel glitt und ihn öffnete. Viviane drängte sich gegen ihn, der Wind riss Laute von ihren Lippen, hob ihre Haare und er fühlte die Spitzen auf seiner

Haut. Ihre Hände fuhren unter die Seide seines Hemdes, ihre Finger berührten seine Brust, bevor sie weiter wanderten und ihre Lippen folgten, tastend, lockend. Und wo sie nicht war, tobte der Sturm, zerrte an ihnen, umschmeichelte sie, um sie im nächsten Moment unbarmherzig zu peitschen.

Irschan, du jämmerlicher Fana.

Er drehte sie so, dass er hinter ihr die Stadt sehen konnte, die schwarz und dunkel unter der Geißel des Orkans kauerte. Sie löste sich, trat hinter ihn, grub ihre Fingernägel in seine Haut. Er ließ es geschehen. Für einen Moment. Unten in der Stadt verlöschten die letzten Lichter.

Du wirst noch sehen, dass mein Strich deinem Gemälde nicht gut ansteht. Diese Hand beugt sich nicht deinem Willen.

Niemals.

Dann brach der Kauca über sie herein.

8. Kapitel

13. Rahja 341 nach Golgaris Erscheinen, Wassertag

Staub hing in der Luft und brannte Lucio in der Lunge, während er zusammen mit einem der Stauer mühsam einen Balken beiseite schob. Drückende Hitze lag bereits wieder über der Stadt, obwohl sich die Praiosscheibe gerade erst über dem Koloss erhoben hatte und nun am Morgen frische Winde dem Kauca folgten. Mit unbändiger Kraft hatte er an den Häusern und Palästen der Stadt gerissen, hatte die Palmen auf dem Sklavenmarkt geknickt und war durch den Rosengarten des Rahjatempels gefegt, sodass eine Wolke rosaroter Blütenblätter über den oberen Stadtvierteln niederging. Doch all diese Schäden waren nichts gegen das, was der Sturm den Brabaker Baracken antat, jedes Mal, wenn er die Stadt heimsuchte.

Lucio richtete sich auf und rieb sich den Rücken. Seit Stunden suchten sie in den Überresten des Miethauses nach Überlebenden, die einen nach Verwandten und Freunden, andere nach den Habseligkeiten der Toten. Es war eine mühsame Arbeit, und bislang hatten sie zwei Dutzend Leichen ans Tageslicht gebracht – ein nur kleiner Anteil derer, die tatsächlich in dem Haus gelebt hatten.

Dankbar nahm Lucio die Kelle entgegen, die die Runde unter den Helfern machte. Eine erste Pause. Dabei hielten sie sich bereits seit den frühen Morgenstunden zwischen den Trümmern auf. Das Wasser war abgestanden, aber es spülte den Staub fort. Rings um die Unglücksstelle hatte sich inzwischen eine beachtliche Menschentraube eingefunden. Betroffenheit spiegelte sich in den Gesichtern, Neugier, aber auch Erleichterung, dass das eigene Haus dieses Mal verschont geblieben war.

Lucio gab die Kelle weiter und trat neben einen muskulösen Halbutulu, der gerade vergeblich versuchte, einen

Mauerrest zur Seite zu wuchten. Er kannte den Mann von der Arbeit im Hafen, wo er sich von Zeit zu Zeit ein paar Dirham verdiente. Der Utulu grinste breit und offenbarte eine Reihe fauliger Zähne.

»Unruhige Nacht, nicht wahr?«

Lucio nickte knapp und suchte an dem Bruchstück nach einem guten Griff. »Ungewöhnlich viele Stürme dieses Jahr«, antwortete er. »Noch zwei, drei davon, und in den Baracken steht nichts mehr.«

Der Utulu lachte trocken. »Das bauen sie wieder auf. Und weil's neu ist, kostet's gleich `nen Oreal mehr.«

»Vermutlich.« Endlich hatte er einen sicheren Halt gefunden und nickte dem anderen zu. Gemeinsam schafften sie es, das Mauerwerk beiseite zu schieben. Eine Ratte huschte quiekend zur Seite, als das Sonnenlicht zwischen die Trümmer fiel: ein leeres, zermalmtes Bett, zersplitterte Balken und eine Truhe, deren Deckel eingedrückt war. Mit einem zufriedenen Brummen wandte sich der Utulu den Überresten der Kammer zu, während sich Lucio auf den Resten der Grundmauer niederließ, um den Schweiß aus Gesicht zu wischen und wieder zu Atem zu kommen. Die unteren Stockwerke wurden meist von den wohlhabenderen Bewohnern genutzt; keine hohen Herrschaften wie im Villenviertel oder gar auf dem Silberberg, aber Leute, die es in den Baracken zu etwas gebracht hatten. Lucio konnte es dem Utulu nicht verdenken, dass er sich am Besitz der Bewohner gütlich tat. Wenn diese noch am Leben wären, hätten sie längst versucht, ihre Habseligkeiten zu retten. Auf die Reise über das Nirgendmeer konnte niemand etwas mitnehmen. Vielleicht sollte er sich auch umschauen, nach ein paar Dirham oder dem einen oder anderen Oreal, von dem er Ayji ein Geschenk kaufen konnte. Er war gestern bei ihr gewesen, kurz bevor der Kauca über die Stadt hineinbrach, bis sie ihn fortschickte, weil sie ihre Freier traf. Die halbe Nacht hatte er in der Nähe des Mietshauses verbracht, in der Sorge, der Sturm könne die dünnen Mauern eindrücken und die morschen Balken fortreißen, um die Bewohner des Hauses Boron zum Geschenk zu machen. Doch das Haus hielt stand, und als er sich in der Morgendämmerung todmüde auf den Weg zu seiner eigenen Unterkunft machte, empfing ihn diese Trümmerwüste.

Lucio erhob sich seufzend und schüttelte die schweißnassen Haare aus dem Gesicht. Fast zehn Jahre hatte er hier gelebt, in einer Kammer hinter der Taverne, zwischen Weinfässern und Reissäcken. Im Gegenzug hatte er gelegentlich in der Taverne ausgeholfen und berauschte Gäste vor die Tür gesetzt. Die dicke Wirtin war eine der Ersten gewesen, die sie aus den Trümmern gezogen hatten; ein aufgedunsener Körper mit eingeschlagenem Kopf und verdrehten Gliedern. Man würde sie auf dem Boronsanger verscharren wie all die anderen. Als Bewohner der Baracken begnügte man sich damit, ihnen ein Massengrab auszuheben, eine jener Kuhlen, die nach jedem Kauca in den Boden gerissen wurden.

Unter den Schaulustigen kam Unruhe auf. Eine Sänfte bahnte sich den Weg durch die enge Gasse, flankiert von zwei Dukatengardisten, die die Umstehenden rüde zur Seite stießen.

Lucio fuhr sich noch einmal mit dem Ärmel durch das staubverdreckte Gesicht und trat dann neben ein zerschmettertes Fass, von dem aus er das Geschehen beobachten konnte, ohne aufzufallen. Empörung und wütende Rufe begleitete die Sänfte, bis sie bei der Unglücksstelle anhielt. Zu seiner Überraschung entdeckte er Jesidora unter den Schaulustigen. Die ehemalige Söldnerin warf ihm einen knappen Blick zu und wandte sich ab, um mit ihrem Begleiter zu sprechen, einem bulligen Mann, den Lucio nicht kannte. Dann waren sie in der Menge verschwunden, und Lucio starrte ihnen nach. Beobachtete sie ihn? Aufgebrachte Rufe rissen ihn aus den Gedanken; Fäuste wurden geschüttelt, und eine Frau spuckte vor den

Trägern aus, bis die Gardisten sie grob zur Seite schoben und Platz machten für den beleibten Mann, der sich mühsam aus der Sänfte wuchtete. In der einen Hand hielt er eine Schriftrolle, in der anderen einen Pfauenfächer, mit dem er sich ununterbrochen Luft zuwedelte. Das teigige Gesicht mit der Stirnglatze und den fleischigen Lippen glänzten vor Anstrengung und Hitze, und seine Augen flackerten angesichts des offenkundigen Unmuts, der ihm entgegenschlug, hektisch hin und her.

»Findet der *Aquacurator* nicht selbst hierher, wenn er schon nicht darauf achtet, dass die Häuser fest gebaut werden?«, keifte eine schrille Frauenstimme, gefolgt von brummender Zustimmung. Hass lag in den hageren Gesichtern, und eine Wut, wie man sie unter den Bewohnern dieser Stadtteile selten sah. Lucio wünschte, diese Wut würde einmal länger andauern als bis zum nächsten Abend, bis sie nach zwei, drei Bechern billigen Weins und einigen Zügen noch billigeren Rauschkrauts der üblichen Gleichgültigkeit wich.

Der feiste Mann hatte unterdessen einen Blick über die Reste des Hauses schweifen lassen und richtete sich auf. Seine Wangen bebten, als er den Unterkiefer gewichtig vorschob.

»Du da«, zeigte er auf einen grauhaarigen Mann, der ihn begaffte. »Wie viele Tote?«

»Die liegen doch da ...«

»Gut, gut.« Der Beamte reckte das Doppelkinn und stolzierte zu den Toten hinüber. Eingehend betrachtete er jedes Gesicht, während die umstehende Menge gespannt den Atem anzuhalten schien.

»Jemand Wichtiges dabei?«, fragte er. »Alles Bewohner dieses Hauses?«

»Was ist für Euch schon wichtig?«, keifte die Frau. »Wir können doch verrecken wie Vieh. Wir verhungern, und wenn nicht, dann bringen uns die Häuser um, die ihr baut.« Zustimmendes Gemurmel erhob sich, und vereinzelte

Rufe »Jawohl.« – »Genau so ist es.« – »Sollen *sie* doch in den Bruchbuden hausen!«

Scheinbar ungerührt machte der Mann sich Notizen, aber Lucio meinte seine Hand zittern zu sehen. Der Aquacurator war verantwortlich für die Sauberkeit der Brunnen, der Straßen und Plätze und den Bau der Mietshäuser.

Die beiden Gardisten schienen die Spannung zu spüren; sie hatten die Hände auf ihre Waffen gelegt und starrten grimmig in die Menge. Eine gefährliche Unruhe lag in der Luft – ein Funke, und die Flamme des Aufruhrs würde jäh auflodern.

Schließlich rollte der Beamte betont langsam sein Schriftstück wieder zusammen und wandte sich zu der Menge um. Schweißperlen glänzten auf seiner Stirn, und die Mundwinkel zuckten.

»Seine Exzellenz, Ehrwürden Immuel Florios, Aquacurator und Mitglied im Hohen Rat der Zwölf hat mich zu euch geschickt, um euch seinen Gruß zu überbringen«, begann er im sichtlichen Bemühen, sich Gehör zu verschaffen, wurde aber sogleich von einigen Buhrufen unterbrochen. Beschwichtigend hob er eine Hand. »Sobald die Trümmer beseitigt sind, wird hier ein neues Haus gebaut werden und ...«

»Was bringt uns das?«, brüllte ein Mann mit einer Augenklappe und Pockennarben im Gesicht. »Das macht der Aquacurator doch nicht umsonst.«

»Genau«, ereiferte sich eine Frau und schüttelte die grindige Faust. »Soll er lieber dafür sorgen, dass die Häuser stehen bleiben, als neue zu bauen. Wo soll ich jetzt hin mit meinen Kindern?«

»Und was soll das kosten?«, überschlug sich die schrille Stimme fast. »Ihr legt für meine Kammer sicher wieder ein paar Dirham drauf, wie beim letzten Mal.«

»Wir haben Hunger, und ihr baut Häuser, die uns über dem Kopf zusammenbrechen«, kreischte eine alte Vettel und machte einen Schritt auf den Beamten zu. Sofort waren die Gardisten zur Stelle und drängten die Alte zurück.

»Auch daran hat Ehrwürden Immuel gedacht, gute Frau«, versicherte der Feiste rasch und wedelte noch fieberhafter mit seinem Fächer. Sein Kopf war rot angelaufen, und der Schweiß malte dunkle Striemen in sein Gesicht, wo er die schwarzen Kohlenstriche um Augen und Brauen berührte. »Allen, die in diesem Haus gelebt und ihr Hab und Gut verloren haben, gewährt der Hohe Rat eine Reisspende von zwei Scheffeln.«

Die letzten Worte musste er angesichts der Rufe rings um sich herum fast brüllen, aber nun kehrte mit einem Schlag Ruhe ein. Alle Augen richteten sich auf ihn.

»Zwei ... Scheffel?«, erkundigte sich die Vettel und legte den Kopf schief, als könne sie die Lüge dadurch besser erkennen. »Für jeden?«

»Außer für die Toten«, beeilte sich der Beamte hinzuzufügen und zwang sich sichtlich zu einem Lächeln. »Die brauchen die ja nicht mehr.« Ein paar verhaltene Lacher folgten seinem missglückten Witz. Der Mann mit der Augenklappe, der gerade noch den gesamten Hohen Rat in die tiefsten Niederhöllen gewünscht hatte, nickte beifällig, und die Frau mit den Kindern tuschelte eifrig mit ihrer Nachbarin.

»Zwei Scheffel«, bekräftigte der Beamte noch einmal beschwörend. Ein zufriedenes Lächeln zog sich über sein rundes Gesicht..»Abzuholen vor dem Stadthaus, Ehrwürden Immuel hat bereits Anweisungen erteilt. Und nun ...«, er deutete mit einer herrischen Geste auf die Gasse, »geht nach Hause und dankt den Göttern, dass sie euch verschont haben. Unser aller Herr Boron hat heute Nacht noch einmal über euch hinweggesehen, doch wir sind ihm alle versprochen, und es steht uns nicht zu, an seinem Urteil zu zweifeln. Nehmt eure Lieben«, er deutete auf die Leichen, »und wascht sie, die Priesterschaft wird sich ihrer annehmen. Ihr anderen aber geht zum Stadthaus und holt euch, was euch Ehrwürden Immuel und der Hohe Rat in ihrer Großzügigkeit in diesen Notzeiten schenken.«

Zustimmendes Gemurmel kam auf, und sogar ein, zwei Rufe »Ein Hoch dem Aquacurator«, als sich der Beamte zurück in seine Sänfte zwängte und den Sklaven den Befehl zum Aufbruch gab. Bereitwillig machte man ihm Platz, und es dauerte nicht lange, bis sich die Menge zerstreut hatte.

Lucio schüttelte den Kopf, während er ihnen nachsah. Zwei Scheffel Reis – zwei Scheffel reichten, um sie ruhig zu stellen. Ein oder zwei Säcke aus den Vorratskammern, die sie verschenkten, um sich Frieden in den Gassen zu erkaufen. Gib ihnen Brot, gib ihnen Spiele und sie folgen dir, und wenn du sie in die Niederhöllen selbst führst. Willige Schafe, die ihren Schlächtern auch noch dankbar waren. Um nichts in der Welt würde er sich die zwei Scheffel abholen, und sollte er die nächsten Monde hungern müssen.

Er hatte die Wut gesehen, die in den Menschen gärte. Für einen kurzen Moment, als sie das Unrecht vor Augen hatten, als sie sahen, wie schnell ihr Leben beendet sein konnte, ohne dass es irgendwen in dieser Stadt scherte. Aber diese Wut – und ihre Beschwichtigung – ging durch den Magen.

Mit einer wütenden Bewegung stieß Lucio das Fass beiseite. Er wollte jetzt nicht weitersuchen. Alles, was sie finden konnten, waren weitere Tote, für die man sich mit einer Hand voll Reis freigekauft hatte. Morgen schon würden die Sklaven des Aquacurator kommen und ein neues Haus errichten, auf den Trümmern des alten und auf dem Blut seiner Bewohner. Und es würde ebenso eines Tages dem Kauca oder einem der regelmäßigen Feuer zum Opfer fallen. Lucio wandte sich seufzend ab. Was nützte seine Wut, sein Entschluss zu kämpfen, wenn er niemanden hatte, der bereit war, in diesem Kampf neben ihm zu stehen? Solange der Hunger erträglich blieb, würden sie stillhalten, und die, die nicht stillhielten, verschwanden des Nachts in den Kerkern der Stadtwache. Es musste etwas geschehen. Könnte er doch Momente wie diesen nutzen. Leicht wäre es, die Flamme zu entzünden, nur: wie sie nähren? Nein, ein Aufstand brauchte gute Vorbereitung, aber wie einen Kauca vorbereiten? Wer wusste schon, wann er kam, wer wusste, wo das nächste Haus fallen würde? Und dennoch musste etwas geschehen. Bald. Er brauchte nur eine Idee, eine gute Idee.

Zunächst aber brauchte er eine neue Unterkunft. Bei Ayji konnte er kaum unterkommen, vielleicht bei Dom Raquirio, für einige Tage. Der Horasier arbeitete als Schreiber in der Hafenmeisterei und konnte sich zwei Kammern in der Altstadt leisten. Vielleicht ...

»Lucio!«

Er hielt inne und wandte den Blick zu der schmalen Gasse, in der Bettler hockten, verstümmelte Gestalten in schmutzstarrenden Lumpen, die den Passanten ihre geschundenen Hände entgegenstreckten. Er erkannte Quesina erst auf den zweiten Blick. Sie hatte sich ein Tuch über die schütteren Haare geworfen und zudem ihr Gesicht mit Schlamm beschmiert. Nun erhob sie sich ächzend und humpelte zu ihm hinüber. Als sie aufblickte, waren ihre Augen glasig und ihr Atem roch nach Fusel und Rauschkraut.

»Ich ... dachte, Herr Boron hätte dich genommen«, lallte sie und griff nach seiner Hand.

»So leicht sterbe ich nicht«, erwiderte er und versuchte nicht zu tief einzuatmen. Quesina stank bestialisch, selbst für die Verhältnisse der Baracken, als hätte sie tagelang in ihren eigenen Exkrementen gelegen. Seitdem er sie nach dem letzten Treffen der Märtyrer fortgeschickt hatte, hatte er nichts mehr von ihr gehört.

Tränen schimmerten in den faltigen Augenwinkeln. »Ich dachte ... ich ...«

»Du musst dir keine Sorgen machen«, beruhigte er sie. »Ich passe schon auf mich auf. Brauchst du Geld? Etwas zu essen?« Umständlich kramte er in seiner Gürteltasche, obwohl er genau wusste, dass er dort neben dem Oreal für die nächsten zwei Tage höchstens noch ein paar Dirham finden würde, von denen er sich eigentlich bei den Garküchen eine Schale Suppe kaufen wollte. Seine restliche Habe lag unter den Trümmern des Mietshauses.

Quesinas Augen leuchteten auf, und sie griff hastig nach den Kupferstücken, die Lucio ihr hinhielt. »Ich ... wusste, du lässt deine alte Quesina nicht im Stich. Nicht wahr?« Sie grinste breit und ließ das Geld schnell unter ihren Röcken verschwinden. »Nicht wie die anderen. Die haben dich gezwungen, nicht wahr? Du ... hättest mich nicht weggejagt. Dieses elende Pack. Verrecken sollen sie, alle.« Wütend spuckte sie aus.

»Die Mehrheit war dafür«, antwortete Lucio rasch und senkte die Stimme, während er sich versicherte, dass niemand sie belauschte. »Du weißt doch, dass ich nichts alleine entscheiden kann.«

»Sollen sie verrecken.« Quesina verzog den Mund zu einer Fratze und tätschelte Lucios Hand. »Aber du sorgst dafür, dass ich wieder dabei sein darf, nicht wahr? Du sorgst doch für deine alte Quesina?«

»Nein.« Lucio schüttelte traurig den Kopf. »Sie wollen dich nicht dabeihaben. Es tut mir Leid, aber du warst immer unzuverlässig. Wie oft habe ich dich berauscht aufgefunden, wenn du nüchtern sein solltest? Es geht einfach nicht.«

Die Augen der Alten weiteten sich kurz, um sich im nächsten Moment zu schmalen Schlitzen zu verengen. Wütend pfiff sie durch die zahnlosen Lippen und zog das Tuch enger um die knochigen Schultern. »Also bist du auf ihrer Seite und lässt deine alte Quesina allein. Nach allem, was ich für dich getan habe. Setzt deine Quesina einfach in die Gosse, musst dich nicht mehr um sie kümmern, wird sicher bald verrecken. Ist einfacher für dich, nicht wahr?«

»Quesina ...« Lucio zwang sich zur Ruhe. Es brachte sie beide nicht weiter, wenn er sich jetzt auf einen Streit einließ. Er hätte ihr gerne geholfen, mehr, als mit zwei Dirham, die sie vermutlich in billigen Reiswein umsetzte. Aber er konnte nicht. Sie hatten Regeln, an die er sich halten musste, Regeln, die besagten, dass sie sich gegenseitig unterstützten, wenn jemand in Not war. Keiner von ihnen hatte genug, um neben der Bruderschaft weitere Bettler durchzufüttern. Quesina gehörte nicht mehr dazu; dass er ihr die Münzen gab, war schon mehr, als er sich erlauben konnte, wenn dafür einer der anderen Hunger litt oder er Dom Raquirio um Hilfe bitten musste. »Du bist schon wieder berauscht«, sagte er ruhig und legte die Hand auf ihre Schulter. »Schlaf dich aus, und wir reden morgen noch einmal. In Ordnung?«

»Morgen ...« Die Alte schnäuzte geräuschvoll und sah wieder zu ihm auf. Ihre Augen hatten sich mit Tränen gefüllt. »Vergiss mich nicht, Lucio, ja? Vergiss deine alte Quesina nicht.«

»Ich vergesse dich nicht«, versicherte er und überwand seinen Ekel, um ihr tröstend den Arm um die Schulter zu legen. »Ich sorge schon dafür, dass du nicht verloren gehst.«

Die Alte wischte sich mit der Hand die Nase ab. Ein vorsichtiges Lächeln lag auf ihrem zahnlosen Mund, als sie aufschaute. »Du wirst mich noch brauchen. Du ... die alte Quesina ist noch nicht am Ende.«

»Natürlich.« Lucio erwiderte ihr Lächeln und drückte ihr auch den Oreal in die Hand. »Hier, kauf dir eine Schale Reis und schlaf deinen Rausch aus. Morgen komme ich wieder.«

»Ich dachte, wir hätten uns darauf geeinigt, dass die Alte nicht mehr dazugehört?«

Jesidora war hinter ihn getreten, ohne dass er sie bemerkt hatte. Fluchend rappelte er sich auf, während Quesina den Kopf zwischen die Schultern zog.

»Du enttäuscht mich, Lucio », schnurrte die Söldnerin

und grinste hämisch. »Gib die Münzen lieber Hank oder einem anderen der Märtyrer. Die brauchen sie eher als dieses alte Weib.«

Quesina fauchte etwas unter ihrem Tuch.

»Du weißt genau, dass ich sie nicht im Stich lassen kann«, erwiderte Lucio scharf. Im Schatten der Mauer entdeckte er nun auch Jesidoras Begleiter, der sich hinter ihr aus dem Zwielicht schälte. Die wurstigen Finger des Mannes hatten sich um den Griff seines Säbels gelegt.

»Wir haben Absprachen, mein Lieber«, zischte Jesidora zurück. »Und daran hast auch du dich zu halten. Egal, ob du unser Anführer bist oder nicht.«

»Es war doch dein Werk, Quesina zu verstoßen.« Lucio zwang sich, die Stimme zu senken, aber seine Lippen zitterten vor Wut. »Hast du es getan, um mich bloßzustellen und loszuwerden?«

»Dich bloßstellen?« Jesidora lachte heiser. »Das schaffst du ganz allein. Elf Tage noch, und dann kannst du deiner Quesina so viele Münzen zustecken, wie es dir gefällt. Oder ... hast du deinen großen Plan nur vorgetäuscht? Du hast keine Ahnung, was du uns erzählen wirst, nicht wahr?« Ihr Begleiter kicherte.

»Gibt es etwas, was wir nicht bereits dreimal durchgesprochen haben?«, erwiderte Lucio grimmig und hob das Kinn. »Etwas, das ihr nicht bereits abgelehnt habt? Spielt es überhaupt eine Rolle, ob ich euch etwas vorstelle oder nicht? Du wirst es ohnehin ablehnen, egal, ob es durchführbar ist, und die anderen werden dir folgen.«

»Natürlich werden sie mir folgen.« Jesidora verschränkte die Arme vor der Brust. »Sie vertrauen mir, weil sie wissen, dass ich gelernt habe zu kämpfen. Du hingegen schwingst große Reden, ohne jemals wirklich dem Gegner ins Auge geblickt zu haben. Du kannst von ihnen nichts verlangen, was du nicht selbst kennst.«

»Warum habt ihr mich dann zu eurem Anführer gemacht?«

»Weil sie an dich glaubten.« Jesidora schüttelte den Kopf.

»Du warst zornig und hattest die Kraft, etwas zu verändern. Ich habe damals schon gewusst, dass sie sich in dir geirrt haben. Dir fehlt der Mut.«

Lucio starrte sie an, und er spürte eine leere Kälte in sich aufsteigen, die die Wut hinabzwang. »Das ... glauben sie?«

»Natürlich. Die einen mehr, die anderen weniger.« Jesidora trat einen Schritt zurück. »Fünf Tage. Ich bin gespannt, aber ich denke, ich weiß, wie sie sich entscheiden werden. Das ist übrigens Gorm«, deutete sie auf ihren Begleiter, der breitbeinig hinter ihr stand und ihn unter zusammengezogen Brauen anstarrte. »Er will sich uns anschließen. Ich werde ihn beim nächsten Treffen mitbringen.«

»Eine weitere Stimme für dich«, knurrte Lucio. Eigentlich wäre es seine Aufgabe gewesen, den Neuling zu beobachten, zu ergründen, ob man ihm vertrauen konnte, ehe man ihn zu einer ihrer Versammlungen führte, aber Jesidora schien ohnehin nicht davon auszugehen, dass er nach dem nächsten Boronstag noch etwas zu sagen hatte.

»Eher eine weitere Faust, die eine Waffe zu führen weiß«, erwiderte sie spöttisch und führte die Finger zum Gruß an die Stirn. »Die Märtyrer brauchen Mut, keine Verzweiflung. Ich werde ihnen das geben, was sie brauchen.«

»Noch ist das letzte Wort nicht gesprochen.« Lucio atmete tief durch. »Ich weiß, wofür ich es tue, und ich werde es tun.«

»Hör auf, in deinen Träumen zu leben.« Jesidora grinste. »Du musst erkennen, dass deine Zeit vorbei ist. So ist es eben, und du wirst dich damit abfinden.« Sie nickte ihm noch einmal zu und verschwand in der Gasse.

Lucio schloss für einen Moment die Augen, um sich zu sammeln. Er musste etwas finden, und er musste ihnen beweisen, dass er bereit war, es durchzuführen, sonst wären seine Träume gestorben und er mit ihnen.

Ein Zupfen an seinem Hemd ließ ihn auffahren. Quesinas wässrige Augen ruhten auf seinem Gesicht, klar und ernst. »Sie hat nicht Recht, nicht wahr?«, fragte sie und ein verlegenes Grienen huschte über ihr zahnloses Gesicht. »Du hast Mut, nicht wahr? Du wirst es ihr zeigen.«

»Das werde ich«, versprach Lucio und zwang sich zu einer beruhigenden Geste. »Keine Sorge, ich gebe nicht auf.« Aber es würde schwer werden. Ernüchtert schlug er den Weg zum Hafen ein, wo man vielleicht Arbeit und ein paar Münzen für ihn hatte, damit er sich heute Abend etwas zu Essen kaufen konnte. Jesidora würde alles daran setzen, die anderen gegen ihn einzunehmen. Sie spielten das Spiel, das sie sich geschworen hatten, nie zu beginnen, das sie nicht besser machte als jene, die sie bekämpften. Lucio seufzte. Das war Jesidoras Spiel, aber er musste ihr entgegentreten. Und wenn er erst einmal das Vertrauen der Märtyrer zurückerlangt hatte, konnte er auch versuchen, Quesina wieder aufzunehmen.

9. Kapitel

16. Rahja 341 nach Golgaris Erscheinen, Markttag

Forsch stieß der Großexecutor die Tür zum Gemach seiner Schwester auf. »Bist du bereit?«

Erschreckt fuhr Viviane herum und schob eilends einen Gegenstand unter ihr Kopfkissen. »Sofort!«, rief sie und griff zur Haarbürste, während ihr Gesicht unter dem Puder einen tiefen Rotton annahm. »Kannst du denn nicht anklopfen?«

»Aber meine Liebe, du hast doch nicht etwa Geheimnisse vor mir?« Mit einem spöttischen Lächeln betrat er ihr kleines Reich, ein wahrer Albtraum in weiß und rosa, und ging schnurstracks auf ihr Bett zu.

Raidri sprang von der rosenbestickten Seidendecke, auf der er geruht hatte, und kniff verschreckt das Stummelschwänzchen ein. Gleichzeitig zog er den wuscheligen Schnauzbart über die Zähne zurück und deutete ein tapferes Knurren an. Irschan warf dem Hündchen einen vernichtenden Blick zu und fletschte seinerseits die Zähne. Fiepend verschwand es unter dem Bett.

Viviane stellte sich ihrem Bruder in den Weg. »Bitte, Irschan, ich bin wirklich gleich fertig. Könntest du nicht einfach draußen warten?« Ein aufgeregtes Kläffen unter dem Bett unterstützte ihr Flehen.

Ungerührt schob Irschan seine wild protestierende Schwester zur Seite und griff nach dem Kopfkissen. »Was haben wir denn da?«

»Bitte, das ist doch nicht so wichtig, wir müssen uns beeilen.«

Triumphierend zog er ein stark zerlesenes Büchlein hervor und schlug den Einband auf. ›*Die Geliebte des Piraten*‹, las er mit dramatischer Stimme. ›*Eine wahre Geschichte aus dem tiefen Süden.*‹ Oh, Viviane.«

Verlegen fuchtelte sie mit der Haarbürste herum. »Bitte, Irschan. Wir wissen beide, was du darüber denkst. Können wir jetzt gehen?«

Vergnügt öffnete er die Seite, an welcher das tiefrote Samtband ein Lesezeichen setzte, und deklamierte: »*Dann sah sie ihn vor sich, Hamarro, den verwegenen Piraten, dessen Name ausreichte, um ihre Brust zum Beben zu bringen, dass die zarte Seide zu bersten drohte, ihre Hände feucht werden ließ und ihrem Mund einen sehnlichen Seufzer entlockte.*« Schmachtend griff er sich ans Herz und wich seiner Schwester aus, die verzweifelt versuchte, ihm das Buch zu entreißen.

»*Hamarro! Wie lange hatte sie diesen Moment herbeigesehnt, da sie ihm endlich gegenüberstand und sich in seinen schwarzen Glutaugen verlor, ihr die Beine weich wurden, ihre Knie zitterten, bis sie seine starke Hand an ihrem Arm spürte, eine flüchtige Berührung, wie Feuer, eine Woge aus Leidenschaft und Hingabe, die über sie hereinbrach und alles um sie herum in einen wirren Taumel zu hüllen schien, als der sanfte Pirat ihre Hand nahm und seine samtenen Lippen ihre Haut berührten.*«

»Irschan!«

Geschwind flogen seine Augen über die nächsten Zeilen, dann beugte er theatralisch das Knie vor ihr. »*Der Eure*«, hauchte er und blickte seine Schwester auffordernd an. »Dein Einsatz, meine Schöne, du musst in meine Arme sinken, unfähig dich meiner Küsse zu erwehren, die ...«, rasch las er weiter, »die du dir zu anderen Zeiten verboten hättest, du, Tochter des großen Stoerre... nun ja, Helme Perval.« Lachend brach er zusammen, während Viviane sich auf ihn stürzte und ihm endlich das Büchlein aus den Händen wand. »Oh, Schwesterlein!«

»Ich finde es *schön*.« Schmollend verzog sie den Mund und brachte den Gegenstand seines Spotts in einem Schubfach ihres Schminktischs in Sicherheit.

Schmunzelnd erhob er sich. »Auf in die Arena, meine glutvolle Piratenbraut. Es wird Zeit, dass du auf andere Gedanken kommst.«

»Irschan?« Zögernd legte sie die Bürste zur Seite. »Wäre es vielleicht möglich, dass du ohne mich gehst?«

»Damit du in Ruhe in deinen Geschmacklosigkeiten schwelgen kannst?«

»Doch nicht deshalb.« Zaghaft begegnete sie seinem prüfenden Blick. »Du weißt, wie sehr ich dieses sinnlose Gemetzel hasse«, stieß sie hervor.

Eine Weile betrachtete er sie schweigend, dann legte er die Arme um ihre Schultern und zog sie sanft zu sich heran. »Ich weiß, Liebste«, flüsterte er in ihr nach Lavendel duftendes Haar, und erleichtert barg sie das Gesicht an seiner Brust. »Dann erlaubt Ihr mir, fernzubleiben?«

Behutsam hob er ihr Kinn und küsste sie auf ihre weichen Lippen, fühlte, wie sie seiner Leidenschaft ohne jede Scheu nachgab. »Nein«, sagte er. »Das erlaube ich nicht.«

***

»Bist du bereit?«

»Wenn ich's nicht wäre, hätte ich nicht mehr viel Zeit, um es zu werden, oder?« Der Gladiator zuckte die Schultern, aber Amato konnte sehen, wie sein Puls an der Kehle pochte. »Würdet Ihr noch mal den Gurt zwischen den Schulterteilen straffen?«

Amato hob eine Augenbraue.

»Ihr wart es, der Valeria weggeschickt hat.«

Amato trat hinter ihn, löste die Lasche aus der Schnalle und zog sie zwei Löcher fester. Er konnte nicht umhin, den muskulösen Nacken des Mannes zu betrachten, und innerlich zuckte er zusammen. Den Mann zu begehren war sicherlich eine Dummheit – nur eine weitere Dummheit von vielen.

»Ich hätte nicht gedacht, dass Ihr mich so schnell in die Arena schickt.«

»Ich auch nicht«, murmelte Amato. Goldo würde wohl in der Loge des Spielegebers schon auf ihn warten, aber hier unten in den Gewölben der Arena fühlte er sich für den Moment wohler. Es war kühl, ruhig, alles arbeitete konzentriert darauf hin, die Spiele gelingen zu lassen, während man sich oben amüsierte. »Dein Gegner ist Nareb Zornbrechts ›Todesechse‹. Zornbrecht ist … ein alter Rivale meines Mentors.«

»Das sind Eure Kämpfe, Don Amato – damit habe ich nichts zu tun.« Der Mittelreicher grinste schief. »Ich kann nicht behaupten, dass ich Euch um die Sorte Kampf beneide.«

»Ich dachte, du wolltest vielleicht wissen, warum du kämpfen sollst.«

Der Mittelreicher schüttelte den Kopf. »Wenn ich das richtig verstanden habe, kann der Spielegeber mich freilassen oder begnadigen?« Er hockte sich hin, um die Beinschienen anzulegen, womit er Amato seinen gebeugten Rücken zeigte.

»Richtig.« Amato räusperte sich. »Der Spielegeber ist Goldo Paligan.«

»Euer lieber Onkel.«

»Nicht ganz richtig. Goldo ist das Oberhaupt der Familie, und deshalb …« *Beherrscht er mein Leben so wie ich das deinige.* »Vielleicht erspare ich dir wirklich lieber die Politik.«

Der Gladiator richtete sich auf und drehte sich um. »So zartfühlend. So viel Mitleid. Ich frage mich, warum Euch die anderen Granden noch nicht auseinander gerissen haben, Don Amato. Ihr bettelt ja geradezu darum.«

Amato trat eilig einige Schritte zurück, so weit es die Zelle zuließ. Seine Fechtlehrer sagten ihm immer wieder, dass er seinen Gegnern zu nahe kam, aber dann zu selten die Gelegenheiten nutzte, die sich so boten, und sich zugleich zu weit öffnete. Sollte er je mit dem Rapier töten, würde er wohl ebenfalls schwer verletzt. »Und du bettelst um die Grube.«

»Wohl kaum.« Der Gladiator rollte prüfend die Schultern. »Schließlich soll ich diese Todesechse umbringen. Falls ich sterbe, kann es mir egal sein, und falls ich überlebe, wäre es eine ziemliche Verschwendung, mich wieder in die Grube zu werfen. Und wenn ich eins über Al'Anfa weiß, dann, dass ihr nicht gerade zu Verschwendung neigt.«

»Du solltest den Grandenstolz nicht so gering schätzen.«

Der Gladiator maß ihn mit einem scharfen Blick. »Stolz zeigt man anders, Don Amato.«

Noch ein Hieb. Amato schüttelte den Kopf. »Die Anspannung vor dem Kampf ist dir auf die Manieren geschlagen. Ich kann dich nämlich nach dem Kampf noch immer an Zornbrecht verkaufen, und dessen Temperament und Reichtum kennen keine Schranken.«

Der Gladiator stutzte, dann lächelte er. »Schon nicht schlecht. Jetzt übt das noch ein bisschen, und Ihr gebt einen passablen Granden ab.«

Amatos Hand traf die Wange des Gladiators, bevor die Demütigung zu brennen begann. »Was bildest du dir ein?«

»Und was bildet Ihr Euch ein – glaubt Ihr wirklich, mich besitzen zu können? Oder mich zu ködern mit dem Versprechen von Freiheit?« Der Nordländer war nicht einmal zusammengezuckt.

Vielleicht hätte er ihn doch in der Grube lassen sollen. Sicher hatten seine Aufseher Recht damit gehabt, diesen hier langsam töten zu wollen. Und was für ein Irrsinn, dass er sich seiner angenommen hatte. »Du bist gebrandmarkt, das heißt, du bist mein Sklave.«

»Das macht mich so sehr zu einem Sklaven wie die Narbe hier.« Er deutete auf seine Schläfe. »Oder hier«, die Augenbraue. »Nämlich gar nicht.«

Amato holte tief Luft. »Die Stadtgarde sähe das anders. Ohne ein Freilassungsdokument bist du so sicher gebunden, als trügest du schwere Ketten.«

Der Gladiator schnaubte. »Ihr würdet mich an Zornbrecht verkaufen?«

Amato zuckte die Schultern. Vermutlich glaubte ihm der Mann nicht, aber es wäre dennoch gut, ihn darüber eine

Weile nachdenken zu lassen, dass sein Herr in der Tat deutlich schlimmer sein könnte und dass ein wenig Respekt angebracht wäre. Er nahm den schweren Helm des Gladiators und wog ihn in der Hand. »Ich werde mir diese Echse mal ansehen. Es ist der letzte Kampf, du hast noch ausreichend Zeit.«

Der Gladiator salutierte – spöttisch, meinte Amato –, beschloss aber, den Mann jetzt lieber sich selbst zu überlassen. Er verließ die Zelle. Die Lanista stand vor der Tür und hatte offensichtlich auf ihn gewartet.

»Wie ist seine Form?«

»Gut. Er ist wirklich stark, dabei wendig. Beides wird er gegen die Echse bitterlich brauchen. Was man so hört ...«

»Ich würde sie mir gern ansehen.«

Valeria räusperte sich. »Ich habe Zornbrecht gesehen – er war auf dem Weg dorthin. Vielleicht ...« Sie schürzte die Lippen. »Folgt mir, Herr.« Sie führte ihn durch die Gänge. Offensichtlich wusste sie, wo jeder einzelne Gladiator vor dem Kampf untergebracht war, und Amato fragte sich für einen Moment, ob Lanistas untereinander indiskret genug waren, um über die Form der ihnen anvertrauten Gladiatoren zu reden. Sie hatten schließlich kaum etwas zu verlieren, wer ließ sie schon beobachten? In der seltsamen Welt der Gladiatorenspiele blieben sie wie jede wirkliche Macht fast unsichtbar.

Als sie um eine letzte Ecke bogen, legte Valeria den Finger an die Lippen. »Das ist er. Zornbrecht.«

Gedämpft drang Brüllen zu ihnen. Obwohl völlig ausgeschlossen war, dass Zornbrecht noch etwas anderes hörte als sich selbst, trat Amato vorsichtig näher.

»Was sagst du!? Das Vieh hat Kopfschmerzen!? Dem zeige ich Kopfschmerzen!«

Die Tür der Zelle stand offen, und Amato spähte in den Raum. Zornbrecht war ein enorm fetter Mann, ein verschüchterter Lanisto drückte sich gegen die Wand, und an der anderen war ein seltsames Wesen angekettet: ein schlankes, hochbeiniges Reptil, dessen Schwanz nervös zuckte. Der lang gezogene Kopf pendelte leicht hin und her, wie der einer Kobra. Doch auf den zweiten Blick vermutete Amato, dass der Kreatur übel war – seine Augen waren stumpf und Flecken tanzten auf der eigenartigen Haut, verschoben sich und verschwommen ineinander wie die eines Chamäleons. Das Wesen zischte leise, schien aber eher mit sich selbst als mit seinem aufgebrachten Besitzer beschäftigt, dessen fleischige Hände zu Fäusten geballt waren und drohten, auf die Kreatur einzudreschen. Eine Flut an Beschimpfungen strömte von Zornbrecht aus, aber noch schien sich der Grande so weit unter Kontrolle zu haben, dass er nicht handgreiflich wurde.

»Ihr seid wirklich mutig.«

Amato fuhr erschrocken herum und fühlte, wie ein Schwall heißen Blutes in seinen Kopf stieg. Rasch trat er einen Schritt von der Zelle weg und musterte den Mann unsicher, der hinter ihn getreten war, während er nur Augen und Ohren für die Echse gehabt hatte. Ein Grande, stellte er überrascht fest. Ein kalter, bläulicher Schimmer lag auf den langen Haaren, die er im Nacken zusammengebunden trug, ein schlichtes Hemd aus dunkelroter Seide und eine Hose aus geschwärztem Iryanleder betonten einen wohl geformten Körper, der darauf schließen ließ, dass er dem eisgekühlten Konfekt weniger Zeit als seinen Fechtübungen widmete. Die beringte Hand lag lässig auf dem Knauf des Nachtwinds, den er an der Seite trug, während er Amatos Blick erwiderte, ein amüsiertes Lächeln auf den ebenmäßigen Zügen.

»Hat Euch denn niemand erzählt, dass Zornbrecht sehr ungehalten sein kann, wenn man ihn belauscht?« Fast meinte Amato, so etwas wie Besorgnis in den schwarzen Augen lesen zu können.

»Oh.« Amato versuchte ein Lächeln. Es gab wirklich nichts, was man in so einer Situation sagen konnte. Er kannte Zornbrecht nur vom Hörensagen, allerhand üble

Geschichten darüber, dass der Grande ein guter Ringer war und es liebte, seinen Sklaven persönlich den Rücken zu brechen. Und dass er sich mit Goldo Paligan eine Art Wettkampf lieferte, der reichste Mann Al'Anfas zu sein. Er räusperte sich und hoffte, dass er nicht zu rot geworden war. »Danke für die Warnung, Don …?« Konversation. Warum nicht. Sollte Zornbrecht sie bemerken, hätte er einen guten Vorwand, hier zu stehen. Vorsichtshalber machte er aber noch zwei Schritte von der Zelle weg.

»Aurelian Bonareth.« Er deutete ein Nicken an. In seinen Augen glomm sanfter Spott. »Mir ist, als kenne ich Euch irgendwoher. Wie ist Euer Name? Oder – vielleicht wichtiger – was treibt einen hübschen Jüngling in diese Katakomben, und noch dazu geradewegs vor die Höhle des Löwen?« Aus der Zelle hörten sie in diesem Moment ein dumpfes Klatschen, gefolgt von einem erschreckten Zischeln.

Amato zuckte zusammen. »Vielleicht gehen wir besser dorthin …« Er winkte dem Granden, ihm um die Ecke zu folgen, sodass Zornbrecht sie nicht sofort sehen und verdächtigen würde. Bonareth, Bonareth. Verbündete der Karinor, und da war etwas gewesen mit Bonareth. Die Einladung.

»Amato Ugolinez-Paligan. Es tut mir überaus Leid, dass ich der Einladung keine Folge leisten konnte. Ich bin erst kürzlich umgezogen und finde kaum Ruhe mit den Handwerkern im Haus.«

»Ugolinez-Paligan ...« Amato meinte, etwas in seinen Augen aufblitzen zu sehen. »Ihr sprecht sicher von der Verabschiedung meines Vetters?«, fragte der Grande beiläufig, während er den Blick über Amatos Körper wandern ließ, nicht mehr spöttisch, sondern neugierig, fast interessiert. »Ihr habt nicht viel verpasst, eine Orgie, so gut wie jede andere.«

Oder so schlecht, dachte Amato. »Ja, natürlich. Ich kann nicht behaupten, sehr an Orgien interessiert zu sein.« Er senkte den Blick, als ihm bewusst wurde, dass er sich vor dem Bonareth eine Blöße gab. Aber vielleicht würde das die Notwendigkeit beheben, sich ständig entschuldigen zu müssen, dass er nicht an so etwas teilnahm. Mochte Goldo ihn auch am liebsten im Bett eines Verbündeten sehen. Er hatte nicht vergessen, dass sich sein letzter Liebhaber umgebracht hatte, weil er ein politisches Spiel gegen seinen Vater verloren hatte. Und dass er dafür seinen eigenen Vater getötet hatte. Er fröstelte. »Es ekelt mich.«

Aurelian hob eine Augenbraue. »Ihr seid noch sehr jung, um bereits jetzt schon den Ekel zu empfinden, den diese orgiastischen Gelage bisweilen auslösen. Oder sehr einfühlsam. Aber ich kann Euch gut verstehen.« Er lächelte, ein freundliches, offenes Lächeln.

Warum dann die Einladung zu der Orgie?, dachte Amato. Das ergab keinen Sinn. Und die Art, wie Aurelian vor ihm stand, die Art, wie er sich kleidete und sogar, wie er ihn anblickte, sprachen eine andere Sprache. Oder nicht? Irrte er sich etwa? Mochte es noch andere Granden geben, die so empfanden wie er? Er lächelte und wollte etwas sagen, als erneut Zornbrechts tobende Stimme und das verzweifelte Einlenken des Lanisto erklang, so laut, als stünde Zornbrecht direkt neben ihnen.

»Nun, man muss damit leben, dass mein Vetter Rahjadan aus jedem noch so nichtigen Anlass eine Orgie veranstaltet«, fuhr Aurelian ungerührt fort und hob die Stimme über das Gebrüll. Irgendwo polterte eine Kette, und ein jäher Schmerzensschrei gellte durch den Gang. »Eure Abneigung gegenüber den üblichen Beschäftigungen der Granden schließt die Gladiatoren nicht mit ein, wenn ich Eure Anwesenheit hier unten richtig deute?«

Amato lächelte. »Ich fürchte fast, mein Gladiator hat nicht die geringste Aussicht zu überleben, wenn Zornbrecht diese Todesechse umbringt und statt ihrer auf den Sand hinaustritt.« Orgien und Gladiatorenkämpfe waren etwas ganz anderes, man konnte sie nicht vergleichen. »Wisst Ihr,

Don Aurelian, mein Vater hat mich gelehrt, dass ich Gladiatorenkämpfe studieren soll, um zu verstehen, wie die Schwarze Perle lebt und atmet. Manchmal glaube ich, Al'Anfa ist ein Lebewesen, eine Art Ungeheuer, und wir leben wie Parasiten darauf und bilden uns ein, wir wären die Herren, obwohl Al'Anfa in Wirklichkeit nur einmal nach uns schlagen müsste, um uns los zu sein.«

»Dann seid Ihr in Euren Studien noch nicht sehr weit fortgeschritten«, gab Aurelian zurück. »Ein Ungeheuer wird die Parasiten kaum lieben, die sich an ihm festgebissen haben. Al'Anfa aber kann maßlos sein in ihrer Liebe. Habt Ihr denn noch nie erlebt, wie die Massen Euch zujubeln, wenn ein siegreicher Gladiator blutüberströmt vor Eurer Loge niederkniet? Wie sie Euch lieben, weil Ihr ihnen Vergnügen bereitet und ihnen schmeichelt? Wartet ab, bis Ihr die tobende Masse bei der Einweihung des Kolosses erlebt. Sie mögen uns hassen, weil sie gezwungen sind, im Schlamm der Gosse zu hausen, aber an diesem Tag werden sie uns lieben, weil wir ihnen etwas geben, das sie mit Stolz erfüllt und sie glauben lässt, selbst ein Stück jener goldenen Krone zu sein.«

Ein weiterer Schrei des Lanistos hallte durch die Katakomben und ging in einem verzweifelten Gurgeln unter. Schritte eilten durch den Gang. Aurelian blickte kurz auf. »Doch Ihr habt natürlich Recht, dass Al'Anfa uns ebenso schnell wieder abschütteln kann, wie sie uns zu ihren Favoriten erkoren hat. Sie ist ebenso maßlos im Zorn wie in der Liebe, aber nennt sie deshalb nicht gleich ein Ungeheuer. Seht sie lieber als Eure Königin, um deren Gunst Ihr buhlen müsst und deren Missfallen ihr meiden solltet ... Zornbrecht scheint zu fürchten, dieses Missfallen heute auf sich zu ziehen.«

Missfallen. Goldo Paligan, der ihm hatte mitteilen lassen, es würde ihn freuen, wenn er während der gesamten Spiele bei ihm in der Loge säße. Amato räusperte sich. »Ich fürchte, Don Aurelian, ich muss ... ich sollte wieder in meine Loge zurückkehren. Vielleicht können wir uns bei Gelegenheit weiter unterhalten?« Dann würde ihm auch eine gute Erwiderung eingefallen sein. Zwar hatte er nicht den Eindruck, Aurelian werde sich darüber lustig machen, wenn er ihm sagte, dass Gladiatoren etwas ganz anderes waren. Sicherlich nicht die armseligen Kreaturen, die man zum Sterben schickte – aber die Besten? Jene, die jahrelang trainierten, um für eine oder zwei Spielzeiten zu glänzen, ach was, zu strahlen? Gladiatoren faszinierten ihn so, wie seinen Vater Pferde fasziniert hatten, nur konnte ein Pferd niemals so viel Ruhm gewinnen wie ein Kämpfer, und es war gerade ihre Intelligenz, ihre Verschlagenheit, ihre körperliche Perfektion, die sie zu den Königen der Arena machte.

»Natürlich«, sagte Aurelian. »Ich hoffe, ich habe Euch nicht zu lange aufgehalten. Es würde mich freuen, Euch demnächst bei der einen oder anderen Festlichkeit zu sehen. Es gibt auch andere Gelegenheiten als Orgien.«

Amatos Blick fiel auf den Nachtwind an der Seite des Granden. Fechten vielleicht? Wollte er aber wirklich die Klingen kreuzen, wenn auch nur, um einen Vorwand zu haben, den Bonareth wiederzusehen? Vorwand? Wofür brauchte er einen Vorwand? »Es wäre mir eine Freude, Don Aurelian.« Er neigte den Kopf vor dem Gegenüber und ging wieder hinauf zu den Logen, seine Schritte wurden schneller, je näher er zur Loge des Spielegebers kam, und kurz vorher musste er sich ermahnen, nicht zu rennen. Es wäre höchst unglücklich, wenn Goldo sah, dass er zu ihm gerannt war. Aber die gelangweilte Eleganz eines Aurelian Bonareth zu verströmen, kostete gewiss viel Mühe.

Goldo Paligan lag behaglich auf einem Diwan und ließ sich von zwei hübschen Zwillingsmädchen abwechselnd grüne und dunkelrote Trauben reichen. Amato setzte sich auf einen Stuhl, der daneben stand.

Goldo kaute genüsslich und unterbrach die Handreichungen der Mädchen mit einem unwilligen Kopfschütteln.

»Wie schön, dass du gekommen bist, Amato. Ich hoffe, dein Gladiator ist wohlauf?«

»Dem fehlt nichts außer Manieren«, murmelte Amato.

Goldo blinzelte amüsiert und ließ den Blick über die Sklaven und Diener schweifen, die die Loge hinter ihnen bevölkerten. Darunter war auch der, den Goldo seinen ›Tintenkleckser‹ nannte.

»Ich hoffe, Euer Künstler konnte sich neue Einblicke verschaffen, wenn ich auch noch nicht davon überzeugt bin, dass es die anderen Granden so sehr zu schätzen wissen, wenn die traditionellen Themen der Odenform um die Arena und ihre Kämpfer bereichert werden.«

Goldo winkte ab. »Die Kunst kann sich nur weiterentwickeln, wenn Regeln gebrochen werden.« Er lächelte maliziös. »Wo wir gerade über Regeln sprechen ... hast du die Todesechse gesehen? Was hältst du von ihr?«

Amato hob die Schultern. »Sie wird vielleicht überschätzt.«

»Ach.« Goldo verlagerte das Gewicht auf dem Diwan.

Amato räusperte sich. »Zornbrecht schien nicht gerade glücklich mit ihr zu sein.«

»Würdest du darauf wetten?«

Amato zog einen Ring vom Finger und legte ihn auf das Tischchen. Goldo beachtete den Feueropal kaum.

»Auf den eigenen Gladiator zu wetten bringt Unglück.«

»Ich wette nicht auf meinen eigenen Gladiator. Ich wette gegen die Echse.«

Goldo lächelte nachsichtig und deutete auf seine Sklaven. »Was ist mit dem Waldmenschen? Er kann zwar bisher nur bedienen, aber hübsch ist er.« Der Moha war noch ein halbes Kind, vermutlich in Gefangenschaft geboren. Sein Haar war kunstvoll geflochten und es war auf den ersten Blick ersichtlich, dass er alle Vorzüge besaß, um ein Lustknabe zu werden.

Amato wandte den Blick ab und sah wieder Goldo an, der lächelte. Er war seltsam unsicher über dieses Angebot.

Goldo tat nichts ohne einen verborgenen Stachel oder Köder, aber der Knabe war hübsch, und es ergab mehr Sinn, sich einen oder mehrere Lustknaben zu halten, als Gladiatoren aus der Ferne anzuhimmeln. Vermutlich war das die Botschaft.

»Noch unberührt«, murmelte Goldo und hob einen goldenen Kelch an die Lippen, die Augen unverwandt auf Amato gerichtet. »Hervorragend zum Üben geeignet.«

Ein Zwinkern, und Amato schoss das Blut in den Kopf. Er wandte den Blick ab und verfolgte in der Arena, wie drei Jäger einem wütenden Wollnashorn zu Leibe rückten. Es sah nicht gut aus für die Jäger. Zwei lagen bereits im Sand und rührten sich nicht mehr und auch den anderen schien die Lage mehr und mehr zu entgleiten. Das Publikum buhte aus vollem Halse, und Amato fragte sich flüchtig, wann die Korgeweihtenschaft eingreifen würde. Ihm fiel nicht ein, was er auf Goldos Vertraulichkeit erwidern konnte, dabei war Schlagfertigkeit noch wichtiger als Schönheit oder Reichtum. Er lächelte matt und hoffte, das Goldo nicht nachsetzte.

»Bald ist die Audienz beim Patriarchen.«

Nur an der Oberfläche ein Themenwechsel.

Amato schluckte. »Ja. Ich … habe mich darauf vorbereitet. Seine Erhabenheit wird keinen Grund für Missfallen haben.«

»Das glaube ich sofort.« Goldo klopfte ihm auf die Schulter. Als Amato hoffte, dass es bald aufhören würde, wurde der Griff hart und Goldo zog ihn näher, sodass er fast das Gleichgewicht verlor. »Irschan Pervals gesamte Karriere basiert auf seiner Nähe zum Patriarchen. Amir Honaks Anhänglichkeit an diesen Fana ist rührend.« Ein räuberisches Zucken der Lippen. »Aber ich mag keine rührenden Geschichten.«

Amato schluckte und wandte den Blick zur Seite. Nur eine weitere Liebschaft des Patriarchen, das war es wohl, was Goldo für ihn im Sinn hatte. Wie sein Vater ihn gewarnt hatte, kurz, bevor er starb. »Ich glaube nicht, dass der Patriarch … so leicht zu lenken ist.«

Goldo nickte. »Das erwarte ich auch nicht, mein Junge.«

»Was erwartet Ihr dann?«

»Du wirst erst Erfahrungen sammeln. In allen Bereichen.«

»Dafür der Ratssitz?«

»Unter anderem.« Goldo lehnte sich herrschaftlich zurück. »Du musst verstehen, wie Macht funktioniert. Ich hätte dich Irato hinterher schicken sollen, als er ins Exil ging. Dein Vater war tödlich, wenn man ihn von der Leine gelassen hat. Deine Mutter vielleicht noch tödlicher. Das Kind zweier Vipern ist ganz sicher kein Schoßhündchen.« Er blickte ihn lauernd an. »Das mag jeder andere glauben, ich weiß es besser.«

Amato blickte zur Seite, aber Goldos Hand legte sich um sein Kinn und zwang ihn dazu, ihn wieder anzusehen. Amato hob den Kopf und schüttelte die Hand ab.

»In deiner Nähe sind schon zu viele Granden gestorben, mein Junge«, flüsterte Goldo, einen scharfen Unterton in der Stimme. »Ich missbillige das nicht, ich bin sicher, du hattest gute Gründe, dir erst den Liebhaber und dann den Vater vom Leib zu schaffen.«

Amato biss sich so fest auf die Lippen, dass er meinte, sie müssten zu bluten beginnen, zwang sich aber, den klaren Augen zu begegnen. Haltung. Haltung. Er hasste Goldo aus ganzer Seele dafür, dass er glauben konnte, er hätte seinen Liebhaber umgebracht.

Als hätten die Götter sein Gebet erhört, wurde Goldos Aufmerksamkeit plötzlich abgelenkt. Er blickte zum Eingang und richtete sich etwas auf.

Aurelian Bonareth trat in die Loge, was Amato Gelegenheit gab, die Finger an die Lippen zu führen. Kein Blut. Er nickte Aurelian zu, der Goldos Einladung annahm, sich zu ihnen zu setzen.

»Ich danke Euch, Don Goldo«, hörte Amato ihn sagen.

»Ich hatte vorhin das Vergnügen, Euren Gladiator näher in Augenschein zu nehmen. Ein guter Mann. Der Kampf verspricht spannend zu werden.«

»Ach, verbringt Ihr Eure Zeit nun damit, Euch den Gladiatorenspielen zu widmen?« Goldo lächelte jovial.

»Nicht mehr als sonst.« Aurelian erwiderte das Lächeln und nahm einen Kelch Wein entgegen, den ihm ein Sklave reichte. »Meine Kämpfer sind unmittelbar neben Eurem Mittelreicher untergebracht, nennt es also Zufall, dass ich die Gelegenheit hatte, mir bereits vor dem Kampf ein Bild machen zu können. Ihr habt ein Händchen für gute Gladiatoren.«

Goldo nickte huldvoll. »Mit guten Gladiatoren kann man Großes erreichen. Vielleicht solltet auch Ihr diesem ausgesprochen einträglichen Betätigungsfeld mehr Aufmerksamkeit widmen?«

»Ein Rat, den ich mir zu Herzen nehmen werde.« Aurelian neigte den Kopf, und Amato sah seine Mundwinkel zucken, aber das unverbindliche Lächeln hielt stand. Er schien jetzt weit vorsichtiger zu sein, mehr darauf bedacht, sich keine Blöße zu geben, was Amato nur zu gut verstehen konnte. Jeder hielt Goldo für einen der gefährlichsten Intriganten Al'Anfas, und seine Position konnte zurzeit kaum stärker sein. Amato wandte sich der Arena zu, wo gerade die Gladiatorenkämpfe begannen.

Aus dem Augenwinkel sah er, dass Goldo zwar das Gesicht zur Arena gewandt hatte, dabei aber mit Aurelian sprach. Die Fanas würden glauben, dass der Spielegeber so viel Anteil nähme wie sie selbst, während Goldo in Wahrheit seinen politischen Geschäften nachging.

Amato presste die Lippen zusammen. Ausgerechnet der Mann, der über Leben und Tod der unterlegenen Gladiatoren entschied, widmete diesen kaum genug Raum in seinen Gedanken, um wirklich beurteilen zu können, ob der Verlierer gut oder schlecht gekämpft hatte. Eine lästige Pflicht, nichts weiter. Und dafür starben Menschen. Amato schüttelte den Kopf und legte die Hände auf die marmorne Brüstung.

Hell strahlte der Sand von der tief stehenden Sonne, Spuren von Krallen und Hufen und bloßen Füßen erzählten die Geschichten der vergangenen Kämpfe, falls sich jemand die Mühe machte, sie genau zu betrachten, ihnen zuzuhören. Die ersten Kämpfe waren wie üblich spielerisch, mehr Darstellungen von Geschick und Kraft als wirkliche Duelle. Kaum jemand sah wirklich gebannt zu, manche Zuschauer gingen auch, um sich in den umliegenden Gassen etwas zu essen zu besorgen, andere machten ein Nickerchen. Amato blieb stehen, spürte die Sonne auf dem Gesicht und betrachtete die jungen Gladiatoren, die, deren Preise noch nicht hoch waren. Valeria hatte ihm verraten, dass die Lanistas der ganzen Stadt diese Kämpfe fast noch aufmerksamer verfolgten als die, die folgen würden. Hier wurden Talente entdeckt, und hier machten noch unerprobte Gladiatoren ihre ersten Erfahrungen. Ob sie das so sehr einschüchterte, dass sie im Angesicht der starrenden Menschenmenge kaum mehr die Waffe heben konnten, oder ob sie das anspornte, ob sie sich sicher bewegten und ihre Waffe beherrschten oder bald beherrschen würden, das alles ließ sich hier mit etwas Sorgfalt und Beobachtung herausfinden, und Valeria hatte ihm dringend geraten, keine Gladiatoren auf dem Sklavenmarkt zu kaufen, sondern direkt nach diesen Kämpfen. Sklavenhändler logen, dass sich die Balken bogen, und selbst ein stattlich gebauter Sklave musste noch keinen Gladiator abgeben, der sein Geld wert war. Es gab genügend Sklaven, die versuchten, sich umzubringen oder die einfach nicht dazu fähig waren, für die Unterhaltung der Massen zu töten. Manchen ließ sich diese Zurückhaltung abdressieren, aber einige erwiesen sich als unbelehrbar. Amato lächelte still. Wie es Granden gab, die dem richtigen Blut entstammten, aber nicht an Orgien teilnahmen. Sein Vater hatte Recht gehabt: Alles, was er über die Granden wissen musste, ließ sich von Gladiatoren lernen. Sollte Goldo ihn vorerst beherrschen und kontrollieren, es gäbe schlechtere Lanistos.

Langsam kehrte das Publikum zurück. In der Arena summte es schon wieder wie in einem Bienenstock, ein tiefes Vibrieren von Unruhe, tausende kleine Bewegungen, die sich zu einem Flimmern und Rumoren verbanden, das Amato faszinierte. Er konnte einzelne Leute ausmachen: die Mutter, die einen Säugling stillte, das Kind, das einer halb gezähmten Eidechse nachsetzte, die Jugendlichen, die miteinander rangelten, als hätten die Ringkämpfe, die gerade noch gezeigt worden waren, den Wunsch geweckt, es den Kämpfern gleichzutun, das Liebespaar, das versonnen Händchen haltend dem Einzug der Gladiatoren zusah.

»Ah, die Parade«, unterbrach Goldo sein Gespräch. »Wie steht es um meine Ode?«

Der Poet mit den besudelten Händen trat vor und nestelte nervös an einem Blatt Papier herum, das schon viel erlitten zu haben schien. »Ich bin noch nicht ganz ...«

»Soweit, das wissen Wir«, erklärte Goldo großmütig. »Er hat Zeit bis zu den Kämpfen, dann möchte Don Aurelian deiner Kunst teilhaftig werden. Wir hatten es ihm versprochen und Wir brechen unsere Versprechen nie.«

Don Aurelian gelang ein fast natürliches Lächeln, aber Amato sah, wie er für einen Moment zögerte. Vermutlich fragte er sich, was Goldo damit beabsichtigte. Amato entdeckte eine bekannte Rüstung in der Parade und den blonden Schopf. Die Rüstung eines Rondra-Geweihten, weißer Wappenrock und rote Löwin. Eine delikate kleine Einlage, regierte doch der Blut saufende Kor über die Arena und nicht seine ritterliche Mutter. Valerias Idee. Es ergab einen Sinn, das stolze Mittelreich immer wieder zu demütigen, und Amato fand sich angezogen von den dort üblichen schweren Rüstungen, die von den Schmieden der Arena nachgearbeitet wurden, um bei den Kämpfen von den Gladiatoren zur Schau gestellt zu werden. Mittelreicher mit ihren hellen Gesichtern, dem Haar wie trockenes Gras oder Gold, wie poliertes Holz die Augen. Schöne Menschen, nicht so gefällig wie Mohas, nicht so elegant wie Al'Anfaner. Dennoch, auf ihre Weise. Goldos mittelreichisches Erbe machte ihn blond und gab ihm die graublauen Augen, während Aurelians Erscheinung deutlich von der Schönheit der Waldmenschen sprach, vielleicht eine Waldmenschen-Sklavin und ein Grande des Hauses Bonareth.

»Don Aurelian, wie unhöflich von Uns. Kennt Ihr schon Amato Paligan, den vielversprechenden jungen Spross meiner Familie?«

Aurelian neigte leicht den Kopf. »Flüchtig. Eine Freude.«

»Amato interessiert sich besonders für Gladiatoren. Heute tritt einer seiner besten Leute an. Wir denken, er ist ein guter Kandidat für den Rat als Praefectus Ludi.«

Aurelians Lippen wurden schmaler. »Wie schön. Ich bin sicher, er wird Euch große Freude bereiten. Doch da Ihr das Thema schon anschneidet ... die Wahlen sind *ein* Grund, weshalb ich Euch aufsuchte, Don Goldo, aber wenn es Euch angesichts Eurer Verpflichtungen als Spielegeber zu mühselig erscheint ...«

»Aber mein lieber Don Aurelian, wo denkt Ihr hin?« Goldos Lächeln war eine Spur zu schneidend, und Amato fragte sich, ob das Oberhaupt der Paligan es nie müde wurde. Er schöpfte tief Luft und trat dicht an die Balustrade, um möglichst wenig davon sehen und hören zu müssen.

Schließlich wurde der Kampf aufgerufen, auf den Amato gewartet hatte, die ›Todesechse‹ gegen seinen ›Rondrageweihten‹. Das Publikum schien an der Ankündigung und der Zusammenstellung Gefallen zu finden, Amato konnte spüren, wie die Spannung anstieg. Noch öffnete sich kein Tor, war nichts zu sehen, die Arena wie ein gähnendes Loch, ein starrer Mahlstrom, der alles an sich zog. Amato konnte kaum atmen, dann:

»Ahem. Also: *Des wahren Kriegers Tapferkeit*
zeigt sich ist zum Sterben er bereit,

den strahl'den Ruhm als einz'gen Lohn,
auf hoch erhobnem Haupt die Siegeskron' …«

Ein rascher Blick nach hinten verriet Amato, dass Goldo leicht mit dem Finger dem Rhythmus des Vorgetragenen folgte, was den Schreiber zu ermutigen schien. Die diebische Freude in Goldos Augen hätte das zerschmettern können, aber offenbar quälte sich der Mann zu sehr damit, seine eigene Schrift zu entziffern, um die Häme sehen zu können.

Mit einem hörbaren Rasseln liefen in den Eingeweiden der Arena Ketten über Rollen –, und die beiden gegenüberliegenden Tore öffneten sich.

Als Erster trat sein Gladiator in das Licht. Amato konnte sehen, dass der Wechsel vom Halbdunkel der Gewölbe zum strahlenden Sand der Arena ihn verunsicherte, er ließ das Schwert um die Hand kreisen, was ihn vorsichtig und vorbereitet erscheinen ließ, aber Amato sah, wie steif seine Bewegungen waren. Er trat in die Mitte, hielt den Blick fest auf das gegenüberliegende Tor gerichtet und wartete.

Dann, mit den seltsam anmutenden Bewegungen dieser großen Reptilien, trat die Todesechse auf den Sand hinaus. Ihr langer Kopf schaukelte auf dem schlanken Körper, die Bewegungen der gestreckten Gliedmaßen wirkten zugleich elegant und fremdartig, ihre Schritte glitten über den Boden, was einen niedrigen Schwerpunkt des Körpers anzeigte, der Schwanz balancierte anmutig und der Rückenkamm richtete sich auf, soweit das die Panzerung des Pescators, Netz und Dreizack, zuließ. An der Spitze des langen Schwanzes trug sie eine Art Keulenfortsatz, der knapp über den Sand wischte. Amato konnte sehen, wie sich der ›Rondrageweihte‹ spannte und zurückwich.

Die Schiedsrichter traten hinter den Kämpfern aus den Gängen. Armbrüste wurden auf den Plätzen zwischen den Logen gespannt, die Krieger Kors wachten darüber, dass sich die Kämpfe nicht unnötig in die Länge zogen. Feigheit wurde mit dem Tod bestraft, ganz anders als in den

Grubenkämpfen, die sein Gladiator kannte. Aber vielleicht hatte der Mittelreicher auch noch nie einem Achaz gegenübergestanden?

Die Stimmung in der Arena schwankte. Gezwungen, sich zwischen einem Achaz und einem Mittelreicher zu entscheiden, schienen die meisten Fanas das Reptil vorzuziehen. Gleichzeitig war es aber ein Mensch gegen ein intelligentes Tier, und ein Paligan-Gladiator gegen einen der Zornbrecht. Das ließ die Fana zögern und Amato hoffte, dass der Mittelreicher das Beste daraus machen würde. Mit einer geschickten Bewegung ließ der Achaz das Netz etwas auffächern, es sah fast einladend aus, aber es war unmöglich, im starren Reptiliengesicht zu lesen.

Das Gespräch hinter ihm in der Loge war verstummt, selbst Goldo schien dem Geschehen zu folgen – ob gespannt oder interessiert, vermochte Amato nicht zu sagen.

Dann entschloss sich der »Rondrianer« zu einem Angriff. Er führte das Schwert im Bogen von der Seite, deckte sich gleichzeitig mit dem Schild, den er so schräg hielt, dass sich das Netz des Achaz' nicht daran verfangen konnte, und zog sich rasch wieder zurück. Er prüfte den Gegner nur.

Dann ging der Achaz zum Angriff über; er schleuderte das Netz, das am Schild abglitt, sich aber in den Verzierungen des Helmes fing. Sofort nahm der Achaz das Netz kürzer und zerrte es nach schräg unten, was das Publikum aufstöhnen ließ, denn damit riss die Echse den Gegner von den Beinen, zwang ihn, auf die Knie zu fallen, bevor der Kampf noch richtig begonnen hatte.

Geistesgegenwärtig gelang es dem Mittelreicher, seinen Dolch zu ziehen und den ledernen Helmgurt durchzuschneiden, doch bevor er sich zur Seite rollen konnte, traf ihn der Dreizack. Ein hässliches Kreischen von Metall auf Metall, als die Zinken über die Schulterplatte fuhren. Die Zinken glitten ab und rissen Fleisch auf. Der Mittelreicher schrie, warf sich zur Seite und zerrte den Helm vom Kopf, den er wütend in den Sand schleuderte, dann machte er einige hastige Schritte zurück, weil das Reptil ohne Zögern nachsetzte.

»Er spielt nicht einmal mit ihm«, murmelte Aurelian Bonareth.

»Wer? Ach, die Echse? Es ist ein Weibchen, habe ich mir sagen lassen«, erwiderte Goldo gelangweilt. »Achaz sind nicht gerade für ihre kulturelle Verfeinerung bekannt. Das gilt auch für das Töten. Schrecklich einfallslos. Ich frage mich, ob Zornbrecht wirklich nicht versteht, was man den Fanas bieten muss.«

Amato presste die Zähne zusammen. *Nun kämpf schon.* Blut färbte den Schwertarm seines Gladiators und lief so schnell, dass es in den Sand rann. Was auch immer geschah, er hatte nicht viel Zeit.

»Was hattest du für ihn bezahlt, Amato?«, fragte Goldo.

»Er hat noch nicht verloren«, fauchte Amato zurück, heftiger, als er beabsichtigt hatte.

»Ja, die Hoffnung stirbt bekanntlich zuletzt.« Goldo lachte, und Aurelian stimmte ein, vielleicht nur aus Höflichkeit, aber in diesem Moment hasste Amato beide.

Kämpf schon, verkauf dein Leben teurer als das, flehte er still.

Der Mittelreicher hielt sich die Todesechse mit einigen raschen Wendungen und Flankenangriffen vom Leib, musste allerdings immer wieder zurückweichen, weil der keulenbewehrte Schwanz nach ihm schlug. Einmal trat er dabei auf das trügerisch schleifende Netz und wurde wieder von den Beinen gerissen, aber der ehemalige Grubenkämpfer war wendig, rollte davon und sprang wieder auf, was in Rüstung kein Geringes war. Das Publikum feuerte ihn an.

Amato schloss die Augen. Der kostbarste Moment, der Moment absoluter Reinheit, wenn sich ein Herz wendete, nicht eins, sondern tausende zugleich. So musste es sich anfühlen, wenn man gemeinsam in die Schlacht zog, wenn alles klar schien, nichts mehr trog, wenn man eins mit anderen war, spüren konnte, was sie dachten. Jetzt war er kein Grande, jetzt war er niemand.

Ein Aufschrei. Amatos Augen öffneten sich und er sah, dass es der Todesechse gelungen war, dem Rondrianer den Schild mit dem Netz aus den Händen zu reißen. Der Schwanz peitschte durch die Luft, warf den Krieger wieder in den Staub, dem es trotz allem gelang, das Schwert festzuhalten. Wieder sprang er auf, deutlich geschwächt diesmal, und wechselte den Schwertarm. Seine Bewegungen wurden langsamer, unsicherer, aber Amato konnte sehen, wie er sich spannte, wie er nach einer Lücke suchte, wie er alle drei Waffen des Achaz im Blick zu behalten versuchte. Er war noch nicht am Ende. Sein Gesicht verzog sich, er schien die Todesechse herauszufordern, zu reizen, aber das Reptil blieb ungerührt. Er ließ das Schwert wieder um die Hand kreisen, suchte immer wieder nach einer Lücke in der Abwehr, musste sich entscheiden zwischen dem Netz und dem Dreizack und versuchte, den Dreizack zu unterlaufen. Amato stöhnte auf.

Die Todesechse drehte sich zur Seite und fing den Gladiator, Mann und Schwert, im Netz, zog dann blitzschnell die Schlinge zusammen, sodass dieser sich nicht mehr befreien konnte, und stieß mit dem Dreizack zu, alles fließende Bewegungen, die verrieten, wie gründlich sie ausgebildet worden war.

Das Publikum kam wie eine gewaltige Welle hoch, sie standen beinahe alle, bis auf die Granden, die noch immer zurückgelehnt in die Arena blickten. Amato sprang auf die Brüstung, schenkte dem eisernen Stachelkranz, der die Logen vom Sand trennte, keine Beachtung und hastete eilig die hölzerne Treppe hinunter, über die siegreiche Gladiatoren zur Loge hinaufsteigen konnten. Erst, als er mit beiden Füßen auf dem Sand stand, begriff er, was er gerade tat, aber es kümmerte ihn nicht.

Blut quoll aus dem verschnürten Bündel zu Füßen des Reptils, das wie ein gut abgerichteter Hund jetzt zur Loge blickte, um das Zeichen für Tod oder Leben zu empfangen. Amato rannte über den Sand auf die beiden zu, aber das Reptil schien ihn völlig zu ignorieren, auch, als Amato mit fliegenden Fingern das Seil löste, das das Netz zusammenhielt.

Der Mittelreicher stöhnte gepeinigt, aber Amato konnte nichts sehen, bis er das Netz zur Seite geschoben hatte. Drei tiefe Löcher im Kettenpanzer, der sich rasend schnell rot färbte. Amato löste die seidene Schärpe, die er über dem Waffengurt trug, und presste sie auf die Wunde. Der Gladiator legte seine unverletzte Hand direkt darauf, begriff, wie es um ihn stand.

Die Arena war totenstill, Amato sah, dass Armbrüste auf ihn gerichtet waren, dann, wie sie auf ein geheimes Zeichen hin gesenkt wurden. Wenn ein Fana in die Arena sprang, um einem Kampf zu beeinflussen, erwartete ihn der Tod, aber er war kein Fana, und der Kampf war beendet.

Goldo Paligan hatte sich erhoben und ließ das rote und das schwarze Seidentuch in der Brise wehen. Hinter ihm erkannte Amato Aurelian Bonareth, der ihn musterte, aber keine Miene verzog.

Einer der Schiedsrichter kam gelaufen. »Bringt ihn in Position. Er soll knien.«

Amato fuhr zu dem Mann herum. »Er kann nicht knien.«

»Dann soll er sich auf den Bauch drehen.« Ja, richtig. Gladiatoren, die das Todesurteil nicht kniend hinnehmen konnten, in dem sie in die Kehle gestochen wurden, mussten auf alle Vieren oder bäuchlings den Hieb schräg zwischen die Schulterblätter erwarten. Aber dass der Schiedsrichter meinte, der Rondrianer habe nicht ausreichend gut gekämpft, um begnadigt zu werden ... das Publikum schien durchaus gemischter Auffassung zu sein.

Amato blickte zu Goldo hinüber, der strahlend lächelte. Er trat auf die Loge zu, während die Schiedsrichter seinen Gladiator auf den Bauch rollten. Amato schüttelte den Kopf nur leicht und hoffte, dass Goldo es sah, es beachtete, den Tod nicht nur deshalb wählte, um ihn weiter zu demütigen. Goldo wäre dazu fähig. Und wenn er ihn am Leben ließe … nur ein weiterer Strick, der ihn an Goldo band; das Leben, um das er ihn gebeten hatte, ein Geschenk. Und es kostete Goldo rein gar nichts. Wäre die Todesechse unterlegen, hätte er seinen Feind gedemütigt, aber da sie gewonnen hatte, hatte er nur seinen Verbündeten fester an sich zu fesseln. *Verbündet kommt von binden*, sagte Goldo gern.

»Bitte«, flüsterte Amato mit tauben Lippen.

Das rote Tuch fiel in den Sand, aber Goldo blickte Amato dabei geradewegs in die Augen.

***

Atemlose Stille lag über der Arena. Weit im Westen senkte sich eine flammende Praiosscheibe hinter die Gipfel des Regengebirges und tauchte die Kulisse in blutrotes Licht. Forschend tasteten die glühenden Finger ihrer Strahlen über den Sand, das starre Reptil, die Hand mit dem Dreizack zum Stoß erhoben, den schönen knienden Jüngling, das bleiche Antlitz flehend erhoben und vor ihm der gefallene Ritter in seinem Todeskampf.

Irschan seufzte. Wer hätte gedacht, dass dieser primitive Ort ein solch grandioses Kunstwerk hervorzubringen vermochte.

Das Publikum schien ähnlich zu empfinden, nicht einmal die rohesten aus dem Pöbel zerstörten die stumme Schönheit der Darbietung durch Grölen oder Geschrei.

Sacht senkte sich das rote Tuch in den blutigen Sand.

Unmerklich zunächst glitt ein Raunen durch die Menge, kam Bewegung in das Stillleben, erklang schließlich der ein oder andere Ruf.

Er hielt den Atem an, und auch seine Schwester spannte sich merklich in seinem Arm. Das Tuch war gefallen, doch entschieden war noch nichts. Jederzeit konnte die Stimmung auf den Rängen kippen, konnte die Menge Vergeltung fordern für den entgangenen Triumph. Der Rondrageweihte hatte längst nicht alle für sich eingenommen, und obwohl dem jungen Granden durch sein überraschendes Eingreifen zahlreiche Herzen zugeflogen waren, konnten leicht jene Stimmen überhand nehmen, die nach Blut verlangten und nicht nach Heldentaten.

Dies war offensichtlich auch den Verantwortlichen bewusst, denn rasch kam Bewegung auf. Helfer schleppten den verwundeten Mittelreicher davon, die Todesechse verzichtete auf eine triumphale Ehrenrunde und trottete stattdessen gleichmütig zurück durch das Tor. Nur der Jüngling verharrte.

»Und? Wer trug den Sieg davon?«

Irschan wandte den Blick zu seiner Logen-Gastgeberin. Shantalla Karinor lag wie hingegossen auf ihrem Diwan, die Arme innig um einen mittlerweile unbekleideten Tulamidenjüngling geschlungen, dessen Entzücken über die Liebkosungen seiner Gönnerin unübersehbar war. Er musste schmunzeln. Der Kontrast zu dem Geschehen im Sand der Arena hätte jeden Satiriker entzückt.

»Wie stets zu diesen Anlässen: die Barbarei«, gabt Irschan leichthin zurück, während sein Blick über die Arena schweifte.

Shantalla lachte. »Ihr seid solch ein Zyniker, Magister. Ich kenne etliche Stimmen, die sagen würden, dass Ihr als schlichter Fana die Bedeutung der Spiele als kulturelle Glanzleistung natürlich nicht erfassen könnt.«

Der Jüngling hatte sich entschieden. Offenbar schweren Herzens löste er seinen Blick von dem Tor, durch das der Mittelreicher getragen worden war, und näherte sich zögernd der Stiege, die zur Paligan-Loge emporführte. Eigentlich diente sie zur Ehrung besonders verdienstvoller Kämpfer, die dort aus der Hand des Spielgebers eine persönliche Auszeichnung entgegennehmen konnten. Dass es nun der Beschützer des Unterlegenen war, der zu seinem hoheitlichen Gönner zurück kroch, verlieh dem der Angelegenheit eine besonders pikante Note.

»Nun, eine dieser Stimmen befindet sich zurzeit in der Loge des Spielegebers und scheint wenig erbaut.«

Shantalla hob neugierig den Blick. »Von wem genau sprechen wir hier?«

Zwei paligan'sche Leibwächter hievten den missratenen Familienspross über die Abtrennung. Goldo selbst hatte sich längst abgewandt und plauderte scheinbar angeregt mit seinem anderen Logengast.

»Aurelian Bonareth.«

Seine Gastgeberin sog hörbar den Atem ein. »Aurelian katzbuckelt vor Seiner Hoheit? Das hätte ich nicht erwartet.«

Der Jüngling nahm wieder an der Brüstung Aufstellung, die Augen starr in den Sand gerichtet. Seine Haltung war vorbildlich, ein Segen für jeden Bildhauer.

»Nun, er ist verzweifelt«, antwortete er bedächtig. »Goldo ist seine letzte Anlaufstelle, nachdem Seine Erhabenheit ihn zurückwies und deine und Rahjadans Ablehnung auf dem Fuße folgten.«

Eine Horde Piraten stürmte durch die Tore. Zwei Mannschaften, mit Fuß- und Handketten aneinander gefesselt. Bereits beim Einmarsch stolperten sie übereinander. Das Volk grölte.

Irschan verzog angewidert das Gesicht. Plumpe Narreteien, um den Pöbel zu besänftigen. Armselig. Notwendig zwar, aber entsetzlich banal.

»Dennoch. Er ist, wenngleich der Enkel einer Unfreien, ein Bonareth. Und ein Karinor.« Shantallas Stimme klang ungewöhnlich scharf. »Das sollte er nicht vergessen. Sich nun demjenigen anzubiedern, der seinen Fall verursacht hat, ist seinem stolzen Erbe nicht angemessen.«

Ehre und Stolz, die heiligsten Tugenden der Karinor seit der Ausrufung einer eigenständigen Kirche durch die erste

Matriarchin dieses Namens. Und sieh dich an, Erste deines Hauses, wie du daliegst in selbstvergessener Fleischeslust, während nur wenige Schritt tiefer für dich und deinesgleichen ein blutiges Opfer zelebriert wird. Zuckerbrot für das Volk, damit es die Peitsche besser erträgt. Und zum Schein spielen sich die Herren und Herrinnen als Wohltäter auf. Ekelhaft. »Du urteilst zu harsch, meine Liebe.«

»Das finde ich nicht«, ergriff Viviane unvermittelt das Wort. Irschan hob überrascht die Augenbrauen. Sie schluckte. »Verzeiht.«

»Deine Meinung ist willkommen.«

Auch Shantallas Blick wandte sich seiner Schwester zu, während ihre Hände wie beiläufig über den erhitzten Körper ihres Liebhabers fuhren. Der Tulamide stöhnte.

»Ich meine«, Vivianes Stimme zitterte leicht, »dass mit der Zugehörigkeit zu einer großen Familie auch eine gewisse Größe des Charakters einhergehen sollte. In diesem Falle das Wissen darum, wann es Zeit ist, die Bühne zu verlassen.«

»Hört, hört.« Shantalla widmete sich wieder eingehender den Liebkosungen. Der Jüngling wand sich unter ihren Lippen, während um sie herum die blutberauschte Menge johlte.

»Das Leben ist nur ein Theaterstück: Was zählt, ist nicht, wie groß deine Rolle ist, solange du nur gut spielst und dir ein guter Abgang gelingt«, zitierte Irschan und zauste seiner Schwester liebevoll das Haar. »Finden sich solche Weisheiten etwa auch in deinen Rosenromanen?«

Sie errötete. »Ich nahm mir nur deine Mahnungen hinsichtlich meiner mangelhaften klassischen Bildung zu Herzen. Es ist aber tatsächlich meine Meinung«, setzte sie nachdrücklich hinzu.

»Das bestreite ich nicht.«

Ohrenbetäubender Jubel brandete auf, als die beiden Kapitäne der gegnerischen Piratenmannschaften aufeinander losgingen. Auch sie an Füßen und Armen miteinander verbunden, der eine mit einem rostigen Säbel bewaffnet und wild rollenden Augen, der andere mit einem Strauß Rosen in der Hand.

»Nun, meine Piratenbraut, willst du deinem angebeteten Hamarro nicht beistehen?«

»Diese Posse ist ekelhaft.« Viviane wandte sich angewidert ab. »Können wir nicht gehen? Der Hauptkampf ist vorüber, der Höflichkeit wurde Genüge getan.«

»Deine Meinung wird offenbar längst nicht von allen Schöngeistern geteilt«, bemerkte er mit einem weiteren Blick in die Paligan-Loge, in der Aurelian Bonareth noch immer mit dem Spielegeber sprach.

Der junge Paligan lehnte nach wie vor unbewegt an der Brüstung. Er war makellos, vollkommen. Shantalla hatte völlig Recht. Perfekte Beute.

»Sieh einfach nicht hin, meine Schöne«, murmelte er sanft.

Viviane seufzte und kuschelte sich an ihn. »Also gut, dann bleiben wir. Ich werde mir einfach vorstellen, wir säßen am Fuß der alamadianschen Weinberge. Ein lauer Sommerabend und nichts um uns außer zirpenden Zikaden und dem fernen Spiel einer sehnsuchtsvollen Laute.«

Irschan unterdrückte seine übliche Spöttelei. Er konnte sie ja verstehen. Am liebsten hätte auch er schleunigst dieses erbärmliche Schauspiel hinter sich gelassen, allein, die Tatsache, dass der Bonareth noch blieb, reizte seine Neugier.

Ein Gesuch würde Goldo ablehnen, daran bestand wenig Zweifel, aber wer wusste schon, was zwischen den beiden tatsächlich gesprochen wurde?

Seine Gastgeberin widmete sich inzwischen ungehemmt dem Liebesspiel. Zwei ihrer Sklaven schoben gerade eine aranische Wand vor die Brüstung der Loge, um die Vergnügungen ihrer Herrin gegen allzu neugierige Blicke von außen abzuschirmen, während die beiden anderen hinter dem Diwan standen und unermüdlich die gewaltigen Fächer aus Pfauenfedern schwenkten.

Versonnen strich er seiner Schwester übers Haar. »Sag, meine Liebste, wo wir schon beim Thema sind: Wie hat sich denn unser jüngstes Stelldichein entwickelt?«

Zögernd hob Viviane den Kopf. »Es tut mir Leid«, antwortete sie leise und er fühlte, wie ihr Herz rascher zu schlagen begann. »Ich habe versagt.«

Irschan schwieg. Er wusste, sie würde die Stille zu füllen versuchen.

»Ich habe mich so sehr bemüht, das müsst Ihr mir glauben.« Wie stets, wenn sie sich schuldig fühlte oder meinte, in seiner Gunst gesunken zu sein, verfiel sie auf eine respektvollere Anrede. Es hatte Zeiten gegeben, da hatte sie es mondelang getan. Manchmal gefiel ihm die Furcht in ihren Augen, genoss er ihr Buhlen um seine Gunst. Doch heute stand ihm nicht der Sinn nach solchen Spielchen. Die Angelegenheit selbst war viel zu interessant. Aurelian Bonareth hatte also sein Geschenk zurückgewiesen.

»Zunächst glaubte ich, er wäre leicht zu überzeugen. Er schien nicht abgeneigt, berührte mich, zog mich zu sich, küsste mich.« Vivianes Stimme trug einen gehetzten Unterton, und unversehens stieg Mitleid in ihm auf.

»Schwesterlein, ich bin nicht unzufrieden«, erklärte er rasch und küsste sie zärtlich auf die weichen Lippen. »Jedes Ergebnis war akzeptabel.« Die Erleichterung in ihren Augen versetzte ihm einen Stich. Wie leicht es war, ihre Stimmung zu beeinflussen.

»Er küsste mich also, doch ... nun, als ich so dicht vor ihm stand, konnte ich natürlich fühlen, dass seine Erregung nur gespielt war.«

»Ja«, bestätigte Irschan. Das hatte er ebenfalls bemerkt.

»Ich bin dann noch ein wenig ... deutlicher geworden«, Viviane errötete, »handgreiflicher gewissermaßen ...«

Irschan schmunzelte amüsiert.

»... aber dann hat er mich abgewiesen. Höflich zwar, aber bestimmt. Ich war machtlos.«

»Vermutlich kam unserem Künstler die Inspiration

abhanden, nachdem sein Mäzen gegangen war«, spottete Irschan und küsste seine Schwester ein weiteres Mal. »Bedauerst du es?«

»Ich ...«, Viviane zögerte.

»Ja?« Irschan blickte sie auffordernd an.

»Nein«, erklärte sie und er wusste, dass sie die Wahrheit sprach. »Ich hatte mich geirrt. Ich mag ihn nicht. Er ist zu selbstgefällig. Und zwar anders als du ... ich meine, wenn Ihr es darauf anlegt«, stotterte sie, als er die Augenbraue hob. »Und vollkommen kalt. Aber auch anders als du, als Ihr ... ach, du weißt, was ich meine.«

Irschan lachte. »Trotz deiner präzisen Darlegung, meinst du?«

Sie hatte Recht. Aurelian Bonareth war über alle Maßen arrogant. Nun war sein Stolz zutiefst verletzt worden. Und obschon er Vorsicht bewiesen hatte, bestand die Möglichkeit, dass er in seiner Eitelkeit einen Fehler beging. Wusste der Künstler, wann es Zeit war, die Bühne zu verlassen?

»Hamarro!« Einzelne anfeuernde Rufe klangen herauf, während der ›sanfte Pirat‹ sich verzweifelt vor den Säbelhieben seines Gegners duckte, offenbar eine Parodie seines ewigen Widersachers Dagon Lolonna, um dann und wann mit den Rosen nach ihm zu schlagen.

Irschans Blick wanderte zur Loge des Patriarchen. Amir hatte Goldos Einladung abgelehnt, er konnte es sich leisten, dem blutrünstigen Spektakel fernzubleiben, nachdem er dem Granden bezüglich der Ratswahlen derart großzügig entgegengekommen war. Verwaist war die Loge dennoch nicht. Zwischen den schwarzen Vorhängen saß stumm und unbewegt die Tochter des Erhabenen. Ihre Augen wichen nicht ein einziges Mal vom Kampfgeschehen, doch Irschan vermeinte, ihre Abscheu fast körperlich wahrzunehmen. Gefangene Necker zu befreien mochte noch als halbelfische Marotte abgetan werden – die Spiele allerdings würde sie nie abschaffen können, waren sie doch eine der Säulen, die das Imperium trugen. Und so legte sie die

Maske der Höflichkeit auf, während in ihrem Herzen der Ekel gärte. Sie tat es bewusst, darüber hegte er keinen Zweifel. Sie stählte sich und nährte ihren Hass. Wenn sie nicht daran zerbrach, und darauf bestand wenig Hoffnung, würde sie zu einer gefährlichen Gegnerin heranwachsen.

Ein letztes Mal schweifte sein Blick zur Loge des Spielegebers. Amato Paligan hatte sich keinen Fingerbreit bewegt. Noch immer blickte er starr in den Sand unter ihm, in dem gerade vier Piratinnen aus ›Hamarros‹ Mannschaft mit gewaltigen Hieben den vorgeblichen Lolonna niedermachten. Das Volk tobte auf den Rängen.

Welche Gedanken mochten hinter der ebenmäßigen Stirn vorgehen? Bangte er um seinen verwundeten Kämpfer? Verband die beiden sogar mehr? Viele schätzten mehr als nur die Kampfeskraft ihrer Kämpen, und gerade die Sanftesten schienen sich zu der rohen Tierhaftigkeit der Todgeweihten hingezogen zu fühlen. Irschan verzog das Gesicht, als er an Amirs langjährige Vorliebe für einen seiner Söldnerführer dachte.

Plötzlich erhob sich Aurelian Bonareth. Seine Gesichtszüge waren versteinert, das Lächeln gefroren, die Haltung beherrscht. Eine knappe Verbeugung vor seinem Gastgeber, dann schob er die Jammergestalt eines Poeten rüde beiseite und verschwand.

»Soeben verlässt unsere schöngeistige Stimme diesen Hort vornehmster Lebensart«, vermeldete Irschan.

»Vermutlich, um Vergessen im Boronwein zu suchen«, erklang Shantallas Stimme ohne allzu großes Mitgefühl. »Der Arme.« Ihr Liebesspiel schien einen ersten Höhepunkt überschritten zu haben, und die Sklaven schoben die aranische Wand zurück.

Aurelian Bonareth war also wie erwartet zurückgewiesen worden. Er hatte so seine Zweifel, ob ein Rausch, und sei er noch so tief, diese Schmach zu betäuben vermochte.

Kurzfristig schien ›Lolonna‹ die Oberhand zu gewinnen; zwei Piratinnen waren unter seinen Säbelhieben gefallen, die dritte wich unter seinen Attacken so weit zurück, wie es die Kette erlaubte. Das Publikum bedachte ihre Feigheit mit lauten Buhrufen.

»Ja, der Arme«, nahm er den Faden wieder auf. »Die Frage ist, was tut er nach dem Rausch?«

»Vielleicht sollten wir ihn ein wenig trösten?«

»Ich dachte, das hättest du bereits getan?«

»Ich hatte es beabsichtigt, auf dem Fest, aber Ihr kamt mir zuvor.« Ihr Blick wanderte vielsagend zu Viviane. »Da ich ja nicht wissen konnte, wie lange Ihr mit ihm beschäftigt sein würdet, sah ich mich gezwungen, anderweitige Zerstreuung zu suchen. Ich *konnte* einfach nicht länger warten.«

»Wer hätte das gedacht?«, spöttelte Irschan, und Shantalla warf eine Traube nach ihm.

Irschans Blick folgte der Flugbahn. »Da habt Ihr etwas angerichtet, Teuerste.«

»Lass hören.« Die Grandessa ließ die nächste Traube zwischen den Lippen ihres Galan verschwinden.

»Rahjadan Bonareth ist erwacht.«

»Die Götter stehen uns bei!« Kichernd warf Shantalla noch eine weitere Traube und ein Stück Melone über die Brüstung.

Irschan stellte fest, dass er sich auf die Ratssitzungen mit ihr freute. Sie bot einen wahrhaft erfrischenden Gegensatz zu ihrer stillen, ernsten Base, abgesehen davon, dass Malane ihm bei weitem nicht so gewogen war.

Das Gemälde nahm Gestalt an, dachte er zufrieden und gab seiner Schwester ein Zeichen. Hamarro war mittlerweile röchelnd verschieden, die Hälfte beider Mannschaften lag blutend im Sand und wurde von den Übriggebliebenen an den Ketten hinter sich hergezerrt. Einige Piraten hackten störende Gliedmaßen ab, damit sie mehr Bewegungsfreiheit hatten, andere verwendeten die blutigen Stümpfe als Schilde. Anfeuernde Rufe erklangen hie und da.

»Wir werden Euch nun verlassen, Verehrteste.«

»Und wer berichtet mir vom Kampfgeschehen?«

»Bittet die ehrwürdige Amira Honak in Eure Loge. Sie scheint vollkommen hingerissen.«

Shantalla hob tadelnd die Augenbrauen. »Hütet Eure spitze Zunge, Fana. Über meine Verwandte dulde ich keinen Spott. Wohlan, er möge sich entfernen.«

Huldvoll wedelte sie mit der rechten Hand, während ihre linke begehrlich das Gemächt ihres Galan umfasste, das unter ihrem Griff zu neuem Leben erwachte. »Wenn du Aurelian treffen solltest, übermittle ihm mein Beileid. Und natürlich mein Angebot.«

»Ich bin sicher, er kann es kaum erwarten, sich in Euren Schoß, verzeiht, Eure Arme zu flüchten.«

Nicht Trost, sondern Geduld lautete das Zauberwort. Ihn aus der Reserve zu locken, würde unmöglich sein, solange er sich beobachtet glaubte. Er durfte die Netze nicht ahnen, die er um ihn weben würde. Sie mussten ihm so vertraut sein wie eine zweite Haut, wie sein eigen Fleisch und Blut.

Ein Gesicht erschien in seinem Geist, zwei Augen, stolz und ungebrochen. Es hatte sich gelohnt zu warten.

***

Die Dukatengardisten vor der Loge nahmen Haltung an, als Aurelian die Tür aufstieß und in den Gang hinaustrat.

»Razir, meine Sänfte.«

Der Maraskaner löste sich aus dem Dunkel der Mauer, nickte kaum merklich, und verschwand, ohne zu fragen.

Unwirsch schritt Aurelian an den Gardisten vorbei, zur Treppe hinüber, die hinausführte aus diesem steinernen Ungetüm, dessen Wände sich hämisch über ihm zusammendrängten und das Atmen schwer machten.

Ein Jammer, dass Wir so selten die Gelegenheit dazu haben. Die Stimme des Paligan hallte in seinem Kopf wider, mit ihrer glatten Schärfe, die ihn jäh zusammenzucken ließ. *Ihr bereitet mir wahrlich Unterhaltung.*

Aurelian spürte den Kloß in seinem Hals, der die Wut zurückhielt, die in seinem Innern tobte, danach lechzte, hervorzubrechen, diesem aufgeplusterten Möchtegern-Vizekönig den Handschuh ins Gesicht zu schlagen, zu sehen, wie das feiste Grinsen aus dem gepuderten Gesicht wich, die Selbstgefälligkeit unter dem Stahl seiner Waffe zerbarst. Vor zwanzig Jahren hätte er sich vielleicht dazu hinreißen lassen, heute zwang die Vernunft die Wut nieder, hielt die Hand beherrscht, duldete keine Regung, die den Zorn verriet – Zorn, der ihn schwach und verletzlich machte. Welche Genugtuung hätte es dem Paligan bereitet, hätte er vor aller Augen die Beherrschung verloren.

Ein guter Junge, Unser lieber Amato.

Und sehr naiv. Ein geeignetes Fressen für die Haie, in deren Becken Ihr ihn werft.

Vielleicht ist es auch nur gespielt? Wisst Ihr es? Wollt Ihr es versuchen, Don Aurelian? Manchmal trägt einen Naivität höher hinauf, als Ihr je aufsteigen werdet.

Seine Halsmuskeln zitterten, das Blut pochte, hart und fordernd, aber er gestattete sich keine Regung, während er die Treppe hinabstieg, an den anderen Logen vorbei. Vorbei an den Gardisten, die ihm Platz machten, vorbei an einer hysterisch kichernden Grandessa, die ihm etwas zurief, an den Sklaven, die auf silbernen Tabletts Wein und Konfekt zu den Logen balancierten, wo man sich an den letzten Kämpfen erfreute.

Welcher Dämon hatte ihn geritten, als er auf den Gedanken verfiel, Goldo Paligan in seiner Loge aufzusuchen? Die Erwartung, etwas von Goldos Plänen zu erfahren, die er für den Jungen hegte? Dieser Knabe, Amato, der ihm vor die Füße gestolpert war, um nach einem Gladiator zu sehen? Die Neugier? Der Hass? Was hatte er zu gewinnen, was zu verlieren?

Der Patriarch wird Gefallen an Unserem Neffen finden.

Der Junge mag seine Vorzüge haben, aber glaubt Ihr wirklich, Euch den Patriarchen dauerhaft gewogen zu halten, indem Ihr ihm einen hübschen Knaben ins Bett legt? Oder wollt Ihr ihn tatsächlich im Rat Politik machen lassen?

Wir meinen Uns zu erinnern, dass es einige gab, deren Aufstieg im Bett Amir Honaks begann.

Nichts hatte er zu verlieren, und so sehr die Wut an ihm zerrte, der Schein musste gewahrt werden. Ja, er würde für eine Weile Gegenstand des Klatsches sein, würde sie hinter vorgehaltenen Fächern flüstern hören, sehen, wie sich zueinander drehten, wenn er den Raum verließ, aber das ging vorüber. Vielleicht schon am Tag der Wahl, wenn alles auf den naiven Jüngling schaute, der an seiner statt auf die Empore treten würde. Ein Schmuckstück in Goldos Triumphkrone, dessen unbesonnene Tat ihn mit einem Schlag bekannt gemacht hat. Er hatte die Herzen der Fana erobert und die Granden würden seine Naivität begrüßen, um seine Gunst buhlen und nur daran denken, wie sie ihn gefügig machen konnten, Goldo zum Trotz. Er hätte die Logen verlassen sollen, als er spürte, dass der Großartige jede Höflichkeit fallen ließ, sich offenbarte, weil er keiner Deckung mehr bedurfte.

Wir machen Euch ein Angebot. Aurelian sah die grauen Augen vor sich, zusammengekniffen gegen die tief stehende Sonne, und die Finger in den schweren Ringen, die zufrieden einen Opal auf seinem Kelch polierten. *Wir sind kein Unmensch.* Das gefletschte Grinsen eines Löwen. *Ihr seid nicht ungeschickt, Don Aurelian, doch nicht geschickt genug.* Er hob die Hand, als Aurelian zu einer Erwiderung ansetzen wollte – *Zürnt nicht Uns. Wir haben nichts anderes getan als Unsere Interessen zu wahren. Unseren Neffen als Ratsmitglied und eine feste Bande zu Euren Verbündeten. Der Patriarch wünschte Amato in den Rat.*

Nachdem Ihr ihm ein Angebot unterbreitet habt, dass er nicht ausschlagen konnte?

Wo denkt Ihr hin? Ein kleines, selbstgefälliges Lachen, das den blonden Bart zucken ließ. *Unsere Angebote sind verlockender als die Euren, mein lieber Don Aurelian. Selbst für Eure*

Verbündeten. Aber Wir machen auch Euch ein Angebot. Ihr wisst, Wir bemühen Uns um hoffnungsvolle, junge Granden. Wir könnten Euch unterstützen.

Um als Mirhamionette an Euren Fäden zu tanzen? Don Goldo, Ihr scherzt.

Mitnichten. Ein prüfender Blick. *Beginnt dort, wo Ihr schon einmal begonnen habt und verschafft Euch Einlass zum Schlafgemach des Patriarchen. Die Last des neuen Bündnisses wäre auf zwei Schultern verteilt – Ihr vertretet Unsere Interessen in Honaks Bett, Unser lieber Amato im Hohen Rat.*

Aurelian presste die Kiefer aufeinander, um den tobenden Zorn dort zu halten, wo er ihn beherrschen konnte. Sein Herz schlug unbarmherzig gegen seinen Hals, während er die letzte Treppe hinabstieg, äußerlich gelassen, die Lippen zu einem eisigen Lächeln verzogen. Ein Sklave wich zu Seite, ein Gardist grüßte knapp, und dann entließ ihn das steinerne Ungetüm der Arena ins warme Licht der Abendsonne. Der Wind trug den Geruch von Salz und Tang vom Hafen herüber. Über dem Meer kündigte sich bereits die Nacht an. Unschlüssig hielt er inne und sah sich um. Von der wartenden Sänfte keine Spur.

»Herr?«Razir trat neben ihn. Seine Pranke hielt einen rundlichen Utulu gepackt, dessen Gesicht entfernt an einen Kakadu erinnerte. Schweißtropfen standen dem Mann auf der Stirn, und er rang verzweifelt die Hände, während Razir ihn noch ein Stück weiter emporhob und drohend schüttelte.

»Er sagt, Eure Sänfte sei fort.«

»Wie bitte ...?«

Razir ließ sein Opfer fahren und der Utulu landete bäuchlings auf dem Pflaster.

»Was soll das heißen, *mein Sänfte ist fort*?«

Der Mann warf den Kopf zu Boden und wimmerte als Razir sich über ihn beugte. »Don Doriano hat sie genommen. Ich kann nichts dafür, Herr«, jaulte er und drückte sich auf das staubige Pflaster.

»Ach, tatsächlich?«

Aurelian trat zurück und hob den Kopf. Die brodelnde Wut schien von ihm abgefallen und war einer eisigen Stille gewichen, die sich in seinem Innern ausbreitete. Stille, die den Zorn umschloss, ihn nährte.

Sein Blick war klar.

Er bedachte den Utulu mit einem müden Lächeln, dann wandte er sich ab.Nach einigen Schritt drehte er sich wieder um.

»Razir, schläfst du?«

»Wollt Ihr keine Sänfte rufen lassen, Herr?« Der Maraskaner kratzte sich unschlüssig am Bart.

»Und mir die Schmach antun, in einer Mietsänfte auf dem Silberberg einzutreffen?« Aurelian lachte freudlos. »Nein, ich laufe. Ich brauche etwas Luft und Ruhe.«

Razir blinzelte fragend, schien dann aber zu dem Schluss zu kommen, dass er seinen Herrn nicht immer verstehen musste. Er deutete auf den Utulu, der erschreckt den Kopf noch etwas tiefer in den Staub drückte. »Was ist mit ihm? Soll ich ...«

»Lass ihn.« Aurelian winkte ab. »Eine Schabe, die der Mühe nicht wert ist.«

»Wie Ihr wünscht.«

Razir bahnte ihnen grob einen Weg durch die wartenden Sänften. Verwunderte Blicke trafen ihn, wo ein Schleier beiseite gerückt wurde, er spürte die Fragen, die hinter den Gesichtern lauerten, hämische Fragen. Sollten sie sich das Maul zerreißen, das taten sie ohnehin.

»Don Aurelian!« Die Stimme hallte über den Platz. »Wartet auf mich!«

Betont langsam wandte sich Aurelian um. Im Eingang zur Arena war der Dichter erschienen, der Goldos Ode auf die Gladiatoren gesungen hatte. Ein Lächeln spannte den breiten Mund und er winkte ihnen hastig zu, wobei er beinahe die beiden Schriftrollen fallen ließ, die er sich unter den Arm geklemmt hatte.

»Der fehlte mir gerade noch.« Aurelian schüttelte den Kopf und wandte sich ab. Hinter sich hörte er stolpernde Schritte.

»Don Aurelian, ich ...« Keuchend erschien das Gesicht des Dichters neben ihm. Die letzten Schritte war er wohl gerannt. »Wartet, bitte. Don Goldo hat ...«

»Was hat Don Goldo?« Aurelians Stimme war gefasst. *Ruhe.*

»... mich zu Euch geschickt. Er sagte, Ihr seid ein Mann mit Sinn für Kunst und Ihr würdet ... Euch freuen, wenn Ihr ... mich bei meiner Arbeit zu unterstützen.«

»So.«

Der Dichter zuckte zusammen. »Don Goldo sagte, Ihr würdet Euch geehrt fühlen«, setzte er hinzu, und das Grinsen wurde noch eine Spur verzweifelter. »Er wolle Euch seine Anerkennung zeigen, indem er mich Eurer Obhut überstellt.«

»Geehrt ...« Aurelian verzog amüsiert den Mund. Natürlich konnte es sich der Paligan nicht verkneifen, seine Stiche noch mit einem letzten Hieb zu krönen. »Wie großzügig von Seiner Hoheit.«

»Ihr willigt ein?« Ein hoffnungsvolles Leuchten glomm in den Augen des Dichters auf.

»Verschwinde!«

»Aber ... ich ...?«

Der Rest ging in einem Stöhnen unter, als Razir vortrat und den Dichter kurzerhand in den Staub stieß. Die Schriftrollen kullerten unter eine Sänfte, die sie gerade passierte. Er hörte den Poeten aufschreien, als sein Werk unter den Füßen der Träger zertrampelt wurde.

Aurelian warf keinen Blick zurück, während sich der Platz zu einer Straße verengte. Obwohl dieser Teil zu den besseren Vierteln zählte, stank es nach dem Unrat seiner Bewohner, der in kleinen Rinnsalen zwischen den Steigen für die Sänften dahinsickerte. Blicke folgten ihnen. Papageien lärmten in den Käfigen der Vogelhändler, Obstbauern priesen ihre Waren an, und ein Schlangenbeschwörer ließ die Kobra zum Klang seiner Flöte tanzen. Lachen erklang, wo man zum Takt einer Trommel Rahja ehrte, Blumengirlanden überspannten die Straßen, und der Gestank der Gosse mischte sich mit dem Duft von Rosenwasser und süßem Wein.

»Wann bin ich eigentlich das letzte Mal durch die Stadt gegangen?«

»Ich kann mich nicht daran erinnern«, sagte Razir und warf einen raschen Blick über die Schulter. »Und mir wäre es lieber, wenn Ihr es nicht so häufig tut. Man muss Bruder Boron und Schwester Tsa nicht reizen.«

»Zumindest, wenn es um mein Leben geht, nicht wahr?«, bemerkte Aurelian trocken.

»Es ist meine Aufgabe.« Die Mundwinkel des Maraskaners zuckten spöttisch. »Was Schwester Tsa mit mir vorhat, liegt nicht in meiner Hand.«

Aurelian warf ihm einen ironischen Blick zu. Trotz der langen Jahre als Sklave und Gladiator hatte Razir mit seiner eigenartigen Weltsicht nicht gebrochen. Einmal Maraskaner, immer Maraskaner, sagte man über das Inselvolk, und Aurelian wusste inzwischen, dass man eher einem Zwergen das Fliegen beibrachte als einen Maraskaner von seinem Glauben an den ewigen Kreislauf abzubringen, wo die Wiedergeburt erst endete, wenn der Diskus das Ziel erreichte. *Preiset die Schönheit der Welt* ... Schal klangen die Worte heute in seinem Kopf, die ihn sonst erheiterten, wenn Razir jedes Unglück damit abtat und sich dem Leben zuwandte: *Es ist, es war und es wird sein und man tut gut daran, es hinzunehmen.* Manchmal beneidete Aurelian ihn um diesen Gleichmut, aber er war kein Maraskaner, der die Stiche des Paligan und die erlittene Schmach beiseite schieben konnte. Aus seinem Mund hätten Razirs Worte wie eine hohle Phrase geklungen.

»Er hat den Bogen überspannt«, murmelte er.

»Der Paligan?« Der Maraskaner bleckte die Zähne.

»Wünscht Ihr ...?«

»Es würde mir nicht weiterhelfen.« Aurelian hielt kurz inne, während eine Sänfte in einer Wolke von Duftwasser an ihnen vorbeizog, begleitet von vier Dukatengardisten. »Er ist nur einer von vielen.«

»Es ist gleich, bei wem wir anfangen.« Razir stieß einen Bäckersklaven zur Seite, um den Weg über die Stiege frei zu machen. Einige Fladenbrote landeten in der Gosse, und sogleich waren drei Straßenkinder zur Stelle, die mit dem Brot zwischen den Ständen verschwanden.

»Ich wollte, ich könnte sie alle auf einmal beseitigen«, knurrte Aurelian. Die eisige Wut ruhte in lähmender Stille, aber sie war da, drängend und lauernd – und ungemein hungrig. *Sie alle beseitigen*, ein Gedanke, der ihm vertraut war in all den Jahren, die er sich Schritt um Schritt bemüht hatte, aus der Bedeutungslosigkeit aufzusteigen, und der nun in ungekannter Heftigkeit aufloderte. War er für sie doch ein hochgeborener, aber so willfähriger Sklave wie der Bäckersjunge eben. Auch ihn fütterte man mit Zuckerbrot, solange man seiner bedurfte, und stieß ihn in die Gosse, wenn er nicht mehr nützlich war.

Trotziges Balg ... Der Patriarch hatte keine Ahnung, wie wichtig der Ratssitz war, jetzt, da die Zwillinge erwachsen wurden und das Erbe der Gecken antraten, die im Rat miteinander wetteiferten, wer die gewagteste Garderobe, wer die ausgefallensten Marotten sein Eigen nannte. Gerade jetzt, da zum ersten Mal seit fünfzehn Jahren Bewegung ins Gefüge der Macht kam; ein kurzer Sturm, dem eine weitere, lange Flaute folgen würde. Imana hatte Recht, er hatte Fehler begangen, er hatte auf Amir vertraut, hatte geglaubt, ihm wäre Aufrichtigkeit noch genauso wichtig wie einst. Er hatte sich geirrt, sein Fehler in diesem Spiel, in dem er nichts mehr zu verlieren hatte. Aber er würde nicht das Spiel verloren geben.

Sie waren unterdessen am Schrägaufzug angelangt, wo eine lange Reihe Lastenträger und zwei Mietsänften warteten. Razir wechselte zwei Worte mit dem wachhabenden Gardisten, und schob die Träger, die bereits auf der Hebebühne standen, kurzerhand zurück in die Reihe. Die Commandanta verbeugte sich, als Aurelian an ihr vorbei auf die Plattform trat, dann bewegte sich der Aufzug nach oben. Hinter den Schienen gischtete der Hanfla und legte sich als feiner Sprühregen auf Haut und Kleidung. Aurelian starrte hinaus auf den Hafen, wo die letzten Strahlen der Praiosscheibe den Koloss in warmes, goldenes Licht tauchten.

»Ihr solltet sie endlich beseitigen«, murmelte Razir neben ihm, leise, aber nah genug, um ihn trotz des donnernden Wasserfalls gerade noch hören zu können.

Aurelian lächelte bitter, während sein Blick den Kolosses hinaufglitt bis hin zu dem verhüllten Kopf. *Macht und Reichtum, der Ruhm Al'Anfas.* Ruhm, der zwischen den Fingern unfähiger und selbstgefälliger Narren zerrann.

»Ich sollte«, antwortete er seltsam ruhig. »Ich würde es tun, wenn ich könnte. Ich sehe sie geradezu vor mir, wie sie schreien und um ihr Leben rennen, Goldo Paligan mit seinem Spielzeug, Amir und sein Buhle, Shantalla, Rahjadan, die Zwillinge. Ein schönes Bild.« Ein bedauerndes Lächeln flog über sein Gesicht. »Aber eben nur ein Bild.«

»Nicht unbedingt.«

»Du könntest es nicht allein tun.« Aurelian starrte wieder hinaus auf den Koloss und das Hafenbecken, das so friedlich im letzten Licht des Tages dalag. Wie mochte es aussehen, wenn es rot war vom Blut der Granden?

»Nicht ich.« Razir warf einen knappen Blick hinüber zu den beiden Sklaven, die den Aufzug bedienten, doch das Tosen des Wasserfalls schluckte jedes Geräusch innerhalb eines Spanns. »Aber ich wüsste vielleicht jemanden.«

»Einen deiner Landsleute?«

Razir schüttelte den Kopf. »Gebt mir zwei Tage, und ich sage Euch, ob ich mich irre oder nicht.«

»Zwei Tage ...« Ein finsteres Lächeln umspielte Aurelians Mund, während der Aufzug die letzten Schritte bis zum oberen Zugang zurücklegte. Vielleicht mussten nicht alle Träume ungeträumt bleiben.

»Gut. Zwei Tage. Ich verlasse mich auf dich.«

»Ich werde Euch nicht enttäuschen«, grinste Razir und pendelte den sanften Ruck aus, mit dem der Aufzug zum Stehen kam.

»Ich weiß.« Razir trat hinaus und nickte Aurelian zu. Vor ihnen erhoben sich die Mauern des Silberbergs, Hort der Dekandenz, Hort des Verrats und der Kunst gleichermaßen.

»Es gibt jedoch eine Sache, die du heute noch zu erledigen hast.« Die Idee war so verrückt wie verführerisch.

»Das wäre?«

»Der Dichter.« Aurelian lächelte. »Ich denke, ich sollte mich als Mäzen versuchen, nachdem der Paligan hier meine Begabung zu erkennen glaubt, meinst du nicht? Außerdem ... bedarf ein solcher Anlass wie die Enthüllung des Kolosses nicht einer rechten Würdigung durch das Genie des Künstlers?«

Razir bleckte den Mund zu einem breiten Grinsen.

10. Kapitel

18. Rahja 341 nach Golgaris Erscheinen, Rohalstag

Amato holte tief Luft, als die Rabengardisten das Portal öffneten. Der Audienzsaal des Patriarchen, das Zentrum der Macht über alle Belange der Stadt. Ein Ort des Halbdunkels – zwei Feuerschalen gaben kaum Licht, Kräuter verglühten. Das Aroma erinnerte Amato an den Tempel der sanften Marbo, den er erst heute Mittag besucht hatte. Sehnsucht packte sein Herz, Frieden und Gnade, welche Worte in Al'Anfa.

Der Patriarch saß ihm gegenüber auf einem hohen, reich verzierten Lehnstuhl.

Er würde nur ein Krächzen herausbringen, da war Amato ganz sicher. Goldo hatte abgewunken und nur gesagt: »Sei ganz du selbst, mein Junge. Das wird reichen.« Er hätte sich gewünscht, Goldo hätte ihm genauere Anweisungen gegeben. Wie immer schien sein Oheim etwas Bestimmtes zu erwarten, wie immer wusste Amato nicht, was das sein könnte und hätte nicht entscheiden mögen, ob sich diese Erwartungen erfüllen sollten oder nicht. Er verneigte sich tief und berührte den Ring des Patriarchen mit den Lippen. Er würde auch nicht eine Silbe herausbringen.

»Eure Erhabenheit«, Amato richtete sich auf, spürte den graublauen Blick auf sich ruhen und glaubte einen Moment, der Erhabene werde alle seine Schwächen sehen, weil Boron sie offenbarte.

»Don Amato Ugolinez-Paligan. Ich bin erfreut, Euch kennen zu lernen.« Der Patriarch nahm auf dem Rabenthron Platz. Schlanke, lange Finger griffen in die Schwingen des zweiköpfigen Raben, zart und kraftvoll zugleich, aber Amato schien es, als könnten sie ebenso rasch zupacken. Was für eine Art Mann musste man sein, um über Al'Anfa zu herrschen?

»Ich bin zutiefst geehrt, Euer Erhabenheit«, brachte Amato heraus und hörte, wie hohl dieser Versuch einer formellen Begrüßung klang. Dabei wünschte er plötzlich, der Mann, hinter dem sich Traum und Alptraum kreuzten, möge erkennen, wie sehr er von dem Menschen beeindruckt war. »Verzeiht mir, wenn ich einen Fehler begehe, aber ich habe nur geringe Erfahrung im Zeremoniell.«

Amir Honak nickte und lächelte einen Moment, wohl aus Höflichkeit. »Wir sollten vielleicht über Euren Glauben sprechen, Don Amato. Ihr wurdet für den Rat aufgestellt. Es dürfte Euch bewusst sein, dass Ihr als Laie ein Amt bekleiden werdet, das zuvor ein Priester innehatte.«

Und das würde der Kirche nicht gefallen, dachte Amato. Vermutlich hatte Goldo seinen Bruder Brotos bemühen müssen, um das durchzusetzen. Oder irgendeinen hochrangigen Priester, der ihm verpflichtet war. »Natürlich, Euer Erhabenheit.« Es fühlte sich seltsam an, über seinen Glauben zu sprechen. Nie hatte ihn jemand danach gefragt, niemand schien Wert darauf zu legen. In einer Welt, in der Lüge und Intrige regierten, schien etwas so Schlichtes beinahe fehl am Platze. Der Gedanke jagte ihm Schauer über den Rücken. Wie konnte er. Hier. In den heiligen Hallen Borons. War das Amir Honaks Geheimnis? Brachte der Rabe alles ans Licht und zeigte Boron seinem Ersten Diener das Gefundene? Amato räusperte sich und spürte, dass der Patriarch ihm bereits weit entgegengekommen war, den nächsten Schritt hatte er zu machen. »Ich verehre die sanfte Tochter Borons, Marbo – ich habe dem Tempel einige Stiftungen zukommen lassen für das Seelenheil meines Vaters und meiner Familie.«

»Ich hörte davon.«

Amato las Interesse im Gesicht des Patriarchen. So oft hatte er darüber nachgedacht, wie er es am besten in Worte fassen sollte. Es erschien falsch, es jedem zu berichten, als wolle er sich mit der Gnade der Götter wichtig machen und damit die Gnade, die ihm widerfahren war, entweihen. Aber wenn der Patriarch ihn nicht verstand, wer sonst? »Als mein Vater ins Exil ging, blieb meine Mutter mit ihren Kindern zurück. Sie vergiftete die Familie, um ihnen die Schmach zu ersparen. Ich … starb.« Er blickte in die Feuerschale. Die Frucht in Silvanas Hand, und der Becher mit dem süßen Saft. Sie hatte ihm über die Wangen gestrichen, die blauen Augen hinter dem Tränenschleier unbarmherzig und kalt. Wie die Wärme aus seinem Körper gewichen war, langsam, bis er nichts mehr fühlte und schlafen wollte, nur noch schlafen. Und wie er dann erwachte, vor Kummer und Einsamkeit weinend an einem dunklen Ort, den er nicht kannte, an dem alles Rufen in der Leere verhallte, als sei er zwischen die Sterne gefallen, weit fort.

Seine Lippen bewegten sich, er sprach, suchte nicht nach Worten, ließ die Erinnerung hochbranden.

Eine Frau in einem Kleid so dunkel, dass die Finsternis dagegen leuchtete, hatte einen silbernen Ball aus der Luft gegriffen und ihm gereicht, ein Ball strahlend wie der Mond, und Amato hatte ihn genommen und das Leben darin gespürt, ein zuckendes Herz unter seinen Fingerspitzen. Dann lächelte die Fremde. Er konnte sich nicht erinnern, ob sie gesprochen hatte, aber er wusste, dass es noch nicht seine Zeit war. Er war willkommen, wie die anderen, aber sie hieß ihn dennoch, zurückzukehren.

Amato blinzelte Tränen fort. »Ich habe einen Tag lang wie tot gelegen, man hatte meinen Körper gereinigt und aufgebahrt, mein Grab war bereits vorbereitet, als mein Herz wieder zu schlagen begann. Sie sagten, mein Körper habe geruht, um das Gift zu besiegen, aber das glaube ich nicht.«

Der Patriarch nickte langsam. »Euch ist große Gnade widerfahren«, sagte er schlicht, nicht ein Hauch von Zweifel in seiner Stimme. »Der Wille des Raben steht über allem, auch über dem Willen Eurer Mutter; so kleinlich die Sterblichen sind, so unwägbar der Ratschlag des Herrn.«

Er schwieg lange, aber Amato meinte, in der Stille Freundlichkeit zu spüren.

Wie sinnlos, diesen Mann in Goldos Spiele einbeziehen zu wollen; er stand jenseits aller Machtkämpfe und Intrigen, und Amato fühlte sich klein und schäbig, weil er ihnen so viel Bedeutung beimaß. Er konnte nichts davon aussprechen, es hätte wie Schmeichelei gewirkt, aber für einen Moment fühlte er eine tiefe Verbundenheit mit dem Mann vor ihm.

»Unter den Granden seid Ihr eine gute Wahl, Don Amato, ohne Zweifel. Ich sehe, warum das Oberhaupt Eurer Familie Euch ausgesucht hat.«

Amato nickte. Weil Goldo ausgerechnet mich diesem Mann schmackhaft machen kann, dachte er. Die zahlreichen Liebschaften des Patriarchen waren kein Geheimnis, auch nicht seine Frömmigkeit. Es mochte klügere geben, aber keine schöneren politischen Köpfe, keinen, der mehr Zeit im Tempel verbrachte, als man den Göttern schuldete.

»Ich weiß, Euer Erhabenheit.« Was sollte er auch sagen, ohne, dass es klänge, als sei er sich dessen nicht bewusst?

»Denkt über eines nach, Don Amato. Die Wahl ist auf Euch gefallen, aber es ist Eure Entscheidung, wie Ihr diesen Einfluss nutzt. Goldo Paligan wird nicht jedes Eurer Worte vorgeben, nicht jede Handlung befehlen. Als Ratsherr verfügt Ihr über eigene Macht. Und der Wille des Raben und Seiner milden Tochter sollte über allem stehen.«

Wie der Wille Amir Honaks und seiner Tochter, durchfuhr es Amato, verblüfft, dass sich in den Worten des Patriarchen, so offen sie auch ausgesprochen waren, Religion mit Politik verband.

»Ich habe darüber nachgedacht, Euer Erhabenheit. Es ist trügerischer Boden und vieles muss genauer betrachtet werden, weil nichts dem Augenschein entspricht.«

Der Patriarch lächelte, ein warmes, herzliches Lächeln. »Meine Tochter berichtete mir, Ihr hättet an den Spielen teilgenommen und das ohne Waffen?«

Amato spürte seine Wangen heiß werden. »Mein Gladiator drohte …«, *zu sterben*, setzte er innerlich hinzu, doch wagte nicht, es auszusprechen. »Ich nahm zu viel Anteil an den Spielen.«

»Dem Volk hat es gefallen.« Amir strich sich über das Kinn. »Der Rat ist kaum weniger gefährlich als der blutige Sand. Aber da Ihr es so gut verstanden habt, die Aufmerksamkeit auf Euch zu ziehen, erscheint es mir passend, wenn Ihr den Posten des *Praefectus Ludi* einnehmt, verantwortlich für die Gladiatorenspiele und andere öffentliche Lustbarkeiten. Das Amt geht aus einer Neuverteilung der Pflichten hervor und unterstand früher Ehrwürden Immuel Florios.«

Amato verneigte sich tief. »Ich danke Euch.«

Der Patriarch nickte. »Ihr werdet auch verantwortlich dafür sein, wie die Fremden unsere Stadt sehen – was sie an Geschichten und Gerüchten wieder mit zurück in ihre Heimat nehmen. Diese Aufgabe wurde in der Vergangenheit sträflich vernachlässigt. Man hört allerorten Gerüchte über Handelsbeziehungen in die Schwarzen Lande und götterlästerliches Treiben mit den Dämonendienern.« Er machte eine unwirsche Handbewegung, und Amato konnte das stürmische Temperament erahnen, das Amir Honak nur mit Mühe zähmte. »Ihr werdet dafür verantwortlich sein, diesen Lügen die Nahrung zu entziehen. Die Mittel dazu werden Euch zur Verfügung gestellt.«

Amato verneigte sich wieder. »Ich werde alles tun, was in meiner Macht steht.«

Der Patriarch lächelte, und Amato hätte schwören können, dass es diesmal ein verschmitztes Lächeln war. »Das könnte weit mehr sein, als Ihr ahnt.«

11. Kapitel

19. Rahja 341 nach Golgaris Erscheinen, Feuertag

Die Fackeln entlang der Straßen hüllten die nächtliche Stadt in ein züngelndes Licht, das die Tänzer und Tänzerinnen wie Wesen aus einer anderen Welt erscheinen ließ, zeichneten rote Schatten auf die schweißnassen Leiber, die im Takt der Trommeln und Schellen hin und her zuckten. Pfauenfedern strichen spielerisch über die Gesichter und Schultern der Zuschauer, die sich bald dem Reigen anschlossen, der die Gassen hinab zum Hafen zog, wo man bereits Rosenblätter ausgestreut hatte und alles voller Vorfreude wartete, bis die Geweihten der Lieblichen Göttin erschienen und einen Glücklichen auswählten, der an diesem Tag zum König des Festes gekürt wurde. Das rhythmische Schlagen der Trommeln, das Klirren der Tambourine zog die Stadt in ihren Bann, Lachen und Scherzen erfüllte den Platz am Hafen, Seidenschleier, nackte Haut, kunstvolle Bemalungen, die Arme und Beine schmückten, ein leichter Schurz aus durchscheinendem Tuch, klirrende Silberketten und funkelnde Amulette aus Muscheln und Scherben, der Duft von Rosenholz und gewürztem Wein, der sich über den Gestank der Gassen gelegt hatte – Rahjas Rausch zwischen fackelbeschienener Haut, wehenden Tüchern und kunstvollen Masken ließ einen Moment lang vergessen, dass es eine Kluft zwischen dem Elend der Gassen und dem Reichtum der Paläste gab.

Lucio spürte die Hand auf seiner Schulter und zwang sich, nicht zusammenzuzucken. Er atmete tief durch und schloss die Augen, als Lippen über seinen Nacken strichen und die Finger spielerisch durch seine Haare fuhren.

»Ich habe dich gesucht«, murmelte er und wandte sich um, um Ayji in die Arme zu schließen. Die Maraskanerin kicherte.

»Ich musste nur nach jemandem Ausschau halten, der so griesgrämig dreinschaut wie Bruder Firun«, neckte sie und küsste ihn ungestüm.

»Bin ich so schlimm?«

Ayji legte den Kopf schief und verzog abschätzend den Mund. »Nein, vermutlich wäre Bruder Firun heute fröhlicher.«

»Du kleine …« Lucio lachte und zog sie an sich heran. Versonnen blickte er in ihr Gesicht mit der zierlichen Nase und den großen, dunklen Augen, in denen er jedes Mal versank.

»Ich verspreche dir, dass ich heute nicht an Jesidora und die anderen denke«, versicherte er lächelnd. »Heute gehöre ich nur dir.«

»Ich werde dich daran erinnern.« Ayji grinste und löste sich aus seiner Umarmung. »Komm, Lucijan, ich muss dir jemanden zeigen.«

»Jetzt?« Lucio fasste ihren Arm und zog sie wieder an sich heran. Die Trommeln begann erneut zu schlagen, forderten von ihnen, zu tanzen. »Das hat doch sicher Zeit bis morgen, oder?«

»Nein.« Ayji erwiderte seine Umarmung, aber ihr Lächeln war ernst. »Er wartet schon eine Weile.« Schon war sie ihm entschlüpft und huschte durch die Menschenmasse, sodass Lucio alle Mühe hatte, sie nicht zu verlieren. Die Unruhe deutete ihm an, dass die Geweihten inzwischen erschienen waren und die Krone aus Rosenblättern an einen Gläubigen weitergegeben hatten. Lachen um sie herum, der Ruf nach Wein für Tänzer und Musiker.

»Wer?« Lucio fasste ihren Arm, als er sie eingeholt hatte, und hielt sie zurück. Ein Stich fuhr durch seine Brust, und er ärgerte sich, dass er sich wieder einmal von seiner Eifersucht beherrschen ließ. Die Freude wich dem wohl bekannten Misstrauen, das alle Leichtigkeit verbannte. Rahjas Vergessen war für ihn nur von kurzer Dauer, selbst an Tagen, die ganz ihr gehören sollten.

»Wer, Ayji?« Um sie herum begannen die Tanzenden erneut, sich dem rahjanischen Taumel hinzugeben.

»Lucjian ...« Sie blickte zu ihm auf. »Ich habe dir doch versprochen, dass ich mich umhöre.«

»Du hast ... was?« Eine Tänzerin streifte ihn an der Schulter, sodass er einen Schritt zur Seite taumelte. Fluchend trat er ein Stück zurück, zwischen die Palmen, die den Platz einfassten. Ayji umarmte ihn lachend.

»Ich habe mich umgehört, und ich habe jemanden gefunden, der dir weiterhelfen kann«, versicherte sie. »Komm, man sollte ihn nicht zu lange warten lassen. Er beobachtet uns schon.«

»Beobachtet?« Lucio konnte gerade noch den Impuls unterdrücken, sich umzuschauen. Mühsam zwang er sich zur Ruhe. Er hatte gesagt, er wolle ihr vertrauen, und sie hatte ihm nie Anlass zu Zweifeln gegeben.

Ayji nahm seine Hand und führte ihn an den Tanzenden vorbei zu einer der Tavernen, wo man Bänke und Tische vor die Tür geräumt hatte und die Feiernden mit Palmwein und Reisbrand bei Laune hielt. Gelächter und derbe Späße drangen ihnen entgegen, als sie an die Tische traten. Zwei betrunkene Gardisten prosteten ihnen zu, um gleich darauf tuschelnd die Köpfe zusammenzustecken.

Lucio entdeckte den Mann, ehe Ayji ein Wort sagte. Er saß mit dem Rücken an der grauen Lehmwand, ein Bein auf die Bank gestellt, in der Hand eine grobe Pfeife, an der er gelangweilt zog. Er trug eine bunt bedruckte Hose und eine knappe Weste, unter der eine muskulöse Brust mit allerlei hässlichen Narben zum Vorschein kam, dazu ein Kopftuch, das die wirren Haare kaum zu bändigen vermochte. Der Bart war zu zahllosen Zöpfen geflochten, manche mit Perlen und hölzernen Scheibchen verziert, andere dick und verfilzt. Zwei wache Augen betrachteten ihn, während Lucio Ayjis Aufforderung folgte und sich neben dem Maraskaner – denn um einen solchen musste es sich handeln – niederließ.

»Lucjian, das ist Rhasirijian«, stellte Ayji ihn vor und hockte sich neben ihren Landsmann auf die Bank. »Und das ist Lucio. Ich habe dir von ihm erzählt, Bruderschwester.«

Rhasirijian nickte leicht. Sein Blick wanderte über Lucios Gesicht, seine Hände, seinen Körper, abschätzend, als messe er den Wert eines Gegners – oder den eines Sklaven. Gemächlich nahm er einen weiteren Zug aus der Pfeife und blies kleine Rauchkringel.

Lucio fröstelte und zwang sich, den Blick starr zu erwidern. Seine Hand lag auf dem Dolch unter dem Hemd. Ihm gefiel dieser Mann überhaupt nicht, aber wenn Ayji meinte, er könne ihm helfen, musste er es auf einen Versuch ankommen lassen. Er hatte versprochen, ihr zu vertrauen. »Du weißt, worum es geht?«, fragte er daher und senkte die Stimme, was ihm gleich wieder albern vorkam angesichts des allgegenwärtigen Lärms, der seine eigenen Worte zu verschlucken drohte.

Rhasirijian nickte erneut und klopfte die Pfeife vorsichtig auf der Tischplatte aus. Ohne Eile zog er einen dünnen Dorn aus einer Gürteltasche, reinigte die Pfeife und verpackte sie sorgfältig, ehe er den Blick hob und Ayji ein knappes Lächeln schenkte.

»Sie hat mir alles erzählt, was ich wissen muss«, knurrte er und verzog den Mund zu einem Grinsen, das seine gelblichen Zähne entblößte. »Du brauchst einen Kopf, der dir sagt, was du tun sollst, und mein Herr braucht einen Leib, der seine Pläne umsetzen kann.«

Lucio runzelte ärgerlich die Stirn, »Ich suche niemanden, der mir *sagt*, was ich tun soll. Ich suche etwas, das ich tun *kann*. Eine Idee. Und vielleicht eine Möglichkeit, sie in die Tat umzusetzen.«

»Mein Herr wird dir helfen«, erwiderte Rasirijian ruhig und erhob sich. »Ich bringe dich zu ihm. Er erwartet dich.«

»Wer ist dein Herr?«

»Das tut nichts zur Sache.« Rhasirijian nahm das Tuzakmesser auf, das er neben ihm an der Wand lehnte, und nestelte einige kleine Münzen aus einem Geldbeutelchen, die er auf den Tisch legte. Dann wandte er sich wieder an Lucio. »Du kannst mir folgen, oder du kannst es lassen. Es liegt bei dir. Ayji sagte, dass du Rat suchst. Mein Herr kann dir Rat geben. Wenn du mir nicht vertraust, werde ich einen anderen finden und wir haben uns nie gesehen.« Er nickte, mehr zu sich selbst. »Ayji sagte schon, dass du misstrauisch bist.«

Lucio wollte empört zu einer Antwort ansetzen, als er Ayjis Hand beschwichtigend auf seiner Schulter spürte.

»Was hast du ihm erzählt?«, zischte er und warf dem Maraskaner einen grimmigen Blick zu, der das Tuzakmesser in die Scheide auf seinem Rücken gleiten ließ, ohne ihn weiter zu beachten.

»Alles, was er wissen muss.« Ayji hauchte ihm einen Kuss auf die Wange und schlang den Arm um seinen Hals. »Vertraue ihm, er ist ein guter Freund, und er wird dir helfen.«

Lucio zog misstrauisch die Augenbrauen zusammen. Rhasirijian hatte die Arme vor der Brust verschränkt und wartete regungslos.

Auf dem Platz steigerte sich die Musik zu einem triumphierenden Wirbel.

»Vertraue ihm.« Ayjis Stimme klang warm und rauchig in seinem Ohr, und ihre Zöpfe glitten spielerisch über seine Schulter. »Und komm dann hierher zurück. Ich warte auf dich.«

Lucio atmete tief durch. Das alte Misstrauen war da, wie jedes Mal, wenn jemand sein Vertrauen beschwor, so viele Male, immer voller Lüge, sein Vater, als er verschwand, um dem Dschungel seine Geheimnisse zu entreißen, nach Brabak und Hôt-Alem zog, in die Arme seiner Geliebten. Seine Mutter, ehe sie starb. Quesina. Ranaris, ihr beruhigendes Lächeln zwischen den Gitterstäben, sie selbst angekettet auf der Pritsche, bereit, sich dem Zorn ihres Herrn zu stellen ... Vertrauen bricht unter den Pranken der Löwen.

Ayjis Augen blickten erwartungsvoll, als er den Kopf hob, und fast meinte er so etwas wie Sorge hinter den langen Wimpern zu sehen. Ranaris war tot, schon zu lange, als dass er sein Leben dem dunklen Antlitz Bishdariels noch länger opfern sollte. Er nickte Rhasirijian zu.

»Dann führe mich zu deinem Herrn.«

»Gut.« Der Maraskaner nickte Ayji noch einmal zu und bedeutete Lucio, ihm zu folgen. Ein turtelndes Pärchen neben sich stieß er schroff beiseite.

Sie verließen die Taverne und folgten einer breiten Straße. Bunten Masken drangen lachend und scherzend auf sie ein, durchscheinendes Tuch und zerzauste Federn, die kaum die Blöße bedeckten, süßer Wein spritzte, während Rhasirijian sich grob eine Gasse bahnte. Vermutlich hätte Lucio den Maraskaner schon nach wenigen Schritten verloren, wenn sich dieser nicht immer wieder umgedreht und ihn am Hemd gepackt hätte, um ihn hinter sich her zu zerren.

Dann bogen sie in eine Nebenstraße ein, gesäumt von zahlreichen Tavernen und Gasthäusern. Rhasirijians Schritte wurden verhaltener und der Maraskaner ließ die Blicke wandern. Seine Haltung schien gespannt, wie ein Raubtier, das Witterung aufnahm. Auf seinen Wink hin hielten sie kurz.

»Ist etwas nicht in Ordnung?«, raunte Lucio.

Das Gesicht des Maraskaners blieb unbewegt, aber Lucio meinte, ein kurzes, spöttisches Blitzen in den Augen bemerkt zu haben.

»Ich gehe nur sicher, dass uns niemand verfolgt«, antwortete er schlicht. »Wir können weiter.«

»Ob uns jemand verfolgt?« Lucio runzelte die Stirn und beeilte sich, Rhasirijian zu folgen, der sich bereits wieder eine Schneise durch die Trunkenen bahnte. »Hat dein Herr Feinde, dass es jemanden geben könnte, der uns verfolgt?«

»Viele.« Rhasirijian grinste. »Sehr viele. Wobei die meisten nicht einmal auf den Gedanken kämen, uns verfolgen zu lassen, so träge, wie sie sind, wenn sie ihren Bosparanjer schlürfen. Doch komm, da vorne ist es.«

Ehe Lucio zu einer Antwort ansetzen konnte, fühlte er Rhasirijians Hand an seiner Schulter, der ihn bestimmt voranschob, geradewegs auf eine Taverne zu, aus deren Tor das Lärmen der Feiernden schlug. Ein kurzer Durchgang führte sie in einen geräumigen Innenhof, der von zwei ausladenden Palmen beschattet wurde. Tische und Bänke waren um einen rot plätschernden Brunnen gruppiert, an dem sich einige Betrunkene niedergelassen hatten. Zwei hübsche Mädchen und ein Knabe liefen zwischen den Tischen umher und balancierten Weinamphoren und irdene Teller mit Trauben und Feigen, dazwischen Schalen mit Oliven und Mandelkernen. Bunte Lampions gaben ein ruhiges, warmes Licht, das die hölzerne Rahjastatue sanft umschmeichelte, die über das ausgelassene Treiben wachte.

Rhasirijian lenkte Lucio unauffällig zu einer der Bänke im hinteren Bereich des Hofes und verharrte schließlich im Schatten der Palme.

Gespannt ließ Lucio den Blick über die maskierten Gesichter gleiten, aber noch ehe er sich fragen konnte, wer der Herr des Maraskaners war, hatte ein Mann an einem der Tische sie bemerkt, gab dem Mädchen in seinen Armen einen flüchtigen Kuss und erhob sich. Lucio musterte ihn, als er auf sie zutrat. Er trug eine schlichte, aber teure Tunika aus dunkelroter Seide, Schnürstiefel und ein weites Tuch um die Schultern gewunden, das Gesicht hinter einer Maske verborgen, während ihm die schwarzen, gepflegten Haare lang über die Schultern fielen.

Rhasirijian nickte knapp, als er Lucio neben sich zog. »Das ist er, Herr.«

Lucio meinte ein Aufblitzen in den Augen des Mannes zu sehen, der sich ihm zuwandte und den Blick über seinen Körper wandern ließ, rasch, aber eingehend. Er spannte sich unwillkürlich.

»Ihr wolltet mit mir sprechen?«, knurrte er, grimmiger als er beabsichtigt hatte. Er mochte den Blick nicht, mit dem ihn der Fremde bedachte, ein anzüglicher Blick, den er trotzig erwiderte.

»Nun, eigentlich warst *du* es, der mich sprechen wollte«, lächelte der Mann und gab Rhasirijian einen Wink. »Geh. Ich möchte nicht, dass man uns stört.« Lucio zuckte zusammen bei dem rauchigen Unterton, während der Maraskaner sich wortlos abwandte.

»Komm, trink einen Schluck und dann suchen wir uns ein lauschiges Plätzchen, wo wir uns in Ruhe unterhalten können.« Wieder dieser anzügliche Unterton, ein kurzes Zucken in den Mundwinkeln. Lucio spürte die Hand des Fremden auf seiner Schulter und fühlte sich im selben Moment auf den Tisch zugeschoben. Der leichte Hauch von Rosenwasser und Rauschkraut drang ihm in die Nase, und einen Herzschlag lang überlegte er, sich einfach loszureißen und zu gehen, zurück zu Ayji, um morgen zu überlegen, was er tun könnte, dann fand er sich schon auf der Bank wieder, einen gefüllten Kelch vor sich, daneben zwei junge Frauen, die sich stöhnend Rahjas Freuden hingaben, auf der anderen Seite seine neue »Bekanntschaft«, der sich ebenfalls einen Kelch einschenken ließ und ihm lächelnd zuprostete.

»Du wirkst angespannt«, bemerkte der Fremde und nahm einen tiefen Schluck von dem Wein, ohne ihn dabei aus den Augen zu lassen. Ein Funkeln lag in diesen Augen, das Lucio einen Schauer über den Rücken jagte.

Unsinn, schalt er sich und zwang seinen Herzschlag zur Ruhe, der hart gegen seinen Hals pochte. Er musste einen kühlen Kopf bewahren, die Anspannung der letzten Tage ablegen, die zu sehr an ihm gefressen hatte. Er schob den Kelch beiseite und lehnte sich vor. »Erzählt mir einfach, was Ihr von mir wollt«, flüsterte er und warf einen kurzen Blick auf die beiden Frauen, die aber mit anderen Dingen beschäftigt schienen.

»Nicht hier.« Der Mann legte ihm den Arm um die Schulter und Lucio fühlte plötzlich den warmen Atem auf seiner Haut, Finger, die spielerisch über seinen Hals glitten. Er fuhr zusammen, wollte zur Seite abrücken, aber da war die Frau, die sich zurückfallen ließ und sich unter den Berührungen ihrer Gefährtin lustvoll räkelte. Seine Muskeln spannten sich.

»Bleib ruhig und spiel mit.« Die Stimme des Mannes klang dicht neben seinem Ohr, leise und rauchig. »Vertraue mir.«

Lucio sog scharf Luft zwischen den Zähnen ein, als er den Kuss auf seinem Hals spürte, die Federn der Maske seine Nase kitzelten, die Hand an seiner Seite hinabwanderte, sich auf seine Hüfte legte. Alles in ihm drängte danach, aufzuspringen und diesen Ort zu verlassen, Rahja in allen Ehren. Er schloss die Augen und versuchte seinen fliegenden Atem zu beruhigen, das Zittern seiner Hände und Lider zu unterdrücken, ruhig zu bleiben. Er hatte Ayji versprochen, ihr zu vertrauen, und sie vertraute Rhasirijian.

Dann richtete sich der Fremde auf, ein vieldeutiges Lächeln auf den Lippen, und winkte dem bulligen Wirt, der soeben eines seiner Schankmädchen anpries.

»Guter Mann, Eure Täubchen sind heute ausgeflogen, oder?«, fragte er, als der Wirt herangetreten war und die fettigen Pranken auf die Tischplatte legte. »Ihr habt doch sicher eine Kammer, die Ihr uns zur Verfügung stellen könnt?« Zwei Oreal klimperten zwischen den Kelchen, und Lucio spürte erneut die Hand, die liebkosend über seine Wange strich.

Der Wirt entblößte eine Reihe fauliger Zähne. Sein Atem stank nach Wein und Moder. »Ich kann Euch gerne eins meiner Mädchen dazuschicken, wenn ihr es wünscht«, griente er und bedachte Lucio mit einem anzüglichen Blick, während er die Münzen rasch in seiner Geldkatze verschwinden ließ. »Oder einen Knaben. Für einen weiteren Oreal ...«

»Das wird nicht nötig sein.« Der Fremde lächelte und gab Lucio einen Kuss, der ihn jäh zusammenzucken ließ. *Vertrauen, Vertrauen ...* »Gebt uns eine Kammer und sorgt dafür, dass wir nicht gestört werden.« Zwei weitere Oreal klangen auf der Tischplatte.

»Natürlich, Senhor.« Der Wirt grinste noch feister und verbeugte sich hastig. »Oben, die erste Tür nach dem Aufgang. Braucht Ihr noch etwas? Ich kann ...«

»Nein.« Der Fremde erhob sich, den Arm bei Lucio untergeschlagen, eine unmissverständliche Aufforderung, ihm zu folgen. »Gebt einfach Acht, dass uns niemand stört.«

»Natürlich, Senhor.« Der Wirt schürzte die fleischigen Lippen. »Keine Sorge, ich werde aufpassen.«

Lucio spürte noch, wie sich alles in ihm dagegen auflehnte, dem Fremden zu folgen, wie er versucht war, den Arm loszureißen und zu gehen, dann waren sie auch schon an der hölzernen Treppe, die nach oben auf die Galerie führte. Ein grell geschminkter Mann stolperte ihnen dort entgegen, gefolgt von einer Frau, deren Tunika über und über mit Wein besudelt war. Lucios Hand fuhr unwillkürlich zum Griff seines Dolches. Was immer der Fremde mit ihm vorhatte, er würde sich zu wehren wissen.

Im nächsten Moment hatte sie das Zimmer erreicht, und der Mann schloss die Tür hinter ihnen, während Lucio sich misstrauisch umsah. Es gab kein Fenster in der Kammer, deren karge Einrichtung nur aus einem breiten Bett mit schmuddeligen Laken bestand. Eine umgestürzte Weinamphore deutete darauf hin, dass der Raum erst kurz vor ihnen benutzt worden war, und ein schwerer, süßlicher Gestank hing in der Luft. Eine fette Schabe huschte unter das Bett. Das unerwartete Geräusch hinter ihm ließ ihn herumfahren. Der Fremde hatte einen hölzernen Keil unter die Tür getreten und prüfte, ob sie sich noch öffnen ließ. Zufrieden wandte er sich zu ihm um.

»Wir scheinen nicht die Ersten zu sein, die einer ungebetenen Störung vorbeugen wollen«, bemerkte er mit einem Blick auf den Keil und trat auf ihn zu. Lucio fuhr zurück, als er die Hand hob. Im nächsten Moment hatte er den Dolch gezogen.

»Ich bin nicht hier, um Euch ein paar rahjagefällige Stunden zu bereiten«, zischte er und wich zwei Schritte zurück, bis er an das Bett stieß. »Sucht Euch jemanden anderes, hier könnt Ihr sicher einen Bettgefährten kaufen, wenn es Euch danach gelüstet.«

Der Fremde verharrte und Lucio meinte, die Augen unter der Maske belustigt aufblitzen zu sehen.

»Meinst du wirklich, ich würde einen solchen Aufwand betreiben, nur um mir einen hübschen Burschen ins Bett zu holen? Noch dazu hier?« Angewidert wies er auf das besudelte Laken.

»Was wollt Ihr dann?«

»Mit dir reden, wie vereinbart.« Der Mann deutete auf den Dolch. »Würdest du das bitte weglegen? Es plaudert sich schlecht mit einer stoßbereiten Klinge an der Brust.«

Lucio starrte ihn an, einen Herzschlag, einen zweiten, dann schob er den Dolch zurück unter das Hemd. Mit verschränkten Armen baute er sich vor dem Bett auf und fixierte seinen Gegenüber.

»Was soll dieses ganze ... Theater dann?«, fragte er verärgert.

»Rahja herrscht über diesen Mond, nicht wahr?« Der Mann trat einen weiteren Schritt auf ihn zu. Seine Hand legte sich warm auf Lucios Wange und er musste alle Selbstbeherrschung aufbringen, um sie nicht sogleich wieder beiseite zu stoßen. Die dunklen Augen unter der Maske suchten seinen Blick, glühende Kohlen unter den roten Federn, und er meinte Begehren in ihnen zu lesen – und zugleich Spott. »Der Rausch der schönen Göttin mag viele schlichte Gemüter umnebeln, aber es gibt immer noch aufmerksame Beobachter, neugierige Augen und wachsame Ohren. Lassen wir sie in dem Glauben, dass wir der Göttin voller Leidenschaft opfern.«

»Ich denke, der Maraskaner ...«

»Er hält mir diejenigen vom Leibe, die sich *gezielt* für meine Belange interessieren.« Der Fremde gab einen verächtlichen Laut von sich und zog die Hand zurück. »Doch unten in der Taverne gibt es genug Männer und Frauen, die sich umhören und umschauen und ihrem kargen Leben ein wenig Glanz verleihen, indem sie ihr Wissen verkaufen, viel Unrat und Plunder, aber gelegentlich findet sich auch ein Edelstein unter den Kieseln. Ich will ihnen keinen Adamanten in den Schoß legen.« Er trat einen Schritt zurück und musterte Lucio kurz, auf eine andere Weise als vorhin, prüfend, aber das begehrliche Funkeln in seinen Augen war verschwunden. »Du solltest dir solcher Dinge bewusst sein, wenn du Geheimnisse trägst«, fuhr er knapp fort. »Wie heißt du?«

»Lucio ter Ubrecht.« Lucio spürte, wie sich seine Stirn bereits wieder in Falten gelegt und seine Lippen zu einem schmalen Strich zusammengezogen hatten. Er hatte immer mehr das Gefühl, dass ihm das Gespräch entglitt.

»Ter Ubrecht ... Dein Vater ist Horasier?«

»Er *war* ein Questador aus Grangor«, erwiderte Lucio eisig. »Meine Mutter liebte ihn und bat mich auf dem Totenbett, seinem Namen Achtung zu zollen.«

»Und so bereitet der horasische Name dem stolzen Raben den Untergang. Welch Ironie.« Der Mann lächelte versonnen und strich sich über das Kinn. »Man sollte eine Ode auf dich verfassen lassen. Mir ist erst jüngst ein junger Dichter zugeflogen, dessen Meisterstück dies werden könnte.«

Lucio blinzelte verständnislos. »Hört auf, mit mir zu spielen«, knurrte er ungehalten. »Und nennt mir Euren Namen, damit ich weiß, mit wem ich es zu tun habe!«

Der Mann lachte leise. »Sind Namen nicht bedeutungslos, wo Interessen sich verbinden? Aber ich sehe ein, dass eine Maske und ein namenloser Fremder nicht dazu angetan sind, unser Verhältnis mit Vertrauen zu erfüllen.

Betrachte die Federn als ... ein Zugeständnis an Phexens Heimlichkeit, unter deren Siegel unser Treffen steht.« Vorsichtig löste er die samtene Schnürung und nahm die Maske ab.

Lucio spürte den Schauer, der über seine Haut jagte, als er in das scharf geschnittene Gesicht blickte, die lange, gerade Nase, die schwarzen Augen, die ihn aufmerksam betrachteten, die dunklen Strähnen, die die leicht gebräunte Haut umspielten ... er kannte dieses Gesicht irgendwoher, und langsam entstand ein Bild in seinem Kopf, ein dunkles Bild, *die Loge, der Kampf, die lachenden Münder, neugierigen Blicke, die das Blut nicht scherte, das in der Arena vergossen wurde, Ranaris' Blut, die schwarzen Augen, diese schwarzen Augen, die gelangweilt dem Kampf folgten, während Ranaris' Herr befahl, die Löwen hineinzulassen* ... Mit einem Keuchen taumelte Lucio zurück und wäre fast über das Bett gestolpert. Der Dolch flog in seine Hand, noch ehe er wieder Halt gefunden hatte.

»Ihr ... seid ein Grande!«

»Ja.«

Nur das, nichts weiter. Die Augen ruhten auf Lucios Gesicht, gelassen, fast freundlich, wenn er nicht genau wüsste, dass es dieses Gefühl bei Granden nicht geben konnte, unbewegt, scheinbar unbeeindruckt von der zitternden Klinge, die keine drei Schritt vor ihm drohte. Es wäre so einfach, seine Kehle zu durchtrennen, die Erste von vielen, mit deren Blut Ranaris' Tod gesühnt werden sollte. Ohnmächtige Wut wallte durch seinen Körper, ließ seine Hand beben, rief ihm zu, endlich Rache zu nehmen – und hielt ihn zugleich zurück.

Vertrauen ...

Er wusste, dass seine Augen flackerten, sein Gesicht zuckte, voller Unruhe und ohne die Entschlossenheit, die er hätte zeigen sollen. Der Grande würde spüren, dass er zögerte, dass er zweifelte, für Ranaris Rache zu nehmen oder auf Ayji zu vertrauen. Durfte er ihr vertrauen, wenn sie zuließ, dass er einem Granden in die Hände gespielt wurde? Er hob den Dolch, als der Grande einen Schritt auf ihn zumachte und beschwichtigend die Arme hob , sodass er ihm die leeren Hände entgegenhielt. Ein Lächeln lag auf dem verhassten Gesicht, ein offenes, aber vorsichtiges Lächeln.

»Leg das Ding zur Seite.«

»Das könnte Euch so gefallen.« Lucio streckte den Dolch noch ein Stück vor. »Was wollt Ihr von mir?«

Der Grande seufzte. »Mit dir reden, aber das hatten wir schon.« Er trat einen Schritt näher, bis Lucio eine drohende Bewegung machte und er erneut verharrte. Ein gequältes Lächeln flog über sein Gesicht. »Razir sagte mir, dass du misstrauisch seiest. Ich sehe, er hatte Recht.«

»Razir?« Lucio runzelte fragend die Stirn.

»Der Maraskaner.«

»Rhasirijian. Aber ...«

»Rhasirijian ist der Name, unter dem ihn seine Landsleute kennen. Razir al Boran war sein Arenaname«, erläuterte der Grande ruhig. »Ich bin bei Razir geblieben.«

»Ihr habt ihm auch noch den Namen genommen, nachdem Ihr ihn gezwungen habt, zu Eurem Vergnügen zu töten?« Lucio atmete heftig aus. »Ihr seid ...«

»Razir ist frei«, unterbrach ihn die Stimme des Granden scharf. »Maße dir nicht an, über Dinge zu urteilen, von denen du nichts weißt.«

»Ich weiß genug darüber, wie Ihr Gladiatoren verbluten lasst, Ihr und Euresgleichen.« Lucios Gesicht brannte vor Wut und seine Stimme hallte in dem engen Raum.

Der Grande blickte sich zur Tür um und dann wieder zu ihm. »Wenn du deinem Hass schon so laut Luft machen musst, dann übe dich lieber im Stöhnen.«

»Was ...?«

»Stöhnen.« Ein kurzes Grinsen zog über das dunkle Gesicht. »Schließlich soll für die Lauscher dort draußen der Eindruck entstehen, wir hätten Vergnügen aneinander.«

Lucio schnappte verblüfft nach Luft. Noch bevor er eine geeignete Antwort zurecht legen konnte, hatte der Grande seinen Arm gefasst und drückte den Dolch beiseite.

»Wir haben die gleichen Feinde«, hörte er ihn sagen. Wie leicht wäre es, sich loszureißen, diesem Granden den Dolch zwischen die Rippen zu stoßen.

Vertrauen …

»Wir sollten uns nicht bekämpfen, das macht sie nur stark.«

»Und warum sollte ich Euch vertrauen?«, zischte Lucio und trat einen Schritt zur Seite, um nicht erneut gegen das Bett zu stoßen.

Vertrauen …

Hinter sich spürte er die feuchte Wand im Rücken. »Ihr habt mir noch nicht einmal Euren Namen genannt.«

»Habe ich nicht?« Der Grande hob eine Augenbraue. »Verzeih mir. Aurelian Bonareth.«

Bonareth, Bonareth … der *Praefectus Militaris* im Rat der Zwölf war ein Bonareth, aber sonst wusste er wenig über dieses Haus. »Und was habt Ihr mir vorzuschlagen?«, knurrte er und rückte ein Stück zur Seite.

»Ich hörte, du bist Anführer einer Gruppe von Rebellen.«

Lucio nickte knapp.

»Wie viele Leute hast du?«

»Wollt Ihr mir einen Vorschlag machen oder mich aushorchen?«, fauchte er und fasste den Dolch fester.

»Ich möchte wissen, ob du das, was ich dir vorschlagen werde, überhaupt durchführen kannst«, erwiderte der Grande ernst und stützte die Hand neben Lucio auf der Wand auf, sodass er wieder dicht vor ihm stand, zu dicht, als dass es Lucio noch angenehm war.

»Glaubt mir, ich habe genug Männer und Frauen, die jede Tat ausführen könnten«, gab er zurück und spannte sich unwillkürlich, als der Grande zufrieden die Lippen bleckte.

»Das ist gut.« Der Grande wandte kurz den Blick zur Tür und dann wieder ihm zu. Ein Funkeln lag in den schwarzen

Augen, als seine Hand wie zufällig über Lucios Wange strich. »Das mit dem Stöhnen meinte ich übrigens ernst.«

»Was?!«

»Wir haben uns reichlich Zeit gelassen mit dem Vorspiel. Die Lauscher werden schon ungeduldig«, lächelte der Grande und trat noch näher, sodass Lucio seinen Mund direkt an seinem Ohr spürte.

»Stöhne, als würdest du die Nacht deines Lebens erleben. Und hör dabei gut zu, ich werde mich nicht wiederholen.«

12. Kapitel

21. Rahja 341 nach Golgaris Erscheinen, Windstag

»Zwei Oreal wären das dann.«

Das Marktweib reichte die Fische über den Holztisch, auf dem sie ihre Ware ausgelegt hatte, und hielt ihr die schwielige Hand entgegen. Kito nestelte die beiden Münzen aus dem Geldbeutelchen.

»Wohl bekomm's. Sind ganz frisch, heute Nacht erst gefangen.«

»Das will ich hoffen«, lächelte Kito, während sie die Fische und das restliche Geld in ihrem Korb verstaute. »Meinem Herrn würde es nicht gefallen, wenn man ihm alten Fisch vorsetzt.«

»Keine Sorge.« Die Händlerin grinste breit. »Für meine Ware lege ich die Hand ins Feuer.«

»Dann hoffe ich, dass sie Euch nicht verbrennt.«

Die Frau lachte dröhnend und winkte ab, um sich anderen Kunden zu widmen. Kito warf ihr noch ein letztes Lächeln zu und drängte sich dann aus dem Gewühl, das sich um diese Zeit immer um die Stände mit den Fängen der letzten Nacht bildete. Sie mochte die dunkle Frau, eine ehemalige Söldnerin, die sich nach dem Khômkrieg aus dem Kriegshandwerk zurückgezogen hatte, um am Oberlauf des Hanfla jenen schlanken, silbernen Fischen nachzustellen, deren weißes Fleisch sich in den Palästen der Reichen und Mächtigen großer Beliebtheit erfreute.

Abseits der Fischstände ging es geruhsamer zu als auf dem Markt, und der Gestank nach Salz, Meer und alten Fischresten in den Abfallbottichen wich dem Duft reifer Melonen und scharfer Kräuter. Einige Obsthändler hatten ihre Waren mit Planen vor der Sonne geschützt, die jetzt, am späten Nachmittag, immer noch auf das staubige Marmorpflaster brannte. Ein Rudel Straßenköter balgte sich um einen weggeworfenen Knochen und kam dabei dem Teppich gefährlich nahe, auf dem ein alter Tulamide seine Kräutersäckchen und Gewürze ausgebreitet hatte. Seine wütenden Rufe gellten über den Platz und mischten sich mit dem Gelächter der Händlerinnen, die ihr Tageswerk bereits vollbracht hatten und nun unter dem Baldachin der Teestube eine Wasserpfeife rauchten. Zwei Gardisten dösten im Schatten der marmornen Statue des Patriarchen, der als Einziger der drückenden Schwüle zu trotzen schien. In der Ferne verkündete der Boronrufer die fünfte Stunde.

Zufrieden warf Kito einen Blick in ihren Korb. Sie hatte alles beisammen, und es blieb noch etwas Zeit, ehe sie auf den Silberberg zurückkehren musste, um die Fische rechtzeitig zum Abendmahl abzuliefern. Zeit, die sie nutzen wollte, um ein wenig durch die Stadt und über die Märkte zu schlendern und für einen Moment ganz für sich zu sein. Für gewöhnlich war es nicht ihre Aufgabe, Einkäufe zu erledigen, aber hin und wieder ließ sie es sich nicht nehmen, selbst in die Stadt hinabzugehen – wenn ihr Herr es erlaubte. Heute verbrachte er den Tag in den Thermen und hatte die junge Nahim mitgenommen, eine kleine, hübsche Tulamidin, die er vor einem knappen Jahr in seine Gemächer geholt hatte, damit sie Kito zur Hand ging; ein verlogenes Biest, das danach trachtete, eines Tages ihre Stellung einzunehmen. Vermutlich würde sie auch jetzt wieder ihr Gift streuen, vorsichtig und wohl dosiert. Unter den Sklaven war es kein Geheimnis, dass ihr Herr Kito den anderen vorzog – ein Umstand, der ihr kaum Freunde machen konnte.

Bei einer hageren Utulu kaufte sie noch ein paar Blumen, rote Blütenkelche, die entfernt an die Mäuler jener Drachen erinnerten, die ihr ihr Herr einmal in einem Buch gezeigt hatte. Sie mochte den schweren Duft dieser Blumen, die sie in den Gemächern aufstellen würde.

»Eine Kette, schöne Frau?«

Kito hielt inne und warf dem dicken Händler einen fragenden Blick zu, der zwischen seinen Auslagen hervorgetreten war und ihr ein zartes Schmuckstück aus geschliffenen Korallen vorhielt. Behutsam nahm sie die Kette auf und ließ sie bewundernd durch die Finger gleiten. Der Mann wischte sich die schwitzigen Hände an seiner Weste ab und bedeutete ihr, sich zu drehen, damit er ihr die Kette umlegen konnte. Mit einem eifrigen Lächeln trat er zurück.

»Wunderschön zu Euren Haaren, meine Schöne. Und zu Euren bezaubernden Augen, in denen man schier versinken möchte.«

Kito lachte verschämt und tastete vorsichtig nach den roten Kugeln um ihren Hals, während der Händler einen zerkratzten Silberspiegel hervorzauberte und ihr entgegenhielt.

»Ihr wisst Eure Waren anzupreisen«, schmunzelte sie und wandte sich hin und her, um zwischen den blinden Stellen ihr Spiegelbild erkennen zu können.

»Bezaubernd, wahrlich bezaubernd.« Der Mann schürzte die schmalen Lippen zu einem bewundernden Grinsen. »Unter allen Perlen Al'Anfas die schönste. Eine wahre Grandessa.«

Kito warf einen letzten Blick auf das Spiegelbild. Mit Bedauern öffnete sie den zarten Verschluss der Kette und gab sie dem Händler zurück. Einen Herzschlag lang leuchtete das Sklavenmal zwischen ihnen auf, der erblühte Lotus, den man ihr damals auf der Plantage in die Handfläche eingebrannt hatte. Der Händler hob überrascht eine Augenbraue.

»Ich weiß nicht, ob es meinem Herrn gefallen wird.« Kito nahm den Korb wieder auf. »Es ist wunderschön, aber ich ... Ich danke Euch.«

»Oh, du musst mir nicht danken.« Der Händler grinste freundlich, aber hinter seinen Augen lag jetzt noch etwas anderes, lauerndes. »Es freut mich immer, schöne Frauen und Männer mit meinen Stücken geschmückt zu sehen.

Aber ... wenn es dir gefällt, vielleicht kannst du deinen Herrschaften von meinen Schätzen berichten? Warte kurz.« Schnaufend schob er sich zwischen die beiden Kisten, auf denen er seine Ware ausgelegt hatte und kramte eine Weile, bis er eine schmale Perlenkette hervorzog. Ein zufriedenes Grinsen lag auf seinem roten Gesicht, während der Schweiß in zittrigen Bahnen über seine Wangen rann.

»Hier, meine Schöne. Das ist für dich.«

»Für mich?« Kito riss überrascht die Augen auf. »Aber ...«

»Nein, nein, keine Widerrede.« Der Händler drückte ihr die Kette in die Hand und legte ihre Finger darüber. Sein Grinsen wurde noch breiter. »Ein Geschenk. Für dich. Und für deine Herrschaften.«

»Wie ...«

»Nimm es. Und berichte deinen Herrschaften, welche Schätze ich sonst noch zu bieten habe. Ich komme mit meinen Waren auch gerne in ihr Haus, wenn sie es wünschen. Es wäre mir eine große Ehre.«

Kito starrte unschlüssig zwischen dem Händler und ihrer Hand hin und her.

Der Mann nahm ihr die Entscheidung ab und löste ihre Finger von der Kette, um sie ihr vorsichtig um den Hals zu legen.

»Wahrlich bezaubernd«, murmelte er wieder und trat einen Schritt zurück. Kito lächelte verlegen, während ihre Hand nach den zarten Perlen tastete, die kalt und edel ihren Hals küssten. »Ich ... danke Euch.«

»Oh, das ist doch nur ein kleines Geschenk, kaum der Rede wert. Empfiehl mich weiter. Kasan Darano mein Name«, er vollführte eine plumpe Verbeugung, »meine ehrerbietigsten Grüße an deine Herrschaft.«

»Die werde ich ausrichten.« Kito lächelte erleichtert. »Mögen die Götter Euren Geschäften gewogen sein.«

Sie spürte noch seinen zufriedenen Blick im Rücken, während sie zwischen zwei Tuchhändlern und einigen Vogelkäfigen davonschritt, seltsam beschwingt, und eine

Hand prüfend auf die Perlen um ihren Hals gelegt, ob das alles nicht nur ein Traum gewesen war.

Ihrem Herrn würde es gefallen, da war sie sicher. Und es gehörte ihr, ihr eigenes Schmuckstück, nicht wie die Ketten und Armreife, mit denen man sie hin und wieder behängte, wenn ihrem Herrn danach war, Juwelen und Kleider, die ihr ebenso schnell wieder genommen wurden, um sie einem der jungen Dinger zu geben, die sich ihr Herr ins Bett holte.

Fast wäre sie in Gedanken versunken gegen eine gedrungene Frau geprallt, die plötzlich vor ihr auftauchte. Mit einer gestammelten Entschuldigung wich Kito einen Schritt zur Seite und wollte sich gerade an ihr vorbeiwinden, als sich eine Hand fest auf ihre Schulter legte.

»Nicht so schnell, Kleine.«

Sie erstarrte. Ein eisiger Schauer griff nach ihrem Nacken. Es gab viele Gründe, aus denen man eine Sklavin aufhalten mochte, und keiner davon gefiel ihr. Vorsichtig hob sie den Blick und schaute direkt in zwei wasserblaue Augen in einem plumpen Gesicht, die sie belustigt musterten. Das Knarren von schwerem Leder hinter ihr zeigte an, dass die Frau nicht allein war.

»Ganz ruhig, mein Täubchen«, raunte die Frau und verstärkte den Druck ihrer Hand, während ihr suchender Blick das Sklavenmal fand. »Wir wollen doch nicht schreien, oder?« Kito meinte an ihrem Gürtel die Klinge eines Dolches aufblitzen zu sehen. Der Ruf, der schon in ihrer Kehle lauerte, erstarb.

»Was ...«, brachte sie mühsam hervor, aber die Frau legte ihr die schwere Hand über den Mund.

»Keine Fragen, meine Süße«, grinste sie und nickte ihrem Gefährten zu, Kitos andere Schulter zu fassen. »Keine Angst, dir wird nichts geschehen. Zumindest, solange du nichts Blödes anstellst.«

Mit sanftem Druck schob sie Kito zwischen sich und ihren Gefährten. Das Leder ihrer abgewetzten Rüstung stank bestialisch, nach Schweiß und anderen Dingen, und nahm Kito fast den Atem. Panisch fasste sie an die Kette, als könnten ihr die Perlen Sicherheit geben, und schalt sich im nächsten Moment eine Närrin. Der Schmuck mochte am Ende nur Mordlust bei diesem Gesindel erwecken. Aber ihre Entführer schienen sich nicht für das Kleinod zu interessieren. Stumm zwangen sie Kito in die Gassen abseits des Marktplatzes und weiter durch verwinkelte Straßenschluchten, die sie noch nie zu betreten gewagt hatte.

»Wo ... bringt Ihr mich hin?« Kito klammerte beide Hände an den Korb. Ihr Herz raste.

»Das wirst du noch früh genug erfahren. Keine Angst. Und jetzt halt den Mund oder ich sorge dafür, dass du ruhig bist.«

Erschrocken schlug Kito eine Hand vor den Mund und ließ sich stumm weitertreiben.Schließlich gelangten sie an eine der zahlreichen Stiegen, die die unterschiedlichen Terrassen am Hang des Visrą miteinander verbanden.

»Dort hinauf«, raunzte die Söldnerin, und Kito raffte gehorsam ihr Kleid, um die dunklen Stufen zu erklimmen. Schweiß perlte auf ihrer Stirn, und sie versicherte sich mit zusammengekniffenen Lippen, es sei die Anstrengung, die ihr Herz rasen ließ, während ihr Blick immer wieder den Dolch streifte, der keine zwei Spann von ihr entfernt im Gürtel der Frau steckte.

»Komm ja nicht auf dumme Gedanken«, knurrte der Mann hinter ihr und versetzte ihr einen rüden Stoß gegen den Rücken. Ein jäher Schmerz durchzuckte sie, als ihr Knie auf die Basaltstufe schlug.

»Pass doch auf, du Esel«, zischte die Söldnerin und warf ihrem Kameraden einen giftigen Blick zu. Grob zog sie Kito wieder auf die Beine und begutachtete das Kleid, das jedoch außer dem Staub der Stufen keine weiteren Schäden davongetragen hatte. »Sie soll unbeschadet bleiben.«

Der Mann grunzte etwas Unverständliches, war nun aber deutlich vorsichtiger, als sie weiterstiegen. Kito war sich nicht sicher, ob sie erleichtert sein sollte oder besorgt. Was immer die beiden mit ihr vorhatten, sie würden sie nicht im nächsten dunklen Winkel vergewaltigen und ermorden. Sie wusste nicht, ob ihr die anderen Möglichkeiten besser gefielen.

Dann erreichten sie die obere Terrasse, breitere Straßen und gepflegte Häuser, Werkstätten und Tavernen. Ein Handkarren polterte an ihnen vorbei, und eine dürre Wirtsfrau kehrte vor dem Eingang ihrer Schänke die Reste des Rahjanals beiseite, Rosenblätter, leere Krüge und eine zertretene Maske mit geknickten Federn, die jemand in der letzten Nacht verloren hatte. Hastig flogen ihre Blicke hin und her, während sie sich krampfhaft bemühte, den Kopf still zu halten und dem schnellen Schritt der Söldnerin zu folgen. Vielleicht kam jemand vorbei, der sie kannte. Oder ihren Herrn. Vielleicht ... sollte sie hier die Gelegenheit nutzen, um zu fliehen. Ehe man sie verschwinden ließ. Hier waren genug Menschen, die ihr helfen würden, wenn sie erst einmal aus der Reichweite des Dolches war. Kito spannte sich und ihre Hände wurden feucht um den Griff des Korbs. Gleich, wenn der Mann noch ein Stück zurückfiel, zu weit, um sie gleich greifen zu können. Und wenn sie schnell genug weg war ...

»So, Süße, wir sind da.« Die Söldnerin wandte sich um und packte Kitos Arm. Vor ihnen erstreckte sich ein größeres Anwesen, das von einer Mauer aus weißem Marmor umgeben war. Zwei schwer bewaffnete Wächter stießen die schmiedeeisernen Torflügel auf, und die beiden Entführer schoben Kito an ihnen vorbei in einen weitläufigen Park, der wohl schon eine geraume Zeit keinen Gärtner mehr gesehen hatte. Im Hintergrund erkannte Kito eine zweistöckige Villa, ebenfalls aus weißem Marmor, mit einem mächtigen Turm an der Südflanke.

Hinter ihr schloss sich das große Tor mit einem hässlichen Geräusch, das ihr einen eisigen Schauer über den Rücken jagte.

Wo hatte man sie nur hingebracht? Fieberhaft suchte Kito nach Anhaltspunkten. Eine Villa mit einem Turm. Hatte ihr Herr nicht noch vor kurzem davon gesprochen? Von irgendeinem kauzigen Zauberer, der sich sogar einen Turm in den Garten gestellt hatte, damit auch niemand daran zweifelte, dass er ein echter gelehrter Herr wäre? Es war beim Mittagsmahl gewesen und ihr Herr hatte mit der Herrin Gilia darüber gescherzt. Ragolan hatte er den Zauberer genannt, oder jedenfalls so ähnlich, und dann hatten sie darüber gespottet, ob er sich wohl versehentlich in einen Lurch verwandelt hätte, weil er längere Zeit nicht mehr in der Gesellschaft aufgetaucht war.

»Hier hinein«, befahl die Söldnerin grob und stieß sie einige Stufen hinauf. Über ihr erhob sich stumm und abweisend der Turm und vor ihr öffnete sich ein düsteres Portal, das mit allerlei seltsamen Zeichen versehen war.

»Die Treppen hinab, Süße, und gib Acht, dass du nicht noch einmal fällst.«

Schummrige Fackeln erleuchteten eine schmale Wendeltreppe, die sich schier endlos in die Tiefe zu winden schien. Schließlich gelangten sie an eine weitere Tür, und im flackernden Fackelschein erkannte Kito grässliche Fratzen, die sie von dem hölzernen Türstock herab anstarrten.

Unbewusst stiegen Erinnerungen an Geschichten in ihr auf, die sie früher als abergläubische Ammenmärchen verlacht hatte. Von finsteren Schwarzmagiern in ihren Türmen und den entsetzlichen Ritualen, die sie begingen. Menschenblut brauchten sie, um ihre Dämonen zu ernähren, die ihren Opfern bei lebendigem Leibe das Herz herausrissen. Panisch umklammerte sie ihren Korb und begann stumm zu beten.

»Den brauchst du jetzt nicht mehr.« Mit diesen Worten riss der Mann ihr den Korb aus der Hand und stellte ihn auf den Treppenabsatz. Dann näherte er sich ihr wieder und sein fauliger Atem verursachte ihr Übelkeit. Behände löste er ihren schmalen Gürtel und öffnete die Fibeln an den Schultern, sodass ihr das schlichte Leinenkleid vom Körper rutschte.

Die Söldnerin feixte. »Da haben wir aber einen hübschen Fang gemacht. Los, die Schuhe auch, Beeilung. Das Kettchen kannst du umbehalten, es wird dem Herrn gefallen.«

Zitternd beugte sich Kito herab und löste die Riemen ihrer Sandalen. Unwillkürlich zuckte sie zurück, als ihre bloßen Füße den steinernen Boden berührten. Es war kalt in diesem Gemäuer, die drückende Schwüle der Stadt drang nicht bis hierher vor.

»Nun sei schön freundlich zu unserem Herrn, er mag es nicht, wenn man ihm Widerworte gibt.« Mit diesen Worten stieß die Söldnerin die Tür auf und drängte Kito in die Dunkelheit. Hinter ihr fiel die Tür ins Schloss.

Sie war allein.

»Da haben wir ja unsere kleine Kostbarkeit«, sprach eine ferne samtige Stimme und Kito spähte verzweifelt in die Finsternis. »Doch lass dich anschauen.«

Ein Fingerschnippen erklang, und die Dunkelheit schwand wie ein Tuch, das man ihr von den Augen zog.

Der Raum war kahl. Nackte Wände starrten ihr entgegen, kein Gemälde, kein Teppich, kein Möbelstück. In der Mitte des Raumes stand ein Stuhl, zwei hohe Kerzenleuchter flackerten an seinen Seiten, und in dem Stuhl saß ein Mann. Zu ihm gehörte die Stimme, zu ihm gehörte das Fingerschnippen, zu ihm gehörte die Dunkelheit. Sie erschauerte.

»Hattest du jemand anderen erwartet?« Ein Lächeln formte sich auf den Lippen des Mannes, es trug keine Freundlichkeit. »Komm näher.«

Der Befehl klang wie ein Peitschenhieb und sie setzte sich in Bewegung, einen Schritt, noch einen, den nächsten.

»Halt.«

Abrupt blieb Kito stehen, die Schultern steif, die Augen gesenkt und die Zehen pressten sich auf den kalten Stein.

Sie fror und mit der Kälte kam die Scham. Ihre Nacktheit war hier umfassend, spiegelte sich in der Kahlheit des Raumes ebenso wider wie in den schmucklosen eisernen Leuchtern. Sie fühlte sich entsetzlich allein.

Der Mann stand auf und kam langsam auf sie zu.«Sieh mich an.«

Natürlich gehorchte sie, was sollte sie auch sonst schon tun? Nein, hier gab es keine Dämonen und keine Menschenopfer, aber es gab Erinnerungen.

»Du weißt, wer ich bin?«

Sie nickte. »Ja, Herr«, hörte sie sich sagen und ihre Stimme klang verloren in der feindlichen Leere der Kammer.

Der Großexecutor machte einen weiteren Schritt auf sie zu. Seine Augen bohrten sich in die ihren, und wieder lächelte er sein kaltes Lächeln, dann wanderten sie hinab, über ihr Gesicht, verweilten kurz bei der Perlenkette um ihren Hals, dann tiefer, über ihre Brüste, ihren Bauch, ihre Schenkel, bis hinab zu den Füßen. Krampfhaft widersetzte sie sich dem Wunsch, ihre Scham mit den Händen zu bedecken, es hätte ihn vielleicht erzürnt, und einen Unterschied machte es ohnehin nicht.

»Was verlangt Ihr von mir, Herr? Warum wurde ich hierher gebracht?« Ohne nachzudenken hatte sie die Fragen hervorgestoßen, nun schlug sie sich erschreckt vor den Mund. Man hatte sie Schweigen geheißen. Doch keine Strafe folgte, kein Tadel, kein scharfes Wort. Er fuhr einfach fort, sie zu betrachten, als habe er sie gar nicht gehört.

Doch in der Stille lauerten die Erinnerungen und verzweifelt suchte sie nach einem Weg sie zu bannen. Sie hatten nichts mit ihr zu tun, nichts mit diesem Raum, nicht einmal mit diesen Blicken, die sie zu verzehren schienen. Und doch waren sie da, so unaufhaltsam wie die Kälte, die langsam durch all ihre Glieder kroch.

Er hatte sie umrundet, sie von jeder Seite betrachtet, und obwohl sie es nicht hatte sehen können, hatte sie doch die finsteren Augen in ihrem Rücken gespürt. Nun stand er wieder vor ihr, sein Lächeln war verschwunden.

Leise murmelte er einige seltsame Silben. »Was findet dein Herr nur an dir?« Seine Hand streckte sich nach ihr und fasste sie am Kinn. Weder grob, noch sanft, einfach sachlich, prüfend. Und prüfend war auch der Griff nach ihren Brüsten, dem die schwarzen Augen folgten, abschätzend, gerade so, als wäre sie eine Ware, die es vor dem Kauf zu begutachten galt.

Kito fühlte, wie sie erstarrte, doch es lag Erleichterung in diesem Gefühl. Das kannte sie, das war vertraut, und wenn er das von ihr wollte, dann würde sie es ertragen. Sie würde es ertragen, wie sie es immer ertragen hatte, seit jenem Tag, als ihr Herr sie zum ersten Mal in sein Bett geholt hatte. Sie hatte geweint, danach, weil man ihr etwas genommen hatte, das ohnehin nie mehr als ein Trugbild gewesen war. Freiheit hatte sie geträumt, wie eine jede, ein jeder, die mit ihr das Schicksal teilten. Doch Träume waren etwas für Kinder, sie war erwachsen geworden in jener Nacht. Und mit ihren Tränen war auch die Hoffnung versiegt.

Stattdessen hatte sie gelernt, zu gefallen, die Wünsche ihres Herrn zu erahnen, ihn zum Lachen zu bringen, ihn zu höchster Lust zu führen. Und als er sie den anderen vorführte, hatte sie auch jenen zu gefallen gelernt. Es hatte keinen Unterschied bedeutet, was sie von ihr verlangten, keinen Unterschied, welche Gesichter zu den Händen gehörten, die gierig nach ihr griffen, welche Leiber sich schwitzend auf sie wälzten, welche Münder sich nass und klebrig auf den ihren pressten.

Zu jener Zeit hatte die Melodie begonnen, ein einfaches Kinderlied, das sie vielleicht von ihrer Mutter gehört hatte, vielleicht auch einfach nur geträumt. Die Melodie konnte sie vergessen lassen, was geschah, konnte sie ertragen lassen, was man mit ihr tat, ja, konnte sie sogar zum Lachen bringen, wenn alles in ihr vor Scham und Schmerzen schrie. Sie hatte gelernt, sie nicht laut zu summen, denn das hatte einige der Herrinnen und Herren gestört. Es wurde ihr Geheimnis und sie war sich richtig hinterlistig vorgekommen, weil doch niemand ahnte, was sie in Wahrheit machte, wenn sie scheinbar lustvoll stöhnte. Auch das zu lernen war nicht schwierig gewesen, schließlich hörte sie es allenthalben und offenbar gefiel es den Herren und Herrinnen so. Und wenn sie lernen konnte, auf dem Markt zu feilschen, ihren Herrn anzukleiden oder die silbernen Leuchter abzustauben, dann konnte sie wohl auch das Stöhnen lernen. Manchmal hatte sie geübt vor dem Spiegel, und manchmal war sie dann kichernd zusammengebrochen. Und wenn dann Tränen in ihren Augen standen, so hatten sie gewiss von der Belustigung hergerührt.

Beruhigt vernahm Kito die ersten Takte der Melodie in ihrem Geiste und sie wusste, dass sie lächelte. Das hier würde leicht zu ertragen sein.

Die Hand gab sie frei. »Dein Körper ist verräterisch.« Die Melodie verstummte. Was meinte er nur damit?

»Auch wenn du sie niemals gesäugt hast, so kann die Fülle deiner Brüste nicht verhehlen, dass du deinem Herrn Bastarde geworfen hast.«

Bastarde? Warum erwähnte er nun ihre Kinder, was hatte das hier mit Inion zu tun, oder ... mit Said? Ein Glücksgefühl überkam sie, als sie an ihren Ältesten dachte. Kaum fünfzehn Sommer dürfte er jetzt zählen, und ihm war es gelungen, den Traum zu leben. Er war frei! Nie würde sie vergessen, wie ihr Herr nach jener Reise zu ihr gekommen war und ihr mitgeteilt hatte, dass man ihren Sohn entführt hatte.

Entführt! Entsetzt war sie gewesen, außer sich vor Sorge. Doch dann hatte sie all ihren Mut genommen und den Furcht erregenden Herrn Razir gefragt und der hatte eine ganz andere Geschichte erzählt. Eine Geschichte, wie sie sie sonst nur aus Liedern kannte. Nicht entführt, nein, befreit hatte man ihn, und jene nordländischen Helden hatten ihrem Sohn nichts zuleide getan, sondern für seine Freiheit gekämpft. Said, frei. Es hatte ihr mehr bedeutet als alles andere, und es hatte etwas von der Hoffnung zurückgebracht, die kostbarer war als das Leben selbst.

Unversehens fuhren die Finger des Mannes an ihrem Leib hinab, spreizten grob ihre Schenkel und drangen jäh in sie ein. Sie unterdrückte einen Schrei.

»Verräterisch auch dein gedehnter Schoß.« Verächtlich zog sich seine Hand zurück.

»Deine kleine Melodie kannst du getrost verstummt lassen, ich verspüre kein Interesse an dir.«

Wie kalter Stahl rammten sich seine Worte in ihr Herz. Die Melodie – ihre Melodie. Er wusste um ihr Geheimnis, er kannte das Versteck. Ein Schrei bahnte sich seinen Weg durch ihre Kehle, doch sie zwang ihn zurück. Vielleicht hatte sie sich nur verhört. Niemand kannte das Geheimnis, niemand kannte ihren verlorenen Traum.

»Allerdings hast du mir geholfen, etwas zu finden, das durchaus mein Interesse erregt.«

Abrupt wandte er sich um und trat in den Hintergrund des Raums, der vollkommen im Dunkeln lag. Zitternd verfolgte sie seine Schritte, ihre Blicke begannen erneut zu wandern. Vielleicht gab es ja doch einen Ausweg, ein Fenster, das im Schatten lag, eine Falltür im Boden ...

Eine Tür knarrte und dann kam der Mann zurück. An seiner Seite ging ein Junge, sehr schmal, sehr zart, er mochte kaum fünfzehn Sommer zählen ...

Der Schrei brach sich an den Wänden und sie stellte fest, dass er aus ihrer Kehle kam. Said!

Blitzschnell stürmte sie vor und kam jäh zu einem Halt. So, als würde eine unsichtbare Barriere sie zum Verweilen zwingen, vermochte sie es nicht, weiter als einen Schritt von der Stelle zu gehen. Zitternd rang sie nach Atem, und eine nagende Furcht bemächtigte sich ihrer. Was war das nur für ein entsetzlicher Ort, an dem alles kahl war, alles kalt und alles voller Angst? Und nun stand ihr Sohn, ihr stolzer freier Sohn, neben diesem fürchterlichen Mann und sah nicht einmal zu ihr her. Unaufhaltsam bahnten sich die Tränen ihren Weg, stiegen ihr in die Augen, strömten ihr über die Wangen, während sie flehentlich die Hände vorstreckte. »Said ...«

»Setz dich«, befahl der Großexecutor dem Knaben, der ihm mit gesenktem Kopf gefolgt war. Er führte ihn wie einen Hund an der Leine, die an einem ledernen Band um seinen Hals endete, auch die Hände waren gefesselt, und er trug nichts am Leib außer einem schlichten Leinenschurz.

Gehorsam nahm er auf dem Stuhl Platz, und nun erst hob er seinen Blick. Wie sehr er sich verändert hatte! Schmaler war er geworden, trockener die Gesichtszüge und doch so schön, so anmutig, wie sie ihn in Erinnerung hatte.

Er sah sie an, und sie bemerkte das kurze Aufblitzen in seinen Augen. Er hatte sie erkannt. Doch sein Blick war seltsam getrübt, umwölkt, man musste ihm Rauschkraut gegeben haben.

»Welch ein rührendes Wiedersehen«, spottete der schreckliche Mann und hielt dem Knaben dieselbe Hand vors Gesicht, die zuvor in sie eingedrungen war. »Nun, erkennst du den Geruch der Hündin, die dich warf?«

Jäh blitzte Hass in den Augen ihres Sohnes und er ruckte den Kopf zur Seite. Der Großexecutor lächelte, dann versetzte er ihm einen harten Schlag auf die Wange, der Kito zusammenzucken ließ, als habe er ihr selbst gegolten.

»So stolz, so ungebrochen und so voller Zorn. Ein wahres Juwel.«

Kito erstarrte, doch diesmal folgte der Erstarrung keine tröstende Melodie. Es lag eine Note in der Stimme des Mannes, die ihr durch Mark und Bein drang, sich tief in ihren Geist wühlte und eine Erinnerung weckte, die sie schaudern ließ. Es war ein hübscher Knabe gewesen, der in die Sänfte des Großexecutors stieg, der Sohn der Teehändlerin, neugierig, wagemutig, ohne Scheu. Sie hatten ihn damit aufgezogen, dass er als fetter Tunichtgut enden würde, wenn er sich einen so einflussreichen Gönner suchte. Seine Augen, wunderschöne smaragdgrüne Augen, sie hatten geblitzt vor Übermut an jenem Tag ...

»... es liegt ganz an dir.«

Erschreckt fuhr sie aus ihren Gedanken auf, er hatte zu ihr gesprochen und sie hatte gar nicht zugehört. Ihr Blick fiel erneut auf ihren Sohn, der benommen in dem Stuhl saß und auf den Mann, der neben ihm stand und sie unverwandt anstarrte.

In einem plötzlichen Impuls fiel sie auf die Knie, hob flehend die Hände und hätte sich dem Mann zu Füßen geworfen, wäre da nicht diese unheimliche Barriere gewesen. »Bitte, Herr, ich tue alles, alles, was Ihr verlangt, aber bitte, lasst ihn gehen. Lasst ihn einfach gehen und ich gehöre Euch.«

»Ein herzzerreißendes Angebot«, antwortete die kalte Stimme, »aber wie ich bereits sagte, es liegt ganz in deiner Hand, was deinen Sohn erwartet. Tust du, was ich von dir verlange, wird ihm kein Leid geschehen.«

... Er war zurückgekehrt, Tage später, hatte wie üblich die Körbe geliefert mit duftendem Tee. Sie hatten ihn kichernd bestürmt, ob er jetzt schon ein Don wäre und bestimmt bald zu hochnäsig, um noch mit den Sklaven in der Küche zu schwatzen. Er gab ihnen keine Antwort, räumte nur stumm die Waren aus, und dann hatte sie seine Augen gesehen ...

»Was verlangt Ihr?« Sie schrie es hinaus.

Er musterte sie eine geraume Weile. »Steh auf, sieh mich an und höre zu.«

Zitternd erhob sie sich, ihre Augen unverwandt auf ihn gerichtet und nickte heftig. »Ich höre, Herr.«

Er sprach langsam, deutlich und fragte hin und wieder nach, ob sie ihn auch verstanden hätte. Er ließ sie wiederholen, was er gesagt hatte und fragte sie am Ende, ob sie dazu bereit wäre.

... Nie hätte sie geglaubt, dass die Augen eines Lebenden so tot sein konnten. Er hatte Tee gebracht, die nächsten Wochen, die nächsten Monde, bis man ihn eines Tages fand, blutüberströmt in den Kellern. Das Messer an seiner Seite, das er sich in den Leib gestoßen hatte, wieder und wieder, so als gäbe es keinen Schmerz ...

Alles, einfach alles würde sie tun, um ihren Sohn zu retten, und dieser Auftrag war weit weniger schlimm, als sie gefürchtet hatte.

Der Großexecutor ging zu der Tür in ihrem Rücken und wechselte einige Worte. Ein Mann kam herein, ging auf Said zu und hieß ihn aufstehen. Ihr Kleid legte er auf den Stuhl.

»Bring ihn zurück«, befahl der Großexecutor mit ruhiger Stimme, »gib ihm zu essen und etwas Wein.«

Der Mann nickte. Dann führte er Said fort.

»Zieh dich an, Kito.«

Sie zuckte zusammen, als sie so unerwartet ihren Namen hörte und zwang sich, den Blick von der Tür zu lösen, hinter der ihr Sohn verschwunden war. Sie konnte es nicht verhindern, sie musste sich noch einmal vergewissern: »Es wird ihm wirklich nichts geschehen, wenn ich tue, was Ihr verlangt?«

Zu ihrem Erstaunen schenkte er ihr ein Lächeln, das so gar nichts Beunruhigendes in sich trug. »Hier, nimm dein Kleid, nimm die Sandalen. Wir sprechen, wenn du angezogen bist.«

Irritiert tat sie, was ihr geheißen wurde. Als sie fertig angekleidet war, schaute sie ihn abermals fragend an. Es war fast unheimlich, wie wenig Furcht erregend er nun wirkte.

»Kito«, nannte er sie erneut beim Namen und seine Stimme klang freundlich, »ich werde deinen Sohn ohne Umschweife in die Freiheit entlassen, wenn du deinen Auftrag gewissenhaft erfüllst. Dies gelobe ich bei den Zwölfgöttern und der Allmacht des Götterfürsten.«

Kito traute ihren Ohren kaum. Er schwor bei den Göttern, das hieß, er würde wahrhaft sein Wort halten und Said würde wieder freikommen, völlig unversehrt. Jäh blitzte das Bild des Knaben vor ihr auf, die toten Augen.

»Ihr werdet also wirklich überhaupt gar nichts mit ihm tun, Herr?« Sie biss sich auf die Lippen, doch es war bereits zu spät, es war ihr so herausgerutscht. Dabei hatte die Söldnerin noch gesagt, dass er Widerworte hasste.

Doch nichts Schlimmes geschah, einzig sein Blick richtete sich einen Moment lang forschend auf sie. Dann schüttelte er freundlich den Kopf. »Nein, Kito. Sei unbesorgt, ich rühre ihn nicht an. Und nun zeig mir dein Knie, es ist hässlich aufgeschürft. Ist das auf dem Weg hierher geschehen?«

Zögernd nickte sie.

»Komm hierher, ich werde die Wunde schließen. Es wird nichts zu sehen sein.«

Sie spürte seine Hand, die sich auf die Wunde legte, dann murmelte er leise einige Silben. Nach einer Weile begann es angenehm zu kribbeln, und schließlich zog er die Hand zurück. »Nun geh und lass dich zurückbringen. Wir wollen doch nicht, dass dein Herr in Sorge gerät.«

Hinter ihr hörte sie das Knarren der Tür, und die schweren Schritte der Söldnerin, die ihr den Korb zurückgab. Stumm wandte sie sich ab und ging hinaus, vorbei an den Fratzen, die ihr nichts mehr anhaben konnten, die schmale Treppe hinauf, bis sie das Abendlicht umfing und die letzten Strahlen der Sonne, die hinter dem dunklen Visra in den Bergen versank. Die Söldnerin schob sie vor sich her, zum Tor, dessen Flügel sich hinter ihr schlossen, ein angenehmes Geräusch, und gleichzeitig schmerzhaft.

Sie fröstelte und sah sich noch einmal zu der marmornen Villa und dem Turm um, der nun düster und bedrohlich über das Haus zu wachen schien. Dort, irgendwo hinter den Mauern wartete Said, und er konnte frei sein, nicht, weil nordländische Helden ihn retteten, sondern weil sie tat, was der Großexecutor von ihr verlangte. Sie schloss die Augen und versuchte sich noch einmal sein schönes Gesicht vorzustellen, wie er da saß, benommen und müde. Sie musste tun, was der Großexecutor sagte, sie musste.

Mit einem traurigen Lächeln auf den Lippen wandte sie sich ab und folgte der breiten Straße. Schatten hatten sich zwischen die Häuser gelegt, dort, wo die Lichter der Tavernen und erleuchteten Fenster nicht hinreichten. In der Ferne erklang Musik und Gelächter, wie jede Nacht im Rahjamond. Die Söldnerin hatte ihr gesagt, welchen Weg sie nehmen musste, um an einen Platz zu kommen, den sie besser kannte. Und dann wäre sie bald zurück in der Villa, bei ihrem Herrn. Bei ihrem Herrn ... Ihre Schritte stockten, wurden langsamer. Was mochte der Mann mit dem tun wollen, was sie ihm geben sollte? Er ... würde es gegen ihren Herrn verwenden, aber was ...

Nein, sie sollte über so etwas nicht nachdenken. Said würde frei sein, und das war wichtiger als alles andere. Und doch ... es hatte sich etwas gewandelt, damals, als sie den Sohn der Teehändlerin fanden und der Boden schwamm von seinem Blut.

Ihr Herr hatte ihren Kummer gespürt, hatte sie gefragt, wieder und wieder, bis es aus ihr herausbrach und all die Tränen, all die Verzweiflung sich einen Weg aus ihrem Gefängnis bahnten. Sie war erschrocken gewesen, als ihr gewahr wurde, dass sie an seiner Brust ihre Sorgen beweinte und seine Garderobe besudelte, aber er hatte den Arm um sie gelegt und sie getröstet. Er hörte auf, sie anderen darzubieten, und nach und nach war auch die Melodie vergangen, selten erst, dann immer häufiger, immer leiser, bis sie sie kaum noch mehr vermisste.

Razir hatte sie einmal gefragt, ob sie ihren Herrn liebe. Sie hatte geantwortet, ja, das tue sie, und Razir war damit zufrieden gewesen. Aber sie wusste, dass sie ihn belogen hatte. Wie konnte man lieben, wenn man keine Wahl hatte, wenn sie gefügig sein musste, wenn es die Lust ihres Herrn befahl, wenn sein Wohlwollen entschied, wann er ihr

Freude und Geborgenheit, sein Zorn, wann er ihr Schmerzen bereitete? Wenn es immer wieder Momente gab, in denen die Melodie zurückkehrte und ihr Trost schenkte, Scham und Schmerzen nahm? Und dann Nächte, in denen sie einfach nur auf dem Bett lagen, durch das offene Fenster die Sterne betrachteten und er ihr von den Ländern jenseits des Meeres erzählte, von den Städten des Nordens und den Menschen, und ihre Neugier ihn amüsierte, sein Kuss zärtlich, ohne zu fordern, ohne Zwang.

Kito schluchzte und wischte die Tränen beiseite, die ihre Wange hinabrannen. Geschichten waren nicht Freiheit. Ihre Hand fasste nach der Kette, und die Perlen lagen rund und klar in ihrer Hand. Saids Gesicht flackerte vor ihren Augen auf. Ein trauriger Blick, und doch voller Stolz. Er war stark, er konnte ein anderes Leben beginnen, ein Leben in Freiheit. Sie durfte den Großexecutor nicht enttäuschen, sie musste tun, was er verlangte. Ihr Traum ... Saids Traum. Ihr Traum war tot, seit jenem Tag, an dem ihr Herr sie das erste Mal erblickte, damals auf der Plantage, noch vor dem großen Krieg, als sie die Rosenbeete jätete und versuchte, seinen Blick zu meiden. Sie wollte nicht auffallen, sie wollte nie auffallen, aber er hatte sie mitgenommen, fort von der Plantage und ihren Eltern, in die Stadt, wo Träume schneller starben als die, die sie zu träumen wagten.

Sie passierte das große Tor zum Silberberg. Die Gardisten öffneten ihr die kleine Pforte, sie kannten sie, schon zu lange ging sie diesen Weg, von der Villa zum Markt und wieder zurück, den gleichen Weg – ihre Welt. Aber Saids Welt konnte anders aussehen, wenn sie tat, was der Mann sagte.

Kito unterdrückte die Tränen, die wieder in ihr aufstiegen, als sie das Anwesen der Bonareth erreichte und dem breiten Weg folgte, der zur Villa führte. Ihr Herr durfte nie etwas erfahren. Nicht über Said, nicht über den Mann und seinen Turm, das hatte sie versprechen müssen. Aber vielleicht ... vielleicht spürte er ihren Kummer und stellte Fragen, die sie nicht beantworten konnte. Kitos Herz tat einen Sprung, ihre Brust schmerzte. Und wenn sie nichts sagte? Wenn sie etwas anderes erzählte? Vielleicht etwas, das ihren Herrn aufhorchen ließ, ohne dass sie ihm etwas über den Mann und Said erzählte? Eine Geschichte? Vielleicht ... fand er eine Möglichkeit, er hasste den Großexecutor, er konnte dem Patriarchen davon erzählen, und der würde ... Saids Traum wäre verloren. Kito spürte die Klaue, die sich um ihren Hals legte. Sie ... sie konnte, sie durfte nichts sagen, nichts andeuten, keine Geschichte, kein Zeichen, nichts. Sie würde tun, was der Großexecutor von ihr verlangte. Sie gab die Fische in der Küche ab und machte sich auf den Weg zu den Gemächern ihres Herrn, zögerlich, schleppend, als könne sie vermeiden, was sich nicht vermeiden ließ.

»Wo bist du gewesen?«

Kito fuhr erschreckt zusammen, als sich aus dem Schatten der Wand eine Gestalt schälte und ihr den Weg versperrte. Razirs Gesicht war ernst, wie meist, wenn er mit ihr sprach. Sein Spott galt anderen, nicht ihr.

»Don Aurelian fragte nach dir.«

»Ich ... war auf dem Markt«, murmelte Kito und stellte den Korb im Empfangsraum ab. Sie mied seinen Blick.

Razir hob prüfend eine Augenbraue und musterte sie eine Weile, während sie ihre Einkäufe ausräumte, langsamer, bedächtiger, als es nötig gewesen wäre. Den Kopf hielt sie gesenkt, aber sie spürte seine Augen, die ihren Bewegungen folgten.

»Du sollst zu ihm kommen, wenn du zurück bist.«

Kito blickte auf, nickte. Ihr Herz hämmerte in ihrer Brust, so dass sie meinte, Razir könne es nicht überhören, aber er blickte sie nur an, prüfend, fast mitleidig.

»Sei vorsichtig«, sagte er und für einen kurzen Moment huschte so etwas wie ein Lächeln über sein finsteres Gesicht. »Er hat sehr schlechte Laune.«

»Was ...« Kitos Hals schnürte sich panisch zusammen und sie beugte sich rasch wieder über den Korb. Hatte ihr Herr etwas erfahren, von dem Mann, von dem Turm, von ... Said?

»Don Doriano hat seinen Lieblingshengst ›ausgeborgt‹.« Razir schnaubte verächtlich, und Kito atmete erleichtert aus. Ihre Hand legte sich auf die Perlenkette, als könne die Berührung ihr Herz beruhigen, das schmerzhaft gegen ihren Hals schlug. »Den großen Rappen«, fuhr Razir fort. »Ich weiß nicht, was er mit dem Tier gemacht hat. Als er zurückkam, waren die Vorderbeine gebrochen und der Hengst tot.« Er seufzte. »Schade, dass es nicht Don Doriano war, der sich den Hals gebrochen hat. Viel hat wohl nicht gefehlt, erzählen seine Beschützer.« Ein hämisches Grinsen zuckte um seine Mundwinkel. Kito versuchte ein Lächeln, aber es erstarb schon auf ihren Lippen.

»Wo ist er?«

»Don Aurelian? In seinem Schlafgemach. Inzwischen dürfte er sich wieder beruhigt haben.«

Kito nickte steif und ging zur Tür, als sie noch einmal innehielt und sich umdrehte.

»Danke.«

»Nun geh schon.« Der Maraskaner grinste breit. »Bereite ihm ein paar nette Stunden, und morgen wird er darüber nachsinnen, wie er es Don Doriano heimzahlen kann.«

Kito nickte und schloss rasch die Tür hinter sich, damit Razir nicht die Tränen sah, die ihr schon wieder in die Augen traten. Nein, sie ... sie musste ruhig bleiben, sie durfte ... nicht ... und wenn er es spürte, würde sie nichts ändern können, sie hatte kein Sterbenswort über ihre Aufgabe, den grausigen Turm ... Said verloren.

Vielleicht ... nahm er sie einfach in den Arm, tröstete sie, ließ sie vergessen, den Mann und seinen finsteren Turm, in dem die Träume starben, den ... Knaben und die leeren Augen, die sie anstarrten, vorwurfsvoll, als ob sie etwas hätte ändern, verhindern können, dass er so jung starb.

Saids Augen durften nicht sterben. Sie würde tun, was man von ihr verlangte.

Vorsichtig öffnete sie die Tür zum Schlafgemach. Es war dunkel, nur eine einzelne Öllampe brannte auf dem Tisch neben dem Bett und zitterte in dem warmen Hauch, der durch das geöffnete Fenster kam und die Schleier um das Bett sanft hob und senkte. Ihr Herr lag halb aufgerichtet auf den Kissen, nur mit einem schwarzen Seidenmantel bekleidet, die Augen glasig und abwesend. Neben dem Bett lag ein umgekippter Silberpokal, aus dem die Reste des Boronweins auf den Teppich rannen, und der süßliche Geruch von Rauschkräutern lag in der Luft.

Er hob den Blick, als sie eintrat, ein leerer Blick, der durch sie hindurch zu gleiten schien. Sie fröstelte.

»Wo warst du?« Seine Stimme schwankte.

»Auf dem Markt, Herr«, antwortete sie leise und zwang sich, einen Schritt weiter in den Raum hineinzugehen.

»Komm her.« Er klopfte auf die Kissen neben sich.

Gehorsam löste Kito den Gürtel und die Fibeln an ihren Schultern, während sich ihre Augen mit Tränen füllten. Nein, sie durfte nicht, nicht jetzt, nicht ... Langsam trat sie aus dem hinabgeglittenen Kleid und auf das Bett zu, die Hand auf die Perlen gelegt, und versuchte ganz fest an Saids Gesicht zu denken, das schöne, traurige Gesicht, ihren Traum ...

Er fasste sie am Handgelenk und zog sie zu sich auf die seidenen Kissen. Sein Atem schlug ihr entgegen, die süßliche Würze des Boronweins und die Herbe des Rauschkrauts, nahm ihr die Luft, ließ sie schwindeln, als er sie küsste, grob und ohne die Zärtlichkeit, die er ihr in den letzten Jahren so oft entgegengebracht hatte. Kito spürte die Tränen in ihren Augen. Sie konnte weinen, er würde es nicht merken, weder ihre Tränen, noch ihr rasendes Herz oder ihren klammen Atem.

»Was ist das?« Seine Hand tastete nach der Kette, fühlte über die Perlen. Für einen kurzen Moment klärte sich sein

Blick, um gleich darauf wieder in den Nebeln zu versinken. Mit einem Ruck riss er die Kette von ihrem Hals. Die Perlen sprangen weg, zwischen die Kissen, auf den Teppich, weit verstreut, kullerten davon, gingen verloren, jede für sich.

Ihr Schrei erstarb in der Kehle, als ihr Herr sie in die Kissen zog und erneut küsste, seine Hände über ihren Körper wandern ließ, nicht anders als der Mann in dem Turm seine Blicke. Und dann kam die Melodie zurück, zum ersten Mal seit langer Zeit, leise und tröstend, und sie schloss die Augen und dachte an ihren Traum, den Said bald leben würde.

13. Kapitel

24. Rahja 341 nach Golgaris Erscheinen, Boronstag

»Nun, was sagt Ihr?«

Lucio schaute auf. Im Schein der flackernden Öllampen blickten ihm schmutzige Gesichter entgegen, die Münder verlegen zusammengekniffen, die Augen zum Boden gewandt. Nur Jesidora lächelte, ein dünnes Lächeln, nachdem er Gorm, ihren massigen Begleiter, kurzerhand vor die Tür gesetzt hatte. Ihre Finger trommelten auf der Tischplatte, und er erkannte nun auch die verstohlenen Blicke, die ihr die anderen zuwarfen.

Er seufzte innerlich. Wie gerne hätte er Jesidora gleich mit hinaus auf die Gasse geworfen.

»Ihr wolltet ein großes Vorhaben, und jetzt habt ihr es«, wiederholte er gereizt und ließ seinen Blick noch einmal über die Gesichter wandern. Es mochten Schatten sein, die ihn narrten, aber er meinte, einige zuckten erschreckt zusammen. »Uns bleibt allerdings nicht mehr viel Zeit. Dom Raquirio, ich möchte ...«

»Einen Moment«, unterbrach ihn Jesidora. Gemächlich erhob sie sich. Ihre Augen funkelten siegesbewusst, während sie sich in die Runde wandte. Unter den Rebellen kam Unruhe auf, das auf eine Geste von ihr sofort wieder erstarb.

»Ein schöner Plan ist das«, begann sie und lehnte sich gegen den Tisch im Schatten, sodass Lucio nur ihre Augen unter den dunklen Haaren aufglimmen sah. »Aber er taugt nichts.«

»Weil er nicht in deine schöne *Intrige* passt?«, erwiderte Lucio giftig. Er hatte geahnt, dass sie das sagen würde. »Das ist es doch, eine Intrige, nicht wahr? Ein abgekartetes Spiel, damit du mich los bist und an meine Stelle treten kannst. Nicht besser als *sie*.«

Aufgebrachtes Gemurmel erhob sich und erstarb augenblicklich, als Jesidora die Hand hob.

»Du irrst dich, mein Lieber«, sagte sie und er meinte ihren Mund spöttisch zucken zu sehen. »Mir geht es einzig darum, die Märtyrer vor Schaden zu bewahren. Du bist viel zu lange wirren Träumen nachgejagt. Tritt endlich beiseite.«

»Wirren Träumen?« Er lachte freudlos. »Ich habe Träume, ja. Aber es ist nicht deine Sache, darüber zu urteilen, ob sie *wirr* sind. Ich träume von einem anderen Al'Anfa, einem Al'Anfa, in dem *sie* machtlos sind. In dem es keinen Hunger gibt, weil man das Gold nicht dafür aufbringt, Kronen für ... Statuen zu schaffen, sondern Reis und Korn kauft. In dem man keine Angst haben muss, nachts geholt zu werden, wenn man sich gegen den Aquacurator und seine Schergen auflehnt, weil das Trinkwasser faulig ist und die Häuser morsch. Wenn ihr nicht bereit seid, meine Träume zu teilen, dann gehe ich gern. Aber wenn ihr an die gleichen Dinge glaubt wie ich, dann steht endlich zu dem, was ihr träumt. Und lasst euch, verdammt noch mal, nicht in diesen ... Spielchen verbrauchen. Ich will eure Meinung hören, nicht Jesidoras.«

Seine Stimme schien in der Stille der Kammer nachzuhallen. Betretenes Schweigen schlug ihm entgegen, unschlüssige Gesichter, die sich rasch abwandten. Jesidoras Lächeln war auf den Lippen erstorben, für einen kurzen Moment, dann ließ es erneut die Augen aufblitzen.

»Du verkaufst deine Träume an eine tote Gladiatorin«, sagte sie ruhig. »Du denkst doch an nichts anderes als an deine Rache. Hat dir unsere Sache je einmal so viel bedeutet wie der Wunsch, Ranaris' Blut zu rächen und dir Genugtuung zu verschaffen? Das ist es doch, was du willst, nicht das, was du uns als deine Träume verkaufst. Nein, Lucio«, fuhr sie fort und warf den Kopf zurück. »Erzähle mir nichts von Träumen, wo nur Rache steht.«

»Du verstehst nichts.« Lucio sprach leise, aber seine Stimme klang laut in der atemlosen Anspannung, die zwischen ihnen hing. »Wenn ich Rache wollte, hätte ich längst Rache genommen. Es wäre ein leichtes, einen geeigneten Moment abzupassen und Ranaris' Herrn einen Dolch zwischen die Rippen zu stoßen. Und, weiß Boron, ich hätte es getan, und wenn man mich anschließend gevierteilt hätte. Aber es macht sie nicht wieder lebendig und es ändert nichts, weder für sie, noch für mich oder für euch oder all die anderen, die ihnen ausgeliefert sind. Ja, ich will Genugtuung, und es wird mir eine Freude sein, sie bluten zu sehen. Vor allem aber will ich ein Ende der Tyrannei, dafür bin ich bereit zu kämpfen – im Notfall auch gegen dich.«

»Dein Plan ist dumm«, schnappte Jesidora und verschränkte die Arme vor der Brust. »Wir haben über so etwas schon mal geredet und wir haben es verworfen. Es ist nicht durchführbar.«

»O doch, das ist es.« Lucio holte tief Luft. »Ich weiß, dass es durchführbar ist. Ich habe Vorkehrungen getroffen, es ist alles bereit. Wir müssen es nur angehen.«

»Ich bin dagegen.« Jesidora hob die Hand und blickte sich fragend um. »Wir hatten gesagt, dass wir darüber abstimmen wollen. Wer sich mir anschließen will, soll jetzt aufzeigen.«

Langsam, wie bei einem gesättigten Publikum nach dem Ende einer Theateraufführung, kam Bewegung in die Gruppe. Hier und da hob sich eine Hand, die eine zögernd, die andere eilig, während sie seinem Blick auswichen oder ihn trotzig erwiderten, wie der alte Mirio, dessen Mund sich zu einem zahnlosen Grinsen verzogen hatte.

Triumphierend wandte sich Jesidora ihm wieder zu. »Das ist mehr als die Hälfte. Du hast verloren.«

Lucio schluckte hart, und hob dann langsam den Blick. Wie er befürchtet hatte. Eine schäbige Intrige, vermutlich Versprechungen, die sie ihnen gemacht hatte, da sie ihr ohne das nicht folgen würden. *Falsche Schlange.*

»Ich habe gegen deine Spielchen verloren, aber glaube nicht, dass ich aufgebe«, erklärte er ruhig, während er seine

Hände unter den Tisch zwang, wo niemand die zorngeballten Fäuste sehen konnte. »Mir ist es gleich, ob ihr mich unterstützt oder nicht. Ich habe lange genug versucht, auf eure Wünsche einzugehen, über eure Vorstellungen zu reden und eure Bedenken zu teilen. Wenn ihr daher annehmt, mir fehle der Mut oder ich sei nicht in der Lage, für uns alle einen Entschluss zu fassen, weil ich meiner eigenen Rache folge, bleibt mir nichts anderes übrig, als euch das Gegenteil zu beweisen. Ich werde an jenem Tag am Hafen sein und ich werde es tun. Mit euch, wenn ihr mich unterstützen wollt, allein, wenn es sein muss.«

Stille, eine drückende Stille, nur durchbrochen von dem Surren der Stechmücken, die um die Öllampen schwirrten.

»Niemand hat behauptet, dass dir der Mut fehlt«, meldete sich Bataga schließlich zu Wort. Das schwarze Gesicht des Eunuchen blickte unglücklich in die Runde, dann erhob er sich. »Mir ist nicht wohl dabei, aber du kannst auf mich zählen.«

»Auf mich auch«, ließ sich Nela vernehmen, und stieß den dicken Jaquino in die Seite, der ebenfalls zustimmend nickte.

»Wollt ihr euch wirklich ins Verderben stürzen?«, fuhr Jesidora auf. »Es ist Wahnsinn. Ihr kommt nicht einmal nah genug ran.«

»Recht hat sie«, fauchte der alte Mirio und schlug mit der Handfläche auf den Tisch. »Nicht mal rankommen werdet ihr.«

»Doch, das werden wir.« Ein zufriedenes Lächeln schob sich über Lucios Gesicht. »Wir werden es schaffen.«

»Dürfte ich dazu etwas sagen?« Dom Raquirio hatte sich umständlich erhoben. »Lucios Vorschlag ist gewagt, aber gut. Eine solche Möglichkeit wird sich uns nicht so schnell wieder bieten. Geben wir Lucio die Gelegenheit, uns zu beweisen, dass er nicht nur träumt und nach Rache sinnt. Und wenn's scheitert ... können wir immer noch Jesidora zu unserer neuen Anführerin machen.«

»Noch eine?« Jesidora schnaubte höhnisch. »Wie viele Gelegenheiten wollt ihr ihm noch geben? Und wer sagt, dass wir überleben? Es ist verdammt gewagt.«

»Ich mache euch einen Vorschlag«, schaltete sich Lucio wieder ein. Sofort erstarb das Gemurmel. »Ich weiß, dass es tollkühn ist«, fuhr er leise fort. »Ich weiß auch, dass ich nicht von euch verlangen kann, mich zu unterstützen. Gebt mir diese Möglichkeit zur Bewährung, um euch zu beweisen, wie ernst es mir ist. Begleitet mich, wenn ihr wollt, ich bin euch nicht gram, wenn ihr zurückbleibt. Doch wenn ich überleben sollte und die Granden im Hafenbecken bluten, verlange ich, dass ihr aufhört, an mir zu zweifeln. Ich will euer Vertrauen, denn nur so können wir tatsächlich etwas erreichen.«

»Du bist sehr von deinem Vorhaben überzeugt«, bemerkte Jesidora kalt. »Du solltest dich in Acht nehmen, dass du dich nicht überschätzt.«

»Oh, da habe ich keine Befürchtungen«, lächelte Lucio bitter. »Du sorgst schon dafür, dass ich genug an mir zweifle.«

»Ach ja.« Die Söldnerin verzog die Lippen und richtete sich auf. »Dann lauf in dein Verderben. Ich schlage vor, wir treffen uns nach den Namenlosen Tagen und sehen dann, was aus deinem Vorhaben geworden ist.«

»Stellst du mich nicht mehr in Frage, wenn ich erfolgreich war?« Lucios Stimme klang hart nach, als Jesidora langsam den Kopf hob. Er spürte ihren Blick, herausfordernd und spöttisch, aber zugleich lag etwas darin, das ihn hoffen ließ, etwas, was vorher nicht da gewesen war – eine Andeutung von Respekt.

Sie lächelte.

»Wenn du noch lebst und erfolgreich warst, werde ich dich als Anführer hinnehmen. Aber ich glaube nicht, dass es soweit kommt. Ich gehe jetzt und überlasse euch euren Plänen. Und mögen die Götter mit euch sein.« Sie öffnete die Tür und grüßte, ehe sie im Dunkel der Nacht verschwand.

Der alte Mirio erhob sich ächzend und schüttelte die dürre Faust. »Das wird nicht gut ausgehen, das sag ich euch.« Fluchend humpelte er hinaus und nach und nach folgten ihnen die anderen, bis nur noch Lucio zurückblieb – und die vier, die sich für ihn stark gemacht hatten.

Seufzend ließ er sich auf den klapprigen Hocker sinken und bedeutete Bataga, die Tür zu schließen. »Ich hatte gehofft, wir wären mehr.«

»Lass sie gehen.« Nela schürzte abschätzig die Lippen. »Sie wissen es nicht besser. Sie werden sich noch wundern.«

Lucio atmete tief durch. Er war müde, so furchtbar müde. »Wir brauchen Uniformen der Hafenmeisterei«, begann er und suchte Dom Raquirios Blick. »Du kannst doch ...«

»Es tut mir Leid«, fuhr der Horasier rasch dazwischen. »Man hat mich vor zwei Tagen rausgeworfen. Ich kann nicht ...«

»Was?« So zerbrach der Plan schon im ersten Schritt, ehe er überhaupt laufen lernte. »Was hast du angestellt?«

»Gelder unterschlagen.« Dom Raquirio grinste verlegen. »Ging lange gut, aber jetzt haben sie es gemerkt. Sie haben mich nur nicht härter bestraft, weil die Subcommandanta ein Auge auf mich geworfen hat.«

»Na fein.« Lucio schüttelte fassungslos den Kopf. »Dann werde ich mir etwas einfallen lassen müssen. Ich schlage vor, ihr geht jetzt auch, und wir treffen uns am Abend vorher, bei dir, Raquirio. Oder bist du da auch rausgeflogen?«

Der Horasier verzog beleidigt den Mund. »Das wird kein Problem sein.«

»Gut. Sonst noch Fragen?«

»Ja, zwei.« Jaquino wischte sich hastig die Hände an der Hose ab. »Was ist mit den Sklaven? Wir können sie doch nicht alle umbringen.«

Lucio schwieg betroffen. Natürlich hatte er schon daran gedacht, aber er hatte die Bedenken wieder verdrängt. Es war unmöglich, die Granden zu treffen, ohne ihre Dienerschaft in Mitleidenschaft zu ziehen. »Es geht nicht anders«, seufzte er. »Wir müssen es hinnehmen, obwohl es mir anders lieber wäre. Und was sind sechshundert Seelen im Vergleich zu den vielen tausend, die wir retten werden?«

»Wenig«, nickte Nela, und auch Bataga stimmte mit ein.

»Mir gefällt das trotzdem nicht.« Jaquino fuhr mit dem Ärmel über die Stirn. »Ich ... ich meine ... können wir nicht etwas tun? Sie befreien?«

»Wir sind zu wenige.« Lucio schüttelte bedauernd den Kopf. »Es ist ohnehin gefährlich genug. Aber wenn wir sie befreien wollen, bräuchten wir mindestens zwei oder drei Leute, die uns dann an anderer Stelle fehlen.«

»Und wenn ... ich es alleine tue?« Ein verlegenes Zucken lief über Jaquinos weiche Wangen und endete in dem Doppelkinn. »Ihr seid dann noch zu viert, und wenn ihr Uniformen habt, müsste es ...«

»Du weißt, dass es für dich wohlmöglich kein Entkommen mehr geben wird?«, unterbrach in Lucio scharf. »Du bist dir bewusst, dass wir es nicht schaffen werden, dich zu retten, wenn du in Not gerätst?«

Jaquino nickte zögernd. »Ich ... denke schon. Aber ich werde es trotzdem tun. Dein Traum gilt auch für sie, Lucio.«

»Ja, ich weiß.« Lucio seufzte. »Wir stehen erst am Beginn, aber ich bin froh, dass es unter den Märtyrern auch Männer gibt wie dich, Jaquino, die an das glauben, wofür wir kämpfen. Du brauchst eine Uniform des Tempelhafens.«

»An die kam ich auch vorher nicht ran«, wandte Raquirio ein.

Lucio winkte ab. »Ich werde mich darum kümmern. Wir haben noch Zeit. Und die zweite Frage?«

»Die Priester.« Jaquinos Gesicht wurde mit einem Mal sehr ernst. »Es ist ein furchtbarer Frevel, die Geweihten zu töten.«

»Sind die denn besser als die anderen Granden?«, entrüstete sich Nela. »Von mir aus können sie alle als Fischfutter enden.«

»Die Hälfte des Rats besteht aus Geweihten«, bemerkte Dom Raquirio. »Die sind nicht besser.«

»Trotzdem sind sie Priester des Göttlichen Raben, und der wird sich was dabei gedacht haben, wen er zu seinen Dienern erhebt«, verteidigte sich Jaquino.

»Hört auf damit«, befahl Lucio. »Jaquino hat natürlich Recht, aber es hilft uns nicht weiter. Zumal sie wirklich um nichts besser sind. Boron wird die Seinen schon erkennen, und wenn er die Hand über sie hält, werden sie überleben. Unser Ziel sind die Granden, nicht die Priester, aber wir können die Granden nicht verletzen, ohne die Geweihten ebenfalls zu treffen.«

»Wir sollten Boron ein Opfer darbringen, am besten noch heute«, warf Bataga ein. »Dann schaut er vielleicht nicht ganz so grimmig auf uns, wenn wir seinen Dienern etwas zu Leide tun.«

»Das sollten wir auf jeden Fall tun«, nickte Lucio. »Und wir sollten ihn um Vergebung bitten, wenn wir erfolgreich waren.«

Die anderen nickten beipflichtend, und Lucio lächelte erleichtert. »Dann bereitet euch vor, und wir sehen uns bei Raquirio. Und kein Sterbenswort, zu niemandem, ist das klar?«

Zustimmendes Gemurmel zeigte ihm an, dass keine weiteren Fragen offen waren. Lucio gab Bataga einen kurzen Wink, dass er noch warten sollte, während sich die anderen erhoben und zum Abschied grüßten, ehe sie im Dunkel der Nacht verschwanden.

»Raquirio?«

Der Horasier wandte sich fragend um.

»Ich meine das ernst«, knurrte Lucio und spürte, wie schwer es ihm fiel, seine Wut im Zaum zu halten. »Kein Sterbenswort.«

Dom Raquirio grinste breit. »Zweifelst du an mir?«

»Ich ...«, begann er, biss sich dann aber auf die Lippen. Nein, Ayji gehörte nicht hierher, so schmerzhaft ihn die

Stiche trafen, jedes Mal, wenn Raquirio das Wort an ihn richtete. »Es ist gut«, schnappte er stattdessen. »Geh, und pass auf, dass du nicht auch noch aus deiner Kammer geworfen wirst.«

»Die Wirtstochter liebt mich«, flötete Raquirio grinsend und wedelte mit seinem Hut einen Abschiedgruß. Die Tür schlug hinter ihm ins Schloss.

»Das habe ich befürchtet.« Lucio schüttelte den Kopf.

»Du wolltest mit mir allein reden?«, fragte Bataga ihn.

Lucio lehnte sich gegen die Wand und verschränkte beide Arme hinter dem Kopf. »Ich brauche deine Hilfe.«

»Ah.« Der Utulu rückte einen Hocker heran, sodass er ihm gegenüber saß. »Und wie?«

»Ich muss auf den Silberberg, unbemerkt. So schnell wie möglich.«

»Auf den ...?« Batagas Augen weiteten sich. »Was hast du getan?«

Lucio hob die Brauen und grinste. »Ich habe mich auf einen Handel mit einem Dämon eingelassen.«

»Du hast was?«

»Ich weiß, was du sagen willst.« Er schüttelte den Kopf. »Ich bin auch nicht glücklich, aber Jesidora ließ mir keine andere Wahl. Und ich habe nicht vor, aus diesem Handel als Verlierer hervorzugehen. Warum sollten wir es nicht nutzen, wenn sie sich gegenseitig zerfleischen?«

»Ich müsste lügen, wenn ich sagen wollte, dass ich es gutheiße«, erwiderte Bataga gequält. »Ich hoffe, du weißt, was du tust.«

Das hoffe ich auch, dachte Lucio. Das Unbehagen war wieder da, wie jedes Mal, wenn er an das unwirkliche Gespräch während des Rahjanals dachte. Er hatte nicht zugestochen, sondern hatte gewagt zu vertrauen. Mochte Boron geben, dass er nicht irrte.

»Du warst lange genug Sklave auf dem Silberberg«, wechselte er das Thema. »Ich muss dringend mit jemandem dort sprechen, jetzt, da Dom Raquirio ausgefallen ist.«

»Es gibt Wege, aber die sind schwer zu beschreiten«, überlegte Bataga, ohne dass der missmutige Zug aus seinem Gesicht gewichen wäre. »Du könntest ... nein, das wird nicht gehen.«

»Vielleicht hilft es, wenn ich dir sage, wo ich hingelangen muss?«

»Nein!« Bataga hob abwehrend die Hände. »Bitte nicht, Lucio. Behalte diese Dinge für dich. Du kannst mir vertrauen, ich werde nichts sagen, aber es ist mir lieber, ich weiß wirklich nichts und muss die anderen nicht anlügen. Sie werden dich zerreißen, wenn sie davon erfahren.«

»Ich weiß«, lächelte Lucio zerknirscht und legte eine Hand auf Batagas Unterarm. »Deshalb wende ich mich auch an dich, weil ich weiß, dass du es für dich behalten kannst.«

»Dein Vertrauen ehrt mich«, grinste der Utulu, und seine weißen Zähne blitzen im Schein der Öllampe. »Ich werde dich nicht enttäuschen.«

»Dazu muss ich nur auf den Silberberg gelangen«, überlegte Lucio und fuhr sich nachdenklich durch den Bart. »Gibt es nicht irgendwelche Händler, die die Palazzos mit ihren Karren beliefern ...?«

14. Kapitel

26. Rahja 341 nach Golgaris Erscheinen, Feuertag

Valeria schloss ihm die Tür zur Zelle des Gladiators auf. Ein würziger Duft stieg Amato in die Nase, und, schwach, der Geruch von Blut. Er nickte Valeria zu, deren Gesicht keine Gefühle zeigte, und ging an ihr vorbei.

Auf der Pritsche lag der Gladiator, ein heller Leinenverband straff um seinen Bauch gewickelt, der Geruch nach Heilkräutern erfüllte schwer die Luft. Er wirkte blass und müde, sodass Amato sich fast schuldig fühlte, ihn zu stören. Eine leichte Decke lag über seine Beine gebreitet, hochgezogen bis zu seinem Verband, Brust und Schultern des Mittelreichers waren nackt und glänzten von Schweiß. Aber zumindest lebte er noch. Amato trat näher und zog sich einen Stuhl heran.

Der Mittelreicher wandte den Kopf. Seine Verachtung schien fort, seine Überheblichkeit ebenso. Kaum vorstellbar, dass es sich um denselben Mann handelte. »Hört mir zu, Don Amato«, sagte der Mann mit schleifender Stimme. Keine Begrüßung, die auch unnötig schien, keine Floskeln. »Wenn ich sterbe …«

»Unsinn«, entfuhr es Amato. »Du wirst wieder gesund.«

Der Gladiator grinste schief. »Vielleicht nicht gerade jetzt«, murmelte er und schüttelte den Kopf. »Obwohl ich schon dachte, es wäre vorbei.« Er zögerte und blickte Amato geradewegs an. »Ich wäre gestorben, oder?«

Amato holte tief Luft, erkannte in den Augen des Mannes, dass es keine Frage gewesen war. Er nickte still und betrachtete den Verband. Drei Wunden, tief, hatte Valeria gesagt, tief, aber sauber. Er würde ohne den Einsatz von Magie heilen, andererseits, ihn hier so liegen zu sehen … Amato blickte auf seine Hände. »Die Todesechse wird nie wirklich beliebt sein. Sie … hat keinen Sinn für das Publikum.«

Der Gladiator lachte. »Ich werde das beim nächsten Mal beherzigen, wenn sie mich wieder in Grund und Boden stampft.« Er schüttelte den Kopf. »Es wird doch wieder darauf hinauslaufen, oder?«

Amato seufzte. »Ich könnte einen Achaz auf dem Sklavenmarkt erstehen, damit du dich besser vorbereiten kannst.«

Der Gladiator betrachtete ihn ironisch. »Das ist es nicht. Achaz oder nicht, das Biest ist mir weit überlegen.«

»Dann werde ich Valeria sagen, dass …«

»Don Amato. Diese Kreatur ist kein aufsässiger Sklave mit mehr Kraft als Verstand, wie die, die man mir zum Töten hingeworfen hat. Auch kein Rekrut, der nur geschliffen werden muss. Es ist mir so weit überlegen, dass auch Valeria nichts daran ändern kann. Ich weiß, wann ich geschlagen bin.«

Amato betrachtete den Gladiator, der völlig ruhig schien. Keine verborgene Wut, keine Angst, er hatte offenbar lange darüber nachgedacht. Ein überaus nüchterner Verstand.

»Oder vielleicht könnte ich …« Amato betrachtete die breite Brust wieder, spürte das Begehren, das ihn immer berührte, wenn er dem Mann so nahe kam.

»Ihr?«

»Das ist nicht wichtig«, murmelte Amato.

»Nicht wichtig? Ihr seid doch mein Besitzer.« Der Gladiator blinzelte amüsiert, wieder nicht ganz so scharf und schneidend, wie Amato es erwartet hätte. Irato hätte ihm Manieren beigebracht – und gewiss hatte man das auf der Plantage versucht. Er betrachtete das Brandzeichen auf dem Oberarm des Sklaven, die Krone der Paligan. Das Peitschenmal im Gesicht, der Zustand, in dem er sich befunden hatte … er war so wild, dass man ihm nicht vertrauen konnte, zu wild, um je für etwas anderes zu taugen, als ihn als Gladiator einzusperren und nur zu Waffenübungen und Arenakämpfen herauszulassen. Dieser Mann verweigerte die Unterwerfung; ihn zu brechen war versucht worden, und er war zu stark. Alles was blieb, war, ihn zu zerstören. Und gleichzeitig war er ein kühler Kopf, der seine eigenen Stärken und Schwächen gut kannte.

Goldo Paligans Rivalität mit Nareb Zornbrecht hatte Tradition. Früher oder später würde wieder einer seiner Gladiatoren gegen die Todesechse antreten müssen.

Amato stand auf. Für einen Moment war er versucht, den Gladiator zu berühren, ein seltsames Gefühl hatte ihn ergriffen, das nichts mit Lust oder Begehren zu tun hatte. »Wir werden sehen.« Er lächelte und verließ die Zelle. Valeria, taktvoll wie sie war, stand in einiger Entfernung und wartete auf ihn. Er winkte sie zu sich und verließ die Schule, ließ den Blick über den Garten schweifen, der bald vollendet sein würde. Er würde einen Empfang geben müssen, wenn seine Wahl bestätigt war. Die Vorstellung, die Granden auf sein Grundstück einladen zu müssen, verursachte ihm Übelkeit.

»Don Amato?«

Er seufzte. »Schicke einen der Sklaven, um einen Magier zu besorgen, der sich auf das Heilen versteht.«

»Ist jemand verletzt?«

»Der Mittelreicher.«

Valeria blinzelte. »Hat es sich verschlechtert?«

»Nein. Ich will ihn heute wieder auf den Beinen haben. Er sollte nicht so lange ruhen müssen. Lass dir das Geld dafür geben, ich will, dass der Mann so rasch geheilt wird wie möglich.«

Valeria lächelte schmal – verächtlich, meinte Amato. Sie wagte viel. Sie unterschätzten ihn alle, natürlich, vor allem nach der Sache in der Arena, sogar seine eigenen Klienten. »Außerdem will ich den Verwalter mit den Besitzurkunden sehen. Jetzt.« Damit wandte er sich um und zog sich in die Bibliothek zurück, um dort den Verwalter zu erwarten.

Er ließ sich alle Rechnungen vorlegen, und zuletzt die Besitzurkunden. Dann entließ er den Mann und kehrte zum Gladiatorenstall zurück. Er ließ sich die Schlüssel geben und schickte Valeria fort. Der Mittelreicher hockte auf der Pritsche, an die Wand gelehnt, Knie angezogen, wie er immer dort hockte, wenn Amato ihn besuchte. Der Verband war fort, keine Narbe zu sehen, nicht einmal eine Rötung. Dafür hatte man ihn wieder den Eisenring umgelegt, zwei Finger breit und durch eine Kette mit der Wand verbunden. Amato trat näher, beugte sich vor und schob den Schlüssel in das Schloss am Reif. Mit einem Klicken öffnete sich der Ring, rasselte auf die Pritsche.

Der Gladiator hatte sich angespannt und schien bereit, ihn jeden Moment anzufallen. Als das Metall fiel, schüttelte der Mann den Kopf. »Was habt Ihr vor?«

Amato trat zurück, hätte den Sklaven zu gern berührt und wagte es nicht. Er konnte sehen, was der Mann dachte. Es gab nur wenige Gründe, die erklärten, warum er ihn so rasch geheilt sehen wollte. Aber keiner erklärte, warum er die Ketten löste. »Ich widerstehe meinem Blut«, flüsterte Amato.

Der Gladiator verengte die Augen, und jetzt, jetzt wäre ein Moment gewesen, ihn zu berühren, vielleicht die Hand auf die breite Brust zu legen und die Wärme, die Kraft zu spüren. Oder das Schlüsselbein zu küssen, dort, wo es auf den Hals traf, die leichte Wölbung. Amato trat rasch zurück, wich fast bis zur Wand. Der Gladiator schüttelte den Kopf, als wolle er etwas nicht glauben. »Ich verstehe nicht, wie jemand wie Ihr in dieser Stadt bestehen kann.«

»Ich bin vielleicht nicht ganz so unschuldig wie ich aussehe. Mein Vater war ein Raubtier. Meine Mutter war ein Raubtier. Du glaubst, ich wäre ein Mensch?«

Der Gladiator verengte die Augen erneut. »Ich glaube, Ihr wollt sterben, Don Amato. Aber an Eurer Stelle sterben Gladiatoren. Und ihr kommt ihnen zu nah – es ist eine Sache, zu beobachten, eine andere, in die Arena zu springen. Das hat mich gerettet, dafür danke ich Euch, aber Ihr solltet mehr auf Euch Acht geben. Möglich, dass Ihr Euch einmal verschätzt.« Er berührte den Bauch, wo vor kurzem noch die Wunden gewesen waren. »Danke dafür. War bestimmt nicht billig.«

Amato hob die Schultern. »Draußen steht eine Tasche mit Kleidung und etwas Geld. Die Besitz- und die Freilassungsurkunde. Du bist frei.« Er wollte sich zum Gehen wenden, als er hörte, wie sich der Mann hinter ihm bewegte, dann spürte er dessen Hand auf der Schulter. Eine Gänsehaut überlief ihn. »Noch etwas?«

»Das ist keins dieser alanfanischen Spiele, oder?«

»Die einzigen Spiele, an denen ich mich bisher beteiligt habe, finden in der Arena statt. Das wird sich ändern, aber bis dahin … kann ich es mir leisten, nicht zu spielen.« Amato schloss die Augen, die Hand löste sich von seiner Schulter, und er wusste nicht, ob er erleichtert oder enttäuscht war. »Geh zurück nach Wehrheim, ich wünsche dir eine sichere Reise.«

»Einfach so? Ihr erwartet nichts weiter?«

Amato lächelte. »Berichte vielleicht, dass wir nicht alle Kreaturen der Finsternis sind.« Er warf dem Gladiator einen Blick über die Schulter zu, der Mann schien noch immer zu schwanken, als versuche er, zu verstehen, wie es war, wieder frei zu sein.

Der Gladiator grinste plötzlich. »Als ob meine Meinung gehört werden würde.« Er hob die Schultern. »Ihr scheint mir nicht glücklich mit dem Spiel.«

Amato lachte leise. »Glücklich? Ich bin zufrieden. Aber ich werde in einigen Tagen in den Hohen Rat der Zwölf gewählt, und dann ist es mit dem Frieden hier vorbei.«

»Ich frage mich …« Der Gladiator zögerte. »Warum nehmt Ihr nicht das ganze Geld und verlasst die Stadt? Wenn Ihr wirklich als Einziger hier ein Herz habt? Ihr könntet ins Mittelreich gehen, eine Adlige oder reiche Bürgerin heiraten … ein Lebemann sein wie so viele andere.«

»Weil ich bald wirkliche Macht besitzen werde.«

»Also doch wegen der Macht?«

»Nein.« Amato atmete tief durch. »Weil ich etwas verändern kann. Es muss noch andere geben wie mich, man muss sie nur aufspüren hinter ihren Masken. Dafür braucht es viel Geduld, Geduld und Macht. Sie sollen mich unterschätzen, das soll mir recht sein. Ich darf mich nicht in ihren Spielen aufreiben lassen. Sollen sie glauben, dass sie mich beherrschen. Ich schulde nur dem Raben und Seiner sanften Tochter etwas. Und wenn ich scheitere, werden sie mich willkommen heißen. Mir kann nichts geschehen.« Amato presste die Lippen zusammen. Diese Gedanken hier mit einem freigelassenen Sklaven zu teilen, war nicht besonders klug. Doch – würde man ihm glauben? Goldo glaubte ihn fest in seiner Hand, so, wie sein Vater ihn zu beherrschen geglaubt hatte. Sie mochten das für Gerede halten, oder eine Lüge. Kaum ein Grande würde es ernst nehmen. Er atmete tief durch. »Geh nach Hause – ich wünsche dir alles Gute.«

Er trat durch die Tür und verließ die Schule, blieb beim Kampfplatz stehen und brachte seine aufgewühlten Gedanken zur Ruhe. Wind flüsterte durch den Garten, ein heißer Hauch, der seine Kraft zu lähmen drohte; diese Stadt hing wie ein Vampir an jedem ihrer Bewohner und saugte ihnen das Leben aus. Dann hörte er Schritte hinter sich. Er wandte sich um und sah den Gladiator, der ihm die Hand bot. Amato lächelte und schüttelte sie. »Gute Reise.«

Der Gladiator legte den Kopf schräg und zog die Hand zurück. »Falls es Euch interessiert, ich heiße Reto.«

»Nach der Seelenwaage?«

»Nach dem Kaiser«, sagte Reto und grinste. »Vielleicht heißt der nach der Waage, schon möglich.« Er kreuzte die Arme. »Ihr wollt es also mit der ganzen Stadt aufnehmen?«

Amato lachte. »Es sind acht Familien, nicht die ganze Stadt.«

»Aber sie halten die Ketten der ganzen Stadt.«

Amato nickte. »Wenn die Fanas wüssten, wie stark sie sind ...« Er hob die Schultern. »Darüber brauchst du dir den Kopf nicht zerbrechen. Das sind nicht deine Kämpfe.«

Reto lachte. »Das habe ich gesagt, oder?« Er zögerte für einen Moment, Amato meinte, er wollte vielleicht etwas hinzufügen, dann schüttelte er den Kopf. »Ich sollte mich auf den Weg machen. Sonst lande ich am Ende wieder in der Grube.« Trotzdem ging er nicht, sondern betrachtete ihn mit einem seltsamen Ausdruck in den Augen, und Amato meinte fast, es könnte Respekt sein. »Für Euren Plan werdet Ihr gute Leibwächter brauchen.«

»Ich habe einige Dukatengardisten.«

Reto schüttelte den Kopf. »Das wird nicht reichen, wenn die anderen Granden erst einmal begreifen, was Ihr vorhabt. Und das werden sie früher oder später.«

»Ja. Ich sollte mir noch einen Leibmagier halten.«

Reto lachte wieder. »Ihr wisst, worauf ich hinauswill.«

Amato lächelte – der Mann eignete sich wirklich nicht für politische Spiele. Nicht, dass er zu spielen beabsichtigt hatte. Er war nur nicht sicher, wie er den Ausdruck in seinem Gesicht deuten sollte. »Vielleicht.«

»Ich schulde Euch etwas, Don Amato«, sagte Reto gedämpft. »Ihr könnt mich nicht zu Eurem Sklaven machen, aber das heißt nicht, dass ich nicht für Euch kämpfen würde. Vor allem, wenn es gegen das Grandengezücht geht.«

Amato hob warnend den Finger. »Ich gehöre auch zu diesem Gezücht – sprich nicht so offen. Man könnte glauben, ich würde das gutheißen.«

Reto nickte. »Ja, Ihr müsst wirklich einen Narren an mir gefressen haben.« Er trat einen Schritt zurück, blickte ihn aber weiter offen an. »Ich habe gesagt, was ich zu sagen hatte. Eure Entscheidung, Don Amato.«

»Ich muss bald zur Enthüllung des Kolosses – die Granden werden sich auf der *Stolz von Al'Anfa* vom Hafen aus die Enthüllung ansehen. Ein Leibwächter wäre vielleicht gut bei der Gelegenheit.«

»Ich kann auch schwimmen.«

Amato lachte. »Ich glaube nicht, dass das nötig sein wird.«

15. Kapitel

28. Rahja 341 nach Golgaris Erscheinen, Windstag

»Was macht die Ode?«

Erschrocken fuhr der Schreiberling auf und wäre beinahe mitsamt Stuhl und Feder nach hinten gekippt. Einen Moment ruderte er mit seinen mageren Ärmchen durch die Luft, wie ein Ertrinkender in der Bugwelle einer Galeere, dann krallte er die Finger unter die Kante des Schreibpults. Er lief hochrot an, während er sich bemühte, den Stuhl wieder in eine sichere Stellung zu bringen, ohne die tropfende Feder in der anderen Hand fallen zu lassen.

Razir runzelte die Stirn und trat mit einem Schritt an ihn heran. Mit einem Ruck riss er den Dichter hoch, während der Stuhl krachend nach hinten fiel.

»Was macht die Ode?«, wiederholte er, ohne den Schreiberling loszulassen, der den Kopf furchtsam zwischen die Schultern gezogen hatte.

»Die Ode ...«

»Die Ode. Mein Herr wartet.«

»Sie ... sie wächst ... und gedeiht ... und ...« Ein dünner Schweißfaden lief über die Stirn des Schreiberlings. Seine Augen flogen immer wieder zu dem Schreibpult, auf dem mehrere Blätter teures Papier ausgebreitet lagen, über und über bedeckt mit fein geschwungener Handschrift. Razir folgte dem Blick und verzog den Mund zu einem zufriedenen Grinsen.

»Das ist sie doch.« Er gab dem Dichter einen kräftigen Stoß, der ihn gegen das Regal mit den Folianten prallen ließ, und nahm die Papiere in die Hand, drehte sie zweimal, runzelte die Stirn und wandte sich schließlich wieder zu dem Schreiberling um, der sich den Kopf rieb, dort, wo ihn die ›1000 Jahre Neues Reich‹ getroffen hatten.

»Das ist eine Ode?«

»Ihr ... haltet das Blatt verkehrt herum.« Der Dichter beeilte sich aufzustehen und humpelte herbei. »Hier, wenn Ihr es so haltet ... Ihr erlaubt?« Er nahm ihm das Papier aus der Hand und drehte es auf den Kopf. »So könnt Ihr es erkennen. Dort beginnt es«, er zeigte auf etwas Geschreibsel am linken Rand des Blatts, »und dort wende ich mich dem Patriarchen und dem großartigen Schiff zu, und hier«, er fuhr suchend mit dem zittrigen Finger über das Papier, einmal, zweimal, »... hier ... muss irgendwo stehen, wie das Volk dem Patriarchen und dem Rat zujubelt ... ja, hier ist es!« Triumphierend deutete er auf einen verschmierten Tintenklecks. Sein hageres Gesicht zeigte ein erwartungsvolles Lächeln.

Razir strich sich nachdenklich durch die Bartzöpfe und runzelte die Stirn, während er das Blatt beäugte. Langsam, fast zärtlich nahm er das Papier in die Hand und strich es glatt. Der Schreiberling schluckte, der Kehlkopf sprang in dem dürren Hals auf und ab, Schweißtropfen perlten auf der Stirn. Razir konnte seine Furcht fast riechen. Ein spöttisches Grinsen kräuselte seine Lippen, als er den Blick hob.

»Ist sie fertig?«

»Ähm ... ja, das heißt ... fast, ja fast ... Morgen, äh, übermorgen vielleicht?« Auf dem Gesicht des Dichters lag jener Ausdruck, der sich ebenso aus Furcht wie aus verzweifelter Hoffnung schöpfte.

»Übermorgen musst du sie vortragen«, erwiderte Razir. »Mein Herr will hören, was du zu bieten hast. Pack deinen Wisch und komm mit.«

»Aber ich ...«, der Schreiberling lächelte panisch, »aber ich bin ... habe die Ode ...«

»Jetzt.«

Der Dichter schluckte. Seine Augen flackerten, der Mund spannte sich zu einem schmalen Strich, und die Sehnen an seinem Hals traten hervor. Die knochigen Hände ballten sich zu Fäusten. »Immer wollen sie Oden«, stieß er hervor. »Verdammte, verfluchte Oden! Ich ... kann sie nicht mehr sehen!« In einer leidenschaftlichen Geste fegte er Tintenfass und Papier vom Schreibpult. »Warum immer Oden? Warum nicht einmal ... leichte Reime? Warum ... nicht einmal etwas *Schönes*?« Mit einem verzweifelten Seufzer ließ er sich auf den Steinboden fallen und barg den Kopf zwischen den Armen. Sein Körper bebte.

Razir betrachtete ihn verblüfft. »Du bist nicht fertig.«

»*Nein*!« Der magere Schädel schnellte empor, die aufgerissenen Augen glühten wie im Irrsinn. »Nein, nein, nein! Ich ... kann ... das ... nicht! Nicht in zwei Tagen.«

»Drei«, berichtigte ihn Razir und packte ihn unsanft an der Schulter, um ihn wieder auf die Füße zu zerren. »Komm jetzt. Man lässt Don Aurelian nicht warten.«

»Aber ... ich *habe* doch ... nichts.« Die wutverzerrte Fratze erschlaffte zu einem tiefen Schluchzen. Ein weiteres Beben schüttelte den mageren Körper. »Er ... wird mich rauswerfen oder verkaufen oder ...«

»Den Löwen vorwerfen? Eine gute Idee.«

Entsetzt riss der Dichter die Augen auf und taumelte einen Schritt zurück. Razir grinste. Es reizte ihn, diesen hohlen Tropf noch ein wenig zu quälen, aber Don Aurelian würde ungeduldig werden, wenn er nicht bald zurückkäme. Mit einem knappen Nicken deutete er auf die Papiere, über die sich die ausgelaufene Tinte verteilt hatte. »Was ist damit?«

»Das?« Der Dichter verzog den Mund zu einem gequälten Lächeln. »Das ... das sind Entwürfe, Verse, Metaphern, Reime ...«

»Dann wirst du ihm das vortragen.« Razir packte mit der einen Hand den Schreiberling, mit der anderen die Papiere und schüttelte sie kurz, um die Tinte abtropfen zu lassen.

»Das ... ich ... *bitte*.« Der Schreiberling stemmte sich mit aller Macht gegen den Türrahmen, durch den ihn Razir gerade schieben wollte. »Bitte, ich ...«

»*Was*?«

»Ich ... will nicht mehr. Erst ... Paligan, dann ... dieses furchtbare Blut, die Schreie ... ich ... warum kann ich nicht einfach ... ein schönes Liebesgedicht schreiben? Wird das Don Aurelian nicht gefallen?«

»Wenn er eine Ode will, schreibst du eine Ode.« Razir gab ihm einen kräftigen Stoß, der ihn den Gang entlangtaumeln ließ. »Und wenn er dich im Hanfla sehen will, werfe ich dich in den Hanfla. So einfach ist das.« Er genoss einen Moment das Entsetzen in den Augen des Dichters, dann packte er ihn an der Schulter.

»Ihr ...«

»Halt jetzt den Mund«, knurrte Razir, »und sprich, wenn du sprechen sollst. Los, komm.« Unsanft stieß er ihn vor sich her, durch die engen Gänge und die Stiege hinauf.

Das helle Licht der Nachmittagssonne brannte ihnen entgegen, als sie aus der Dienstbotenpforte hinaustraten. Leichter Wind hatte sich erhoben und trieb den Duft der Rosenbeete vor sich her. Von der Terrasse drang fröhliches Kichern und Don Dorianos meckerndes Gelächter, während vereinzelte Arangen zwischen den Blumen landeten, wo ein junger Moha regungslos stand und als Zielscheibe herhalten musste. Wortlos schob Razir den Schreiberling weiter, vorbei an dem ehemaligen Lotosteich, der nun dunkel und verwaist dalag, seitdem das Krokodil verendet war, ein trüber Tümpel, in dem bereits Algenschlieren trieben, die Kieswege entlang, bis der Weg von der Villa aus nicht mehr einsehbar war.

Auf einer Rasenfläche hatte man einen zierlichen Tisch aufgestellt, frisches Obst und kalten Braten, dazu eine Weinkaraffe und einen Krug mit Wasser. Einige Sklaven lungerten im Schatten herum, darunter auch die junge Tulamidin Nahim, der sein Herr in letzter Zeit häufiger seine Aufmerksamkeit schenkte. Neben dem Tisch standen zwei junge Gardisten, die erst vor wenigen Wochen zum Schutz der Villa angeworben und ausgebildet worden waren. Gebannt verfolgten sie das Geschehen auf der Wiese, wo ihre Kameradin soeben ins Taumeln kam und um ein Haar ihre Waffe verloren hätte. Don Aurelian hielt inne und wartete mit unbewegter Miene, bis sie wieder einen festen Stand gefunden hatte. Schweiß rann über das Gesicht der Gardistin, und Razir konnte nicht sagen, ob es die Anstrengung oder die Scham war, die ihre Wangen rötete. Vorsichtig hob sie die Waffe und versuchte zögerlich einen Ausfall. Don Aurelian machte einen raschen Schritt zur Seite und blockte ihren Schlag ab. Verachtung zuckte über sein Gesicht, dann riss er in der gleichen Bewegung die Klinge herum und versetzte der vorbeistolpernden Gardistin einen kräftigen Hieb in den Rücken, der sie zu Boden warf. Mit einem verächtlichen Blick wandte er sich ab und trat zurück an den Tisch, um einen Pokal mit verdünntem Wein aufzunehmen. Er lächelte schmal, als er ihn und den Dichter erblickte.

»Razir, ich dachte schon, ich müsste diese armseligen Hunde ausschicken, um nach dir zu suchen.« Er ließ sich auf einen der gepolsterten Stühle fallen und warf die stumpfe Übungswaffe achtlos zu Boden. Prüfend musterte er den Schreiberling, während er einen Schluck aus dem Pokal nahm. »Kito, gib unserem jungen Künstler Wein, damit sein Gesicht etwas Farbe bekommt. Die Luft seiner Schreibstube scheint ihm nicht zu bekommen.«

Die Sklavin schrak zusammen und griff fahrig nach der Karaffe und einem Becher. Ihr Blick flackerte, während sie sich um ein Lächeln bemühte. Sie war blass, fiel Razir einmal mehr auf, blass und zerstreut, als sei sie mit ihren Gedanken ständig woanders.

»Wer hat eigentlich diese Stümper ausgebildet?«, riss ihn die Stimme seines Herrn aus den Gedanken und sein Blick wanderte zu den drei jämmerlichen Gestalten, die krampfhaft bemüht waren, Haltung zu bewahren. »Machen wir es Einbrechern und Attentätern neuerdings so leicht, oder ist das nur eine Täuschung, um unsere Feinde in Sicherheit zu wiegen?«

Razir grinste und griff beiläufig nach einem Stück Braten. Seit sein Herr vor einiger Zeit dazu übergegangen war, bei seinen Fechtübungen neue Rekruten auf die Probe zu stellen, blieben wenige länger als drei Monde, sei es, dass ihm ihre Gesichter nicht gefielen, sei es, dass sie zu schnell das Gras küssten.

»Sie sind noch nicht lange hier«, erklärte er kauend und ließ sich von Kito ebenfalls Wein einschenken. »Machten einen guten Eindruck, wussten immerhin, wie man einen Säbel hält. Und da Don Rahjadan die Dukatengarde nicht mag ...«

»Ach.« Sein Herr machte eine wegwerfende Geste. » Rahjadan weiß nicht einmal, an welcher Seite er seinen Degen fassen muss. Gegen diese jämmerlichen Gestalten würde sogar unser Künstler bestehen, nicht wahr?« Ein lauernder Blick streifte den Schreiberling, dessen Hände sich um den Becher krampften. Sein Gesicht wurde aschfahl.

»Soll ich ihm eine Waffe geben?«, fragte Razir zwischen zwei Bissen und bleckte die Zähne, als ihn der entsetzte Blick des Dichters traf.

»Eine schöne Idee. Soll er uns ein wenig unterhalten.« Don Aurelian drehte den Pokal zwischen den Fingern, während er die Gardisten musterte. »Die Frau soll es noch einmal versuchen.« Razir deutete den anderen beiden zurückzutreten und nahm den stumpfen Nachtwind auf. Der Dichter starrte ihn ungläubig an.

»Das ... das ist nicht Euer Ernst«, stammelte er.

»Was sagt unser Künstler?«

»Dass er an Eurer Ernsthaftigkeit zweifelt, Don Aurelian«, antwortete Razir und wandte sich um. Sein Herr hatte sich inzwischen erhoben, damit die Sklaven die Verschlüsse der Iryanlederrüstung lösen konnten. Kito reichte ihm ein Tuch und ein frisches Hemd.

»Oh, tatsächlich? Wie dumm von ihm.« Don Aurelian lächelte amüsiert. »Vielleicht sollte man ihn davon überzeugen, dass ich es stets ernst meine?«

»Mit Vergnügen, Herr.« Razir deutete eine Verbeugung an und gab dem Schreiberling einen heftigen Stoß gegen die Schulter, der ihn nach vorne taumeln ließ. Mit einem grimmigen Lächeln riss Razir der Gardistin den Säbel aus der Hand und bedeutete ihr, sich zurückzuziehen. Der Dichter starrte ihn an, den Nachtwind krampfhaft umklammert.

»Warte, noch einen Moment.« Don Aurelian ließ sich in den Stuhl zurücksinken und nahm eine Traube. »Sag, mit welcher Hand bringst du dein Gekleckse zu Papier?«

»Ich ...? Ähm, mit der rechten, Herr.«

»Da hörst du es, Razir. Lass die Rechte dran, er braucht sie noch.«

»Wie Ihr wünscht.« Razir fixierte die schlotternde Gestalt vor ihm, die unter seinem Blick im Erdboden zu versinken schien. »Greif an, du Wurm«, raunte er und bleckte die Zähne. »Sonst tue ich es.«

Ob der Dichter zu dem Schluss gekommen war, sich seinem Schicksal zu fügen, oder ob ihn plötzlich der Mut der Verzweiflung gepackt hatte, war schwer zu sagen, als er mit einem zittrigen Schrei und angstverzerrtem Gesicht den Nachtwind hob und nach Razirs Kopf schlug. Spielerisch duckte Razir sich zur Seite und fegte mit einer schnellen Bewegung dem Dichter die Beine weg. Der Nachtwind flog beiseite, der Schreiberling landete schwer auf dem Rücken und blieb regungslos liegen.

Razir trat über ihn und gab ihm zwei leichte Schläge auf die Wangen. Erschreckt riss er die Augen auf.

»Scheint wohlauf zu sein«, knurrte Razir und hob den Blick. »Wünscht Ihr, dass ich weitermache?«

»Nein, nein. Heb ihn auf und setz ihn hierher.« Don Aurelian schmunzelte amüsiert und legte die Hand auf Kitos Arm, die sich neben ihm niedergelassen hatte. Razir meinte, sie kurz zusammenzucken zu sehen, fast, als wolle sie ihn abschütteln. Vermutlich eine Täuschung, aber er sollte später mit ihr sprechen. Ohne große Mühe wuchtete er sich die hagere Gestalt auf die Schulter und setzte ihn behutsam auf einem Stuhl ab. Der Poet schwankte, aber er blieb tapfer sitzen und nahm mit zittriger Hand den Kelch entgegen, den man ihm reichte.

Don Aurelian betrachtete ihn neugierig. »Es steht zu hoffen, dass du die Feder besser zu führen weißt als das Schwert.«

Der Schreiberling verschluckte sich fast an seinem Wein. »Sicher, Herr, ich ...«, er warf Razir einen verzweifelten Blick zu, »ich habe ... versucht zu tun, was Ihr ... von mir wolltet, aber ...«

»Was, *aber*?«

»Ich bin nicht ganz fertig geworden, Herr«, sprudelte es plötzlich aus dem Dichter hervor. »Ich hatte einfach nicht genug Zeit. Zwei Tage sind sehr kurz, um Verse zu schmieden, an die sich noch die Nachwelt erinnern wird.«

»An deine Verse wird sich die Nachwelt erinnern, keine Sorge.« Don Aurelian schob Kitos Haar beiseite und küsste ihren Hals. Razir sah, wie ihre Lippen bebten.

»Nun, ich höre.«

Der Dichter starrte hilflos auf seinen Kelch, auf die regungslos dastehenden Gardisten, auf die Sklaven, die ihn erwartungsvoll ansahen und wieder zu seinem Herrn. Razir bückte sich, packte das Bündel Papier und warf es dem Schreiberling in den Schoß.

»Hier«, knurrte er und blieb breitbeinig hinter ihm stehen. »Nun lies.«

Der Kehlkopf tat einen Sprung in dem dürren Hals, während der Poet sorgsam die Blätter glättete und tief Luft holte.

»*Singen will ich, von dem Tag,*
als des Raben Ruhm war groß.«

Er räusperte sich, warf einen kurzen Blick auf Don Aurelians reglose Miene.

»*Prunkvoll, stolz, so fuhr sie ein,*
Macht und Zierde, wohlvereint.

Ähm ... *Keines Mannes Aug blieb trocken,*
keine Brust war unbewegt,
als des Raben Wort erklang
und in Stille rings versank,
was da eben noch gelärmt.
Doch nun horch, die ...«

Don Aurelian hob die Hand. »Das reicht, das reicht. Großartig, wirklich großartig. Nein, ein überaus ... bezauberndes Werk, mein Lieber.« Er lächelte, ein offenes, liebenswürdiges Lächeln, aber seine schwarzen Augen funkelten. Razir kannte dieses Funkeln. Er straffte sich.

»Aber ... Ihr habt es doch noch kaum gehört.« Der Schreiberling schüttelte den Kopf und ließ seine Finger suchend über die Blätter fahren. »Wartet, hier habe ich eine Stelle, die wird Euch gewiss auch gefallen ...«

»Genug, sagte ich.«

Der Schreiber fuhr unter der plötzlichen Schärfe der Stimme zusammen und ließ fast die Blätter fallen.

Don Aurelian lehnte sich zurück.

»Du wirst noch dein Publikum finden, mein Guter, und es wird ... entflammt sein vor so viel Wortgewalt.« Er lachte auf und der Dichter stimmte verlegen mit ein.

»Ich hörte, dein ehemaliger Gönner gab dir einen Spitznamen«, fuhr er mit einem milden Lächeln fort. »Willst du ihn uns nicht mitteilen?«

Der Poet wurde mit einem Mal stocksteif.

»Ich ... weiß nicht, was ... Ihr meint«, krächzte er und rollte umständlich die Fragmente seiner Ode zusammen.

»Oh, du weißt ganz genau, was ich meine.« Don Aurelians Lächeln wurde noch eine Spur liebenswürdiger. »Also?«

Razir trat einen Schritt näher an den Dichter heran, sodass er das Zittern, das den hageren Körper durchlief, fast spüren konnte.

»Tintenkleckser.« Die Stimme des Schreibers war ein winziges Fiepen.

»Ich glaube, ich habe dich nicht verstanden.«

»Tintenkleckser«, wiederholte er kläglich, etwas lauter, aber es ging in dem Schluchzer unter, der seine Brust verließ.

»Lauter.« Razir packte ihn am Nacken.

»Tintenkleckser!« Der erschreckte Aufschrei gellte über die Wiese.

»Na also, es geht doch.« Sein Herr lächelte zufrieden und gab ihm einen Wink, den Schreiberling loszulassen. »Warum, glaubst du, hat er dich so genannt?«, fragte er und warf ihm einen reifen Pfirsich zu, den der Dichter nur mit Mühe auffing.

»Vielleicht ... weil er meine Verse nicht zu schätzen wusste? Nicht so ... wie Ihr?« Ein hoffnungsvolles Leuchten glomm in den weit aufgerissenen Augen.

»Leider falsch, mein Freund.« Don Aurelian hob tadelnd eine Augenbraue. »Nein, Goldo Paligan nannte dich einen Tintenkleckser, weil er ein Mann mit einem gewissen Verständnis für Kunst ist, auch wenn dieses nur selten über die Überlegung hinausgeht, welche Schätze ihn noch großartiger erscheinen lassen.«

Der Schreiberling starrte ihn mit offenem Mund an.

»Ein Tintenkleckser ...« Don Aurelian hielt sinnierend inne und wandte sich dann an Kito. »Und du, meine Schöne? Haben dir diese Verse gefallen?«

Kito blickte erschrocken auf. Razir sah, wie sie um Fassung rang. »Ich ... nein, Herr.«

»Da siehst du es, mein lieber Freund.« Ein bedauerndes Lächeln. »Nicht einmal meiner Sklavin haben deine Verse zugesagt. Ein erbärmlicher Tintenkleckser, in der Tat.«

Der Dichter rang um Luft.

»Aber nichtsdestotrotz nützlich.« Don Aurelian erhob sich gemächlich und nahm dem Schreiberling die zusammengerollte Ode aus den steifen Fingern. Vorsichtig rollte er sie auf, und ein spöttisches Lächeln zuckte über seine Lippen, während er die Zeilen überflog.

»Du wirst ein dankbares Publikum haben, mein Guter«, verkündete er, als er das Papier wieder zusammenrollte. »Sie werden dich lieben.«

»Was ... habt Ihr mit mir vor?« Die Stimme des Dichters war rau. »Wollt Ihr mich in die Arena ...?«

»Aber wo denkst du hin?« Don Aurelian setzte sich wieder und nahm seinen Kelch. Seine andere Hand ruhte auf Kitos Schulter. »Nein, ich habe eine bessere Verwendung für dich. Du weißt von der Einweihung des Kolosses in zwei Tagen?«

Der Schreiberling beeilte sich zu nicken.

»Ich selbst werde leider nicht anwesend sein können, aber das ist kein Grund, diesen Tag nicht würdig besingen zu lassen. Ein glorreicher Tag.« Er pflückte eine Traube ab und schob sie sich in den Mund. »Deshalb wirst du meine Nichte und meinen Neffen begleiten. Sie werden zweifellos Gefallen an deiner Ode finden, preise sie noch ein wenig, und sie werden dich auf Händen tragen.«

»Ihr ... wollt, dass ich bei der Zeremonie singe?« Der Schreiberling starrte ihn fassungslos an.

»Warum sonst hätte ich dir befohlen, eine Ode auf dieses Ereignis zu verfassen?«

»Aber ... wenn sie Euch nicht gefällt ...«

»Oh, mein Geschmack ist nicht maßgebend.« Don Aurelian nahm Kitos Hand und gab ihr einen Kuss, ohne den Dichter aus den Augen zu lassen. »Sie ist gut, wirklich gut – für diesen Anlass. Außerdem hast du noch einen Tag, um dein Meisterwerk zu vollenden. Ich bin sicher, sie werden sich überschlagen vor Begeisterung und dich mit Geschenken überhäufen. Und mir steht eine große Zukunft als Kunstmäzen bevor.«

Der Schreiberling schüttelte den Kopf, als müsse er seine Gedanken erst einmal ordnen. »Ich ... weiß nicht, wie ich Euch danken soll«, stammelte er.

»Bring dein Kunstwerk zu einem würdigen Ende und sorge dafür, dass man diesen Tag noch lange besingen wird.« Don Aurelian nickte Razir zu. »Geleite ihn zu Emilia und Doriano und berichte ihnen, dass dieser von Rahja geküsste Poet eine Ode auf sie und die Herrlichkeit Al'Anfa verfasst hat. Ach, und sei nicht zu sparsam damit, Donna Emilias kühnen Augenaufschlag zu betonen, das liebt sie.«

»Gewiss, Herr.« Der Dichter verneigte sich hastig. Razir packte seinen Arm.

In diesem Moment traf etwas die Weinkaraffe.

Razir fuhr herum und hatte noch in der Bewegung sein Tuzakmesser gezogen. Schon sprang er los, mit zwei Sätzen über den Rasen und durch die dichte Blätterwand der Büsche. Mit einer geschmeidigen Rolle fing er sich ab, vor ihm die Gestalt, im Zwielicht, die Hand fuhr zum Gürtel. Er schnellte vor, durchbrach die dünnen Äste; das Tuzakmesser fiel zur Seite, seine Hand fasste die Kehle. Zweige barsten, als sie zu Boden gingen.

Zwei dunkle Augen starrten ihn entsetzt an und den Dolch, den er noch im Fall gezogen hatte.

»Bist du ...« Ein heiseres Röcheln.

Er hielt inne und runzelte die Stirn. Vorsichtig lockerte er den Griff ein wenig, ohne den Dolch einen Halbfinger von Lucios Gesicht zu entfernen.

»Was tust du hier?«, fauchte er lautlos. »Bist du übergeschnappt?«

»Ich ... ich musste...« Lucio rollte die Augen und deutete auf die Klinge. »Kannst du ...«

Razir schnaubte verächtlich und zog dann den Dolch weg. Er rückte ein Stück zurück und musterte Lucio misstrauisch, der sich keuchend aufsetzte und die Kehle rieb, dort, wo sich die Finger in den Hals gegraben hatten.

»Und?«

»Nun lass ... mich doch erst ... wieder zu Atem kommen«, zischte Lucio zurück. »Bist du immer so ... so ...?«

»Ja.« Razir bedachte Lucio mit einem finsteren Blick. Vom Rasen her klangen die aufgeregten Stimmen der Gardisten zu ihnen herüber. »Was willst du?«

»Ich ... muss mit Don Aurelian sprechen. Es ist dringend.«

»Wie dringend?«

»Sehr dringend.« Ein verzweifeltes Grinsen schob sich über Lucios Gesicht. »In zwei Tagen müssen wir ...«

»Das solltest du ihm erzählen, nicht mir«, unterbrach ihn Razir. »Er wird nicht erfreut sein, dich hier zu sehen. Komm.« Er erhob sich vorsichtig und zog Lucio ebenfalls auf die Beine. Die Büsche ragten hier gut drei Schritt empor, so dass sie zwischen den kargen Zweigen stehen und durch die Blätterwand trotzdem nicht gesehen werden konnten. Dennoch meinte er vor dem grünen Vorhang Schemen zu erkennen, noch unschlüssig, ob sie seinem kühnen Sprung folgen sollten.

»Keine hundert Schritt von hier ist ein Pavillon«, zischte Razir ungeduldig und fasste Lucios Arm fester, sodass dieser das Gesicht verzog. »Warte dort. Ich werde Don Aurelian Bescheid sagen. Und Gnade dir, wenn du ein falsches Spiel treibst.«

Lucio entwand sich seinem Griff. »Keine Sorge«, fauchte er und rieb sich den Oberarm. »Wenn ich deinen Herrn töten wollte, hätte ich einen Dolch geworfen und nicht nur einen Stein.«

»Geh!« Razir stieß ihn grob zwischen den krüppeligen Stämmen in die gewiesene Richtung. »Und danke Bruder Phex, dass Ayji so sehr an dir hängt.«

Lucio warf ihm noch einen grimmigen Blick zu, dann war er im Dämmerlicht zwischen Blätterdach und Blütenmeer verschwunden. Razir nahm das Tuzakmesser auf und atmete einmal durch. *Dreist, aber mutig, der Kleine,* musste er eingestehen, ehe er die Blätter zur Seite schlug und zurück auf die Rasenfläche trat.

Die drei Gardisten hatten ihre Waffen gezogen und beäugten ihn misstrauisch, wie er mit Blütenstaub in den Zöpfen und auf der Rüstung auf sie zutrat. Don Aurelian hingegen schien ungerührt, als er den Pokal absetzte und ihm einen fragenden Blick zuwarf.

Razir ging neben ihm in die Knie und flüsterte ihm zu, was er gefunden hatte. Sein Herr nickte.

»Da sieht man einmal mehr, welchen Ärger mein lieber Vetter Padrigo uns noch bereiten kann, auch wenn er selbst bereits unter den Korsaren weilt«, seufzte er und bedachte den Dichter, der stocksteif auf seinem Stuhl hockte und mit weit aufgerissenen Augen zwischen Razir und den Büschen hin und her starrte, mit einem freundlichen Lächeln. Razir schaute ihn verwundert an und wollte schon zu einer Antwort ansetzen, als er sich im letzten Moment noch auf die Zunge biss und seine fragende Miene versteinern ließ.

»Erst vergisst er, seine Ernennungsurkunde siegeln zu lassen, dann lässt er seine Gemahlin und seine Tochter zurück und zu guter Letzt«, Don Aurelian holte theatralisch Luft, »weiß die kleine Göre nichts Besseres anzufangen als meinen guten Wein zu vergießen. Ihr könnt Euch wieder entspannen, ihr Helden, die Gefahr ist vorüber.«

Die Gardisten tauschten unsichere Blicke und schoben ihre Waffen zurück in die Scheiden. Der Schreiberling nahm einen tiefen Schluck aus seinem Kelch, sodass der Wein rechts und links über sein spitzes Kinn und auf das Hemd rann.

»Razir, ich hoffe, du hast ihr zu verstehen gegeben, dass sie so etwas nicht noch einmal tut? Sie scheint Kito ganz verschreckt zu haben.« Don Aurelian strich beruhigend über Kitos Hand. Die Augen der Sklavin flackerten.

»Selbstverständlich, Herr.« Razir verzog die Lippen zu einem Raubtiergrinsen und legte die Hand auf den Dolch in seinem Gürtel. Der Dichter zuckte zusammen.

»Don Aurelian, wenn Ihr mich ... also, wenn Ihr mich jetzt nicht mehr braucht ... würde ich gerne ...«

»An deiner Ode weiterschreiben? Natürlich.« Sein Herr winkte die Gardisten heran. »Ihr drei, bringt unseren Künstler zurück zur Villa. Und du, mein lieber Tintenkleckser, richte Emilia meine besten Grüße aus.«

Der Dichter stürzte den letzten Rest aus seinem Kelch hinunter und erhob sich hastig. Mit einem gemurmelten Gruß raffte er umständlich seine Blätter, während die Gardisten ihn in die Mitte nahmen. Razir blickte ihnen nach.

»Lass sie aus der Wachmannschaft entfernen«, vernahm er die Stimme seines Herrn. Don Aurelian war seinem Blick gefolgt. »Sie gefallen mir nicht.«

»Es wird die Commandanta in große Verlegenheit stürzen«, antwortete Razir und ließ sich auf den Stuhl fallen, den der Schreiberling geräumt hatte.

»Um die Commandanta kümmere ich mich später.« Don Aurelian hob einen Mundwinkel. »Es geht doch nicht an, dass man ein kleines Mädchen ganz allein und vollkommen unbewacht durch den Park laufen lässt, nicht wahr?«

»Natürlich nicht, Herr.« Razir grinste. »Man sollte ihr ins Gewissen reden. Soll ich das für Euch übernehmen?«

»Sicher.«

Don Aurelian warf einen letzten Blick in seinen Pokal und quer über den Tisch, wo alles in teurem Yaquirtaler schwamm. Er seufzte und winkte die Sklaven heran.

»Räumt das hier fort, ich brauche es nicht mehr. Und wir beide«, er gab Kito einen flüchtigen Kuss auf den Handrücken, »suchen uns einen lauschigeren Ort, wo uns keine naseweisen Blagen stören.«

Kito nickte stumm.

***

»Bist du wahnsinnig geworden?«

Aurelian warf die Tür hinter sich ins Schloss und trat zwei Schritte in den Raum hinein. Diffuses Licht fiel durch die bunten Glasfenster der Kuppel, brach sich an den großen Silberspiegeln und tauchte das Innere des Pavillons in ein geheimnisvolles Leuchten. Ein Springbrunnen sprudelte in der Mitte des Raumes, umgeben von Nymphen und Faunen, die sich in marmorner Nacktheit verführerisch räkelten. Kunstvoll gearbeitete Mosaike schmückten den Boden, Szenen aus dem Rahjanal, Masken, nackte Körper, Rosengebinde, und an den Wänden Malereien, die wüste Levthansorgien zeigten.

Lucio schrak auf, als die Tür ins Schloss fiel. Offensichtlich verlegen nahm er die Hand von der Marmornymphe und wandte sich um. In dem schummrigen Licht schien Lucio selbst wie ein Faun, gerade erst dem Marmor entsprungen, mit seinen ebenmäßigen Zügen, dem feinen Bart und den dunklen Locken, die ihm bis auf die sehnigen Schultern fielen.

»Dir scheint Hesinde den Verstand geraubt zu haben«, fauchte Aurelian. »Haben wir uns nicht darüber verständigt, dass du mich auf gar keinen Fall ansprechen sollst? Geschweige denn *aufsuchen*?«

»Ich muss dringend mit Euch sprechen«, erwiderte Lucio und straffte sich. In seiner Stimme schwang trotziger Stolz. »Es bleibt zu wenig Zeit, um Euch auf anderem Wege eine Nachricht zukommen zu lassen und sicher zu sein, dass sie Euch rechtzeitig erreicht.«

Aurelian bedachte ihn mit einem vernichtenden Blick. »Es ist jetzt ohnehin nicht mehr zu ändern«, schnaubte er. »Hoffen wir, dass niemand etwas von deinem Besuch mitbekommen hat. Was willst du?«

»Warum schickt Ihr diesen armen Dichter ins Verderben?« Lucio hob das Kinn. »Es werden schon genug Unschuldige sterben müssen. Der arme Tropf hat Euch nichts getan. Ihr könnt nicht einfach ...«

»*Was* kann ich nicht?« Aurelian trat einen Schritt näher an ihn heran, zu nah, um noch höflich zu sein. »Verstehe ich dich richtig, du fühlst dich berufen, mir Vorschriften zu machen, was ich zu tun und zu lassen habe?« Noch einen Schritt. Lucio wich zurück und stieß gegen die Wand. Hämisch grinste der Gehörnte von den Gemälden zu ihnen hinab, eine blonde Schönheit in den brünstigen Armen. Lucio schluckte sichtbar.

»Eine dumme Idee, mein Lieber«, raunte Aurelian und trat noch näher, sodass er Lucios Atem spüren konnte, sah, wie sich dessen Halsmuskeln spannten. Ein kaltes Lächeln umspielte seine Lippen, sein Blick hielt den des Fana.

»Ihr ... könnt mir nicht drohen«, stieß Lucio hervor. »Nur ein Wort von mir, und Ihr ...«

»Und nur ein Wort von *mir*, und es werden zwei Dutzend Gardisten hier sein, die dich mit Freuden an den Krokodilpfählen sehen würden.« Aurelian legte eine Hand an Lucios Wange, merkte, wie der Fana zusammenzuckte. »Es ist ein beeindruckendes Schauspiel«, murmelte er und sah mit Genugtuung den Schrecken in Lucios Augen. »Du glaubst gar nicht, welche Kraft und Eleganz in diesen trägen Tieren liegt, wenn man sie erst einmal aus ihrem Dämmerschlaf erweckt. Tödliche Eleganz ...«

»Ich ... ich könnte Euch umbringen, ehe Ihr auch nur einen Laut von Euch gebt ...«

»Ach, tatsächlich?« Aurelian hob amüsiert eine Augenbraue und senkte den Blick zu dem Dolch am Gürtel des Fana und der Hand, die sich in grimmiger Entschlossenheit um den Griff gelegt hatte. »Ein kühner Plan – ich erwarte die Ausführung mit Spannung.«

Mit einem verächtlichen Blick wandte er sich ab und schlenderte zu einem Tischchen hinüber, um sich aus der gefüllten Karaffe süßen Wein in einen der bereitstehenden Pokale einzugießen. Aus den Augenwinkeln sah er, wie sich Lucios Gesicht verfinsterte und er einen Schritt nach vorne machte. Gemächlich drehte sich Aurelian wieder um. »Wir können dieses Spiel noch eine Weile weiterspielen«, lächelte er und nahm einen Schluck aus dem Pokal. »Wir können aber auch jetzt zu dem Schluss kommen, dass du deinen Plan nicht wegen einer Kreatur Paligans aufgibst und wir in Ruhe reden können, ohne dass dein ... Messer drohend zwischen uns steht.«

»Eine Kreatur Paligans?« Lucio runzelte die Stirn. »Der ... Dichter?«

»Was hattest du denn gedacht?« Aurelian drehte den Pokal zwischen den Fingern, während er mit der anderen Hand über das kalte Muskelspiel eines Fauns strich. »Goldo Paligan liebt die Kunst, aber wenn er seiner Künstler überdrüssig ist, findet er andere Verwendung für sie. Der kleine Verseschmied ist ein Geschenk, das er mir gemacht hat. Und was man von einem Geschenk Goldo Paligans zu halten hat, solltest auch du erahnen können.« Er schüttelte seufzend den Kopf und ließ sich auf einem seidenen Diwan nieder. »Du siehst, mir sind die Hände gebunden. Zeige ich mich großherzig und lasse den kleinen Tintenkleckser tun, was er auf Befehl seines Herrn tun soll, nähre ich eine Viper an meiner Brust, deren Gift mich schneller tötet, als ich ihr den Kopf abschlagen kann. Bringe ich ihn hier und jetzt zum Schweigen oder verstoße ihn, so wird der Großartige erzürnt sein, nicht allein, weil ich sein Geschenk zurückweise, sondern weil ich ihn eines Werkzeugs beraubt habe. Und wer bin ich, dass ich dem Zorn des Paligan etwas entgegenzusetzen hätte? Was bleibt mir also anderes übrig, als ihn und unsere Feinde zu täuschen?« Aurelian machte eine kurze Pause und wandte den Blick zu der Marmorbüste an der Stirnseite des Raumes, Rahjadans hochmütige Züge, erstarrt in schwarzem Marmor. Lucio folgte seinem Blick.

»Wir haben die gleichen Feinde, mein Lieber. Feinde wie Paligan, Zornbrecht oder ... meinen lieben Vetter.« Versonnen lächelte er über den Rand des Pokals, während Lucio die Büste anstarrte, und dann wieder ihn. Der Zorn in seinem Gesicht war verschwunden, als er einen Schritt zurücktrat und die Hand vom Dolch löste. Aurelian verbarg sein zufriedenes Lächeln hinter dem Pokal.

»Eure Spiel sind mir einerlei, aber Ihr habt Recht.« Lucios Stimme klang fest und bestimmt. Er hob den Kopf. »Wir sollten nicht streiten. Aber ... ich kann nicht mit ansehen, wie Ihr ...«

»Du fürchtest dich plötzlich vor deinem eigenen Mut?«

Aurelian lachte leise. »Die Vipern mit der Kobra bekämpfen ... in der Tat ein riskantes Unterfangen. Aber vielleicht der einzige Weg, dem Riesenlindwurm die Köpfe abzuschlagen.«

Lucio verschränkte die Arme vor der Brust und starrte ihn trotzig an. »Ich traue Euch nicht, und ich denke, Ihr traut mir ebenso wenig. Auch wenn Ihr mir jetzt helft, Ihr bleibt ein Grande, und Ihr seid um nichts besser als die anderen, die Ihr in den Untergang schickt.«

»Wie wir aber bereits feststellten, haben wir uns gegenseitig in der Hand.« Aurelian zuckte mit den Schultern. »Und wir können nur gemeinsam unser Ziel erreichen. Noch mögen sich die Köpfe des Lindwurms gegenseitig zerfleischen, doch wehe dem, der sie unterschätzt.« Er lächelte schmal. »Du brauchst mich, um deinen Plan durchzuführen«, fuhr er sanft fort, »und ich brauche dich, um dem Lindwurm das Schwert in den Leib zu stoßen.«

»Und ich ersetzte damit den Wurm durch die Kobra«, murmelte Lucio grimmig.

»Falsch.« Aurelian schüttelte den Kopf. »Du erschlägst den Lindwurm und belässt die Kobra in ihrem Korb, ohne sie zu reizen. Mir liegt nichts daran, in Paligans oder Zornbrechts Fußstapfen zu treten.« Er nahm einen Schluck aus dem Pokal und ließ die bittere Süße auf der Zunge ruhen, ehe er sie schluckte. »Mir reicht der Genuss der Rache.«

Lucio warf ihm einen misstrauischen Blick zu. Vorsichtig lehnte er sich gegen einen Faun, der ihm mit einem anzüglichen Grinsen über die Schulter starrte.

»Ich wünschte, es gäbe einen Weg an Euch vorbei«, seufzte er.

»Und ich rate dir, sei nicht so vertrauensselig.« Aurelian lächelte spöttisch. »Ich weiß, was du über mich denkst, und ich weiß, wie ich deine Worte zu verstehen habe, aber nicht jeder nimmt es gleichgültig hin, wenn du ihm offen ins Gesicht sagst, dass dein Bündnis das Geringste aller Übel sei und du ein anderes wählen würdest, wenn die Umstände es dir erlaubten. Ein Goldo Paligan hätte dich womöglich bereits in den Hanfla werfen lassen und sich nach anderen Verbündeten umgesehen.«

»Aber Ihr seid kein Goldo Paligan und ihr habt keine anderen Verbündeten. Sonst würdet Ihr Euch kaum mit mir einlassen«, zischte Lucio und nahm einen tiefen Schluck von dem Wein. Mit einem überraschten Keuchen spie er ihn sogleich wieder aus.

»Was ... ist da drin?«

»In dem Wein?« Aurelian drehte nachdenklich den Pokal in der Hand und runzelte die Stirn. »Zerstoßenes Cheriacha, würde ich sagen. Bei den Fanas kennt man es auch als ›Bunter Eunuch‹. Mein Vetter liebt dieses Mittelchen, vielleicht ein Grund, weshalb seine werte Gemahlin so wenig Freude mit ihm hat. Aber keine Sorge«, fügte er hinzu, als er Lucios entsetztes Gesicht bemerkte, »ein Becher reicht kaum aus, um Euch Rahjas Fluch zuzuziehen.«

Lucio verzog zweifelnd das Gesicht und schob den Kelch hastig zur Seite. Aurelian trank in einem langen Schluck auch den Rest aus dem Pokal, ehe er ihn neben sich abstellte.

»Um aber wieder zu unserer Ausgangsfrage zurückzukommen: Weshalb bist du hier?«

»Ich brauche Eure Unterstützung.«

»Meine Unterstützung ...« Aurelian nickte langsam und strich sich über das Kinn. »Die habe ich dir schon bei unserem letzten Gespräch zugesagt, wenn ich mich nicht irre? Untermauert mit einem Beutel voller Dublonen für die notwendigen Bestechungen. Brauchst du mehr? Hast du deshalb das Wagnis auf dich genommen und dich hier eingeschlichen – wobei es mich wirklich interessiert, wie du es an allen Wachen vorbei geschafft hast.«

»Es gibt ... Probleme mit meinem Mann in der Hafenmeisterei«, antwortete Lucio, ohne auf seine Frage einzugehen. »Wir kommen nicht an die Uniformen, die wir bräuchten, um uns unauffällig bewegen zu können. Allein mit Bestechungen kommen wir nicht durch.«

Aurelian schwieg einen Moment nachdenklich. »Am besten kümmert sich Razir darum. Er weiß, wo er das Nötige beschaffen kann, ohne dass es auffällt. Er wendet sich an dich, sobald er erfolgreich war.«

»Wir werden zu fünft sein.«

»Ich werde es ihm sagen. Sonst noch etwas?«

Lucio nickte. »Ja, es gäbe noch etwas, was Ihr für uns tun könntet ...«

***

Übermütiges Gelächter wehte aus der Ferne heran und das Zwitschern der Vögel in den Bäumen, die hellen Stimmen der Praiossänger und das grelle Krächzen der Sittiche, die sich in bunten Scharen auf den Wipfeln niedergelassen hatten. Kito hielt sich eine Hand vor das Ohr und presste das andere noch enger an die aufwändig verzierte Tür. Das Holz war nicht dick und musste es auch nicht sein, um seiner Aufgabe zu genügen und neugierige Blicke vom Innern des kleinen Lustschlösschens, wie der Herr Rahjadan seinen Pavillon nannte, fernzuhalten, aber dennoch verlangte es ihre gesamte Aufmerksamkeit, dem Gespräch zu lauschen, während sie immer wieder unruhige Blicke über die Schulter warf, ob nicht Razir plötzlich zwischen den Büschen erschien. Sie fröstelte bei dem Gedanken, dass er sie erwischen könnte, während sie an der Tür lauschte und einem Gespräch folgte, das sie nichts anging. Ihr Herr hatte ihr befohlen zu warten, und sie war nicht böse darum gewesen, dass er allein in dieses schreckliche Gebäude ging und sie draußen zurückließ. Sie war froh, wenn seine Aufmerksamkeit anderen Dingen galt, wenn sie den Kopf gesenkt und den Mund geschlossen halten konnte, wenn sie nicht fürchten musste, dass die Angst in ihrem Blick oder das Zittern ihrer Stimme sie verrieten. Immer wieder rief sie sich Saids Gesicht ins Gedächtnis zurück, wenn die Zweifel sie zu bezwingen drohten, sein schönes Gesicht, seinen Traum, seine dunklen, ungebrochenen Augen. Und dann sah sie ihren Herrn und sah die gleichen starken, stolzen Augen, Saids Augen, und die Frage, was geschehen würde, wenn sie tat, was der Großexecutor von ihr verlangte. Aber es war gleichgültig, es musste gleichgültig sein, solange Said frei sein konnte.

Sie war zur Tür geschlichen, als sie meinte, Stimmen zu hören. Mit einer Hand hatte sie die Kette gehalten, die sie aus den aufgesammelten Perlen aufgefädelt hatte; einige waren verloren. Die Stimme ihres Herrn und eine andere, die sie nicht kannte. Sie redeten über Dinge, die sie nicht verstand, über Schlangen und Monster, die man mit Schwertern bekämpfte, über Wein und den Herrn Rahjadan. Kein Gespräch, das den Großexecutor interessieren würde. Erleichtert wollte sie sich abwenden, als plötzlich die Stimme ihres Herrn ernst wurde, ernst und ruhig. Sie sprachen leise und das sanfte Gurgeln des Brunnens machte es schwer, ihre Worte zu verstehen, aber was sie verstand, schnürte ihr die Kehle zu und ließ ihr Herz rasen, sodass sie meinte, man könne es gar nicht überhören und man müsse sie gleich entdecken, ihr Herr oder Razir, der sie bereits vorhin so seltsam angeblickt hatte.

Dann hörte sie Schritte in dem Raum, die sich näherten. Hastig sprang sie zurück, stolperte und fing sich gerade noch, um sich auf die marmorne Bank fallen zu lassen und ihr Kleid zu glätten. Ihr Herz schlug schmerzhaft in ihrem Hals, während sie versuchte ihre Gedanken zu ordnen und den Drang zu unterdrücken, ihren Herrn anzuflehen, von diesem ... Vorhaben abzulassen und die Attentäter auszuliefern. Sie musste, sie *musste* dem Großexecutor Bescheid geben, gleich morgen, wenn sie in die Stadt hinabgehen konnte, morgen – für Said. Kito holte tief Luft und hob den Blick, als ihr Herr aus der Tür trat und sie mit einer knappen Geste heranwinkte. Gehorsam folgte sie. Sie würde tun, was man von ihr verlangte. Morgen, morgen schon würde Said frei sein.

16. Kapitel

29. Rahja 341 nach Golgaris Erscheinen, Erdstag

»... allerdings verstehe ich nicht allzu viel von Schlangen, Herr«, schloss Kito mit unsicherer Stimme.

»Oh, ich besitze ein paar«, gab der Großexecutor leichthin zurück. »Der Vorbesitzer dieses Hauses ließ sie zurück. Die Vipern musste ich einsperren lassen, die Kobra hingegen ist recht anhänglich geworden, nun, da ihr die Giftzähne entfernt wurden.« Er lächelte. »Ich danke dir für deine Ausführungen, sie waren sehr lehrreich.«

Die Sklavin schwieg.

Zufrieden schritt er zu dem großen Fenster an der Südostfront des Salons und stieß die Läden auf. Feucht und würzig strömte die frühe Abendluft herein und brachte die Flammen in den zierlichen Feuerschalen zum Zittern. Dunkel und betörend duftend lag der noch ungezähmte Garten zu Füßen seiner neuen Villa. Balzende Vögel wetteiferten um die schönste Melodie, Grillen und Zikaden zirpten ihr lärmendes Abendlied, Frösche quakten, Affen brüllten, und in der Ferne krächzte ein Rabe.

Zur Linken stand Magister Ragodans Turm, stumm und erhaben, inmitten der üppigen Flora und Fauna. Irschan hatte längere Zeit erwogen, ihn abreißen zu lassen, sich schließlich jedoch für einen gründlichen Umbau entschieden. Bald schon würde Meister Udano mit dem Ausbau des Obergeschosses beginnen, das kleine Observatorium würde ein wahres Schmuckstück werden. Einstweilen stand das einstige Juwel des Vorbesitzers leer. Fast leer.

Zögernd glitt sein Blick zu den vergitterten Fensteröffnungen des Erdgeschosses, zu schmal, als dass ein Mensch hindurchklettern könnte, zu tief, um sie einzusehen. Er mied den Turm, obschon oder gerade weil seine Gedanken häufig zu jenen Gittern schweiften.

»Werdet Ihr Said nun gehen lassen, Herr?«

Said.

Jäh barst die schwarze Glut hervor, loderte verzehrend durch seinen Leib, und mit ihr kamen jene Bilder, die er so hart zu vermeiden trachtete.

Nein, ich lasse ihn nicht gehen, niemals mehr. Ich will ihn sehen, ihn tasten, schmecken, ihn besitzen, seine Haut an meiner Haut fühlen, ich will ihm in die Augen sehen, in diese stolzen, zornigen Augen, und ja, ich will sehen, wie das Feuer in ihnen langsam erlischt.

»Gewiss lasse ich ihn gehen, du hast mir schließlich gut gedient.«

Was schert mich deine Sorge, dummes Ding, was scheren mich deine Wünsche. Dein Sohn gehört mir, sein anmutiger Körper, sein freier, stolzer Geist. Es gibt keinen Grund mehr abzuwarten, seine Rolle in diesem Schauspiel ist erfüllt. Wie auch die deine.

Abrupt wandte er sich zu ihr um und genoss ihr Erbleichen, das Aufleuchten von Furcht in ihren Augen. Warum sollte er sie schonen? Er hatte erfahren, was zu erfahren war. So unansehnlich war sie gar nicht, vielleicht konnte er noch ein wenig Spaß mit ihr haben, ehe er sie beseitigte.

»Ihr habt es versprochen.« Ihre Stimme zitterte wie der Hauch des Windes, der die feinen Seidenstoffe blähte.

Vermutlich hatte man sie gut ausgebildet, hatte sie gelehrt, Lust zu schenken. Vielleicht hatte er sie ja sogar schon einmal genossen, auf einer dieser immergleichen Orgien, die er dann und wann gelangweilt besuchte. Sie kannte ihn, dessen war er sich sicher, ihr Entsetzen, als er ihren Sohn zu ihr führte, war tiefer gewesen, als es der einschüchternde Augenblick gebot.

In ihren Gedanken hatte er Erinnerungen gesehen. Augen, die er nicht kannte, die ihn nicht berührten, weil sie leer und tot waren.

Einerlei.

Zieh dich aus. Er kostete den scharfen Befehl auf seinen Lippen, stumm zunächst. Die Vorstellung missfiel ihm. Das

Verlangen würde sie nicht stillen, außer vielleicht für den Augenblick. Gereizt wandte er sich wieder zum Fenster, dorthin, wo die wahre Verlockung lag.

Said.

Es war kein Zufall, der ihn in seine Hände hatte fallen lassen, obschon Glück im Spiel gewesen war. Sechzehn Jahre waren eine lange Zeit, und nach einer Weile hatte er den Bonareth nicht mehr so sorgfältig beobachten lassen wie am Anfang, nach jener leidigen Verführung am Lotosteich. Auch die Reise nach Punin vor mehr als einem Götterlauf war ihm nicht sonderlich beachtenswert erschienen, außer vielleicht hinsichtlich der Tatsache, dass sich der Grande von seinem Bastardsohn begleiten ließ. Aus reiner Gewohnheit hatte er angeordnet, dass man ihm Bericht erstatten solle, doch was er dann erfuhr, hatte ihn frohlocken lassen. Eine Gruppe von Abenteurern hatte den Sklavenjungen befreit. Aurelians Sohn war der unzugänglichen Welt der heimatlichen Plantage entronnen und streifte frei durch die Lande. Welch eine Gelegenheit, an ein Druckmittel zu gelangen, das sich beliebig lange aufbewahren und zum rechten Zeitpunkt einsetzen ließ.

Doch als seine Häscher ihm den Knaben brachten, fehlte nicht viel und er hätte seine sorgfältigen Planungen über Bord geworfen. Solche Schönheit, solche Unschuld, solch ungebrochener Stolz.

Doch der Junge musste unverdorben bleiben, um als Druckmittel zu taugen, also hatte er sich mühsam beherrscht und gewartet. Mondelang war er ihm aus dem Weg gegangen, hatte einen Vertrauten beauftragt, sich um ihn zu kümmern, und irgendwann hatte er ihn, wenn nicht vergessen, so doch weit genug aus seinem Sinn gedrängt. Bis zu jenem Tag in der Arena.

»Herr?«

Die Stimme der Sklavin riss ihn aus seinen Gedanken. Sie hatte den Kopf gehoben, ihre dunklen Augen blickten voller Schmerz. »Herr, was wollt ihr noch von mir? Ich ...

wenn ihr mich wollt, dann nehmt es euch, aber bitte, lasst Said gehen.«

Ich schwöre bei den Zwölfgöttern und der Allmacht des Raben.

»Ich begehre nicht dich. Ich begehre deinen Sohn.«

Er sah das Erschrecken in ihren Augen, doch es ergötzte ihn nicht. »Sprich offen. Ich wünsche deine Gedanken zu hören.«

»Er soll frei sein.« Das Gezwitscher der Vögel übertönte fast ihre Worte.

»Oh, gewiss, das kann er. Danach.«

Sie schloss die Augen, und er sah, wie Tränen über ihre Wangen liefen. Sie erkannte den Trug in seinen Worten.

»Ich habe Euch vertraut.«

»Weil ich geschworen habe?«

Sie nickte zaghaft.

»Es wäre nicht der erste Schwur, den ich bräche.«

»Irgendetwas musste ich doch glauben, Herr«, flüsterte sie erstickt. »Bitte, Herr, Ihr müsst den Schwur doch nicht brechen. Ihr habt doch die Wahl.«

Ihr habt die Wahl.

Er fühlte, wie die Klarheit zurückkehrte, die schwarzfaule Flamme langsam erstarb. Dies war die Essenz: Beherrschung statt Getriebenheit. Die Freiheit der Wahl. Wenn er die Regeln der Schönen Göttin brach, dann wollte er es genießerisch tun, aus freiem Willen, nicht wie ein blindlings Beherrschter von Belkelels zersetzender Gier. Er hatte es oft genug getan, um den Unterschied zu kennen.

Er hatte die Angst der Geschändeten gesehen, ihren Hass oder schlussendlich ihre Empfindungslosigkeit. Er hatte gelernt zu dosieren. Zumeist ging es ihm um kurze Befriedigung, eine rauschhafte Nacht, manchmal zwei. Liebe war auf diese Weise unmöglich zu erzeugen, die Schöne Göttin ließ sich nicht überlisten. Hörigkeit hingegen war machbar, wenngleich unendlich mühevoll. Es erforderte Geduld, Einfühlungsvermögen und ein geeignetes Opfer. Doch es war möglich, solange er die Kontrolle wahrte.

Doch er kannte auch die andere Seite, die Unbeherrschtheit, den allverzehrenden Rausch. Manchmal war er der Getriebene gewesen, hatte sich wie ein wildes Tier auf seine Beute gestürzt, unfähig, seinem Verlangen Einhalt zu gebieten, den Augenblick zu verlängern, ihn auszugestalten. Inzwischen war er sich der Gefahr bewusst, die diesem willenlosen Taumel lag, kannte er seine Schwäche. Eine Schwäche, die ihn letztlich auch in die Fänge desjenigen getrieben hatte, den er in seiner Jugend den ›Meister‹ nannte. Die trügerische Aussicht auf kurzen derischen Machtgewinn hatte ihn dereinst gelockt, heute trug er die Narben des Kampfes gegen den Bethanier. Die Auszehrung seines Leibes, die er beständig spürte, trotz der makellosen Fassade, die ihm seine arkane Kraft gestattete.

Doch er hatte nicht dem Dämonenmeister widerstanden, um seiner schwarzfaulen Buhle zu erliegen. Er hatte die Wahl. Die Beute mochte fehlerlos sein, der Jäger war es nicht.

»Ich werde Said gehen lassen, Kito.«

In ihren Augen stand Zweifel.

»Du musst mir ein weiteres Mal vertrauen.«

»Lasst ihn doch sofort gehen, Herr.«

»Morgen beginnen die Tage des Namenlosen. Er sollte ein Dach über dem Kopf haben in dieser götterverlassenen Zeit. Ich lasse Said gehen am ersten Tag des Praiosmondes. Noch bevor ich mich zum Palazzo des Hohen Rates begebe, wird er frei sein.«

Er spürte ihr Zögern, ihre Furcht. »Ihr braucht ihn als Pfand, nicht wahr? Ihr denkt, ich erzähle sonst meinem Herrn, was ich für euch tun musste.« Sie schluchzte auf.

»Ja, Kito, du hast Recht. Aber du musst mir vertrauen. Du hast keine Wahl.«

»Dann schwört es noch einmal, Herr, bitte«, flehte sie. »Es wird mir helfen zu glauben.«

Ein letzter Blick hinüber zum Turm, dann schloss er sacht die Läden. Er hatte seine Wahl getroffen.

»Ich gelobe bei den Zwölfgöttern und der Allmacht des Raben. Ich rühre deinen Sohn nicht an, und er wird frei sein am ersten Tag des Praiosmondes.« Konnte sie spüren, dass er die Wahrheit sprach? Noch immer waren ihre Augen bang.

»Kito.« Aus einem Impuls heraus nahm er ihre Hand. Sie zuckte nicht zurück, blickte ihn nur fragend an.

Er holte Atem. *Viviane, du würdest das hier lieben.*

»Ich lasse Said gehen, und ich biete auch dir die Freiheit. Hör gut zu. Komm am dritten Tag des Praiosmondes auf den Markt, und gib Acht, dass dir niemand folgt. Geh zum Stand der Stoffdruckerin Ileon Sonnentanz und bestelle drei Ellen grüngelb bedrucktes Seidentuch. Danach tu alles, was sie dich heißt. Dies wird dein Weg in die Freiheit sein.«

Ungläubig starrte sie ihn an. Er widerstand der Versuchung, in ihren Geist zu blicken, stattdessen drehte er ihre Hand, sodass die Handfläche mit der eingebrannten Lotosblüte sichtbar wurde. »Das Siegel lässt sich entfernen.«

Prüfend schaute er ihr ins Gesicht. »Auch das Aussehen lässt sich verändern, zumindest vorübergehend. Wir wollen es den Bluthunden deines Herrn schließlich nicht zu leicht machen. Dir sollte allerdings klar sein, dass du die Stadt für immer verlassen musst. Soweit mein Angebot, es liegt an dir, ob du es anzunehmen wünscht. Du hast die Wahl.«

Von draußen erklang das rasselnde Geräusch des noch nicht instand gesetzten Gartentores. Unangekündigter Besuch? Er kannte nur einen, der es wagen würde.

»Geh nun. Kehre zu deinem Herrn zurück und gib Acht, dass du dich nicht verrätst. Ein Wort von dem hier Gesprochenen, und mein Schwur wird nichtig sein.«

Er würdigte sie keines weiteren Blickes, als er nach der Wache klingelte, die sie hinausgeleiten würde.

Hell erleuchtet stand der gewaltige Koloss, Wahrzeichen und Stolz von Al'Anfa, breitbeinig über der Hafeneinfahrt. Einzig der Kopf war noch verhüllt. Morgen Nachmittag würde der Vorhang fallen, Tusch, Applaus. Der letzte Akt würde eingeläutet werden, und nicht einmal die Darsteller ahnten, dass das Stück umgeschrieben worden war. Sie wähnten sich in einem großen Epos, heroisch, prächtig, kolossal, doch was sie tatsächlich spielen würden, war eine Tragödie. Und für viele von ihnen würde sie zum Spiel ihres Lebens geraten. Welch eine grandiose Kulisse, der Künstler hatte sich selbst übertroffen. Es fehlte nur der letzte Pinselstrich.

***

»Ich werde dir verbieten, auch nur einen Gärtner auf das Anwesen zu lassen! Dieser Park ist ein Traum.«

Irschan schmunzelte. Natürlich. Viviane war beim Anblick der verwilderten Pflanzen ebenfalls in Entzücken ausgebrochen und hatte ihn bestürmt, nach seinem Einzug wenigstens einen Winkel so wild und unberührt zu belassen. Und er war fast sicher, dass ähnliche Worte auch aus dem Munde des jungen Paligan kämen, sollte er jemals einen Fuß auf dieses Anwesen setzen.

Alle drei besaßen dieses offene Wesen, die unwiderstehliche Mischung aus Ehrlichkeit, Aufgeschlossenheit und Natürlichkeit, gepaart mit einem Hauch von Unschuld und einer gehörigen Dosis Eigensinn. Es erweckte die andere Seite seiner Leidenschaft, die keineswegs sanfter sein musste, oder gar frei von Herrschaft und Strenge. Doch stets blieb es ein Spiel, eine Inszenierung, eine reizvolle Maskerade. Erobere mich, lautete die Botschaft, wenn seine Schwester sich ihm zum Schein widersetzte oder Amir sich unnahbar gab. Er war gespannt, welche Rolle Amato wählen würde.

Mit gemessener Bewegung wandte er sich vom Fenster ab, von dem man einen ausgezeichneten Blick über die Stadt und die Goldene Bucht hatte. Sein Geliebter kam raschen Schrittes auf ihn zu, die Augen blitzten vor Übermut.

»Sollte mir beim Kauf des Hauses eine Tafel entgangen sein, auf welcher zu lesen war, dass es der Familie Honak gehört?«

»Täusch dich nicht: Alles in dieser Stadt gehört mir«, entgegnete Amir lachend und blieb einen Schritt vor ihm stehen. »Wirst du mich endlich umarmen? Oder soll ich es dir erst befehlen?«

»Da bettelt jemand nach Strafe«, schmunzelte Irschan und gab ihm eine spielerische Ohrfeige. Dann trat er auf ihn zu und legte fest die Arme um ihn. »Was verschafft mir die Ehre des unerlaubten Eindringens?«

»Mein erhabener Entschluss«, gab der Patriarch hoheitsvoll zur Antwort und machte einen halbherzigen Versuch, sich aus der Umarmung zu lösen. »Und der Rahjamond«, fuhr er sanfter fort, »heute ist der letzte Tag, da wir morgen Nacht wohl wenig Zeit für uns finden werden.«

»Du meinst, die *Stolz von Al'Anfa* wäre keine gute Bühne für ein rahjagefälliges Schauspiel?«

»Ich meine«, wiederholte Amir und schüttelte ihn ab, »dass ich dich für mich allein will, ohne Scharen gaffender Granden.«

Die werden nicht gaffen, die werden um ihr Leben rennen, dachte Irschan höhnisch. »Sie werden sich wie immer mit sich selbst zu beschäftigen wissen.«

»O nein«, Amir schüttelte energisch den Kopf. »Diese Zeiten sind vorüber, in denen du mich zu solchen Dummheiten verleiten konntest.«

»Du bettelst schon wieder.«

»Und du wirst von Tag zu Tag selbstgerechter. Hybris, Irschan, kommt immer vor dem Fall.«

Wahrere Worte wurden nie gesprochen. Mit einem Lächeln wandte er sich wieder zum Fenster und betrachtete erneut die Bühne. Das Schauspiel würde unvergessen bleiben.

»Woran denkst du?« Amirs Stimme klang gereizt.

»An Schlangen.«

»Schlangen?!«

»Ja, Schlangen. Dass ich Kobras eigentlich ziemlich geckenhaft finde, wie sie sich dräuend aufblasen vor ihrem Angriff, während Vipern so heimlich töten können, dass man ihren Biss nicht einmal bemerkt. Kein Wunder, dass es so viele von ihnen gibt, Kobras lassen sich einfach leichter fangen.«

»Ich habe schon einen Raben eine Viper töten sehen«, gab Amir kühl zurück, »aber lass dir nicht die Stimmung verderben und philosophiere ruhig weiter.« Sichtlich ungehalten trommelte er mit den Fingern aufs Fensterbrett.

»Komm, komm, sei brav«, flüsterte Irschan und vergrub die Finger in Amirs dichtem langen Haar. »Schweigen wir von Schlangen, schweigen wir von Gärten und ...«

»Ich muss dich etwas fragen.« Brüsk wandte sich Amir ihm zu.

Irschan seufzte. Der Abend versprach anstrengend zu werden.

»Ich dachte daran, Aurelian morgen in meine Loge zu laden.«

Oh, Ihr Götter! Um ein Haar hätte er applaudiert. Das übertraf noch seine kühnsten Hoffnungen. Die Schauspieler schrieben sich ihre Tragödie selbst.

»Ich weiß, dass er eigentlich gar nicht teilnehmen wollte«, fuhr Amir fort, der sein Schweigen vermutlich als Missfallen deutete, »kein Wunder, nach der Schmach, die wir ihm zugefügt haben. Ich hatte in den letzten Wochen keine Zeit für ihn, doch ich möchte ihm die Hand reichen, als Geste der Wiedergutmachung. Außerdem bietet sich vielleicht hinterher die Gelegenheit, mit ihm zu reden.«

Kaum, dachte Irschan sarkastisch. »Muss das sein?«, fragte er betont mürrisch.

»Irschan, bitte. Ich weiß, wie du über ihn denkst, aber das alles ist längst vorüber. Ich dachte, wir hätten das schon vor Jahren geklärt.«

Ja, hatten wir. Soll ich dir jetzt vorschlagen, meine Schwester mitzubringen? Doch er wollte nicht kleinlich sein. »Es ist, wie du so treffend sagtest, Rahjamond. Vielleicht kehren einfach alte Gefühle zurück?«

Amir musterte ihn nachdenklich. »Du lügst.«

Vorsicht, Irschan, begehe nicht den Fehler der Kobra. »Na schön, ich lüge!«, fauchte er. »Ich hatte einen grauenvollen Tag, mich plagen seit drei Nächten Kopfschmerzen, denen mit keinem Heilkraut beizukommen ist, und nun kommst du nach drei Wochen hier hereinspaziert und denkst an nichts anderes als an wildromantische Gärten und Aurelian Bonareth.«

Amir schwieg. Betroffen? Zumindest sah er so aus. Gut.

»Du bist ungerecht, Liebster.«

Langsam, langsam. »Mag sein«, räumte er ein und ließ seine Finger ein weiteres Mal durch Amirs Haar fahren. »Komm, lass uns nicht streiten.« Den Rücken hinauf bis zum Haaransatz in seinem Nacken. »Wenn du Aurelian willst, sollst du Aurelian bekommen.« Unvermittelt verstärkte er seinen Griff.

Amir entblößte seine Zähne und knurrte leise. »Ich sollte dich beim Wort nehmen.«

»Sieh an. Ich dachte, das wäre längst vorüber?«

»Ich täte es für dich, mein Einziger, nur für dich.«

Die aufflammende Begierde raubte Irschan fast den Atem. Amir konnte überzeugender sein als Viviane, und er hatte Aurelian schon einmal in seinen Bann gezogen. Dieses Schauspiel wäre wahrlich sehenswert.

Es ergab allerdings wenig Sinn, eine rahjagefällige Inszenierung zu planen, ohne zu wissen, ob die Darsteller nach dem morgigen Tag überhaupt noch verfügbar wären.

Erst jetzt drang diese letzte Gewissheit in seinen Geist. Auch dieser Mann, der hier stolz und verführerisch vor ihm stand, würde morgen Abend auf der Bühne stehen. Wenn er ihn warnte, zerstörte er das Gemälde, noch bevor es fertig war. Tat er es nicht ...

»Ist das ein Versprechen?«

Amir lachte. Es war ein raues, verlockendes Lachen, das

ihm schon damals in Khunchom den Kopf verdreht hatte, als er es das erste Mal hörte, ohne zu wissen, wer denn jener attraktive Jüngling war, der sich als mittelreich'scher Krieger ausgab.

Oh, Ihr Götter, der Preis war viel zu hoch. Er wollte ihn nicht verlieren, wollte ihn besitzen, ihn lieben, er sollte sein bleiben für alle Zeiten.

Irritiert hielt er inne. Der Unterschied war unbedeutend. Die Göttin war nicht minder einnehmend als ihre dunkle Gegenspielerin.

Er brauchte dringend Klarheit, doch einstweilen blieb genügend Zeit. Zunächst galt es, einen Kreis zu schließen.

»Komm mit. Ich möchte dir etwas zeigen.«

***

Interessiert folgte Amir seinem Geliebten die marmorne Treppe hinauf in den zweiten Stock seiner neuen Villa. Hier war noch nichts eingerichtet, bildeten Baugerüste, Arbeitsgeräte und halb eingerissene Mauern ein architektonisches Durcheinander.

»Auf eine Besichtigung verzichten wir einstweilen«, verkündete Irschan mit einem entschuldigenden Lächeln. »Das einzige Möbelstück, das bereits Einzug gehalten hat, ist der Sockel meines Bettes und das auch nur, weil er einen Teil des Mauerwerkes bildet. Weder ist er sehr bequem, noch wäre es sonderlich stilvoll, dich ohne Umschweife zu meiner Bettstatt zu geleiten.«

Amir lachte. »Ich kann mich gar nicht erinnern, dass du eine derartige Zurückhaltung an den Tag legst.«

»Verführung, mein schöner Priester, ist eine Kunst. Beleidige du nicht mein Handwerk, ich kritisiere schließlich auch nicht deine Predigten. Womit wir beim Thema wären.« Sie hielten vor einer Tür aus feinstem Ebenholz. Mit einer feierlichen Geste stieß Irschan die beiden Flügel auf und deutete in das Dunkel. Zwei Kerzen flammten auf.

Im Zwielicht erhob sich ein Rabe, mannshoch, aus schwarzem Stein. Die herrlich gearbeiteten Schwingen waren ausgebreitet und schienen ihn willkommen zu heißen. Die schimmernden Karneol-Augen ruhten ernst und gütig auf ihm. Ergriffen blieb der Priester stehen. »Er ist wunderschön.« Auf dem Sockel der Statue prangte das fünfspeichige Rad umgeben von Gravuren von Schwarzem Lotos und Schwarzem Mohn. Es duftete nach Weihrauch und süßem Boronwein.

Achtsam betrat er den würdigen Raum. Alles war bereitet für die Ankunft Borons, doch noch war der Schrein nicht geweiht. Als er sich umwandte, sah er in einer Nische einen kleineren Altar, der eine Schlange zeigte, die sich um einen Onyxstab wand. Ein steinernes Buch und eine Feder vervollständigten die Hesinde geehrte Stätte. Auch die Gegenwart der Göttin war nicht zu fühlen. Intuitiv wandte er sich in die andere Richtung, doch dort war lediglich eine Tür zu erkennen. Kein Rahjaschrein an diesem Ort, aber hatte er das ernsthaft erwartet? Eine leise Bitterkeit kam in ihm auf, doch er drängte sie aus seinem Herzen. Nicht jetzt, nicht hier, sie hatten noch so viel Zeit.

Er fühlte den Atem seines Geliebten, die Wärme seines Leibes, als dieser sich sanft an ihn lehnte. »Weihe diesen Ort für mich, mein schöner Priester, bitte den Götterfürsten diese Stätte anzunehmen. Segne den Schrein in dieser Nacht.«

***

Geräuschlos erhob sich Irschan von dem kühlen Stein und neigte das Haupt vor der Statue des Götterfürsten, der ihn prüfend zu betrachten schien. In stummem Gebet verharrte er einige Augenblicke und ungewohnte Demut durchströmte ihn. Sein gesenkter Blick fiel auf den Mann, der zu Füßen der Statue in tiefem Schlaf lag. Das schwarze Haar umfloss in seidigen Wellen den athletischen Leib, der sich im Rhythmus seiner Atemzüge langsam hob und senkte. Die Kerzen waren beinahe niedergebrannt.

Behutsam tat Irschan einige Schritte rückwärts, bis er die Türe erreichte. Um nichts in der Welt wollte er diese stumme Andacht stören, selten hatte ihn ein Bild derart berührt. Erst auf der Treppe wagte er wieder zu atmen und musste gleichzeitig über sich schmunzeln. So rücksichtsvoll war er selten genug. Barfuß tastete er sich die schummrige Treppe hinab, seine Leibwächterin folgte ihm wie ein Schatten. Auf der Galerie wandte er sich nach links, durchschritt ein halbrundes Portal und durchquerte zielstrebig den Spielsalon. Ein Sklave heftete sich an seine Fersen und begleitete ihn hinaus auf die Veranda. Zu dritt schritten sie die steinernen Stufen zum Badehaus hinab. Dunkel und still lag das Becken zu seinen Füßen. Auf einen Wink hin öffnete der Diener die hohen Fensterläden, und Sternenlicht fiel auf die bunten Kacheln. Auf der Wasseroberfläche schwammen Rosenblüten. Er schüttelte den Kopf, als der Sklave andeutete, die Feuerschalen zu entzünden. Er wollte die Reinheit der Nacht nicht entweihen.

Eine Weile stand er nackt und regungslos am Rande des Beckens, dann schritt er vorsichtig die marmornen Stufen hinab. Wohltuend kühl umschmeichelte das duftende Wasser seine Haut. Seufzend glitt er ganz hinein, spannte seine Muskeln und machte einige kraftvolle Züge. Geräuschlos tauchte er unter, durchschwamm das viel zu kleine Becken einige Male, bevor er sich entspannt mit dem Rücken gegen die Stufen lehnte und sich mit geschlossenen Augen treiben ließ. Die Geräusche der Nacht waren allgegenwärtig, sie würden sich mildern, wenn er den Garten beschneiden ließ. Einen verwegenen Winkel wollte er jedoch behalten, für jene, die er liebte oder noch zu lieben gedachte, und ganz besonders für diesen hinreißenden Mann, der ihm eine solche Nacht bescherte.

Mit erhobenen Händen hatte er die heiligen Worte gesprochen am Ende jener Stunden, die durch Gebete und salbungsvolle Riten dem Anruf an den göttlichen Raben vorausgingen. Erhaben und eindrucksvoll hatte die Bitte in der uralten Rabensprache den Raum erfüllt, der Götterfürst möge diese Stätte beziehen, möge sie annehmen als würdige Heimstatt. Denn jener, der ihn darum bäte, war sein ergebener Sohn.

Ein Unwohlsein hatte er ihn ergriffen, als der Patriarch hernach auf ihn zugeschritten war, in voller Überzeugung seiner Erhabenheit. Niemals war ihm sein Hochmut so bewusst gewesen wie in jenem Augenblick. Gewiss, jener, der bat, war würdig, doch jener, der die Wohnstatt in seinem Hause beherbergte, war alles andere als das.

»Nun fügen wir uns dem Willen des Unergründlichen. Wenn der Göttliche Rabe meine Bitte erhört, wird er binnen einer Nacht und eines Tages diesen Ort mit seiner Heiligkeit erfüllen. Wenn Er sich verweigert, wirst du in den Tempel kommen zu einer Prüfung deiner Seele. Wenn deine Seele für befleckt erkannt wird, wirst du dich durch einen Bußgang reinigen. Der Rabe ist gnädig zu jenen, die wahrhaft bereuen, doch verfalle nicht dem Irrtum, du könnest Seine Vergebung erkaufen.«

Noch immer klangen die Worte des Patriarchen in seinem Geiste nach. Amir Honak hatte sich nicht blenden lassen, nicht durch scheinbare Frömmigkeit und schon gar nicht durch seine Liebe. Allenfalls milderte sie seine Strenge.

Genug der Schwelgerei. Entschlossen tauchte er abermals in das kühle Nass, dann winkte er den Sklaven herbei. »Entzünde die Schalen, bringe mir Wein und Früchte.« Es galt, Entscheidungen zu treffen.

Offene Fragen gab es zwei.

War Aurelian wirklich der tragische Künstler, der ungewollt sein eigenes Ende malte, war er die Kobra, die sich prahlerisch aufbäumte vor dem tödlichen Biss? Oder aber tarnte er sich nur, zeigte sich vordergründig leichtsinnig, während er in Wahrheit nur auf den Augenblick wartete, in dem die Viper selbst die Deckung verließ? Gar keine angenehme Vorstellung. Und es wäre der perfekte Plan. Eine Falle mit doppeltem Boden, von der Art, wie er sie selbst gern auslegte. Besaß Aurelian Bonareth diese kaltblütige Besonnenheit, zu einem Zeitpunkt, an dem alles gegen ihn verschworen zu haben schien?

Eine endgültige Antwort würde er nicht finden, nicht bevor am morgigen Tag der entscheidende Vorhang fiel. Er musste sich auf sein Gespür verlassen. Es hatte ihn selten getrogen in der Vergangenheit.

Die zweite Frage war heikler, und die vergangenen Stunden hatten eine Lösung noch schwieriger gemacht. Eigentlich klang es simpel: *Lasse dich nicht beherrschen.* Er hatte dem Bethanier widerstanden, er widerstand der willenlosen Hingabe an die Meisterin der Blutigen Ekstase. Doch sollte er auch der Herrin der Freuden widerstehen? Profan gesagt: Sollte er das Leben seines Geliebten aufs Spiel setzen für politisches Kalkül?

Gedankenverloren zerbiss er eine Traube. Er hatte die Wahl. Doch wenn er ehrlich war, hatte es niemals eine Alternative gegeben.

17. Kapitel

30. Rahja 341 nach Golgaris Erscheinen, Markttag

Die Menge tobte.

Schwer hob die Gladiatorin den Kopf, Blut rann von ihrer Schläfe, tropfte in den aufgewühlten Sand. Ihre Hand tastete nach der Waffe, die keine zwei Spann entfernt lag, nah und doch zu weit. Der Körper des Löwen spannte sich, Muskeln bebten unter dem gelben Fell, kraftvoll, als er zum Sprung ansetzte. Die Arena hielt den Atem an, aufgerissene Augen und Münder, vor Spannung geballte Fäuste, lärmende Stille, als ob die Zeit für einen Moment ins Stocken geriet, als der Löwe absprang, seine Krallen in den weißen Sand riss, den schweren Körper vorschnellen ließ.

Die Gladiatorin schrie auf und mit ihr die starrende Menge. Sie versuchte sich zur Seite zu rollen, die Waffe zu erreichen, aber die Pranke riss sie zurück, hinterließ eine blutige Kluft auf ihrem Hals, Blut spritzte, besudelte das Fell des Löwen, mischte sich mit dem aufgewirbelten Sand. Begeisterte Rufe von den Rängen, als sie benommen liegen blieb, ihr Brustkorb zuckte, während das Leben aus ihrem Leib wich. Das Gesicht in der Loge lächelte zufrieden, als der Löwe den letzten Hieb setzte, die Knochen mit einem lauten Geräusch barsten, Blut auf den Sand strömte, helles, lebendiges Blut ...

»Nein!«

Lucio fuhr schweißgebadet hoch. Sein Herz raste und seine Hände zitterten, während der Atem in seiner Brust rasselte. Um ihn herum war es dunkel, nur das kalte Licht des Madamals fiel durch die Luke der Dachkammer. Von der Straße drang das Rumpeln vorbeiziehender Lastkarren hinauf, und in der Ferne kündete der Boronsrufer den Beginn der fünften Stunde.

»Du hast wieder geträumt«, hörte er neben sich Ayjis Stimme. Ihre Hand glitt über seinen Rücken. »Derselbe Traum?«

Er nickte zögernd. Die Berührung fühlte sich beruhigend an, sanft und abwartend. Für einen Moment schloss er die Augen und ließ das Blut zur Ruhe kommen, das durch seine Adern tobte.

»Es ist immer derselbe Traum«, antwortete er und unterdrückte gerade noch ein dumpfes Schaudern, das ihn jäh erfasste, als das Blut erneut vor seinen Augen aufspritzte und im weißen Sand verrann.

Mit einem gequälten Lächeln wandte er sich um. Ihr Gesicht lag halb in den Schatten verborgen, geheimnisvoll, wie eine jener mythischen Gestalten, von denen die Geschichten und Legenden erzählten, die die reisenden Barden aus dem Norden mitbrachten. Wunderschön, wie er es in Erinnerung behalten wollte, wenn ... *Ja, wenn.*

Sie schüttelte ihn sacht. »Was ist? Ist es wieder der Traum?«

»Nein. Es ist ... nichts.« Er versuchte ein Lächeln, während er sich zu ihr hinabbeugte und sie zärtlich küsste. »Es wird heute ein Ende finden, das verspreche ich dir.«

»Versprich es nicht mir«, murmelte sie und barg ihr Gesicht in seinen Haaren. »Du musst Ruhe finden, nicht ich. Es sind deine Geister, die dich martern.«

»Ich werde sie Frieden finden lassen. Noch heute.« Er legte den Arm um ihre Schulter und sank neben ihr auf die zerschlissene Decke. »Bete, dass ich nicht scheitere.«

»Du wirst nicht scheitern.« Ayji stützte sich auf den Ellenbogen auf und betrachtete ihn eindringlich. »Ich weiß es. Du wirst siegen und zu mir zurückkehren.«

»Mögen die Götter geben, dass du Recht behältst«, murmelte Lucio und strich über ihre Wange. »Ich habe Angst vor dem, was heute geschehen wird.«

»Nur ein Narr hätte keine Angst.« Die Maraskanerin lächelte. »Komm einfach zurück.«

Auf der Gasse ertönten inzwischen die Geräusche der erwachenden Stadt, Handwerker, die noch im Dunkeln die ersten Arbeiten verrichteten, Händler, die ihre Stände aufbauten und die streunenden Hunde vertrieben, das Bellen einer Stadtgardistin, die sich mit einem Passanten stritt. »Es wird Zeit.« Lucio setzte sich auf.

Die Maraskanerin nickte nur, während er aufstand, vorsichtig, um sich nicht den Kopf zu stoßen, und sich rasch ankleidete. Sie beobachtete ihn stumm, die Beine untergeschlagen, die Unterarme auf den Knien aufgestützt. Ein schwermütiger Zug lag auf ihrem Mund, als er sich ein letztes Mal zu ihr umwandte.

»Wünsch mir Glück.«

»Ich wünsche dir alles, was du brauchen wirst.« Ihre Lippen zuckten. »Lucio ...«

»Ich liebe dich, Ayji.« Dann wandte er sich ab und eilte hinaus, bevor er sich entschied, doch zu bleiben, in Frieden, ohne den Kampf, der in wenigen Stunden schon sein Leben kosten könnte. Aber so konnte es für ihn keinen Frieden geben. Kein Frieden, dem er seine Träume opfern musste.

Morgendliche Frische umfing ihn, als er hinaus auf die Gasse trat. Für einen Moment schloss er die Augen und atmete tief durch, nahm den Duft des nahen Meeres auf, den Gestank der Nachteimer, die man kurzerhand aus den Fenstern kippte, die fruchtige Süße der Melonen, die ein Händler unmittelbar vor ihm ausbreitete, die ferne Ahnung von Rosenwasser und schwerem Wein, mit dem man die Straßen und Plätze gesprengt hatte, um den letzten Tag des Rahjamondes einzuläuten.

Rasch folgte er den Gassen, bis sich die Häuserfront auftrat und der Hafen vor ihm lag. Einige wenige Arbeiter machten sich an Ballen und Säcken zu schaffen, während eine Wache auf ihrer Kiste döste. In der Ferne prangte stolz und erhaben der Koloss, die Feuerschale erhoben, als wolle er die erwachende Praiosscheibe grüßen, die sich rot und voll aus dem Meer erhob. Blutrot.

Zwei Gassen noch, und er hatte den verlassenen Hinterhof erreicht. Vorsichtig zwängte er sich durch die morsche

Bretterwand und stand in dem Schuppen, der ihnen als Treffpunkt diente. Ein schneller Blick verriet ihm, dass er nicht der Letzte war.

»Lucio.« Dom Raquirio führte Zeige- und Mittelfinger zur Stirn und Lucio meinte, seinen Kiefer zittern zu sehen. Die tiefen Augenringe verrieten, dass er kaum geschlafen hatte. »Nun fehlt nur noch Jaquino.«

»Waren die Uniformen dort, wo ich es euch gesagt habe?«

»Ja, es war alles vorbereitet.« Dom Raquirio grinste. »Hast wohl auch ein Schätzchen bei der Hafenmeisterei, wie? Wer ist es denn?«

Lucio warf ihm einen höhnischen Blick zu. »Du bist sicher der Letzte, dem ich davon erzählen würde«, erwiderte er und prüfte rasch die rotschwarzen Kleidungsstücke, die sie bereits auf einem Holzstapel ausgebreitet hatten. »Nehmt euch, was euch passt. In drei Stunden wird es draußen auf dem Kai nur so wimmeln, und bis dahin müssen wir fertig sein.«

»Meinst du, dass sie sich wirklich täuschen lassen? Ich meine, wir sind ja ...«

»Wenn eine solche Aufregung herrscht, wie ich es vermute, dürfte es kein Problem sein«, unterbrach Lucio Dom Raquirios Einwand. »Und wenn wir erst einmal im Koloss sind ...«

»Lucio?« Alle Köpfe wandten sich zu dem schmalen Durchlass, durch den sich gerade Jaquino zu ihnen hineinzwängte. Schweiß stand ihm auf der Stirn, und ein unglückliches Grinsen ließ die Backen beben. »Verzeiht, dass ich so spät kommen, aber ich ...«

»Was ist los?« Lucio zog die Stirn in Falten und richtete sich langsam auf. »Ist dir jemand gefolgt?«

»Nun, eigentlich nicht ... nein ... doch.« Jaquino rang die Hände. »Quesina sitzt draußen und besteht darauf, mit dir zu sprechen. Sie ... glaubt, sie könne uns helfen.«

»Quesina?« Lucio riss die Augen auf. »Wer von Euch hat ihr verraten, wo wir uns treffen?«

»Ich war es diesmal wirklich nicht«, ließ sich Dom Raquirio vernehmen und schwieg gleich wieder, als Lucios Blick ihn traf.

»Sie ist mir schon seit Tagen gefolgt«, gestand Jaquino und schaute noch unglücklicher drein. »Ich habe ihr etwas Reis gegeben, konnte sie doch nicht verhungern lassen. Und heute Morgen folgte sie mir, ich konnte sie einfach nicht abschütteln. Sie will zu dir.«

Lucio rang mit dem Wunsch, aufzuspringen und Jaquino einen kräftigen Hieb auf die Nase zu versetzen, aber das würde sie nicht weiterbringen. »Gut, dann rede ich mit ihr«, knurrte er. »Ich bin gleich wieder zurück.«

Flink zwängte er sich erneut durch die Bretterwand und blickte sich suchend in dem dämmrigen Hof um, bis er sie schließlich im Schatten eines umgestürzten Fasses entdeckte.

»Bist du wahnsinnig geworden?«, zischte er und ging neben ihr in die Hocke. »Was willst du hier?«

»Dir helfen.« Das faltige Gesicht verzog sich zu einem erfreuten Grinsen. Ihre Augen waren klar, klarer als er sie jemals in den letzten fünf Jahren gesehen hatte, und ihr Atem ging gleichmäßig. »Kann dich doch nicht allein gehen lassen. Hab dir doch gesagt, du wirst die alte Quesina noch brauchen.«

»Hör mir zu.« Lucio wandte kurz den Blick rechts und links, ehe er fortfuhr. »Die anderen haben dich verstoßen, und ich will versuchen, dass man dich wieder aufnimmt. Aber dazu darf ich heute nicht scheitern. Ich habe keine Zeit, um mich um dich zu kümmern.«

»Du musst dich nicht kümmern. Die alte Quesina kann auf sich selbst aufpassen, nicht wahr?« Sie kicherte und langte nach seiner Hand. »Habe immer auf dich aufgepasst.«

»Ich weiß.« Lucio rang sich ein Lächeln ab und ließ zu, dass die Alte seine Hand an ihre Wange schmiegte. »Aber es ist zu gefährlich. Du kannst uns nicht begleiten. Außerdem haben wir keine Verkleidung für dich. Es geht nicht.«

»Aber der dumme Jaquino kann helfen?« Die Alte schob den Unterkiefer vor. »Soll der doch zurückbleiben, nicht wahr?«

»Jaquino hat eine andere Aufgabe«, erklärte Lucio leise, während ihm schmerzhaft bewusst war, in welche Gefahr sich der dicke, freundliche Mann begab, nur um ihre Träume nicht zu verraten. »Hör zu, ich mache dir einen Vorschlag. Du bleibst auf dem Kai, bei den anderen Zuschauern, und beobachtest den Koloss. Du bist unsere Wächterin im Dunkeln und achtest darauf, dass uns niemand in den Rücken fällt, in Ordnung?«

Quesina grinste breit. »Das kann ich, das schon.«

»Gut.« Lucio erhob sich und klopfte ihr aufmunternd auf die Schulter. »Dann halte dich bereit. Und wenn das alles vorbei ist, miete ich dir eine Kammer ganz für dich allein. Du hast lang genug im Unrat geschlafen.«

»Du hast ...?«

»Nicht jetzt.« Lucio gebot ihr mit einer raschen Geste Schweigen. »Ich erkläre es dir später.«

Oder besser gar nicht, dachte er, während er zurück in den Verschlag kletterte. Es würde den anderen nicht gefallen, dass er bereits jetzt einige Dublonen von den Bestechungsgeldern abgezweigt hatte, aber sie würden ohnehin nie etwas davon erfahren. Er hatte das Geld widerwillig angenommen, für den Notfall, wenn alles andere scheiterte.

Die anderen hatten unterdessen die Uniformen aufgenommen und halfen sich gegenseitig beim Anlegen. Lucio konnte sich ein Grinsen kaum verkneifen, als Jaquino mühsam die Schärpe um den prallen Bauch wand. Seine Hände zitterten, ob vor Anspannung oder vor Angst, mochte Lucio nicht sagen.

»Ich hoffe, wir machen keinen Fehler«, murmelte Bataga und zog die lange Weste über der Brust zusammen. »Sie werden sich nicht täuschen lassen.«

»Sobald wir am Koloss sind, haben wir gewonnen«, erwiderte Lucio und schlüpfte seinerseits in das weite Hemd, das ihm bis auf die Oberschenkel reichte. »Im Gewühl sieht eine Uniform aus wie die andere.«

»Dein Wort in der Götter Ohr.« Bataga verzog den Mund und deutete nach draußen. »Was ist mit ihr?«

»Sie wird am Kai sitzen und Wache halten.«

»Wache halten?«

Lucio grinste verlegen und hob die Schultern, während er seinen Dolch unter der Weste verstaute. »Besser dort als am Koloss, nicht wahr?«

»Du weißt ja, was ich darüber denke.« Bataga schüttelte den Kopf und fuhr fort, das Hemd zurechtzuraffen.

Schließlich hatten sie auch die letzten Gürtel und Verschnürungen strammgezogen und nahmen Haltung an. Die Gesichter wirkten verkrampft, versuchten vergeblich, Zuversicht auszustrahlen. Nela kicherte leise, aber es war ein unechtes Kichern, das nicht von Erheiterung herrührte.

Lucio musterte sie skeptisch. Bataga hatte Recht, um nichts in der Welt konnten sie einen Commandant der Hafenmeisterei täuschen, wenn sie auf ihn trafen, aber um sich unauffällig über die weitläufigen Kaianlagen zu schleichen oder an den Wachen vorbeizukommen, dürfte es reichen.

»Hier, nimm das.« Er drückte Jaquino einen Beutel mit einer Hand voll Dublonen in die Hand und lächelte aufmunternd. »Wir werden uns trennen, und du wirst es vielleicht brauchen. Mögen die Götter mit dir sein.«

»Und mit euch.« Jaquinos Stimme war belegt. »Tun wir es. Für die Märtyrer vom Heiligen Berge Visars. Und für ein besseres Al'Anfa.«

»Für die Märtyrer«, stimmten die anderen mit ein und legten ihre Handflächen gegeneinander, einen kurzen Moment des Schweigens, der ihnen deutlich machte, dass dies das letzte Mal sein konnte, da sie sich alle lebend gegenüberstanden.

***

Die Morgensonne brach hell durch das Glas des Dachfensters und warf schimmernde Kreise und Bögen auf das Wasser. Ein warmer Windhauch blähte den seidenen Vorhang vor dem Eingang, ließ die Kohlenschalen aufglimmen und die Wasseroberfläche zittern, die ruhig und unberührt dalag, umringt von einem weitläufigen Säulengang, in dem mit schwarzer Seide bezogene Diwane ruhten. Der betörende Duft von Rosenholz mischte sich mit dem frischer Blumengewinde, die man an den Säulen befestigt hatte, und über allem lag das Aroma schwerer Badeöle.

Aurelian ließ den Seidenmantel von den Schultern gleiten und trat an das Bassin. Vorsichtig tauchte er in das warme Nass, das ihn schmeichelnd umfing, tauchte unter, spürte die Frische, die ihn begrüßte und ihn endgültig aus dem Dämmern der letzten Nacht riss, und ließ sich wieder an die Oberfläche treiben.

Das Becken war groß genug, um es mit ein paar kräftigen Zügen zu durchqueren, aber er war nie ein guter Schwimmer gewesen, und er hatte auf seinen Reisen einen Seesturm zu viel erlebt, als dass er dem feuchten Element mehr abgewinnen konnte als den Genuss einer kurzen Erfrischung am Morgen oder die Kulisse für einen ruhigen Tag in den Thermen.

Kühl und nass klebten ihm die Haare an Hals und Rücken, als er sich aufrichtete und Nahim heranwinkte. Die Tulamidin löste die Spangen ihres Kleides und glitt ebenfalls ins Wasser. Aurelian ließ sich am flacheren Rand nieder, neben dem silbernen Drachenkopf, der unablässlich einen Schwall warmen Wassers in das Becken spie, und schloss behaglich die Augen, als er die Hände der Sklavin an seiner Brust spürte.

Bereits seit zwei Stunden versetzten die Sklaven der Zwillinge den Palazzo in Aufregung, um alles für den großen Auftritt auf der *Stolz von Al'Anfa* vorzubereiten, sodass er beschlossen hatte, in das Badehaus des Palazzos zu flüchten – zumal Emilia seit einer geraumen Weile den

Dichter auf der Terrasse auf und ab schreiten und sein Epos rezitieren ließ, laut genug, um ihm endgültig den Schlaf und die letzte Geduld zu rauben.

Es mochte keine vier Stunden mehr dauern, bis die *Stolz von Al'Anfa* die Anker lichtete, um in aller Pracht und Herrlichkeit in den Hafen einzulaufen und den Koloss zu begrüßen, dessen Kopf auf den Befehl des Patriarchen hin endlich enthüllt werden sollte. Ein wahrhaft geschichtsträchtiges Ereignis. Aurelian lächelte zufrieden. Er hatte sich in den letzten Wochen von gesellschaftlichen Ereignissen fern gehalten, und nebenbei eifrig das Gerücht geschürt, er sei verärgert über die Zurücksetzung, die er erfahren hatte. So hatte ihn auch niemand gefragt, ob er wenigstens auf den Tribünen anwesend sein würde, die man für die Granden errichtet hatte, denen nicht die Ehre zuteil wurde, auf der Galeere neben dem Patriarchen zu stehen. Niemand würde ihn vermissen, niemand würde Fragen stellen, warum gerade er nicht erschien. Wenn der Regen niedergegangen war, würde er hinaus auf den Balkon treten und sich das Spektakel ansehen. Wenn er Glück hatte, ebneten sich die Rebellen bei ihrer Tat selbst den Weg zu Boron. Dieser Lucio mochte zwar noch zu naiv sein, um ihm tatsächlich Steine in den Weg zu legen, wenn er feststellte, dass sich die Kobra keineswegs mit ihrem Korb begnügte, aber er war nicht dumm und es würde nicht lange dauern, bis er gelernt hatte, in der Schlangengrube zu überleben.

Träge öffnete er die Augen und warf einen Blick auf die Tulamidin, die sich in einer geschmeidigen Bewegung neben ihm hochschob, sodass er ihren Körper auf seiner Haut spürte. Ein schöner Körper und ein schönes Gesicht mit betörenden Glutaugen, die ihn verführerisch anfunkelten, um sich im nächsten Moment in gespielter Scheu abzuwenden, während ihre Finger über seinen Hals strichen und eine widerspenstige Haarsträhne beiseite schoben.

Aurelian musterte sie spöttisch und schob dann ihre Hand fort. Er gewahrte er das Aufblitzen in ihren Augen, ehe sie sich mit einem Lächeln und gesenkten Lidern abwandte und nach dem Schwamm und den Badeölen griff.

Aurelian folgte ihren Bewegungen. Sie mochte ihm allerlei rahjanische Freuden im Bett bereiten, aber in allem, was sie tat, in jeder Bewegung, in jedem Blick und jeder Geste lag Berechnung. Und wenn sie ihn jetzt zärtlich berührte und immer wieder die Lippen über seine Haut tasten ließ, während sie mit dem Schwamm über seinen Körper fuhr, dann nur, um den Taumel der vergangenen Nacht erneut zu entfachen. Es war ihm zuwider, diese kühle Berechnung, dieses geschickte Taktieren und Beobachten, wann der richtige Zeitpunkt gekommen sei, die eigenen Interessen in Rahjas Namen voranzutreiben. Ein Käfig, ein Netz, in das er sich selbst viel zu sehr verstrickt hatte, das er viel zu sehr zu seinem eigenen gemacht hatte, als dass er anders handeln konnte oder von anderen verlangen könnte, auszubrechen und die Schlingen zu zerschlagen, die sie alle zusammenhielten, gleichgültig, ob Grande, Fana oder Sklave. Er konnte es ihr nicht einmal verübeln, dass sie versuchte, das Beste aus ihrer Lage zu machen; schön genug war sie, um Begierden zu wecken, aber er würde nicht zulassen, dass sie Macht über ihn gewann. Sie war ihm eben so gleichgültig wie die anderen Sklaven, denen er aus einer Laune heraus eine Weile seine Aufmerksamkeit schenkte, bis er sie wieder verkaufte oder auf die Plantagen bringen ließ. Gleichgültigkeit war die einzige Waffe, die ihm blieb, um sich gegen leidenschaftliche Gefühle zu erwehren, die ihn verletzlich zu machen drohten; ein Weg, der nur in die Einsamkeit führen konnte, aber gleichzeitig der einzige zum Überleben.

Der Vorhang wurde zur Seite geschoben, und Kito trat ein. Vor sich trug sie ein silbernes Tablett mit allerlei Köstlichkeiten, die sie zu einem Frühstück zusammengestellt hatte. Nahims Gesicht blieb unbewegt, aber Aurelian merkte, wie sich ihr Körper spannte, während Kito einen Tisch heranschob und aufzudecken begann. Sie war blass, ihr Gesicht schien eingefallen, ihre Bewegungen fahrig. Verlegen hob sie den Kopf und schenkte Aurelian ein Lächeln, wie es aufgesetzter nicht sein könnte.

»Verzeiht, Herr, dass ich so spät bin«, murmelte sie und rückte eine Schüssel mit frischem Obst zurecht. »Man bereitet schon die Speisen für heute Nacht, und es dauerte eine Weile, bis ich jemanden finden konnte, der nicht beschäftigt war.«

Aurelian nickte, während er spürte, wie Nahim sich enger an ihn schmiegte und ihre Finger sacht über seinen Nacken streichen ließ. Kito senkte rasch den Blick und schenkte Tee in die zierliche Porzellantasse ein. Zögerlich ging sie neben ihm in die Knie und stellte die Tasse ab, ohne ihn anzusehen.

»Wenn Ihr mich nicht braucht, erlaubt bitte, dass ich mich zurückziehe.« Ihre Stimme zitterte, ihr Blick war starr auf den roten Marmor zu ihren Füßen gerichtet.

Aurelian schwieg. Lange Wimpern verbargen ihre Augen, aber die Lippen bebten. Langsam erhob er sich und schob Nahim unsanft zur Seite.

Kito hielt der Kopf gesenkt, als er sich ihr zuwandte, wie ein junger Hund, dem man Achtung vor seinem Herrn eingeprügelt hatte, bis er nicht mehr wagte, den Blick zu heben. Sanft, aber bestimmt fasste er ihr Kinn und zwang sie, ihn anzublicken. Ihre dunklen Augen schimmerten feucht, und auf ihren Lippen lag ein gespieltes Lächeln, von dem er bislang gedacht hatte, dass es lange hinter ihnen lag.

»Bitte, Herr.« Sie schlug rasch die Augen nieder und schluckte. »Erlaubt mir, mich zurückzuziehen.«

Aurelian schüttelte den Kopf. »Nicht, ehe du mir verrätst, was dich bedrückt. Du schleichst seit Tagen umher, als ... sei dir Zornbrecht persönlich erschienen und hätte gedroht, dich in seine Minen zu bringen.«

Kitos Mundwinkel zuckten. »Bitte, Herr, ich ... Ihr würdet mich ...«

»Sieh mich an, Kito.« Aurelian hob ihr Kinn noch ein Stück. »Was ist mit dir los?«

»Ich ...« Kito riss die Augen auf und verzog den Mund zu einem verzweifelten Lächeln. Ihr Kinn zitterte in seiner Hand. Hinter ihm plätscherte etwas im Wasser.

»Herr, wollt Ihr ...«

Unwillig fuhr Aurelian herum und bedachte Nahim mit einem vernichtenden Blick.

»Verschwinde!«

Die Tulamidin öffnete den Mund zu einer Antwort, schien es sich dann aber doch noch anders zu überlegen und zog sich in einer geschmeidigen Bewegung auf den Rand des Beckens. Ihr Lächeln war zu einer Maske gefroren, als sie sich aufrichtete und ihr Kleid raffte.

»Soll ich ...?«

»Raus!«

Rasch senkte sie den Kopf und zog sich lautlos zurück, nicht, ohne Kito einen letzten, giftigen Blick zuzuwerfen.

Aurelian wartete, bis der Vorhang wieder zur Ruhe gekommen war, und wandte sich erneut Kito zu. Sie hielt den Kopf nun erhoben und den Blick starr nach vorne gerichtet, doch über ihre Wange rann eine einzelne Träne.

»Komm.«

Aurelian nahm ihre Hand und zwang sie sanft zu sich ins Wasser. Sie schrak fröstelnd zurück, als ihr Kleid in das kühle Nass eintauchte, aber sie presste die Lippen zusammen und ließ sich gehorsam führen. Aurelian nahm sie behutsam in den Arm und gab ihr einen Kuss auf die Stirn. Ein Zittern lief durch ihren Körper.

»Und nun erzähle mir endlich, was dich bedrückt.« Er strich ihr zärtlich über die Schulter und das Haar. »Ist es wegen Nahim? Ihr mögt euch nicht, oder?«

Kito schüttelte schnell den Kopf und nickte dann, verwirrt. »Nein, ich ... doch ... » Sie schluckte und sah zu ihm auf, ein gezwungenes Lächeln. »Ich ... mir stände es nicht zu, ich ... nein, Herr, es ... hat nichts mit Nahim zu tun.«

»Was ist es dann?«

»Ich ... kann es Euch nicht sagen, Herr, bitte ...«

»Kito ...« Aurelian runzelte ärgerlich die Stirn. »Ich will wissen, was los ist.«

»Ich ...« Ihre Stimme ging in einem plötzlichen Schluchzen unter. Tränen ließen ihre Augen verschwimmen und rannen über ihre Wangen. Ihr Körper bebte, als er sie tröstend an sich drückte, stumm ihr Haar küsste und wartete, bis sie sich schließlich wieder von ihm löste und die Tränen aus den verquollenen Augen strich. Sacht küsste er ihre zitternden Lippen und nahm ihr Gesicht in beide Hände.

»Auch, wenn es dir schwer fällt, du musst mir sagen, was dich bedrückt«, sagte er sanft. »Du sollst keine Geheimnisse vor mir haben, meine Schöne.«

Kitos Gesicht verzog sich zu einem Lächeln, das in einer schiefen Grimasse verendete. Sie nickte vorsichtig.

»Es ist nur ... ich ... muss immer wieder an Said denken. Ich ...« Erneut traten ihr die Tränen in die Augen und ihre Worte wurden verschluckt von dem Schluchzen.

Aurelian hielt sie im Arm und strich mit der anderen Hand über ihren Kopf. *Said*. Über ein Jahr war es bereits her, dass diese nordländischen Abenteurer ihn ›befreit‹ hatten, und noch immer fand Kito keine Ruhe. Er hatte sie nie mitgenommen auf seine Reisen in den Norden, weil er um die Abneigung dort gegenüber der Sklaverei wusste, weil er sich nicht der Illusion hingab, man würde sich täuschen lassen durch die Bekundungen, die mitgeführten Dienstboten seien freie Menschen. Er hatte sie nicht mitgenommen, weil er sie nicht verlieren wollte, nicht an irgendwelche dahergelaufene Abenteurer, die sich in den Kopf setzten, eine geknechtete Mohasklavin zu befreien, um sie dann dem Elend der Gassen auszusetzen.

Dafür hatte er Said mitgenommen. Ein hübscher, kluger Bursche, aber auch stolz, zu stolz für einen Feldsklaven;

ein Geist, den man nicht brechen, sondern formen sollte, den man langsam einfing, dem man Freiheiten ließ und ihn an sich band. Er wollte dem Jungen lesen und schreiben beibringen lassen und ihn zu seinem Sekretär machen, ihn vielleicht später freilassen, wie er es mit Razir getan hatte. Mehr denn je brauchte er einen wachen Kopf, dem er vertrauen und dem er seine Geschäfte übertragen konnte, von denen Rahjadan nichts wusste und nichts wissen sollte. Diese nordländischen Abenteurer hatten seinem schönen Plan ein jähes Ende bereitet, als sie in seine Gemächer in Punin eindrangen und Said mitnahmen – »befreiten«, wie sie ihm in einem frechen Brief mitteilten, den sie in den verwüsteten Räumen zurückließen. Kito war untröstlich gewesen, aber er hatte bislang geglaubt, sie hätte den Verlust ihres Sohnes verwunden. Tröstend strich er ihr über die Wange.

»Wenn es dir so viel bedeutet, kann ich jemanden ausschicken, der ihn sucht. Sie werden ihn finden.«

Kito zuckte zusammen und blickte auf. Ihre Augen waren geweitet und rot. Hastig schüttelte sie den Kopf. »Nein, Herr, es ... ich bin etwas ... durcheinander. Ich habe ... immer sein Bild vor Augen, seit ...«

»Möchtest du ein paar Tage fort? Du könntest eine Weile auf der Plantage bleiben, bei deiner Tochter, bis es dir wieder besser geht.«

»Ihr ... würdet mich gehen lassen?« Kito starrte ihn mit großen Augen an. »Aber ... ?«

»Schweren Herzens, meine Taube.« Aurelian strich behutsam die Strähnen beiseite, die sich aus dem dicken Zopf gelöst hatten. »Aber ich kann nicht mit ansehen, wie du dich mit der Erinnerung quälst. Vielleicht tun dir einige Tage fern der Stadt gut und bringen dich auf andere Gedanken.«

»Ich ... weiß nicht, was ... Ich danke Euch, Herr.« Kito lächelte, und diesmal erreichte das Lächeln auch ihre Augen. Dankbar erwiderte sie seine Umarmung und den Kuss, bis er sich vorsichtig von ihr löste und mit gerunzelter Stirn die Perlenkette um ihren Hals betrachtete, die seine Hände unter dem Kleid ertastet hatten.

»Woher hast du das?«, fragte er argwöhnisch und fuhr mit den Fingern über die gleichmäßigen, schillernden Perlen. Er spürte, wie Kito jäh zusammenzuckte.

»Das ... ein Händler, auf dem Markt, er hat sie mir geschenkt.«

»So? Und was war deine Gegenleistung?«

»Gegenleistung? Ich ...« Kito rang unter seinem Blick sichtlich um Worte. »Ich habe ihm versprochen, Euch seine Waren zu empfehlen. Nur leider ... habe ich seinen Namen vergessen.«

Aurelian schmunzelte und schloss Kito erneut in die Arme. »Der arme Mann«, spottete er. »Schenkt dir eine solche Kostbarkeit, weil er sich meine Aufmerksamkeit erhofft, und du vergisst seinen Namen.«

»Darf ich sie ...«

»Behalten? Sicher.« Aurelian betrachtete sie lächelnd. »Du siehst wunderschön aus damit. Vielleicht sollte ich dir weiteres passendes Geschmeide kaufen? Einen Ring oder ein Armband? Vielleicht, wenn du von der Plantage zurückkommst?« Kito hob den Blick. Die Tränen waren versiegt, und ein zuversichtlicher Zug lag auf ihrem Gesicht. Sie nickte zaghaft, eine Hand auf die Kette gepresst.

»Glücklich gefällst du mir besser«, bemerkte er. »Heute ist es zu spät, um noch aufzubrechen, und in den Namenlosen Tagen lasse ich dich nicht reisen. Richte alles, damit du am ersten Praios aufbrechen kannst. Geh und zieh dir etwas Trockenes an, und komm dann zurück. Und richte Nahim aus, ich schleppe sie eigenhändig in die Minen, wenn sie dich noch einmal schief ansieht.«

»Ja, Herr.« Kito nickte und wandte sich zögernd ab, um zu der marmornen Stiege zu waten. Plötzlich verharrte sie noch einmal und blickte sich zu ihm um. Ein unsicheres Lächeln zuckte um ihre Mundwinkel, die Augen flackerten.

»Herr, ich ...«

»Was noch?«

»Es ... es ist ... ich ...« Sie schluckte. »Nichts, Herr.« Rasch senkte sie den Kopf und Aurelian meinte zu erkennen, wie sie die Lippen zu einem schmalen Strich zusammenpresste.

»Kito.« Aurelian atmete tief durch und zwang sich, seine Stimme ruhig zu halten. »Was ist los?«

»Nichts, Herr. Das heißt, es ist ... Said. Ich ...«

»Aurelian, mein Lieber!«

Er fuhr herum, als der Seidenvorhang zur Seite geschlagen wurde und Imana hineinschwebte, gefolgt von ihren Utulu-Sklaven und dem Mädchen mit dem Katzenkorb. Eine Wolke schwerer Duftwässer eilte ihr voraus, und ihr dunkelrotes Seidenkleid rauschte, als sie mit zwei gestelzten Schritten auf das Becken zutrat.

»Dein maraskanischer Bluthund verriet mir, wo ich dich finde. Wie schön, dich bereits wach anzutreffen.«

Aurelian schluckte die Erwiderung, die ihm bereits auf der Zunge lag, und zwang sich zu einem Lächeln. Er hatte Razir ausdrücklich gesagt, dass er nicht gestört werden wollte.

»Ich wusste nicht, dass Ihr schon zurück seid.«

»Hast du tatsächlich diese unsägliche Zeremonie vergessen, zu deren Besuch Rahjadan mich genötigt hat?« Imana schüttelte seufzend den Kopf und ließ sich auf dem Diwan nieder, den ihr der Utulu herangezogen hatte. Die Sklavin hob die Katze aus dem Korb und reichte sie ihrer Herrin. »Ich habe die Morgenfrische genutzt. Ein sehr bewegendes Erlebnis, die erwachenden Felder zu erleben, wenn sich die Praiosscheibe gerade erst erhebt. Und es hat mir die Verlegenheit genommen, mich allzu lange mit Rahjadans garstigen Bälgern unter einem Dach aufhalten zu müssen.«

»Ein weiser Entschluss«, nickte Aurelian, während er gemächlich aus dem Wasser stieg und sich von Kito ein Tuch reichen ließ. Das Gesicht der Sklavin schien erstarrt. Stumm trat sie einen Schritt zurück, um den Seidenmantel aufzunehmen und ihm überzustreifen. Aurelian schlang den weichen Stoff um seinen Körper, schüttelte die nassen Haare über die Schultern und deutete dem Utulu, einen weiteren Diwan heranzuziehen.

»Ich hoffe, ich habe dich nicht gestört«, erkundigte sich Imana und kraulte ihrer Katze die Nackenhaare. Mit der anderen Hand langte sie nach einem Stück Gebäck.

»Wie könntet Ihr mich stören?«, log er und setzte sich. Imana hob eine Augenbraue unter ihrem Schleier.

»Ich hörte, du wirst heute nicht anwesend sein?«, fragte sie und biss vorsichtig eine Ecke von dem Gebäck ab.

»Bei besagter unsäglicher Zeremonie? Nein, man wird auf mich verzichten müssen.« Aurelian lehnte sich zurück. »Man wird es mir kaum nachtragen, wenn ich zu dem Schluss komme, nach all den Schmähungen nicht auch noch Paligans Triumph und die Lobeshymnen auf den Patriarchen mit ansehen zu müssen. Aber es wird sicher ein großartiger Tag, ein Tag, der in die Geschichte eingeht.«

»Mit Sicherheit.« Imana lächelte säuerlich und sah suchend umher. Aurelian winkte Kito, ihnen Tee einzuschenken.

»Doch nun sagt, was verschafft mir die Ehre Eures unerwarteten Besuchs?«, wechselte Aurelian das Thema. »Wie kommt es, dass Ihr Euch die Zeit nehmt, anstatt Euch den Kopf darüber zu zerbrechen, welche Garderobe zu diesem Anlass passend sei und welcher Beschützer die schönste Zierde darböte?«

»Verschone mich mit deinem Spott.« Imana verzog verärgert den Mund und grub ihre Finger in das Fell der Katze, die empört aufkreischte und erfolglos nach ihrer Herrin hieb. »Die Zeiten, in denen ich die Blicke auf mich lenken musste, sind lange vorbei. Außerdem hat mein Schneider bereits alles vorbereitet.«

Aurelian lächelte ironisch. Als ob seine Mutter auch nur einen Skrupel ihrer Eitelkeit aufgegeben hätte. Seit Jahren, Jahrzehnten rang sie verzweifelt mit Satinav, um jedes Fältchen, um jede Unreinheit ihrer bronzenen Haut, um jede graue Strähne. Wo Salben und Magie nicht helfen konnten, verschleierten feine Seidenstoffe die Runzeln und dunklen Flecken, bedeckte Puder die pergamentene Haut und Kohlestift die geschwollenen Lider. Einen Moment lang hatte er überlegt, ob er sie warnen sollte, aber er war wieder davon abgekommen. Die alte Schlange trieb schon viel zu lange ihre Spielchen, mochte sie den Seelen der Ermordeten Gesellschaft leisten. Wenn Boron sie heute zu sich rufen wollte, würde er nicht versuchen, ihn zu hindern.

»Nein, weshalb ich tatsächlich hier bin ...« Imana machte eine Kunstpause und nahm die Tasse entgegen, die ihr Kito reichte, »fast gleichzeitig mit mir traf ein Bote ein, mit einer Nachricht für dich. Ein Bote des Patriarchen.« Sie griff nach dem Zucker, den Kito ihr hinhielt, und rührte gemächlich zwei Löffel in ihren Tee. »Nun, und da dachte ich mir, da ich dich ohnehin aufsuchen wollte, bringe ich ihn dir gleich mit. Dein Kettenhund sah das ein.«

Aurelian nickte unbewegt, während ein eisiger Schauer nach seinem Nacken griff. »Ich nehme an, Ihr könnt mir auch bereits den Inhalt dieser an mich gerichteten Epistel mitteilen?«

»Ach, wo denkst du hin!« Imana lachte gekünstelt und zog ein schmales Papier aus ihrem Ärmel. »Hier ist sie, ungelesen.«

Aurelian nahm den Brief entgegen und betrachtete das unversehrte Siegel, der Rabe mit dem Schwert. Was mochte Amir von ihm wollen, gerade heute, nachdem er drei Wochen nichts von ihm gehört hatte, seit ihrem Streit über den Ratssitz?

»Willst du ihn nicht öffnen?« Imana nippte an ihrem Tee.

»Um Eure Neugierde zu befriedigen?«, fragte Aurelian mit gespieltem Spott und brach das Siegel. Rasch überflog er die Zeilen, deren Hand er nur zu gut kannte, einmal, ein zweites Mal. Sein Hals war eng, als er aufblickte und sein rasendes Herz zur Ruhe zwang.

»Er lädt mich auf die *Stolz von Al'Anfa*, in seine Loge.«

Seine Stimme war ruhig, sachlich, aber er spürte, wie seine Hände zitterten.

»Das ist ja schön. Du wirst ... Ahh!«

Scheppern und Klirren verschluckte Imanas Aufschrei, als Kito erschreckt zurückwich und die Tasse endgültig ihrer Hand entglitt.

»Du dummes Ding!« Stöhnend zog Imana den Stoff zur Seite, wo der heiße Tee ihr Bein getroffen hatte, und gab ihrem Utulu einen Wink. Eine kräftige Ohrfeige warf Kitos Gesicht zur Seite. Die Sklavin wimmerte auf.

»Du solltest ...«

»Es reicht.« Aurelians Stimme hatte einen schneidenden Ton angenommen, der den Utulu innehalten ließ. Wütend richtete er sich auf, froh, sein Erschrecken hinter der Maske der zornigen Entrüstung verbergen zu können. »Die Bestrafung meiner Sklaven ist allein meine Sache. Verschwinde!«

Der Utulu blickte unsicher zu seiner Herrin, die ihm einen mürrischen Wink gab. Mit einer Verbeugung zog er sich einige Schritt zurück in den Schatten der Säulen.

Aurelian rollte den Brief zusammen, während Kito vorsichtig den Kopf hob.

»Räum das weg«, befahl er knapp und legte dabei die Nachricht neben sich auf den Diwan. »Wir reden später darüber.«

»Ich hoffe, du gedenkst nicht, sie so davonkommen zu lassen?«, giftete Imana. »Du solltest sie auspeitschen lassen, besser noch an die Krokodilpfähle binden.«

»Sie war mit ihren Gedanken nicht bei der Sache«, erwiderte Aurelian gereizt. »Natürlich wird sie bestraft, und es wird sie lehren, beim nächsten Mal vorsichtiger zu sein. Aber nicht jetzt.« Er atmete tief durch, um seine Gedanken zu klären. Er musste sich schnell entscheiden, was zu tun war.

Imana lächelte schmal. »Du hast Recht, reden wir über erfreulichere Dinge. So erweist dir der Patriarch also wieder seine Gunst. Wie schön. Ich nehme an, du wirst seine Einladung nicht ablehnen?«

Genau das ist das Problem, dachte Aurelian verzweifelt. Vielleicht konnte er ablehnen, noch eine Weile den Schmollenden spielen, Amir hinhalten. Er wäre ungehalten, sicher, aber das würde nach dem heutigen Tag ohnehin keine Rolle mehr spielen. Vielleicht war das der beste Weg, den Kopf aus der Schlinge zu ziehen, eine brüske Ablehnung, ohne weitere Erklärungen. Dann musste er aber davon ausgehen, dass Amir dieses Angebot tatsächlich aus Reue über den Streit machte. Was aber, wenn etwas anderes dahinter steckte? Wenn jemand von dem Vorhaben erfahren hatte und ihn nun in eine Falle lockte? Es war bereits zu spät, um Lucio und seine Leute zu finden und von ihrem Plan abzubringen. Wenn sie dazu überhaupt noch bereit wären, er hatte schließlich seine Pflicht und Schuldigkeit getan und ihnen die Wege geebnet. Aurelian fluchte innerlich. Wenn es tatsächlich eine Falle war, durfte er die Einladung nicht ausschlagen, eine Ablehnung konnte als Zeichen seiner Schuld verstanden werden. Und eine Zusage würde ihn ebenso ins Verderben reißen wie all diejenigen, für die er es vorgesehen hatte.

Das Schlagen eines Silberringes gegen die Tasse riss ihn aus seinen Gedanken und verriet ihm, dass Imana immer noch auf eine Antwort wartete. Er zwang ein Lächeln auf sein Gesicht und nahm die Tasse, die Kitos Ungeschicklichkeit entkommen war.

»Ich fühle mich geehrt.«

***

Das grelle Licht der Mittagssonne spiegelte sich auf dem Wasser, das in sanfter Dünung gegen die Kaimauern schlug und die Schiffe, die hier vor Anker lagen, auf und ab schwanken ließ. Es war Leben aufgekommen zwischen den Warenschuppen, die wie fette Blutegel auf den

Kaianlagen hockten. Eine beachtliche Menge Schaulustiger lungerte herum, man redete und lachte, während die große Bühne für die Granden und ihre Gäste mit Blumengebinden und bunten Bändern geschmückt wurde.

Lucio senkte den Kopf, als er über das Pflaster schritt und sich einen Weg durch die Menschenmengen bahnte, schnell, aber nicht zu hastig. Neben sich hörte er Bataga schnaufen und spürte die unsicheren Blicke, die der Utulu ihm aus den Augenwinkeln zuwarf.

»Bleib ruhig«, raunte er. »Es wird alles gut gehen.«

Bataga grinste nur verzweifelt und Lucio meinte ihn Gebete murmeln zu hören.

Die Schuppen lichteten sich, und keine dreißig Schritt vor ihnen erhob sich drohend der Koloss. Sein Fuß ruhte auf einem riesigen Marmorsockel, auf den eine schmale Treppe führte, bis zu der schmalen Tür, durch die man ins Innere des ehernen Ungetüms gelangte.

Lucios Herz raste, während er auf den Gardisten zuschritt, der hier Wache hielt. Ein Dukatengardist, wie er erleichtert feststellte, kein Bediensteter der Hafenmeisterei, dem der Schwindel vielleicht sofort aufgefallen wäre.

Der Mann hob den Kopf, als sie sich näherten, und blinzelte misstrauisch in das Licht.

»Seid ihr nicht ein wenig früh?«, schnarrte er und kratzte sich am Kinn. »Wie lange braucht ihr denn, um diese läppischen Plane zu lösen? »

»Besser zu früh, als dass es am Ende nicht so klappt, wie es Seine Erhabenheit wünscht«, erwiderte Lucio und wunderte sich, wie leicht es ihm fiel, jedes Zittern in seiner Stimme zu vermeiden. »Wir sollen jetzt alles bereit machen, damit es nachher nicht zu Verzögerungen kommt.«

»Ah ja.« Der Söldner nickte und musterte sie noch einmal eindringlich. Der Blick glitt über die Uniformen, von den schwarzen Stiefeln die Hose hinauf über die gegürtete Weste und das weite Hemd bis in ihre Gesichter. »Wenn ihr schon an einem Tag wie diesem ran müsst, nehmt euch beim nächsten Mal mehr Zeit, euch zu waschen«, brummte er und machte den Weg frei. »Man weiß nie, ob es einem der Herrschaften nicht doch gelüstet, den Kopf von innen zu bestaunen. Seht zu, dass ihr euch dann besser im Hintergrund haltet.«

»Das werden wir«, antwortete Lucio erleichtert und trat an ihm vorbei. »Danke.« Dann waren sie durch die Tür und am Fuß der schmalen Wendeltreppe, die sich im Inneren des Beines nach oben schraubte.

»Es klappt. Hoffentlich haben es Nela und Raquirio auch geschafft«, raunte Lucio Bataga zu, während sie hinaufstiegen, langsam und gleichmäßig, darauf bedacht, kein Geräusch zu verursachen, das die Hafengardisten zu früh auf den Plan rufen konnte. Von oben drangen leise Stimmen zu ihnen herab. Lucio hielt inne. Ein Mann und eine Frau. Gut, zwei würden sie schaffen.

Schließlich erreichten sie die Unterseite der ersten Ebene. Man hatte eine einfache Holzplattform quer durch den Leib des Kolosses gelegt, an deren anderem Ende die Treppe aus dem zweiten Bein heraufkam, nur durch ein schmales Geländer gesichert. Vorsichtig duckten sie sich in die Windung der Wendeltreppe. Schritte knarrten auf den Holzdielen, und die Stimmen waren nun nah genug, um drei zu unterscheiden.

»Mir gefällt das hier nicht«, murmelte Bataga und warf einen ungeduldigen Blick hinüber zur anderen Stiege. Lucio folgte seinen Blick und nickte stumm. Nela und Raquirio hätten längst da sein müssen.

»Was tun wir, wenn sie nicht kommen?«, raunte Bataga.

»Wir warten erst einmal.« Obwohl er flüsterte, hatte Lucio das Gefühl, als müssten seine Worte in dem ehernen Koloss widerhallen. »Wenn sie nicht ...«

»Ich gehe dann wieder«, ließ eine Stimme sie in diesem Moment zusammenfahren. Schritte näherten sich. »Winkt, wenn ihr Hilfe braucht, ehe die anderen kommen.«

»Wir kommen schon klar.« Ein helles Lachen folgte.

»Verflucht.« Lucio fuhr zurück und zog den Dolch. Vier Stufen, vielleicht fünf, bis man sie entdecken würde. Bataga erstarrte neben ihm. Zwei Schritte, einer.

Er sprang vor und der Dolch traf den Mann, eher dieser überhaupt begriffen hatte, was vor sich ging. Ein erschreckter Aufschrei entrann dem Gardisten, als er zurückfiel. Der Dolch fuhr durch die Uniform, Blut spritzte auf, ein heiseres Röcheln. Eine Hand griff nach Lucios Kehle, drückte ihm die Luft ab. Der schwere Körper unter ihm bäumte sich auf.

»He, was ist da los?« Aufgeregte Stimmen von oben, schwere Tritte auf den Dielen.

Lucio rang um Atem. Der Druck an seiner Kehle wurde stärker, bunte Kreise tanzten vor seinen Augen, ein Rauschen brauste in seinen Ohren, er spürte, wie seine Bewegungen langsamer wurden, träger, die Kante der Treppe zwischen seinen Schultern schmerzte und sich langsam über seinen Rücken schob ... Dann war sein Hals wieder frei und eine Hand riss ihn hoch. Keuchend prallte er zurück. Vor ihm Batagas schwarzes Gesicht, auf den Stufen regungslos der Hafengardist, den Dolch in der Brust.

»Otavio, was ist los?«

»Komm!«, zischte der Utulu und Lucio spürte die Hand, die ihn mitriss. Bataga zerrte den Dolch aus dem Brustkorb des Toten. Schritte eilten ihnen entgegen. Lucio taumelte zurück, fühlte erleichtert den Pfeiler in seinem Rücken, als seine Knie nachgeben wollten, dann hatte die Gardistin sie erreicht. Fassungslosigkeit stand in ihrem Gesicht, als sie die Uniformen anstarrte und den Blick weiter gleiten ließ zu dem Toten.

»Otavio! Hier ...«

Bataga stieß vor, ehe sie zurückweichen konnte. Der Dolch fand ihren Hals, Blut spritzte. Ein Keuchen, ihre Hand ruderte in der Luft, versuchte Bataga zu greifen und brach zur Seite weg.

»Schnell.«

Lucio griff nach dem Geländer. Nebel wogten vor seinem Blick, und seine Knie zitterten. Dann hatten sie den Durchbruch erreicht und die Plattform. Man hatte sie nur an einer Seite bis an die eherne Wand herangeführt; an den anderen Rändern gähnte ein Abgrund bis zum Sockel der Statue. Ein einzelner Tisch stand hier, bedeckt mit Dokumenten, daneben zwei Signalfahnen und eine Laterne.

»Er ist fort«, knurrte Bataga.

Lucio hielt inne und fuhr sich über den geschundenen Hals. Jeder Atemzug kratzte in seiner Kehle. Ein Klicken zog seinen Blick nach oben.

»Vorsicht!«

Hart prallte er gegen Bataga, als sie zu Boden gingen. Keine zwei Spann neben ihnen schlug ein Bolzen schlitternd in das Holz.

Lucio sprang fluchend auf. Der Hafengardist auf der Stiege ließ die Armbrust fallen und hatte im nächsten Moment einen Säbel gezogen. Langsam kam er die Treppe hinab, ohne sie auch nur einen Moment aus den Augen zu lassen.

»Gebt auf«, fauchte er. »Ihr habt keine Waffen, und ihr kommt hier nicht raus – so, wie ihr ausseht«, fügte er mit einem Blick auf ihre bluttriefenden Uniformen hinzu.

Hastig blickte Lucio sich um. Neben ihm rappelte sich Bataga auf. Der Dolch war beiseite gefallen und über den Rand der Plattform gerutscht. Der Gardist hatte den Fuß der Treppe erreicht und hob drohend seinen Säbel. »Bleibt ruhig stehen, dann geschieht euch nichts.«

»Das könnte dir so passen.« Mit einem gewagten Satz sprang Lucio zur Seite und war an dem Tisch, den er fast umstieß. Sein Hand fasste die beiden Signalflaggen. Der Gardist schien einen Moment verdutzt, ehe er nachsetzte. Lucio taumelte zurück, als der Hieb auf seinen Kopf niederging, und konnte sich gerade noch fangen, keinen Schritt vom Abgrund entfernt. Der Gardist zögerte nicht. Seine Augen funkelten, als er zu einem weiteren Schlag ausholte. Lucio riss die Signalfahnen vor sich, während er sich zur Seite warf und der Länge nach auf den Holzboden aufschlug. Splitter fraßen sich in seine Handflächen, als er versuchte, den Sturz abzufangen. Sofort war der Gardist über ihm. Die Klinge blitzte im Schein der Laterne. Lucio rollte sich zur Seite und stieß eine der Signalfahnen nach oben.

Der Gardist verharrte mitten in der Bewegung. Sein Gesicht nahm einen gequälten Ausdruck an, seine Lippen zuckten, als wolle er etwas sagen, dann sank die Waffe und er fiel schwer nach vorn.

Lucio blieb keuchend liegen. Schritte näherten sich ihm, und eine feingliedrige Hand streckte sich ihm entgegen.

»Gut gekämpft, dafür, dass du nur zwei Flaggen hattest«, vernahm er Dom Raquirios näselnde Stimme.

Mit einem gequälten Stöhnen richtete er sich auf und warf einen Blick auf den Toten neben sich, aus dessen Hals der Griff eines Wurfdolchs ragte. »Ihr seid gerade rechtzeitig gekommen.«

»Nicht zu spät, würde ich sagen«, erwiderte Dom Raquirio und zog den Dolch aus dem Fleisch, um ihn an der Uniform des Toten abzuwischen. »Ihr habt ganz schön aufgeräumt.«

»Kann man ... es hören?« Jetzt, da wieder Ruhe eingekehrt war, klangen ihre Stimmen metallisch und kalt in der Stille des Kolosses.

»Draußen?« Dom Raquirio schüttelte den Kopf und steckte die Waffe wieder weg. »Nein, keine Sorge. Aber wir sollten ihn verstecken, wenn wir nicht zu schnell auffliegen wollen.«

»Ihn und die anderen beiden«, bekräftigte Lucio und erhob sich schwerfällig. »Bataga und Nela, ihr schafft die Leichen nach oben. Und versucht das Blut von der Treppe zu entfernen.«

»Zu Befehl, Generalissimo«, grinste Bataga und packte den Gardisten. »Willst du den Säbel haben? Vielleicht brauchen wir ihn noch.«

Lucio nahm die Klinge entgegen und betrachtete sie mit gemischten Gefühlen. Noch nie hatte er eine solche Waffe in der Hand gehabt. Waffen waren teuer, zu teuer, als dass er sich mehr hätte leisten können als den Dolch, der nun in den Tiefen des Kolosses verschwunden war. Vorsichtig schob er die Waffe unter den Gürtel. »Wir sollten uns beeilen. Es kann nicht mehr lange dauern, bis die Hafengardisten erscheinen, die die Planen lösen sollen.«

»Wie viele werden es eigentlich sein?«, fragte Dom Raquirio, während er einen Blick auf die Dokumente warf, die auf dem Tisch verteilt lagen.

»Fünf.« Lucio näherte sich der Klappe, die in der Vorderseite des Giganten eingelassen war. Das musste das Loch im Bauchnabel sein, durch das die Leute der Hafenmeisterei einlaufende Schiffe begutachteten. »Zusammen mit den Dreien, die schon hier waren, hätte es ausgereicht, um die Planen zu lösen.«

»Du hast wirklich ein wirklich ein sehr mitteilsames Schätzchen«, bemerkte der Horasier grinsend. »Wenn dir nichts an ihr liegt, solltest du mir bei Gelegenheit ihren Namen nennen, vielleicht bezahlen die mich wieder, wenn ich ihnen eine Verräterin ausliefere.«

»*Ein* Grund, dir den Namen nicht zu nennen«, erwiderte Lucio finster. »Du solltest dir bei Gelegenheit überlegen, wo deine Feinde und wo deine Freunde stehen.« Kopfschüttelnd wandte er sich ab und zog den Riegel zurück. Mit einem leisen Knirschen schwang die Platte beiseite und eröffnete den Blick auf das Meer, das sich unter dem Licht der vollen Praiosscheibe ruhig und friedlich vor ihnen ausbreitete. Über ihm hing am gebeugten Arm der Statue die Feuerschale, unmittelbar über der Hafeneinfahrt. Sie ragte ein wenig ins Meer hinaus, sie würden Acht geben müssen, dass sie sie nicht zu spät kippen ließen.

Lucio schloss das Nabelloch und wandte den Blick nach oben, wo über ihnen die zweite Plattform in der Brust des Kolosses klebte. »Dort oben muss der Mechanismus sein.«

Dom Raquirio nickte. »Vermutlich auch die Glocke. Wir hatten Glück, dass der Gardist nicht mehr so weit gekommen ist.«

»Er hat uns unterschätzt«, lächelte Lucio. »Boron ist uns wohl gesonnen.«

»Dann beten wir darum, dass er es bleibt. Der Plan wird beibehalten?«

Lucio nickte. »Die Leute der Hafenmeisterei werden abgefangen, sobald sie hochkommen. Unblutig, wenn es geht. Wir werden heute noch genug unschuldige Seelen zu Boron schicken.«

»Aber auch genug, die es nicht besser verdient haben.«

»O ja. Und es ist schade, dass wir sie nur einmal durch das Feuer gehen lassen können.« Er wies nach oben. »Kommst du mit und hilfst mir mit dem Mechanismus? Ich hörte, er sei recht schwierig, dafür jedoch so gelagert, dass er von einer Person bedient werden kann.«

»*Dieses* Schätzchen sollte ich wirklich kennen lernen«, grinste Dom Raquirio und folgte ihm die schmale Stiege hinauf. »Oder du musst mir dringend erklären, welche rahjanischen Künste deine Liebste soweit bringen, dich in die innersten Geheimnisse einzuweihen.«

»Manchmal sind es nicht nur rahjanische Künste«, erwiderte Lucio und war froh, dass Dom Raquirio seinen gequälten Gesichtsausdruck nicht sehen konnte. »Wir stehen längst nicht so allein, wie du glauben magst.«

***

»Ein Neuer also?«

Die Capitana bedachte ihn mit einem langen, forschenden Blick.

»Ja, ich ...« Jaquino verstummte sogleich wieder, als sie die Hand hob und tadelnd den Kopf schüttelte.

»Du bist noch nicht lange dabei, oder?«

»Äh, nein, Donna Capitana, ich ...«

»Das merkt man«, unterbrach sie ihn und faltete das Papier zusammen, das Lucio ihm mitgegeben hatte. Dom Raquirio hatte ihnen gesagt, es handle sich um eine Empfehlung. Boron allein mochte wissen, wo Lucio sie aufgetrieben hatte, eine wirklich gute Fälschung war teuer. Aber sie schien die Offizierin zu überzeugen.

Jaquino bemühte sich, noch strammer zu stehen, als sie sich erhob und auf ihn zutrat. Schweißperlen standen ihm auf der Stirn, und er hoffte, sie würde es auf die Hitze schieben und nicht auf die Angst.

»Zwei Dinge«, begann sie scharf und hob das Kinn. »Erstens: Du antwortest auf alle Fragen mit ja oder nein, es sei denn, dein Commandant fordert weitere Erläuterungen. Zweitens: Du wirst innerhalb eines Mondes einen Zustand erreicht haben, der der alanfanischen Flotte würdig ist. Das ist ja ein Jammer, was man uns hinwirft, damit wir etwas daraus machen.«

Jaquino biss sich auf die Lippen und schluckte die Erwiderung, die ihm auf der Zunge lag. Warum mussten Sklavenaufseher im Bauch der Galeere ebenso schneidig sein wie die Capitanes und Commandantes in ihren schmucken Uniformen?

»Und nun verschwinde und lass dich einweisen«, schnitt sich die Stimme der Capitana in sein Ohr. »Weißt du wenigstens, wie du mit Peitsche und Geißel umgehst?«

»Ja, ich habe schon ...« Verlegen schlug er sich eine Hand vor den Mund.

Aber die Capitana winkte mürrisch ab und reichte ihm das Papier zurück. »Manchmal frage ich mich, was den Paligan geritten hat, uns Leute wie dich zu schicken. Mach, dass du fortkommst, ich habe zu tun.«

Jaquino grüßte mehr schlecht als recht. Erleichterung überkam ihn, als die Tür zur Kapitänskajüte hinter ihm ins Schloss fiel und er sich auf den Weg an Deck machte.

Die *Stolz von Al'Anfa* war die größte Galeere, die die Stadt je gesehen hatte. Sechshundert Ruderer waren in ihrem

Innern eingepfercht, um die Gigantin durch das Wasser zu schieben, die den Tempelhafen nur verließ, um dem Patriarchen und den Granden als schwimmende Tribüne zu dienen. Er hatte gehört, dass Bal Honak das Schiff ursprünglich als Kriegsgaleere bauen ließ, es bei der ersten Fahrt jedoch beinahe kenterte. Die hinteren Aufbauten waren zu großzügigen Logen umgebaut worden, deren Ausstattung Jaquino einen Moment lang mit offenem Mund ausharren ließ. Lucio hatte Recht, wie lange könnte man jedem einzelnen Bewohner der Baracken allein mit dem Gold einer dieser Logen ernähren.

»He, was stehst du hier rum? Hast du nichts zu tun?«

Jaquino fuhr herum und blickte geradewegs in das Gesicht eines Tempelgardisten.

»Ich ... muss zu den Ruderbänken«, antwortete er schnell und zog das Papier hervor. »Die Capitana hat gesagt, ich solle mich dort melden.« Er spürte schon wieder den Schweiß, der ihm über die Schläfen rann und seine Uniform klamm machte, während der Ritter die Zeilen überflog.

»Dann befolge den Befehl und verschwinde nach unten«, raunzte er und stieß ihn ein Stück in Richtung Luke. »Seine Erhabenheit trifft gleich ein.«

»Ja, natürlich.« Jaquino machte eine fahrige Verbeugung und beeilte sich, die Stiege hinabzukommen. Der Gestank von Teer, Pech und schwitzenden Körpern drang ihm entgegen, als sich die Ruderbänke vor ihm auftaten. Man hatte die Sklaven gerade erst auf das Schiff gebracht und zwei Aufseher waren noch damit beschäftigt, die letzten Reihen festzuketten; kräftige, verbrämte Gestalten mit Oberarmen, wie er sie sonst nur bei den besten Gladiatoren bewundert hatte.

»Was willst du hier?«

Ein hünenhafter Utulu trat ihm in den Weg und betrachtete ihn mit verschränkten Armen.

Jaquino zerrte erneut das Papier hervor. »Ich bin als Sklavenaufseher hierher geschickt worden«, antwortete er und wunderte sich, wie glatt ihm die Lüge inzwischen über die Lippen kam. Der Utulu warf einen Blick auf das Schreiben, der Jaquino verriet, dass er es ebenso wenig lesen konnte wie er selbst, und fuhr prüfend über das Siegel.

»Paligan, wie?« Der Mund des Utulu verzog sich zu einem anerkennenden Grinsen, als er das Schreiben zurückreichte. »Ein guter Mann, dein Patron.«

Jaquino nickte rasch.

»Du gehst nach vorne«, befahl er freundlicher. »Hast du keine Waffe?«

Jaquino schüttelte den Kopf.

Der Utulu seufzte und warf ihm die Peitsche hin, die er in seinem Gürtel stecken hatte.

»Hier, ich komm auch ohne aus, ist ja nur ein kurzer Ausflug. Aber achte darauf, dass sie nicht zu langsam werden. Wenn du Probleme hast, ruf mich. Und warte nicht zu lange«, fügte er verschwörerisch hinzu. »Ein Fehler, und dieses Monstrum ist schneller gesunken als uns lieb sein kann.«

Wie Recht du hast, dachte Jaquino, während er zum angewiesenen Platz hinüberging und versuchsweise die Peitsche knallen ließ. Nun galt es, zu beten und auf Boron zu vertrauen, dass er rechtzeitig aus dem Bauch des Schiffes entkommen konnte, wenn es soweit war.

***

Ein sanfter Ruck ging durch die Sänfte, als die Träger zum Stehen kamen. Stimmen prasselten von allen Seiten, gemurmelte Gespräche, dazwischen die scharfen Befehle der Tempelgardisten, die bei der Galeere Aufstellung bezogen hatten.

Aurelian stockte, als er nach dem Schleier griff. Noch konnte er umkehren, einfach gehen, sie alle in ihr Verderben laufen lassen. Emilias helles Kichern stach aus dem eintönigen Gemurmel hervor, gefolgt von Shantallas entzücktem Aufschrei. Es half nichts, er hatte das Spiel gewagt, und er musste es beenden. Haltung bewahren, sich nichts anmerken lassen. Er atmete tief durch und schob mit einer entschiedenen Bewegung den Schleier zur Seite.

Die Mittagssonne stach ihm in die Augen, der Himmel war klar, jetzt, nach dem der Regen niedergegangen war. Vorsichtig erhob er sich. Die *Stolz von Al'Anfa* lag bereits festlich geschmückt und bemannt im Tempelhafen. Ein Steg führte an Deck, wo sich bereits die ersten Gäste eingefunden hatten. Aurelian blinzelte in die Sonne, aber die Loge des Patriarchen war noch leer. Sein Herz tat einen Sprung. Wusste Amir doch Bescheid? Und stellte ihm nun eine Falle? *Unsinn*, schalt er sich. Er war hier erschienen, niemand konnte annehmen, dass er sich selbst in Lebensgefahr begab, dass er wusste, was über dieses Schiff hereinbrechen würde. Neben ihm bewegte sich Razir. Seine stumme Anwesenheit war beruhigend, und Aurelian war einen Moment lang zutiefst dankbar, dass Razir keinen Herzschlag lang gezögert hatte, als er ihm freistellte, ihn auf diesem Gang zu begleiten.

»Aurelian!«

Shantalla kam herangeflogen und warf ihm die Arme um den Hals. Eine Wolke süßlicher Rosendüfte umschwebte sie, während sie ihm einen leidenschaftlichen Kuss gab und die Zunge genießerisch über seine Lippen tanzen ließ. »Ich dachte, du würdest dich immer noch verkriechen«, schnurrte sie. »Schön, dass du es dir anders überlegt hast.«

»Wie könnte ich ablehnen, wenn Amir mich in seine Loge lädt?«, erwiderte er und beschwor sich zur Ruhe. Selten hatte ihn Shantalla so angewidert.

»Oh, tut er das?« Sie senkte kokett die Wimpern. »Das hat er mir gar nicht erzählt. Aber schön, dass ihr euch wieder versteht.«

›Verstehen‹ ist sicher das falsche Wort, dachte Aurelian, als Shantalla sich schon wieder löste und mit einer flüchtigen

Entschuldigung davonflatterte, um einen weiteren Neuankömmling zu begrüßen. Es handelte sich um Goldo Paligan, der sich gerade aus seiner Sänfte helfen ließ, sein Stöckchen herrschaftlich vor sich aufgebaut, während er huldvoll die Begrüßung der Karinor erwiderte.

Aurelian wandte sich ab. Der Paligan war der Letzte, mit dem er höfliche Floskeln austauschen wollte. Vielleicht sollte er doch schon hinüber auf das Schiff gehen, trotz der Unhöflichkeit, die Loge vor dem Gastgeber zu betreten. Aber verlangte man heute wirklich Höflichkeit von ihm?

»Don Aurelian!«

Überrascht drehte er sich um. Hinter ihm war Amato Paligan aus seiner Sänfte gestiegen und eilte mit zwei schnellen Schritten auf ihn zu.

»Don Aurelian, ich bin froh, Euch noch vor den Wahlen zu sehen.« Hinter ihm baute sich ein blonder Mann auf, dem Anschein nach Mittelländer. Irgendwie kam er Aurelian bekannt vor, aber er wusste beim besten Willen nicht mehr, wo er dieses zerklüftete Gesicht bereits gesehen hatte.

»Ihr müsst wissen, es ... tut mir Leid.« Ein verlegenes Lächeln grub sich in Amatos Mundwinkel. »Ich weiß, Euch hätte der Ratssitz zugestanden, den ich nun einnehmen werde. Ich hoffe, es wird nicht zwischen uns stehen.«

Oh, wie kommt Ihr nur auf diese absurde Idee?, lag es Aurelian schon auf der Zunge, doch er zögerte. Etwas in dem Blick des Jünglings ließ ihn aufmerken, verriet ihm mit seltsamer Klarheit, dass dieser seine Worte tatsächlich ernst meinte, keine leeren Phrasen wie die geheuchelte Herzlichkeit einer Shantalla Karinor oder die joviale Anteilnahme eines Irschan Perval. War es kindliche Naivität, die hinter den blauen Augen hoffte, oder war Amato tatsächlich anders als das ganze verkommene Grandenpack, das heute seinem Untergang entgegenfuhr?

»Es war nicht Euer Zug in diesem Spiel, der Euch dahin brachte, wo Ihr seid«, hörte er sich selbst sagen und wusste gleichzeitig, dass er lächelte.

Amatos Züge glätteten sich. »Ich danke Euch, Ihr ...«

Ein Fanfarenstoss schluckte die Erwiderung und sie wandten sich um zur Treppe, wo soeben die Sänfte des Patriarchen erschienen war. Die Granden verbeugte sich huldvoll, manche mehr, manche weniger tief, als Amir Honak an ihnen vorbeischritt, seine Tochter Amira am Arm, deren Blick starr auf die Galeere gerichtet war, ohne einer der Begrüßungen Beachtung zu schenken.

Nun war es soweit. Mit einem flüchtigen Nicken verabschiedete sich Aurelian von dem jungen Paligan und trat auf den Patriarchen zu. Er verbeugte sich und küsste den Ring, den ihm Amir entgegenhielt.

Einige Herzschläge vergingen, bis der Patriarch ihn sacht an der Schulter berührte. »Seid willkommen.«

Aurelian erhob sich. »Eure Einladung ist mir eine Ehre«, erwiderte er und beugte noch einmal den Kopf, um dem Schein Genüge zu tun. Eine Versöhnungsgeste, öffentlich genug, um alle Gerüchte über das Zerwürfnis zu zerstreuen, distanziert genug, um einem Gespräch aus dem Weg zu gehen. Wie gut Amir sich darauf verstand, deutlich zu machen: *Nimm die Hand an, die ich dir reiche, aber hinterfrage nicht meine Gründe.* Nach dem heutigen Tag würde es ohnehin keine Rolle mehr spielen.

Er trat einen Schritt zur Seite und folgte Amir und seiner Tochter über den Steg auf die Galeere. Großadmiralissima Phranya Zornbrecht hatte die Offiziere antreten lassen und begrüßte den Patriarchen, als sie an Bord traten und die Treppe zur Loge hinaufstiegen, unmittelbar unter dem Banner mit dem gekrönten Raben, das unruhig in der auffrischenden Brise schlug.

Aurelian wartete, bis Amir sich in dem Thronsessel niedergelassen hatte, und nahm auf einem gepolsterten Stuhl Platz. Amira bedachte ihn mit einem eisigen Blick.

Die unteren Logen hatten sich bereits gefüllt und die Offiziere waren abgetreten, um den Befehl zum Auslaufen zu geben. Aurelian bemühte sich um ein zwangloses

Lächeln, während er spürte, wie unter den Planken des Schiffs bereits die Wellen rieben. Ein Schauer überlief ihn und er nahm rasch einen Kelch entgegen, den ihm einer der Sklaven reichte.

Neben ihm trommelte der Patriarch ungeduldig mit den Fingern auf der Lehne des Sessels, während sich seine Stirn in tiefe Falten gelegt hatte. Sein Blick schweifte suchend über den Hafen.

»Lassen wir den überflüssigen Stuhl hinaustragen?«, erklang Amiras kühle Stimme.

»Nein«, erwiderte Amir, »aber warten werden wir nicht.«

Mit einem Ruck erhob er sich und spannte die Schultern. Schweigen legte sich über die Logen, als er die Hand ausstreckte und der Großadmiralissima zunickte.

»Lasst die *Stolz von Al'Anfa* auslaufen!«

Befehle gellten über das Deck, dann ging ein Ruck durch das Schiff, als die Ankerseile eingeholt wurden und die Lotsenschiffe sich in Bewegung setzten, um die gigantische Galeere behutsam aus dem Tempelhafen zu manövrieren.

Aurelian spürte, wie seine Hände feucht wurden. Nun war es soweit, jetzt gab es kein Zurück. Und er war so wahnsinnig, offenen Auges in den Untergang zu ziehen, sich diesem schwerfälligen Wal anzuvertrauen, der ihm die Wahl ließ zwischen Feuer und Wasser.

Er spürte Razir in seinem Rücken, spürte die Anspannung, die durch den sehnigen Körper lief, während der Maraskaner scheinbar gleichgültig den Blick schweifen ließ.

Aus den Logen ertönte nun wieder angeregte Unterhaltung, ein kicherndes Lachen, ein stumpfer Scherz, während hier und dort Lyraspiel erklang oder das Schluchzen einer Kabasflöte.

Ein weiteres Mal wanderte der Blick des Patriarchen über den Hafen, dann ließ er sich nieder und breitete die Ärmel seiner Robe kunstvoll über die Lehnen. »So sei mir heute mein einziger Ehrengast«, wandte er sich an Aurelian.

»Irschan ist offensichtlich verhindert. Aber ich nehme an, du bist darob nicht allzu gram.« Seine Stimme klang versöhnlich. »Es freut mich wirklich, dass du meiner Einladung gefolgt bist.« Er nahm einen Weinkelch.

»Ich danke dir für dein Entgegenkommen«, erwiderte Aurelian höflich, während sich in seinem Kopf die Gedanken überschlugen. *Irschan Perval war nicht erschienen.* Das veränderte einiges. Er zwang ein freundliches Lächeln auf sein Gesicht. »Ich hoffe, ich werde mich erkenntlich zeigen können.«

»Ebenso wie ich«, antwortete Amir und erwiderte das Lächeln herzlich. »Doch ist dies kein geeigneter Ort für ernste Gespräche. Wenn der große Augenblick vorüber ist und die Feierlichkeiten beginnen, bleibt noch genügend Zeit.« Er hob den Kelch.

Täusche dich nicht, dachte Aurelian bitter, während er anstieß und einen Schluck von dem schweren Rotwein nahm. Das Schicksal nahm seinen Lauf, und der Großexecutor blieb dem Spektakel fern. Die Ratte, die das Schiff verließ, ehe es zu sinken drohte. Und sie hatte niemanden gewarnt ... Neue Verbündete, hatte Imana ihm geraten. Warum nicht bei den alten bleiben, wenn sie neue Vorteile versprachen?

Fanfarenstöße kündeten von ihrer Ankunft, als sich die *Stolz von Al'Anfa* zum schweren Schlag der Trommeln an den Ufermauern vorbeischob, in der Ferne der Koloss mit der weithin sichtbaren Feuerschale. *Feuer und Wasser* ...

Es war an der Zeit, die Dinge zu überdenken, wenn sie sich anders entwickelten als vorhergesehen.

***

Endlich!

Lucios Herz tat einen Sprung, als sich die Galeere endlich hinter dem Uferrund hervorschob, langsam und behäbig. Jubel brauste auf den Kaimauern auf, ein Fanfarenstoß schmetterte durch den Hafen. Keine zweihundert Schritt, und der Stolz von Al'Anfa würde in einem Meer aus Feuer und Rache ertrinken. Und Ranaris' Geist endlich zur Ruhe kommen. Mochte Boron ihnen beistehen. Es hatte bislang alles so gut geklappt, besser, als er es sich jemals erträumt hätte. Es war nicht schwer gewesen, die Hafengardisten zu überwältigen, nachdem sie erst einmal die Plattform betreten hatten. Die Überraschung war auf ihrer Seite gewesen, ein schneller Schlag auf den Kopf, eine gespannte Armbrust und ein gezogener Säbel – sie hatten sich rasch ergeben, sodass kein weiteres Blut vergossen werden musste. Bis auf das der Granden, die selbstvergessen feierten, während sie ihrem Verderben entgegentrieben. Ein Handgriff, den Nela und Bataga auf seinen Ruf hin taten, und die Vergeltung würde über sie kommen, sie hinwegreißen und in die tiefsten Niederhöllen führen. Der Beginn eines neuen Al'Anfa.

***

Der Gardist gähnte. Es war heiß in der Stube des Kommandanten, eine drückende Hitze, die es ihm schwer machte, die Lider offen zu halten. Seufzend legte er die schweren Stiefel auf den Tisch und verschränkte die Arme hinter dem Kopf.

Es gab nicht viel zu tun. Die Dukatengarde übernahm die Sicherheit der Granden und ihm blieb nur die Bewachung einer verwaisten Amtsstube, während der Kommandant auf der *Stolz von Al'Anfa* feierte. Ein wenig hatte er bedauert, nicht ebenfalls dabei zu sein, aber andererseits war er lange genug bei der Garde, um einen ruhigen Tag zu schätzen.

Von unten drang Gepolter herauf, schwere Schritte, ein kläglicher Aufschrei und ein harscher Befehl. Der Gardist blinzelte und wollte gerade die Stiefel vom Tisch nehmen, um zu sehen, was dort vor sich ging, als schon die Tür aufgestoßen wurde. Ein Mann in prachtvoller Robe erschien im Türrahmen und war mit zwei Schritten heran, das Gesicht in finstere Falten gelegt. Polternd kippte der schwere Lehnstuhl nach hinten. Der Großexecutor!

»Auf die Füße, Gardist, und setz alles in Bewegung, was dir an Truppen zur Verfügung steht! Alarmiere die ganze verfluchte Stadt, wenn nötig! Am Hafen steht ein Anschlag bevor!«

***

Der Patriarch hatte sich erhoben. Nur noch wenige Ruderschläge bis zur Wende, bei der sich die Galeere schwerfällig drehte, um die Hafeneinfahrt passieren zu können. Lärm und Jubel brandete ihnen entgegen, vom Hafen und den Kaimauern, bunte Fahnen und Blumengirlanden, Fanfaren und Trommelschläge.

Aurelians Hände hatten sich um die Lehnen des Stuhls gelegt, so fest, dass die Knöchel weiß hervortraten. *Ruhe ...* Er dürfte sich nichts anmerken lassen, keine Regung, keine Furcht. Er musste ... rechtzeitig handeln. Aus den Augenwinkel sah er Amiras versteinertes Gesicht. Er atmete tief durch und nahm den Kelch wieder auf, um sein Gesicht hinter dem schimmernden Silber zu verbergen. Razir spannte sich hinter ihm.

Ein Ruck lief durch die Galeere, und langsam begann sie sich zu drehen, im Takt der Trommel, die tief in ihrem Innern dröhnte. Vor ihnen erhob sich der Koloss, ein Gigant, der sich drohend über sie neigte, in der einen Hand das Leuchtfeuer hoch erhoben, in der anderen die Waage mit der Feuerschale über der Hafeneinfahrt.

Aurelian meinte sie zittern zu sehen, als ob sie nur darauf wartete, sich zu senken und sie alle ins Verderben zu reißen. Nur noch wenige Schritt. Ein Schauer jagte über seine Haut, als sich die *Stolz von Al'Anfa* langsam wieder in Bewegung setzte.

»Singen will ich von dem Tag,
als des Raben Ruhm war groß.«

Der Tintenkleckser hatte sich in der Loge der Bonareth erhoben und begann mit klarer Stimme zu rezitieren, während sich die Galeere in die Hafeneinfahrt schob und die Schatten des Kolosses über Segel und Deck wanderten, langsam, unaufhaltsam.

»Prunkvoll, stolz, so fuhr sie ein,
Macht und Zierde, wohl vereint.
Keines Mannes Aug blieb trocken,
keine Brust war unbewegt,
als des Raben Wort erklang ...«

Aurelian schloss die Augen, als der Patriarch neben ihm die Arme hob, um den neuen Kopf zu begrüßen. Ein Ruderschlag, ein zweiter. Jede Faser seines Körpers war angespannt, seine Lippen bebten lautlos, seine Hände lagen auf den Lehnen, bereit, aufzuspringen. *Boron, steh mir bei.*

» *...und in Stille rings versank,*
was da eben noch gelärmt.
Doch nun horch, die ...«

Dann kam das Klacken.

Sein Blick flog hoch. In gespenstischer Klarheit sah er den Ruck, den die Schale durchlief, ein leichtes Beben, das das Feuer über den Rand schwappen ließ. Dann begann sie sich zu senken, langsam, fast behutsam, verbarg die kunstvollen Ornamente und Verzierungen unter dem herausströmenden Feuer.

Aurelian warf sich zur Seite. Noch in der Bewegung hatte er Amir mitgerissen, der mit den Armen ruderte. Das Boronamulett schwang durch die Luft, wie ein verwirrter Vogel. Aufschreie um ihn herum, Hände, die nach ihm griffen. Er prallte gegen die Reling, ein jäher Schmerz durchzuckte seine Schulter, er spürte Amir neben sich, als er fiel, in quälender Langsamkeit, während über ihnen die Niederhöllen selbst losbrachen.

***

Jaquino fuhr zusammen, als der Ruck durch das Schiff ging.

Es war soweit.

Eine Flut niederhöllischer Hitze raste durch die engen Ruderdecks, Schreie gellten und mischten sich unter das Knarren zerberstender Masten.

»Feuer! Rettet euch!«

Schweiß brach ihm aus allen Poren, seine Hände zitterten. Jetzt galt es.

»Raus hier!« Der Utulu warf Waffe und Peitsche beiseite, und packte eine andere Aufseherin an der Schulter, während die Sklaven an ihren Ketten zerrten und panisch um Hilfe schrieen. »Alles raus hier!«

»Nein!« Jaquino stolperte auf ihn zu und griff seinen Arm. Seine Stimme überschlug sich fast. »Der Schlüssel. Wo ist der Schlüssel?«

»Welcher Schlüssel?« Der Aufseher stieß ihn grob zur Seite, sodass er gegen die Ruderbank prallte. »Verschwinde hier! Raus!«

»Aber die Sklaven ...«, rappelte sich Jaquino wieder auf, doch der Utulu hörte ihn nicht mehr in dem ohrenbetäubenden Jammern und Schreien. Er war bereits bei der Stiege angelangt, die nach oben führte. Schwerer Qualm floss über die hölzernen Stufen.

Boron, hilf. Jaquino sah sich um. Hände griffen nach ihm, hatten die Ruder fahren lassen und zerrten an den Ketten, die sie an das brennende Schiff banden. Rauch biss ihm in Augen und Nase, während er den schmalen Gang entlangtorkelte, um einen der Säbel zu greifen. Feuer zischte und lechzte an den Bohlen über ihm, die Hitze nahm ihm fast den Atem.

»Vorsicht!«

Mit aller Kraft hieb er den Säbel auf die Kette, die die Fußeisen verband. Ein hässliches Geräusch brach sich in seinen Ohren, und er hieb ein weiteres Mal zu.

»Einen Hammer, holt einen Hammer!« Einer der Sklaven packte seinen Arm. »Helft uns!«

Ein Hammer, das war gut, aber wo? Verzweifelt blickte er sich um. Schweiß lief ihm in die Augen, und er musste husten; Rauch drang durch Ritzen und Spalten, während das verwundete Schiff stöhnte und ächzte. Blind tastete er sich zurück zur Kammer der Aufseher, stolperte und fing sich erst im letzten Moment an der Wand. Ein Nagel bohrte sich schmerzhaft in seine Handfläche. Ein Hammer ... Schwindel erfasste ihn, wie ein bleiernes Tuch, das sich über seine Gedanken legte. Der Rauch ... er musste ... sich beeilen. Seine Hand tastete nach einer Axt. Feuer schlug ihm entgegen, als er zurücktaumelte. Zwei Bretter lösten sich aus der Decke und fielen herab, sprühten kleine Tropfen des heimtückischen Feuers auf die Ruderbänke, fraßen sich in die Lumpen und Haare. Irrsinniges Kreischen und Schmerzensschreie drangen auf ihn ein, als er die Kette im Rauch ertastete und die Axt hob. Abermals ergriff ihn Schwindel, er strauchelte, ließ die Axt niederfahren.

Mit einem hässlichen Klirren sprang die Kette.

Er spürte, wie die Knie unter ihm nachgaben, bunte Lichter tanzten vor seinen Augen, sein Atem rasselte, während sich der schwarze Qualm in seine Lungen fraß.

»Schnell!« Ein Stimme wie aus weiter Ferne, gedämmt. Er hörte das Rasseln der Ketten, spürte, wie ein Körper hart neben ihm aufschlug, Hitze um ihn herum, hastige Schritte, Drängeln, Husten. »Vorsicht!«

Er hob den Kopf, zu schwach, um herumzufahren. Feuer über ihm, Glut, die auf ihn niederfiel, sein Körper regungslos, als die Decke sich löste, herausbrach unter der Kraft der Zerstörung, ein schwerer Balken ...

***

Diese Grandessa hing die ganze Zeit an ihm, streifte seine Wange mit ihren Lippen, ›Karinor, Shantalla Karinor‹, hatte sie gehaucht und ihm über die Brust gestrichen, und weder hatte es ihm genützt, dass er ihre Hände immer wieder zur Seite schob, noch, dass er es vermied, sie anzublicken.

Sie wurde nicht müde, sich an ihm zu reiben wie eine rollige Katze, und Amato fragte sich, ob es wohl möglich wäre, Reto zu bitten, sie ihm vom Leib zu halten, ohne einen Eklat zu provozieren.

Goldo kommentierte schneidend die Ode des Dichters, klopfte das Metrum mit einem Finger auf seinem zierlichen Stöckchen, der Patriarch hob die Arme, seine Tochter reglos und kühl neben ihm. Zornbrecht war dort, sein massiger Leib auf drei Diwanen gleichzeitig ausgestreckt, sein Verwandter und Verbündeter, Amosh Tiljak ganz in der Nähe. Der Praiosgeweihte trug eine säuerliche Miene zur Schau.

Amato schüttelte leicht den Kopf, wie eigenartig, seit er wusste, dass er den Ratssitz erhalten würde, sah er die Verbindungen, sah, wie die Granden Blicke tauschten, die Spinnenseide so fein, fast durchsichtig, die sie alle an Fäden zappeln ließ, aber doch da und stärker als Stahl. War es dieses Muster, dieses glitzernde Geflecht, das alle Spieler des Spiels so faszinierte?

Dann eine Bewegung beim Patriarchen; zu seiner Verblüffung erkannte Amato Aurelian Bonareth, der sich auf den Patriarchen stürzte. Rabengardisten setzten sich in Bewegung, während alles noch starrte, aber Aurelian hatte den Patriarchen schon mit sich gerissen, der zu verblüfft schien, um zu verhindern, dass Aurelians Schwung sie beide zum Heck und weiter riss – ins Wasser.

Amato hörte, wie Reto hinter ihm die Waffe zog, als Feuer vom Himmel fiel und zwei der Rabengardisten traf, die dem Patriarchen folgen wollten. Sie wurden übergossen – die Schale hatte sich geneigt, und immer mehr flüssiges Feuer fiel herab, blau und orangefarben, Flämmchen züngelten auf der Flüssigkeit, die wie ein gewaltiger Vorhang auf das Deck niederging und sich wie feinste Seide ausbreitete. Der scharfe Gestank nahm Amato fast den Atem, er musste durch die Tränen blinzeln, sah, wie die Segel zu brennen anfingen, die Taue, während das Feuer fiel und spritzte. Shantalla kreischte auf, als einige wenige Tropfen auf ihre seidene Schleppe fielen und die Seide im Feuer schmolz, die Tropfen sich auszubreiten schienen – dort hinten stand Amosh Tiljak in hellen Flammen und taumelte mit einem lang gezogenen Schrei nach seinem Gott über die Reling.

Das Schiff schlingerte unter Amatos Füßen, das Feuer breitete sich weiter aus, floss auf ihn zu, eine entsetzliche Hitze schlug ihm ins Gesicht und er roch verbranntes Haar, verbrannte Seide, gurgelnde Schreie und gellende Hilferufe, aber er spürte nicht die geringste Angst. So musste es gewesen sein, als die Große Seuche über die Stadt gekommen war, Tausende und Abertausende von Raben, die die Rache Borons für die vielen gedankenlosen Frevel brachten und die Stadt in ein gewaltiges Grab verwandelten, ein Monument für die entsetzliche Macht der Götter. Jenseits der Flammen waren andere Granden und Grandessas zu sehen, darunter Goldo, dem es gelang, sich noch so viel Gehör zu verschaffen, dass die Diener ihm eines der wenigen Boote zu Wasser ließen. Jenseits der Flammen – zu weit fort.

Plötzlich packte ihn eine grobe Hand und drehte ihn herum. »Ins Wasser!«, brüllte Reto, der bereits die Riemen der Rüstung durchschnitten hatte.

»Ich kann nicht schwimmen.«

Reto schüttelte den Kopf, während das Schiff um sie herum schlingerte, ein dumpfer Aufprall, ein Ächzen, das Schlagen der Ruder, der Klang der Trommel, alles zerfloss in der unerträglichen Hitze. Reto blickte sich gehetzt um, und Amato wollte ihm sagen, dass es keine Flucht gab, dass das Wasser ebenfalls brennen würde. Der Mittelreicher packte ihn und hob ihn auf die Schulter. »Wenn ich springe: tief Luft holen.«

»Du kannst nicht ...«

Er antwortete nicht einmal. Das Letzte, was Amato sah, bevor Reto durch die Flammen rannte, war Rahjadan Bonareth, der zum ersten Mal nicht gelangweilt oder todmüde aussah. Er lächelte und schien sich prächtig zu amüsieren, obwohl das Feuer um seine Füße loderte und an ihm hochzuklettern begann. »Marbo sei ihm gnädig«, flüsterte Amato, dann spürte er, wie Reto sprang, und es gelang ihm gerade noch, Luft zu schöpfen, bevor sie in das Wasser eintauchten.

Er spürte, wie Reto schwamm, tiefer, fort von dem Licht über ihnen, aber das Salz biss in seinen Augen und er konnte kaum etwas sehen, nur Schemen und Schatten, und er wollte sich losmachen und zur Oberfläche kommen, irgendwie, aber Reto hielt ihn fest und schwamm weiter, tauchte. Die Luft begann in Amatos Augen zu brennen, als er über sich das Schiff bemerkte, wie einen gewaltigen Schatten gegen das gelbe und rote Flackern des Feuers.

Reto schwamm mit kräftigen, geübten Zügen und hielt ihn zugleich fest, er konnte spüren, wie viel es den Mann kostete. Sein Kopf brach durch die Oberfläche, sein eigener Atem klang laut in seinen Ohren, fast lauter als das Prasseln und die Schreie. Er spürte, wie Reto paddelte, um sie beide über Wasser zu halten, dann, wie der Mann sich wieder in Bewegung setzte, zu etwas Dunklem auf dem Wasser, das in einiger Entfernung schwamm. Es mochte ein Boot sein. Reto spannte sich wieder und schien zu winken.

Bald fühlte Amato sich gepackt und in ein Boot gehievt, jemand klopfte ihm auf die Schulter und hieß ihn, sich zu setzen. Halb blind tastete er umher und setzte sich auf eine der Bänke. Er musste einige Male blinzeln, bis er wieder klar sehen konnte und die *Stolz von Al'Anfa* erkannte, die schwer angeschlagen gegen den Sockel lehnte, auf dem der Fuß des Kolosses stand. Boote wurden losgemacht, Granden und Grandessas retteten sich paddelnd, schwimmend, in Beibooten wie diesem. Amato meinte, Rahjadans

Erben zu sehen, die jämmerlich wie zwei nasse Katzen weiter vorn in diesem Boot hockten, zu verblüfft und verängstigt, um zu schimpfen oder auch nur irgendetwas zu sagen. Er spürte Retos Hand auf seiner Schulter und blickte zum Hafen hinüber.

Dort wimmelte es von Stadtgardisten, Leibwächtern, Dukatengardisten – und Fanas, die dieses Schauspiel aufmerksam verfolgten. Sie würden es nicht wagen, zu klatschen. Aber Amato glaubte nicht, dass sie diese Vorstellung je vergessen würden.

***

Die Flammen loderten hoch. Rufen und Kreischen, der Gestank nach verbranntem Holz und Fleisch, verkohlter Seide, Tod und ... Angst. Nackte, pure Angst, die aus den hochmütigsten Granden wimmernde Kinder machte, die um ihr Leben schrieen. Die *Stolz von Al'Anfa* lag wie ein verwundeter Wal zwischen den Beinen des Kolosses, unfähig, sich zu bewegen, während die Flammen ihre Herrlichkeit fraßen. Lucio lächelte grimmig, ohne einen Blick von dem Spektakel lösen zu können. So fühlte sich Rache an.

»Wir müssen hier raus!«

Lucio warf einen verärgerten Blick über die Schulter, wo Dom Raquirio hektisch mit den Armen ruderte.

»Lucio, verdammt, komm! Es wird verflucht heiß hier.«

»Gleich.« Er wandte sich wieder dem Nabelloch zu. »Es ist so ... wunderschön.«

»Komm endlich!« Er hörte, wie Dom Raquirio zur Treppe eilte und seine Stiefel auf den Stufen klangen.

Lucio warf einen letzten, bedauernden Blick auf das Flammenmeer und wandte sich um. Bataga stand am Kopf der Treppe und winkte ihm ungeduldig. Unter ihnen klangen bereits die schnellen Schritte der anderen. Hitze schlug ihm entgegen und machte das Atmen schwer. Das

Feuer leckte auch gegen die Beine des Kolosses. *Es wurde wirklich Zeit*, dachte er und ergriff den Säbel.

Ein Schlagen hinter ihm ließ ihn herumfahren. Der Bolzen schlug hart in seinen Oberschenkel, sodass er zurücktaumelte.

»Lucio!« Batagas Stimme gellte durch den Koloss.

»Verschwinde! Bring dich in Sicherheit!« Lucio keuchte vor Schmerz.

Auf der anderen Seite der Plattform war der Dukatengardist erschienen, der die Armbrust ein weiteres Mal spannte, ruhig, jeder Handgriff tausendfach geübt, während seine Augen ihn suchten, kalte Augen, die gewohnt waren, zu töten.

Lucio fuhr herum. *Die Treppe, er musste zur Treppe.* Das Stechen im Bein trieb ihm die Tränen in die Augen, aber er biss die Zähne aufeinander und stolperte vorwärts. Blut rann ihm warm und klebrig über das Bein. Hinter sich hörte er schnelle Schritte. Er strauchelte, erreichte die Treppe, die erste Stufe. Eine Hand riss ihn zurück, ein Arm schlang sich um seinen Hals und raubte ihm die Sinne, während er schwer zurückfiel. Vor seinem Gesicht blitzte die Klinge eines Sklaventods.

Ehe er sich versah, hatte er sich zur Seite gerollt und den Säbel hochgerissen.

Ein Stöhnen entrann dem Mund des Söldners, als die Klinge durch das Leder der Hose schnitt.

Lucio zog sich hoch und kam wieder auf die Beine, keine zwei Schritt von seinem Gegner entfernt, der nun zwischen ihm und der nahen Treppe stand. Der Gardist knurrte und starrte ihn an, beide Hände um den Schwertgriff gelegt. Vorsichtig trat Lucio einen Schritt zurück, einen zweiten. Der Mann folgte seinen Bewegungen, lauernd. Ein heißer Schauer überlief Lucio. Er konnte nie bestehen gegen diesen erfahrenen Kämpfer, nicht mit einem Säbel, der fremd und unhandlich in seiner Faust lag, nicht mit der Verwundung, die bei jeder Bewegung pochte und zerrte.

Er wich einen weiteren Schritt zurück, und noch einen. Neben ihm stand der Tisch mit den Dokumenten und Dom Raquirios Botschaft, auf die er bestanden hatte, um den Namen der Märtyrer wieder in Erinnerung zu bringen. Der Tisch. Vielleicht konnte er ...

In diesem Moment sprang der Gardist vor. Der Sklaventod raste auf ihn nieder. Ohne nachzudenken riss Lucio den Säbel hoch; die Wucht des Aufpralls jagte durch seinen Arm und warf ihn auf die Knie. Ein Stöhnen erschütterte seine Brust, während er verzweifelt versuchte, die Waffe zu halten. Mit einem Mal schnellte der Söldner zurück, und Lucio fiel keuchend hinterher. Ein Tritt stieß ihm die Waffe aus der Hand, und sogleich war der Gardist über ihm. Die Schneide des Sklaventods legte sich an seine Kehle und ein hämisches Grinsen zuckte über das raue Gesicht des Gardisten. »Du kleine Ratte ...«

»Lucio ...!«

Eine schrille Stimme ließ den Gardisten herumfahren und etwas Kleines, Dunkels traf den Helm. Schnaubend riss er die Waffe zurück und wandte sich ab. Lucio fuhr hoch, so schnell es mit dem verwundeten Bein möglich war, und griff nach dem Säbel, als ein spitzer Schrei ihn aufschrecken ließ.

Quesina!

Die Alte musste dem Söldner unbemerkt die Treppe hinauf gefolgt sein, während alles damit beschäftigt war, die Granden aus dem Hafenbecken zu ziehen. *Ganz wie er ihr befohlen hatte.* Fauchend hob sie die Hand, um einen weiteren Stein zu werfen. »Rühr Lucio nicht an!«

Der Stein prallte von der Rüstung ab, als der Gardist auf sie zutrat und den Sklaventod zum Schlag ausholte.

»Nein!«

Lucio sprang vor. Er sah den breiten Rücken des Mannes auf ihn zufliegen, hörte den erschreckten Aufschrei. Dann fiel der Sklaventod nieder und der Säbel fand seinen Weg zwischen die Panzerplatten der Rüstung.

Der Mann schwankte und ließ die Waffe fahren. Er taumelte zurück, einen Schritt, versuchte den Säbel zu erreichen, der sich in seine Achsel bohrte. Blut sprudelte hervor, helles Blut, das über die schwarze Platte rann und auf den Boden, wo es zwischen den Holzdielen versickerte. Ein Ächzen, dann knickten die Knie weg und er brach langsam in sich zusammen.

»Quesina!« Lucio taumelte über den Toten hinweg und fiel neben der Alten auf die Knie. Der Sklaventod hatte sich tief in ihre Schulter gefressen, Blut strömte in einem satten Schwall hervor und über seine Hände. »Quesina ...«

Die Augen der Alten öffneten sich einen Spalt und blickten trüb zu ihm hoch. Ein Lächeln lag auf den eingefallenen Zügen, während sich ein schmaler Blutfaden in ihren Mundwinkel legte.

»Hab ... doch ... gesagt, du ... brauchst ... noch ...« Ein Zittern durchlief den schmächtigen Körper und sie bäumte sich keuchend auf. Lucio nahm ihre Hand und drückte sie.

»Es ist gut«, flüsterte er und strich über ihre kalte Stirn. »Alles ist gut.«

Die Alte wandte den Kopf ein wenig. »... gewonnen ...?«

»Wir haben gewonnen, Quesina.« Lucio spürte, wie ihm die Tränen in die Augen stiegen, während ihr Blut zwischen seinen Händen verrann. »Jesidora hat verloren.«

Zufriedenheit lag auf dem schmutzigen Gesicht, als sie den Mund öffnete und ihr Blick brach. Ein letztes Zucken, ein kurzes Beben, dann erschlaffte der Griff ihrer Hand und sie lag still. Lucio beugte sich vor und küsste ihre Stirn, ehe er die Lider über die gebrochenen Augen schob und sich schwerfällig erhob. Kälte umfing ihn, die schmerzhafte Kälte des Verlusts, die er viel zu gut kannte.

Schwere Schritte ließen ihn aufhorchen, laute Rufe vom Fuß der Treppen. Beider Treppen!

Verflucht!

Lucio sah sich fieberhaft um. Er musste hier raus. Das Nabelloch! Er riss die Luke auf und sah hinab. Groß genug, um durchzuschlüpfen, aber darunter erwarteten ihn mehr als dreißig Schritt bis zum Wasser, auf dem vereinzelte Wrackteile und Feuerinseln schwammen. Die Galeere selbst war weiter in den Hafen getrieben. Er brauchte ein Seil!

Mit zwei Sätzen war Lucio bei der Stiege und riss eines der Taue herunter, mit denen sie auch die Gefangenen gebunden hatten, die sich stöhnend in ihren Fesseln wanden. Sie würden reden, konnten über ihn und die anderen berichten, aber das war ihm jetzt gleichgültig. Rasch griff er den Dolch aus dem Gürtel des Gardisten, schwang das Seil um einen Balken und sich selbst um die Schultern. Die Schritte waren nahe, ein Augenblick, vielleicht zwei. Der Bolzen in seinem Bein raubte ihm fast die Besinnung, als er sich zur Öffnung hochzog und sich hindurchgleiten ließ.

»Halt! Bleib hier!«

Ein greller Schrei ertönte hinter ihm, als er sich herabließ. Das Seil brannte in den Händen, während seine Füße Halt fanden und er abstieg. Über ihm hörte er die aufgeregten Rufe der Gardisten. Dann trat er ins Leere, und nur mit Mühe konnte er sich halten, neben ihm das Bein des Kolosses, unter ihm das Meer und die Hafeneinfahrt, zwanzig Schritt vielleicht – ein gewagter Sprung.

Ein Ruck ging durch das Seil und ließ ihn abrutschen. Wie eine Puppe baumelte er hin und her, ein jäher Schmerz zerrte an Armen und Schultern. Er spürte die Hände, die nach dem Seil griffen, um ihn wieder hochzuziehen, den Schuldigen für die Granden, für die Arena.

»Zieht! Wir haben ihn!«

Lucio schloss die Augen. Er hatte den Tod in der Arena zu oft gesehen. Es war nicht sein Schicksal, als Futter für die Löwen zu enden.

Ranaris war gerächt.

Für ein besseres Al'Anfa.

Er kappte das Seil.

***

Schwankend näherte sich das kleine Boot, eines von vielen, das die Stadtgarde in aller Eile zu Wasser gelassen hatte, um die Überlebenden aus dem Hafenbecken zu ziehen. Unruhig trat Irschan zwei Schritte vor und kniff die Augen zusammen, um besser gegen den Feuerschein sehen zu können, der sich in den aufgewühlten Fluten spiegelte. Um ihn herum herrschte hektisches Treiben, Befehle wurden gebellt, zeternde Stimmen erklangen, hier und da ein spitzer Schrei.

»Sie ist tot!«, kreischte eine Stimme. »Bei Praios!«, donnerte eine andere.

Jäh übermannte ihn Schwindel, und er klammerte sich Halt suchend an seinen Stab. Er fühlte sich ausgelaugt, zutiefst erschöpft. All sein Können hatte er in den Zauber geworfen, um Amir über Bord und außer Reichweite der herab fallenden Feuerschale zu befördern, doch als der rettende Windstoß die Loge erreichte, war sein Geliebter nicht mehr zu sehen gewesen. Stattdessen hatte er die Tochter von Deck gewirbelt. Leider konnte sie schwimmen.

»Herr?« Seine Leibwächterin reichte ihm stützend den Arm, doch er stieß sie grob zurück.

»Wer sitzt in dem Boot?«

Sie schirmte ihre Augen mit der Hand. »Ich glaube... ja. Es ist Seine Erhabenheit.«

Boron, ein großes Opfer für dich! Er war gerettet.

»Beeilt euch, werft Taue aus!«

Mit wenigen Ruderschlägen war das Boot heran, und man zog es an den Kai. Nass und erschöpft, aber unversehrt, entstieg der Patriarch dem Kahn.

»Den Göttern sei Dank, du bist wohlauf«, wisperte Irschan und fiel ihm um den Hals. Was scherten ihn Etikette und Haltung in diesem Augenblick!

Amir ließ sich in die Umarmung fallen, barg einige kostbare Herzschläge lang das Gesicht an seiner Schulter. Dann richtete er sich jäh auf. »Was ist geschehen?! Und wo in Borons Namen hast du gesteckt?«

»Ein Attentat«, antworte Irschan und fühlte, wie ihm vor Erleichterung Tränen aus den Augen quollen. »Heute früh erhielt ich den Hinweis durch einen Spitzel, und die letzten Stunden habe ich damit verbracht, einen dieser verfluchten Aufrührer zu verhören. Viel zu milde«, setzte er kalt hinzu, während im Hintergrund Amira Honak aus dem Boot kletterte und ohne Umschweife auf ihn zukam.

Abschätzend musterte ihn die Halbelfe, ihre Robe klebte durchweicht an ihrem schmalen Leib. »Ihr habt Euch an den Kai gezaubert. Plötzlich standet Ihr da und fuchteltet mit Eurem Stab. Dann fiel das Feuer herab.«

»Und Ihr wehtet über Bord«, ergänzte Irschan liebenswürdig, während sich seine Fingernägel in das Holz des Stabes bohrten. »Gern geschehen, Ehrwürdigste.«

»Lass mich dir helfen, Aurelian«, drang die Stimme des Patriarchen durch seinen Zorn.

Irschan löste den Blick von Amira und traf den des Bonareth, der soeben auf den Kai stieg, gefolgt von seinem maraskanischen Leibwächter, der sich prustend die Zöpfe aus dem Gesicht strich.

So hat die Kobra ihre eigene Falle überlebt. Aurelians Gesicht war fahl zwischen den schwarzen Haaren, die auf seinen Wangen klebten, und der Maraskaner griff rasch nach seinem Arm, als er taumelte.

»Ich stehe tief in deiner Schuld, Aurelian«, sagte Amir ernst, »auch wenn es mir und meinem Leibwächtern zunächst schien, als wolltest du mich umbringen.«

Hört, hört. Irschan lächelte unverbindlich und gab den umstehenden Gardisten einen Wink. »Holt eine Sänfte für Seine Erhabenheit und seine Tochter. Rasch! Du solltest dich erholen«, wandte er sich an Amir und legte die Hand auf seinen Arm. »Du brauchst Ruhe.«

»Vor allem brauche ich Antworten!«, brauste Amir auf. »Wer steckt hinter diesem Frevel? Wen hast du verhört?

Woher ...«

»Gemach, gemach. Noch heute Abend erhältst du meinen Bericht«, versprach Irschan und küsste zärtlich seine Hand. »Versprochen.«

Ein Lächeln zog sich über Amirs Gesicht. »Gewiss«, seufzte er. »Vergib mir, ich bin ein wenig aufgelöst.« Er straffte sich. »Gut, beschaffe mir die Schuldigen. Die Stadtwache soll sich zur Verfügung halten. Man soll dem Kommandanten Anweisungen zukommen lassen. Ich erwarte dich in der Stadt des Schweigens.«

Irschan nickte.

Eine Weile blickte er der Sänfte nach, in welcher der Patriarch und dessen Tochter, flankiert von Rabengardisten, davongetragen wurde, und abermals machte sich närrische Glückseligkeit in ihm breit. *Er lebt!,* hätte er am liebsten ausgerufen, doch stattdessen wandte er sich der Kobra zu. Es galt, ein Gemälde zu vollenden.

»Wenn Ihr Euch erholt habt, Don Aurelian, stattet mir doch einen Besuch ab. Wir sollten dringend ein Gespräch miteinander führen.«

18. Kapitel

30. Rahja 341 nach Golgaris Erscheinen, Markttag, abends

Mit einem Seufzer stellte der Großexecutor den Pinsel in das Gläschen mit reinem Alkohol und trat zwei Schritte zurück. Kritisch beäugte er sein Werk. Nein, Malerei gehörte wahrlich nicht zu seinen größten Talenten. Die Kobra gemahnte eher an einen schwindsüchtigen Mysobegel und die zahlreichen Vipern hätten ebenso einen Haufen Regenwürmer darstellen können. Stolz jedoch war er auf den Ausdruck gepflegter Langeweile auf den Gesichtszügen der Felsschleiche, die inmitten des brodelnden Feuermeeres gemütlich in ihrem Korb ruhte. Und auch die sinkende, lichterloh brennende Praiosnatter war recht ansehnlich geraten. Auf den Raben hatte er verzichtet. Ein triefender Boronsvogel, den man am Flügel aus dem Wasser zog? Man musste es nicht übertreiben. Nun, vielleicht ließ sich noch eine tropfnasse, zeternde Jung-Räbin hinzufügen, später, wenn sich die Wogen geglättet hatten. Ja, das Gemälde war gewiss ausbaufähig.

Noch einen letzten prüfenden Blick, dann zog er das schwarze Seidentuch über die Leinwand. Der tragische Künstler würde demnächst eintreffen und er wollte die Spur nicht allzu offensichtlich legen. Zumal er es der Sklavin gegenüber ernst gemeint hatte. Eine Taube? Ja, eine schneeweiße Taube, die der Schlangengrube entronnen in die Freiheit flog, an der Seite eines stolzen jungen Falken. Nun, vielleicht sollte man die Vergleiche aus dem Tierreich auch nicht überstrapazieren.

Das Tor quietschte. Schritte näherten sich auf dem knirschenden Kies.

Irschan verließ den weinlaubüberwucherten Pavillon und schritt zu dem kleinen Lotosteich hinüber, den er zu seinem Entzücken entdeckt hatte, als er heute Morgen grübelnd durch den Garten gestreift war. Rasch hatte er anordnen lassen, ihn von wucherndem Dickicht freizuhauen. Er hatte sich arg bezähmen müssen, nicht außerdem eine tote Kobra, bauchaufwärts treibend, hinzuzufügen.

»Hier entlang, Herr«, hörte er die Stimme der Wächterin.

Er ging zu dem flachen weißen Findling, der dramatisch einladend am Ufer des Teiches lag und ließ sich auf ihm nieder. Seine linke Hand ließ er durchs Wasser gleiten, sodass sich leichte Wellen bildeten, auf denen die roten und weißen Lotosblüten verspielt auf und ab hüpften.

»Ihr wünschtet mich zu sprechen, Don Irschan?«

Aurelian war einige Schritt vor dem Findling stehen geblieben und deutete ein knappes Nicken an. Die Haare im Nacken zusammengebunden, eine frische, aber nicht zu aufwändige Garderobe und auf dem Gesicht jenen Ausdruck unverbindlicher Freundlichkeit – nichts deutete mehr darauf hin, dass auch er vor wenigen Stunden erst knapp dem Tod entronnen war.

»Ah, Don Aurelian!« Irschan wählte sein überschwänglichstes Lächeln. »Seid tausendfach bedankt für Euren heldenhaften Einsatz. Ihr bewahrtet den Mann meines Herzens vor dem Flammentod. Einerlei, was ansonsten zwischen uns steht, *das* werde ich Euch niemals vergessen.«

Aurelian hob eine Augenbraue, erwiderte aber nichts.

»Ihr habt Recht.« Irschan zog die Hand aus dem Wasser und erhob sich entschlossen. Er musste sich aus der Deckung wagen, alles auf eine Karte setzen. Mochte Phex ihm hold sein. »Sprechen wir nicht von Heldentaten, sprechen wir von toten Granden. Wollen wir«, er deutete höflich in Richtung des Weges, »uns ein wenig die Füße vertreten? Ihr berichtet mir von Eurer neuen Laufbahn als Held des Volkes und ich lausche und lerne. Was meint Ihr?«

»Held des Volkes?« Aurelian schmunzelte amüsiert. »Ein netter Gedanke, vielleicht hätten die Fanas mir dann den Ratssitz angetragen, den man lieber einem naiven Jüngling vermachte. Ich fürchte nur«, wurde er gleich wieder ernst,

»Ihr bittet den Falschen um Unterweisung und kurzweilige Unterhaltung. In den Gassen singt man derzeit die Namen dieser Rebellen, habe ich mir sagen lassen.«

»Wäre es Euch lieber, sie sängen Euren Namen, Aurelian Bonareth? Das ließe sich durchaus arrangieren. Und das Schöne daran, es wäre nicht einmal eine Lüge vonnöten.« Und nun erbleiche, du elender Wurm.

Aurelian tat ihm den Gefallen nicht.

Ruhig erwiderte er den Blick, und ein kaltes Lächeln lag auf seinen Lippen.

»Irre ich mich, oder ward Ihr nicht derjenige, dessen Fehlen auf der *Stolz von Al'Anfa* so schmerzlich beklagt wurde? Und ward Ihr es nicht, der gerade rechtzeitig im Hafen erschien, um mit ansehen zu können, wie sich die Galeere in eine stolze Siegesfackel der Fanas verwandelte?«

»Gerade rechtzeitig, in der Tat.« Die Kobra präsentierte sich zum letzten Mal. Sie wusste, dass ihr Ende nahte. »O nein, Ihr irrt Euch keineswegs, ich war tatsächlich nicht anwesend. Ob dies beklagenswert ist, liegt im Auge des Betrachters. Für Euch mag dem so sein, da die Verhöre, die ich just zu diesem Zeitpunkt führte, zweierlei ergaben. Zum einen, und das war entscheidend, das Wissen um den perfiden Plan an sich, sodass ich den Göttern sei Dank rechtzeitig genug einzutreffen vermochte, um die Zahl der Opfer verhältnismäßig gering zu halten. Zum zweiten, und hier wird es für Euch interessant, erfuhr ich zu meinem allergrößten Erstaunen den Namen desjenigen, der den Attentätern, die naturgemäß über begrenzte Ressourcen verfügen, die entscheidenden Hilfestellungen gab. Wünscht Ihr mit Details erfreut zu werden?«

»Oh, ich bitte darum, Don Irschan«, antwortete Aurelian ruhig. »Wir alle sollten Euch zutiefst dankbar sein für Eure Umsicht, die Täter rechtzeitig zu entlarven. Ein Jammer nur, dass Ihr die Vögel nicht eher zum Singen brachtet, sonst hättet Ihr vielleicht einige Leben und die teure Garderobe meines Vetters Rahjadan retten können. Er ist sehr ungehalten darüber, wenngleich ihn das Spektakel augenscheinlich amüsiert hat.«

»Garderobe ist ein gutes Stichwort, Uniform würde es noch einen Hauch präziser treffen und fügen wir dann noch das an sich harmlose Wörtchen Hafenmeisterei hinzu, entfaltet sich das Bild in seiner ganzen Pracht.« Aufmerksam lauschte Irschan auf die Atemzüge seines Gegenübers. War da nicht ein kurzes Stocken? »Was die Singvöglein angeht, so erwartet der Patriarch noch heute Abend meinen Bericht, und wenn ich seinen Gemütszustand auch nur halbwegs richtig einzuschätzen vermochte, besteht wenig Hoffnung für das illustre Federvieh, die nächsten Tage ungerupft zu überstehen. Alsdann werden sie dem Hohen Richter vorgeführt werden und, nun ja, Ihr kennt Amosh Tiljaks Vorliebe für belehrende Parabeln. Was könnte anschaulicher sein, als die Sünder wider die Göttliche Ordnung gleich am ersten Tag des Praiosmondes an ihren elenden Hälsen aufzuknüpfen und sie unter des Göttlichen Richters gleißendem Auge baumeln zu lassen, während die Raben an ihren derischen Leibern vollziehen, was ihren Seelen bei Borons Strafgericht widerfährt. Mögt Ihr Gleichnisse, Don Aurelian?«

»Wie kommt Ihr nur auf diese Idee?« Aurelian verzog ironisch den Mund, während sein Blick abglitt, über den Kiesweg, den sie entlangschlenderten, die wild wuchernden Büsche und Blumenstauden und die hoch aufragenden Bäume, die sich in den Abendhimmel bohrten. »So habt Ihr also Rebellen festsetzen können, ehe sie zur Tat schreiten konnten? Vielleicht war Seine Erhabenheit doch schlecht damit beraten, Euch das Amt des Großexecutors zu überantworten, da Ihr doch alle Befähigung zeigt, ein besserer Kommandant der Stadtwache zu werden als es unser viel geliebter Oboto Florios je war.«

Irschan seufzte. Das Gespräch begann ihn zu ermüden und das war gefährlich. Noch immer konnte er nicht vollkommen sicher sein, dass dieser aufgeblasene Möchtegern-

Rebell tatsächlich schuldig war, und er wollte ungern in eine Falle tappen, nur weil sein Gegner ihn zuvor mürbe geschwatzt hatte. »Don Aurelian. Wir beide wissen, dass diese Phrasendrescherei gut und gerne noch ein bis zwei Stündchen andauern könnte. Unter anderen Umständen wäre ich auch nur zu gern dazu bereit, allein, derzeit steht mir der Sinn mehr nach handfesten Argumenten.«

Jäh blieb er stehen und wandte sich Aurelian zu. »Ich mache Euch ein Angebot: Ihr begleitet mich in meiner Sänfte zur *Stadt des Schweigens* und auf dem Weg dorthin überlegt Ihr Euch, welches Schicksal Ihr vorziehen würdet: dem Volk als leuchtendes, wenn auch abschreckendes Beispiel zu dienen oder aber aus meiner Hand den Mantel des Schweigens anzunehmen. Und bevor Ihr Euch nun fragt, aus welchen Motiven ich denn ein solch ungeheures Zugeständnis zu machen bereit wäre. Erstens, weil ich meinem Geliebten den Schmerz ersparen möchte, sich von einem seiner engsten Verbündeten derart schändlich hintergangen zu sehen, zweitens, weil es nicht ratsam ist, den Fanas Schwächen der Granden aufzuzeigen, die zur Nachahmung verleiten könnten, und drittens, weil ich gerade erst begann, mich an Eurer Gesellschaft zu erfreuen und ich es außerordentlich bedauern würde, so überstürzt schon wieder Abschied nehmen zu müssen.«

Äußerlich gelassen setzte er seinen Weg fort, während sich all seine Sinne spannten. Eine gereizte Kobra war kein Kuscheltier. Ihm war durchaus bekannt, wie schnell dieser Grande mit dem Giftdolch war.

»Was wollt Ihr wirklich, Don Irschan?«, setzte Aurelian nach einer Weile wieder an, den Blick immer noch auf den Weg vor ihnen gerichtet. Seine Stimme schien gleichmütig, aber Irschan meinte die Spannung zu spüren, die sich hinter der gelassenen Fassade verbarg. »Ihr seid nicht dafür bekannt, Zugeständnisse ohne Gegenleistung zu machen.«

Göttlicher Fuchs, zwei meiner schönsten Rubine für dich! Er lachte. »Nein, Ihr habt Recht, über meine Barmherzigkeit hörte ich bislang auch noch keine Lieder. Aber ich bin kein Unmensch. Ihr seid – zumindest offiziell – ein Verbündeter und dabei sollten wir es auch belassen. Wollen wir uns darauf einigen, dass Ihr darüber hinaus in meiner Schuld steht?«

Aurelian seufzte. »In Eurer Schuld ... ein gefährliches Unterfangen, nicht wahr? Zumindest, wenn man den finsteren Geschichten Glauben schenken will, die man sich über Euch erzählt.« Er wandte den Blick wieder zu Irschan und lächelte ironisch. »Auf der anderen Seite ... sollte es mir keine Scheu bereiten, einem *Verbündeten* den einen oder anderen Gefallen zu erweisen. Habt Ihr eigentlich außer den Singvögeln noch weitere Attentäter festsetzen können? Vielleicht jene, die den Koloss erstürmt haben?«

»Treibt Euch etwa die Sorge um eine Buhlschaft um? Oder um einen Bastard? Ich hatte ja keine Ahnung, wie tief Ihr in die Seele des Volkes eingedrungen seid, meiner Treu, wie rührend.« Geziert griff sich Irschan ans Herz, bevor er seinem Antlitz erneut den Anstrich von Ernsthaftigkeit verlieh. »Meines Wissens gibt es zwei Gefangene, eine Frau und einen Eunuchen. Wenn Euch die Frage arg am Herzen liegt, bin ich selbstverständlich gern bereit, bei unserem geschätzten Stadtkommandanten diesbehufs Erkundigungen einzuziehen. Eine Ehrensache unter Verbündeten.«

»Oh, macht Euch keine unnötige Mühe«, wehrte Aurelian lächelnd ab. »Plagt den guten Oboto nicht mit Fragen, die sein dumpfes Gemüt überfordern mögen. Abgesehen davon, wenn ich eine Buhlschaft oder einen Bastard unter diesem Schurken hätte, wäre dies nicht eine gute Gelegenheit gewesen, selbige loszuwerden?«

Eine Weile schritten sie schweigend durch die üppige Vegetation. Der wilde Jasmin verströmte betörend sein Aroma, wie jeden Abend, kurz bevor die Dunkelheit hereinbrach. »Ihr hättet mein Angebot auf der Verabschiedungsfeier Eures Verwandten nicht ablehnen sollen«, durchbrach der Magier schließlich das Schweigen. »Meine kleine Schwester hat eine Schwäche für Rebellen, vermutlich hätte sie ihr Herz an Euch verloren, hättet Ihr nur ein wenig mehr von Euch offenbart.«

»Und Ihr hättet auf Euch zutiefst ergebene Augen und Ohren in meinem Bett zurückgreifen können, ohne Euch die Mühe zu machen, die Ratten aus der Gosse zu fischen«, antwortete Aurelian freundlich, aber für die Dauer eines Herzschlags schien ein schmerzlicher Schatten über sein Gesicht zu huschen, der im nächsten Moment wieder jenem unverbindlichen Lächeln wich, hinter dem alles stehen konnte. »Versteht mich nicht falsch, Don Irschan«, fuhr er fort, »ich weiß Euer Geschenk zu schätzen und bin mir bewusst, was es Euch bedeutet, aber es scheint mir aussichtslos, das Herz einer Frau erringen zu wollen, das einzig Euch gehört.«

Die Erwiderung lag ihm bereits auf der Zunge, lässig eingeworfen, ohne wirklichen Tiefgang, so wie sämtliche Phrasen dieses Wortgefechts: *Oh, meine Schwester hat ein großes Herz.* Doch eine jähe Befangenheit hielt ihn zurück. Ja, Viviane besaß ein großes Herz und er sollte nicht darüber spotten, sondern tausendfach dankbar für ihre Liebe sein. Und *drei* Rubine für die Schöne Göttin! Doch die Ironie klang ihm selbst im Geiste schal. Einen Augenblick lang fühlte er sich dünnhäutig, verwundbar. Gereizt riss er eine Blüte von dem Rosenbusch, an dem sie gerade vorbeikamen und zwang sich zu einem weiteren dieser Lächeln ohne jede Verbindlichkeit. »Unfug. Spielt hier nicht den naiven Jüngling. Niemand unserer Stellung, der auch nur halbwegs bei Verstand ist, würde tatsächlich Geheimnisse im Bett ausplaudern. Andernfalls wäre Shantalla Karinor die bestinformierte Frau der Stadt, ach was, des Imperiums. Nein, mein Angebot war einfach nur ein Spiel.«

Einfach nur ein Spiel. Wie banal das klang. Nur ein falscher Spielzug und er selbst wäre heute als Verlierer vom Spieltisch aufgestanden. Bisher war Phex ihm hold gewesen, doch endgültige Sicherheiten gab es nie. Wenn seine Verbündeten je erführen, was er an jenem Tag in der Villa Paligana mit dem vermeintlichen Rivalen besprochen hatte oder, schlimmer noch, wenn Amir je erführe, dass er seinen Tod in Kauf genommen hatte, nur um sich einen weiteren Untergebenen zu sichern, wäre auch seine Niederlage besiegelt.

Er verspürte kein Bedürfnis mehr nach Spott und Stichelei. Aurelian Bonareth hatte viel riskiert, nur eine winzige Nachlässigkeit hatte ihn den Sieg gekostet. Und wer trauerte schon um ein halbes Dutzend toter Granden? Selbst die Tränen der Hinterbliebenen würden wohl am reichlichsten um den Verlust von Dublonen für eine standesgemäße Balsamierung fließen oder – schlimmer noch – um das Versäumen einer Orgie, wenn man stattdessen zur Bestattung zu gehen verpflichtet war.

Unvermittelt blieb Irschan stehen und drehte sich seinem Gegenüber zu. »Wisst Ihr, dass ich mich gerade frage, ob wir dieses Gespräch überhaupt führen würden, wenn Ihr tatsächlich jene Nacht mit meiner Schwester verbracht hättet?« Abwehrend hob er die Hand. »Ich weiß, wie das klingt, haltet mich ruhig für einen Narren. Und vermutlich ist der Vergleich ohnehin unzulänglich, da Ihr, bei aller Ähnlichkeit unserer Stile, letztendlich von anderem Wesen seid. Doch wahre Unschuld ist so selten in dieser Stadt, sie vermag Wunder zu bewirken. Und auch auf die Gefahr hin, wie ein larmoyanter Dichter zu klingen, der wangenfahl nach seiner Dame schmachtet: Vivianes Liebe hat selbst mich Demut gelehrt.«

»Ich beglückwünsche Euch zu Eurer Schwester. Doch ich denke nicht, dass das viel geändert hätte. Ihr habt sie nicht zu mir geschickt, um mir ihre Tugend zu offenbaren. Schicktet Ihr sie nicht vielmehr, um zu sehen, wie ich in Eurem Spiel handle?«

»Ist das Euer Ernst?« Irschan blickte Aurelian verblüfft an. Hielt der Grande ihn wirklich für so durchschaubar?

Er räusperte sich. »Nun ja, mir werdet Ihr die Wahrheit wohl ohnehin nicht glauben. Wenn sie Euch wirklich interessiert, fragt am besten meine Schwester selbst.« Amüsiert nahm er den Gang durch den Garten wieder auf. »Sie ist keine sehr begabte Lügnerin, müsst Ihr wissen, aber andererseits, vielleicht glaubt Ihr mir ja nicht einmal das.«

»Wo denkt Ihr hin?«, wehrte Aurelian ab. »Wenn es einen Menschen in dieser Stadt gibt, bei dem ich nicht hinter jedem Wort eine Lüge vermuten müsste, dann ist es Eure Schwester.« Er lächelte, aber etwas Trauriges lag in seinem Blick, als er sich Irschan wieder zuwandte. »Doch ich sehe, ich tat Euch Unrecht. Erzählt mir die Wahrheit, und ich versuche zumindest, sie zu glauben.«

»Wie ich bereits sagte, es war ein Spiel. Nur war nicht ich der Spielegeber.« Er musste schmunzeln, als er an das Gespräch zurückdachte, das er mit Viviane in der Sänfte geführt hatte, damals auf ihrem Weg zum Hause Bonareth.

Wer wäre dir am liebsten für diese Nacht? – Ihr lasst mich wählen? Wünscht Ihr denn zuzusehen? – Das kommt darauf an, für wen du dich entscheidest. – Ich gebe Euch ein Zeichen, wenn ich jemanden gefunden habe. – Tu das, meine Liebe, und wenn mir deine Wahl zusagt, bereite ich ihn für dich vor.

»Schaut Ihr bisweilen in den Spiegel, Aurelian Bonareth? Dann sollte sich Euch die Wahrheit rasch erschließen. Sie ist so simpel, dass ich mich beinahe schäme sie auszusprechen: Ihr seid ein schöner Mann.«

Ich wähle Don Aurelian, seid Ihr einverstanden? – Eine perfekte Wahl, kleine Schwester, aber auch eine große Herausforderung. Bist du sicher, ihr gewachsen zu sein? – Ich werde Euch nicht enttäuschen.

»Meine Schwester schätzt schöne Männer, müsst Ihr wissen, aber sie schätzt auch kleine Inszenierungen. Wie könnte ich als liebender Bruder ihr diesen Wunsch abschlagen?« Er lächelte versonnen. »Kennt Ihr die Plattitüde ›Geschwister teilen alles‹? Ich schätze, in Eurem Falle teilten wir die Zurückweisung.«

»Dann tut es mir Leid, Euch diesen Abend verdorben zu haben. Übermittelt bitte Eurer Schwester meinen Gruß. Ich hoffe, sie ist mir nicht gram?«

Irschan schmunzelte. »Das Haus Perval wird Eure Bitte um Vergebung wohlwollend prüfen. Einstweilen behalten wir uns vor, Satisfaktion zu fordern.«

Aurelian lächelte spöttisch und deutete eine knappe Verbeugung an. »Ich werde Euch zur Verfügung stehen, Euer Excellenz.«

Vor ihnen schälte sich das Eingangstor aus dem einsetzenden Zwielicht. Höflich begleitete Irschan seinen Gast zu dessen wartender Sänfte, wo sie ein weiteres Mal verharrten und einander schweigend musterten. Vom Hafen her wehte die getragene Litanei des Boronrufers zu ihnen herauf, kurz darauf schlug dumpf der Praiosgong. Die sechste Stunde brach herein. Einem plötzlichen Impuls folgend hob Irschan den Arm und legte sanft die Handfläche gegen Aurelians Wange. »Meine Hochachtung gilt Eurer Beherrschtheit«, murmelte er. »Doch der nächste Sturm kommt gewiss. Ihr könnt Euch ihm nicht ewig widersetzen.«

Rasch neigte er sein Gesicht nach vorn und seine Lippen berührten sacht die seines Gegenübers. Nur ein flüchtiger Augenblick, dann zog er sich zurück.

»Ich freue mich auf ein Wiedersehen«, erklärte er mit einem Lächeln und wusste, dass es nicht geheuchelt war.

Zuvorkommend wartete er, bis Aurelian in seine Sänfte gestiegen und diese in der hereinbrechenden Dunkelheit entschwunden war. Dann wandte er sich an den Sklaven, der das Tor geöffnet hatte. »Im Weinlaub-Pavillon steht eine Staffelei. Sorge dafür, dass das Gemälde darauf verbrannt wird. Ich habe den Gefallen daran verloren.«

***

»Hier, trink erst einmal was, damit du wieder zu Kräften kommst.«

Die Frau klopfte ihm aufmunternd auf die Schulter und ließ ihren massigen Leib neben ihm auf die Bank fallen. Der Schweißgestank stach ihm in die Nase, als sie sich zu ihm herüberbeugte und ihren Krug gegen den seinen schlagen ließ. Mit einem gequälten Lächeln erwiderte er den Trost.

Der Schankraum war voll, trotz der frühen Stunde. Selbst auf den Stufen hinauf zur Straße hatten sich die Feiernden niedergelassen. Es herrschte eine eigenartige Heiterkeit in der Taverne, die nur wenige Schritt vom Perlenmarkt entfernt lag, eine armselige Taverne inmitten der Altstadt, in die er unter anderen Umständen nie einen Fuß gesetzt hätte. Aber die Umstände hatten sich geändert. Er fröstelte immer noch unter dem eisigen Blick, mit dem Don Aurelian ihn bedacht hatte, als er ihm erleichtert mitteilen wollte, dass weder er noch die junge Donna Emilia oder ihr Bruder ernsthaften Schaden genommen hatten. Dieser schreckliche Leibwächter hatte ihn gepackt und zurück ins Hafenbecken geworfen, ehe er auch nur eines der Worte hervorbringen konnte, die er sich zurechtgelegt hatte, hübsche Worte, die Don Aurelian sicher geschmeichelt hätten.

Unglücklich starrte er auf seinen Becher. Der Brand umnebelte seinen Geist, ein unangenehmer, schwerer Nebel, der ihn würgen ließ und seinen Magen sauer zusammenzog. Er hätte Bosparanjer aus Kristallpokalen schlürfen sollen, aber stattdessen saß er hier nass und einsam unter all diesen Hafenarbeitern und Fischern, die sich hier eingefunden hatten, um den Tag in einem kräftigen Besäufnis enden zu lassen. Einen Tag, von dem sie noch ihren Enkeln erzählen konnten.

»Nun trink, du Jammergestalt«, grinste seine Begleiterin und stieß ihm den Ellenbogen in die Rippen. »Du hast es doch überlebt.«

Überlebt, sicher, aber auch nicht mehr. Zittrig hob er den Becher und lächelte der Frau zaghaft zu, ehe er entschlossen ansetzte und den Brand in einem Schwall seine Kehle hinabrinnen ließ. Wärme durchströmte ihn, und er musste sich einen Moment lang an der Bank festhalten. Nur verschwommen sah er die schwieligen Hände der Frau, die ein Beutelchen aus ihrem Hemd gezogen hatte und sorgsam einige Krautkrümel zusammenschob. Sie hob den Kopf, als sie seinen Blick bemerkte.

»Na, Kleiner? Besser?«

»Ich ... habe Euch noch nicht gedankt ...«

»Ach, das ist schon in Ordnung.« Sie grinste und wandte ihre Aufmerksamkeit wieder dem Kraut zu, das sie vorsichtig in eine kleine Tonpfeife stopfte. »Kannst uns ja einen Krug ausgeben, wenn Sirano kommt.«

Der Dichter lächelte verlegen. »Ich fürchte, ich habe kein Geld.«

»Kein Geld?« Die Frau hob überrascht die buschigen Augenbrauen. »Aber du warst doch auf der Galeere mit all diesen feinen Herrschaften ...«

»Nun, ich ...« Verlegen knetete er seine Unterlippe, während die Frau ihre Pfeife entzündete und sich mit einem wohligen Seufzer zurücklehnte. »Ihr müsst wissen, ich bin Dichter, und eigentlich sollte ich eine Ode auf den Koloss singen, wenn das Feuer nicht gekommen wäre, und so, nun ja ...«

Die Frau wollte gerade zu einer Antwort ansetzen, als der Vorhang vor dem Eingang zur Seite geschoben würde und die blanken Helme zweier Stadtgardisten in der Türöffnung erschienen. Jäh erstarb der Lärm.

»Was wollt Ihr?«, knurrte der Wirt und drückte die Faust auf die Hüfte. »Gibt es einen Erlass, wonach man nicht einmal mehr den letzten Tag des Rahjamondes gebührend feiern darf?«

»Feiern schon«, erwiderte der Ältere der beiden Gardisten und nahm seinen Helm ab. Ein bissiges Grinsen lag auf dem eckigen Gesicht. »Der Kommandant Oboto Florios wäre allerdings nicht erbaut, wenn er erführe, *wie* ausgelassen ihr diesen traurigen Tag begeht. Aber keine Sorge, wir haben anderes zu tun.« Er wandte einen Blick in die Runde, suchend. »Hört alle her. Hat jemand von Euch einen der Attentäter gesehen oder weiß jemand, wo man sie finden kann?«

»Was zahlt euer Kommandant dafür?«, grunzte ein Greis mit fettigen Haarsträhnen.

»Der hohe Rat lässt es sich fünfzig Dublonen kosten, die Köpfe der Aufrührer vor dem Praiostempel aufzustellen.«

»Fünfzig Dublonen?« Ein dünner Speichelfaden zog sich vom Mund des Greises hinab auf seine knochige Hand, die sich um den Becher gelegt hatte. »Für fünfzig Dublonen liefere ich ihnen sogar mein altes Mütterchen, Boron hab sie selig.«

»Lass dein Mütterchen, wo es ist«, grinste der Gardist und hob die Hand, um sich noch einmal Gehör zu verschaffen. »Draußen hat man bereits Bilder der flüchtigen Verbrecher aufgehängt. Wenn ihr etwas wisst, meldet es bei der Stadtwache – oder lasst es sein. Und nun bring uns etwas zu trinken, Wirt, wir haben noch eine lange Nacht vor uns.«

Auch der andere Gardist nahm den Helm ab, und die Leute im Schankraum wandten ihre Aufmerksamkeit wieder anderen Gesprächen zu, als sie merkten, dass die Vorstellung beendet war.

Seine Begleiterin blies eine Rauchwolke aus, und der Dichter musste keuchend husten, als ihm der beißende Qualm in die Nase stieg.

»Dann meinen sie wirklich, uns kaufen zu können«, murmelte sie unter zusammengezogenen Augenbrauen. »Verdammtes Pack.«

»Wie sagtet Ihr?«

Sie blickte auf und schien einen Moment erschrocken darüber, ihre Gedanken laut geäußert zu haben. »Nichts«, knurrte sie. »Mir schmeckt es nur nicht, dass sie versuchen, uns mit Gold zu ködern, so viel Gold, dass sich kaum jemand vorstellen kann, wie es sich anfühlt in den Händen.«

Er schwieg betroffen, und wandte rasch den Blick zu der jungen Frau, die sich soeben in die Mitte des rauchgeschwängerten Raumes auf einen Stuhl gestellt hatte und lauthals begann, ein schlechtes Spottlied zu singen. Auch seine Begleiterin hatte ihre Aufmerksamkeit der Sängerin zugewandt. In ihren Augen glänzte Hohn.

»Das kannst du doch besser, oder Kleiner?«, meinte sie plötzlich und nahm einen weiteren Zug aus ihrer Pfeife. »Wo du doch ein Dichter bist.«

»Ein Dichter?«

Die dunkle Stimme ließ ihn aufblicken. Der ältere Gardist war an ihren Tisch getreten und zog einen Stuhl heran, auf den er sich schwer fallen ließ. Der Schreiberling lächelte zerknirscht. Jetzt wusste er auch endlich wieder, woher er das Gesicht kannte, aus dem Wasser, aus dem man ihn zog, als seine Lungen schon zu bersten drohten und er seine Seele bereits Boron anvertraut hatte.

»Haben wir tatsächlich einen Dichter aus dem Hafenbecken gefischt?« Der Mann betrachtete ihn spöttisch und stellte seinen Becher auf dem Tisch ab.

»Äh, ja, ich war ... ein Dichter.« Der Schreiberling hob die Mundwinkel und zog die Schultern noch höher.

»Ich hab ihm schon gesagt, er kann das sicher besser als die dort«, ließ sich die Frau vernehmen und legte ihm die schwere Pranke auf die Schulter. »Übrigens gefällt es mir gar nicht, dass man uns mit so viel Geld ködern will. Die machen aus uns lauter Verräter.«

Der Gardist nickte gelassen. »Befehl ist Befehl, mir gefällt es auch nicht, musst du mir glauben, Vana. Diese Attentäter hatten wirklich Mut. Wäre schade, wenn sie vor dem Tempel aufgeknüpft werden.«

»Wird man sie denn fassen?«, fragte der Dichter vorsichtig.

Der Gardist bedachte ihn mit einem mitleidigen Blick. »Bei so viel Gold gibt es viele Verräter. Heute feiern sie die Rebellen noch wie Helden, aber morgen, wenn der Rausch verflogen ist, kommen sie zur Stadtgarde gekrochen. Es ist wirklich ein Jammer, aber das ist der Lauf der Dinge. Eine Heldentat, ein kurzer Taumel, und danach jähes Vergessen.« Er seufzte. »Dies ist die Stadt Borons und nicht jeder hat das Glück, dass seine Taten mit einer Statue oder einer Ode dem Vergessen entrissen werden, das der Götterfürst über uns legt.«

Der Dichter schwieg und betrachtete nachdenklich seine Hände und die tiefen Furchen und Dellen in der Tischplatte, die unzählige Becher und Nägel hinterlassen hatten, Hände, die vielleicht an diesem Tag das Feuer hinabgestoßen haben mochten, Namen, an die sich niemand mehr erinnern würde, wenn die Tat gesühnt und die Schuldigen hingerichtet wären. Paligan wäre unsterblich geworden, wenn er seine Ode hätte beenden können, ebenso der Gladiator, dessen Ruhm er besingen sollte, und der Koloss, dessen Lobpreis ihm auch nicht leichter fiel. Er hätte ein Stück zu ihrer Unsterblichkeit beigetragen, einen Funken, der auch seinen Namen unter die Sterne gehoben hätte. Doch das war jetzt vorbei. Die Sängerin hatte inzwischen ihre Darbietung beendet und verbeugte sich schwankend, wobei sie fast von ihrem Stuhl gefallen wäre.

»Nun, was ist mit dir, Kleiner?« Vana gab ihm einen kräftigen Stoß zwischen die Schultern. »Los, dichte uns auch ein paar Verse. Was Nettes.«

»Nein, ich ... keinem meiner Gönner gefielen die Oden, die ich ihnen schrieb. Ich brauche Zeit und Ruhe, um meinen Genius fließen zu lassen. Das geht nicht ... hier.«

»Du willst *was* fließen lassen?« Vana lehnte sich vor und ihr fauliger Atem schlug ihm entgegen.

»Er meint wohl, dass ihm nichts einfällt«, schlug der Gardist vor und beide lachten.

Er spürte, wie ihm das Blut in die Ohren schoss. »Bitte, ich ...«

»Hier, nimm noch einen Schluck, und dann singst du uns was.« Vana drückte ihm ihren halb vollen Becher in die Hand. »Muss ja keine Ode sein, lieber was zum Lachen.«

»Was ... zum Lachen?« Verwirrt schüttelte er den Kopf und spürte im gleichen Moment, wie sie seinen Arm packte und ihn hochzerrte. Ehe er sich versah, stand er auf dem Tisch. Seine Beine zitterten bedenklich, aber sie hielten stand.

»Hört noch mal her«, brüllte Vana und ließ ihre Faust auf die Tischplatte niederschlagen. »Der hier ist ein echter Dichter, den wir aus dem Wasser gefischt haben, bevor ihn die Haie holen konnten. Hat auf dem Silberberg gesungen. Ich hab ihm gesagt, dass wir was von ihm hören wollen. Ist doch so, oder?«

Beifälliges Johlen machte ihm klar, dass er sich nicht mehr entziehen konnte. Ein eisiger Schauer rann über seinen Rücken und er warf dem Gardisten einen Hilfe suchenden Blick zu, der jedoch nur mit den Schultern zuckte und sich entspannt zurücklehnte.

»Nun ist es an dir«, raunte Vana und setzte sich wieder. »Zeig uns, was du drauf hast.«

Also gut, es musste sein. Der Schankraum war mit einem Mal ruhig, alle Augen schienen auf ihn gerichtet, neugierig, erwartungsvoll. *Hesinde, Rahja, Phex, steht mir bei.* Er schloss kurz die Augen und atmete einmal tief durch, um seine bebende Brust zur Ruhe zu zwingen. Dann setzte er ein freundliches Lächeln auf und machte eine schwankende Verbeugung, die einige unterdrückte Lacher hervorrief.

»Ich werde Euch nun etwas vortragen, was ich selbst am eigenen Leib erfahren und dem ich nur durch Götterhilfe entkommen konnte. Hört nun die Ode auf den Stolz von Al'Anfa, wie er brennend seine Herren fraß.«

***

Der Kelch entglitt der erschlafften Hand und fiel klappernd zu Boden. Wein rann über den silbernen Rand, über den Teppich und zog dürre Bahnen auf dem kalten Marmor, wie Blut, warmes, dunkles Blut.

Ein lautloses Seufzen entwich ihrer Brust, der Atem ruhig und flach. Er spürte, wie das Leben den Leib in seinen Armen verließ, wie sich Golgaris Schatten über ihr schönes Gesicht legte, das im Schein der flackernden Öllampen weich und zerbrechlich wirkte, die Lippen leicht geöffnet, die Augen geschlossen, friedlich, als schlafe sie, einen ruhigen Schlaf, ohne böse Träume, ohne Bishdariels Albgesicht. Vorsichtig, als wolle er sie nicht wecken aus ihrem Schlummer, beugte er sich vor und gab ihr einen sanften Kuss auf die Stirn. Sein Hals war eng, als er über ihre Wange strich und mit dem Finger einen letzten Tropfen des Giftes von ihren Lippen pflückte, das ihre Lebenskraft raubte und ihre Seele in Borons Hallen geleitete.

Sie hatte nichts gesagt, nicht auf seine Fragen, seine Drohungen, Bitten. Sie hatte einfach nur dagesessen und ihn angeschaut, mit ihren dunklen Mandelaugen, in denen Trauer mit Furcht rang, während ihre Lippen bebten, ihre Hände zitterten. Sie hatte gewusst, dass sie nicht leugnen konnte, was er längst geahnt hatte. Er war hinausgestürmt, hatte seiner Wut freien Lauf gelassen, dem ohnmächtigen Zorn, der Enttäuschung, die ihn zu zerreißen drohte, der tiefen Verzweiflung, die der Wut folgte. Warum sie, warum ausgerechnet sie? Er war so blind gewesen, er hatte es gesehen, seit Tagen, ihre Unsicherheit, ihre ... Angst, er könne hinter ihr kleines Geheimnis kommen, und doch wieder nicht. Er war blind gewesen, weil er ihr vertraut hatte, weil er sie ... nein, sie war eine Sklavin, eine unter vielen. Aber er hatte ihr vertraut, ihr, der Einzigen, hinter deren Lächeln er keine Berechnung spürte, die nicht sorgsam abwog, wie sie seine Zuneigung nutzen, welchen Vorteil sie seinem Vertrauen abringen konnte.

Sie war ruhig gewesen, als er zurückkam, ruhig und gefasst. Still hatte sie dagesessen, während er die Schatulle aus dem Geheimfach nahm und das weiße Pulver in den Wein rührte. Sie hatte nur dagesessen und ihn angeschaut, ohne ein Wort, ohne Vorwurf oder Verachtung in ihren

Augen. Leblose Augen, ein betäubtes Opfertier, bereit, auf dem Altar sein Blut zu lassen. *Bei den Göttern, er hatte sie nicht opfern wollen.* Ein eisiger Reif drängte sich um seine Brust, presste jedes Leben, jede Wärme aus ihm heraus. Wie sehr Leere schmerzen konnte, dunkle, aushöhlende Leere, die seine Gedanken lähmte, ihn mit drückender Schwärze umfing. Er hatte dieses Gefühl fast vergessen, hatte es verbannt, in die Tiefen seiner Seele, gefesselt und in eherne Ketten geschmiedet, und jetzt brach es hervor, grimmiger, schmerzhafter als er es in seinen finstersten Erinnerungen bewahrt hatte.

Ihre Hand hatte gezittert, als sie den Kelch entgegennahm. Er hatte gehofft, sie würde mit ihm sprechen, ihn bitten, anflehen, beschimpfen, Vorwürfe, die es ihm leichter machten, sich hinter der erzürnten Maske des Verratenen zu verbergen. Sie nahm nur den Kelch, stumm, und trank, mit kleinen, gleichmäßigen Schlucken, bis auch der letzte Rest des Giftes ihre Lippen geküsst hatte.

Die Flammen der Öllampen tanzten unruhig im Abendwind, der durch die offene Balkontür eindrang, ihr offenes Haar liebkoste und das Kleid an ihren Leib schmiegte. Sie war schön gewesen, wie sie dasaß, den Kelch umklammert, die Augen geschlossen. Er hatte sie in den Arm genommen, als die ersten Krämpfe ihren Körper erschütterten, ein leichtes Beben, mehr ließ das Gift nicht zu, keinen blutigen Schaum auf ihrem Mund, keine zuckenden Glieder, keine gellenden Schreie. Es tötete schnell, und es tötete sanft, ohne Schmerzen, es ließ sie hinübergleiten auf Golgaris Schwingen, während ihr Körper bei ihm zurückblieb, schön und bleich.

Sie lag ruhig. Behutsam bettete er sie auf den Diwan und nahm ihre kalte Hand, die sich auf die Kette um den Hals gelegt hatte. Die Perlen schimmerten im unruhigen Licht der Öllampen, ein warmes Glimmen auf dem weißen Kleid. Einen Moment war er versucht, die Kette zu lösen, in der Schatulle zu verbergen und sich die Illusion der

Erinnerung zu bewahren, aber seine Hand zuckte zurück, als er die kühlen Perlen berührte. Er wollte sich nicht erinnern. Er musste vergessen, ihre Augen, ihr sanftes Lächeln ... Erinnerung lähmte und trieb Gefühle wieder und wieder hervor, die er nicht zulassen wollte ... durfte.

Ein dumpfer Schmerz erfüllte seine Brust, als er ein letztes Mal über ihr erstarrtes Gesicht strich und sich abwandte. Wie betäubt trat er an die Balkontür und starrte hinaus in das Dunkel der Nacht, hinab zum Hafen, wo alles im aufgeregten Fackelschein hell erleuchtet schien. Noch wenige Stunden, und das Jahr war zu Ende, die Tage des Namenlosen brachen herein und wenn am Tag des Lichts der neue Rat gewählt wurde, würde dieser Tag längst Geschichte sein, verborgen unter dem Mantel des Schweigens, den man über ihn ausbreitete. Dank des schnellen Eingreifens des Großexecutors waren nur wenige Granden zu Boron gegangen, Namen, die ihm nichts sagten, Gesichter, an die er sich zu erinnern glaubte, an flüchtige Orgien, deren Rausch schon am nächsten Morgen den Weg des Vergessens gegangen war.

Er hatte kaum Trauer heucheln können, als man ihm berichtete, dass man Imanas Leichnam gefunden hatte. Mochte sie nun ihre Ränke in den Hallen des Götterfürsten spinnen. Man sollte sich beizeiten um eine angemessene Bestattung kümmern, sobald ihr Körper bereit war für den Schlaf in den Schwarzen Pyramiden und sie neben ihrem Gemahl Ruhe finden konnte, die Mörderin Seite an Seite mit ihrem Opfer, im Tod vereint. Welch eine Ironie, dachte Aurelian bitter, dass im Tod alle Zwistigkeit vergessen schien, die Zeit ihres Lebens ihr Handeln bestimmt hatte. Sollte sie ihren Frieden in den eisigen Grabkammern finden.

Und kein Grabmal für Kito. Aurelian schloss die Augen und atmete tief durch, um die Beklemmung abzuschütteln, die ihn wieder zu erfassen drohte. Als Sklavin würde man sie verscharren, irgendwo auf dem Boronsanger, ein namenloses Loch und ein hastig dahingemurmelter Segen. *Man sollte sie in Marmor schlagen, in schwarzen Marmor, so schön, so friedlich, wie sie dalag auf dem Diwan, schimmernde Perlen und eine schwarze Lotusblüte zwischen den zarten Händen.* Nein, er wollte keine Erinnerung, keine Statue, die ihn Tag für Tag das Vergessen verbot. *Aber ein Grabmal, auf dem Boronsanger, am Hang des Visra, ein unscheinbares Grab, eine schlichte Skulptur.* Ein einsames Mal, Erinnerung, wenn er sie wollte, Vergessen, wenn er sie mied.

Sein Blick glitt noch einmal über ihr Gesicht. Er hatte sie nicht opfern wollen, aber ihm blieb nie eine Wahl. Er hatte es geahnt, als er den Großexecutor aufsuchte und seine Befürchtung wuchs, je länger sie redeten. Irschan Perval hatte es gewusst, ihren schönen Plan, und es gab wenige, die ihm das Geheimnis hätten verraten können, das Lucio und ihn verband – Razir, der junge Rebell selbst ... und Kito. Als er zurückkam, war die Ahnung einer bitteren Gewissheit gewichen; die scheuen Blicke, die seinen Bewegungen folgten, der gesenkte Kopf, die zitternden Hände, mit denen sie das Abendmahl bereitstellte und den Moment fürchtete, da er sie ansprechen würde ... Keine gefangenen Rebellen, sondern seine Taube, seine schöne, scheue Sklavin hatte Perval das Lied zugeflötet. Sie war in die Stadt gegangen, erst gestern, und sie war wieder ungewöhnlich lange fort ... er war so blind gewesen. Sie war keine gute Lügnerin, das war sie noch nie gewesen, aber er hatte ihr die Sorge um Said geglaubt, hatte sich damit zufrieden gegeben, ohne zu fragen, warum gerade jetzt, warum nach so langer Zeit?

Er schloss die Augen und versuchte verzweifelt die Frage zu verdrängen, die ihn in den letzten Stunden immer und immer wieder gemartert hatte, was der Großexecutor ihr getan hatte, wie er sie zu dem Verrat zwang, ... ob er sie überhaupt zwingen musste ...? Er würde keine Antwort finden, Kito hatte sie ihm nicht gegeben, und Irschan würde sie ebenso wenig gewähren.

Aurelian trat einen Schritt hinaus auf den Balkon. Wind strich über seine Haut und verfing sich in seinem Haar, grub sich in sein Hemd, ein sanfter, leiser Wind, schmeichelnd und tröstend, kein Sturm, der ihn peitschend umschlang wie an jenem Abend auf der Terrasse. Er straffte sich und zwang den letzten Rest der Trauer und Verzweiflung, die seinen Hals wie eine eherne Fessel umschlossen, hinab in die Tiefen seiner Seele, bis er spürte, wie das Atmen leichter wurde, wie frische Luft seinen Hals, seine Lungen berührte und die marternden Ketten fielen.

Es war müßig, verlorenen Fragen nachzujagen. Kito war zum Spielball geworden in einem Spiel, von dem sie nichts verstand, und er hatte sie verloren, einen Einsatz, den er niemals hätte setzen wollen, wenn ihn der Großexecutor nicht ins Spiel gebracht hätte.

Der Großexecutor ... Aurelian spürte das spöttische Lächeln, das sich über sein Gesicht stahl, als er an den flüchtigen Kuss, an die Verabschiedung dachte. Verbündete ... nun, vermutlich war dies noch das Beste, was ihm geschehen konnte, nach all dem, was vorgefallen war. Zumindest, solange Irschan Perval zu seinem Wort stand und schwieg, und er würde schweigen müssen, wenn es tatsächlich nur Kito war, die ihm ihr Liedchen gesungen hatte – und er den Patriarchen sehenden Auges in den Tod hatte ziehen lassen.

Unten im Hafen entzündete man soeben die Leuchtschale des Kolosses neu, Feuer, das über der Hafeneinfahrt loderte. Man vergaß schnell in Al'Anfa, und wenn man am Tag des Lichts ein paar zusammengetriebene ›Schuldige‹ einem Mahnmal gleich dem Zorn des Götterfürsten übergeben hatte, würde man die Reste der *Stolz von Al'Anfa* geborgen, die Hafeneinfahrt hergerichtet und den Koloss in seiner Herrlichkeit enthüllt haben und nichts würde mehr an die Siegesfackel der Fanas erinnern.

Aurelian seufzte und trat an die Brüstung. Der Marmor lag kalt und starr unter seinen Händen. Er hatte die Partie verloren, aber das Spiel ging weiter. Er musste abwarten, was die nächsten Wochen und Monde brachten, und sich dem Spiel beugen, das Irschan Perval ihm aufzwang. Ein neuer Verbündeter, der die Fäden in der Hand zu halten glaubte. *Eitler Narr.*

Es hatte ihn gereizt, ihm den Dolch in den aufgeblasenen Leib zu stoßen, zu sehen, wie das Gift seinen Geist zerfraß, ehe er die Kraft fand, seine Zauber zu wirken. Aber es hätte vieles nur schwieriger gemacht. Sollte der selbstgefällige Fana ruhig eine Weile in dem Glauben bleiben, ihn in der Hand zu haben; er brauchte jetzt vor allem Zeit. Solange Amir nichts von den Hintergründen des Attentats erfuhr, würde er ihm dankbar sein, dass er ihn vor den herabstürzenden Flammen gerettet hatte, und solange Irschan ihn als seinen willfährigen Schuldner betrachtete, konnte ihm dieses neue Bündnis sogar nützlich sein. Zwar hatte das Feuer der Rebellen nicht die erhofften Lücken in den Rat gerissen, aber das Misstrauen, das Paligan und Zornbrecht gegenüber dem eitlen Magus hegten, ließ sich schüren, sollte sich Irschan Perval eines Tages zu weit aus dem Fenster lehnen. Bis dahin ... würde er sich auf den Tanz der Viper einlassen müssen, der ihn wahrscheinlich schon bald in Pervals Bett und das seiner ihm hörigen Schwester führte. *Vivianes Liebe habe selbst ihn Demut gelehrt* ... Aurelian spürte den Stich, als jäh Kitos bleichen Antlitz vor seinen Augen aufflackerte. Es gab keine Liebe in Al'Anfa, keine Liebe ohne Berechnung, ohne Hörigkeit, ohne die Bereitschaft, den Segen Rahjas den Umständen zu opfern, wenn es notwendig war.

Das Schlagen einer Tür ließ ihn herumfahren. Er hatte die Sklaven fortgeschickt und ihnen gesagt, dass er nicht gestört werden wollte. Misstrauisch wandte er den Blick zurück zum Salon, als die Tür zum Empfangszimmer jäh aufgerissen wurde und Razir im Eingang erschien. Er deutete ein knappes Nicken an, ehe er die Tür hinter sich zuwarf. Aurelian stutzte, als sein Blick auf die Gestalt fiel, die

Razir hinter sich herzog und mit einem groben Stoß in den Raum hineinstolpern ließ. Fluchend rappelte sich der Fana auf und bedachte Razir mit einem wütenden Blick, der mit verschränkten Armen vor der Tür stehen geblieben war.

Aurelian trat an die Balkontür. »Razir, kannst du mir verraten, was das hier soll?«

Der Rebell fuhr herum und seine Augen verengten sich für die Dauer eines Herzschlags. »Ihr ...« Dann hatte sein gehetzter Blick den Diwan erreicht, wanderte zu dem Kelch am Boden und wieder den schlanken Arm hinauf bis zu Kitos sanften Gesicht, den leicht geöffneten Lippen, den dunklen Lidern, unter denen das erstarrte Lächeln verborgen lag. Erschreckt fuhr er zurück und seine Augen weiteten sich vor Entsetzen. »Meine Bruderschwester hat mich gebeten, dafür zu sorgen, dass ihm nichts geschieht«, antwortete Razir ungerührt und bleckte die Zähne. »Ich dachte, hier werden sie ihn nicht suchen.«

Oder gerade hier, dachte Aurelian und schluckte die harsche Erwiderung herunter, die ihm schon auf der Zunge lag. Er trat vom Balkon zurück in das Zimmer und betrachtete Lucio nachdenklich. Der Fana starrte auf Kitos erschlaffte Hand und ihr Gesicht, sichtlich bemüht, die Fassung zu bewahren. Die Uniform der Hafenmeisterei, die er wohl noch nicht ablegen konnte, hing in Fetzen, und verkrustetes Blut hatte sich über eine Wunde am Oberschenkel gelegt. Die Krokodile würden seine Witterung rasch aufnehmen, sobald ihn das Wasser des Hanfla umschlang.

»Du solltest lernen, Fehler wie den heutigen zu meiden«, begann Aurelian. »Es war unklug, diese alberne Botschaft zu hinterlassen, und noch unklüger, Gardisten, die dein Gesicht gesehen und deinen Namen gehört haben, am Leben zu lassen.«

Lucio Kopf flog herum.

»Hätte ich ihn umbringen sollen, so wie Ihr Eure Sklavin umgebracht habt?« Seine Stimme bebte und Aurelian sah, wie sich seine Hände zu Fäusten geballt hatten, sodass die Knöchel weiß hervortraten. Ein schmerzlicher Stich fuhr durch seine Brust, und nur mit Mühe konnte er die Hand zurückhalten, die darauf brannte, dem Fana eine Ohrfeige zu geben. Abrupt wandte er sich ab und blickte hinaus in die hell erleuchtete Nacht. Auf den Wassern des Hafenbeckens tanzten Lichter, und er meinte fast, das Bellen der Sklaventreiber und Gardisten zu vernehmen, die mit Fackeln und Bluthunden bewaffnet die Straßen und Gassen durchstreiften.

»Man sucht dich«, bemerkte er eisig. »Überall in der Stadt hat man Anschläge mit deinem Namen und deinem Gesicht aufgehängt. Man wird nicht eher ruhen, bis man dich und deine ... Märtyrer ausgelöscht hat.«

»Das wird ihnen nicht gelingen«, knurrte Lucio.

»Dies zu beurteilen ist noch zu früh.« Aurelian warf ihm einen verächtlichen Blick zu und ließ sich auf den Diwan nieder, neben Kito. Seine Hand fuhr sanft durch ihr Haar, fließende schwarze Seide auf seiner Haut. Sein Hals war klamm, als er aufschaute und Lucios Blick kalt erwiderte, der ihn mit unverhohlenem Hass anfunkelte, aber seine Stimme blieb fest. »Und was den Gardisten angeht – o ja, du hättest ihn umbringen sollen, dann hätte dich Razir nicht hierher bringen müssen und du könntest gemeinsam mit deiner Geliebten unbesorgt durch die Gassen ziehen. Glaube nicht, dass nach dem heutigen Tag alles so sein wird wie zuvor. Man wird einige Opfer hinrichten, um ein Exempel zu statuieren, aber eigentlich wissen sie alle, dass du ihnen entwischt bist. Sie werden nach dir suchen, und es gibt genug käufliche Seelen in den Baracken, die deinen Kopf mit Vergnügen gegen einen Beutel Gold eintauschen würden.«

»Ach.« Lucio schüttelte den Kopf und verschränkte die Arme vor der Brust. »Es mag vielleicht sein, dass es klüger gewesen wäre, aber es ist nicht meine Art, Unschuldige zu töten, um mich hinter ihren Leichnamen zu verstecken.

Ich werde niemals ein solches ... Ungeheuer sein wie Ihr und Euresgleichen.«

Elender Narr! Aurelian sah aus den Augenwinkeln, wie sich Razir spannte, und gab ihm mit einem kaum sichtbaren Kopfschütteln zu verstehen, nicht einzugreifen. Sollte Razir den Narren von der Klippe stürzen, aber hier, neben Kitos toten Leib, im Schein der Öllampen, die ihre sanften Züge umschmeichelten, wollte er kein Blut, keine Schmerzen, kein halb ersticktes Röcheln, wenn sich Razirs Klauen um den Hals des Fanas schlossen. Versonnen strich er über Kitos Wange, über ihre kalten Lippen. Eine Welle aus Wut und Zorn brach jäh über ihn herein, Zorn über das grausame Schicksal, das Kito zwischen die Mühlsteine geraten ließ, über den Großexecutor, der sie zu seiner Spielfigur gemacht hatte, und Wut über diesen dreisten Fana, der nichts von dem Spiel verstand, in dessen Strudel er längst eingetaucht war. »Es ist mir nicht leicht gefallen«, sagte er leise, aber seine Stimme hatte einen schneidenden Unterton angenommen. »Doch sie hat mich ebenso verraten wie sie dich verraten hat.«

»Sie hat ... was?« Lucio blickte zweifelnd zwischen ihm und der toten Sklavin hin und her.

»Warum, meinst du, war die Stadtgarde so schnell zugegen, schneller sogar als die Haie?« Aurelian schüttelte grimmig den Kopf. »Meinst du, ich war freiwillig auf der Galeere, vielleicht, weil ich das Abenteuer suchte? Man hat mich mit Hilfe dieser Sklavin in die Falle laufen lassen, und du kannst den Göttern danken, dass du und deine Leute nur von geringerem Interesse seid, sonst hätte man euch abgefangen, noch ehe ihr den Koloss überhaupt erreicht hättet.«

Lucio schwieg und runzelte die Stirn. »Aber ... warum ..., wenn Ihr als Grande ...«

»Es ist nicht von Belang.« Aurelian winkte müde ab und erhob sich. Sein Blick streifte Lucios trotziges Gesicht, ehe er sich abwandte und an die Balkontür trat. Der nächtliche

Wind drang ihm entgegen und trug den süßen Duft der Rosenbeete und das Salz des Meeres mit sich, das an den Rabenfelsen gischtete.

Was hielt ihn davon ab, Razir den Wink zu geben, dass er Lucio fortbrachte, in den Hanfla stieß oder in das Hafenbecken, wo sich die Haie an den Leichen der ertrunkenen und verbrannten Ruderklaven gütlich taten? Ein befriedigender Gedanke, diesen aufmüpfigen Fana von den Raubfischen zerrissen zu sehen, keine Spur, kein Mitwisser, der unvorhergesehen reden konnte. Andererseits ... zwang etwas in ihm die Hand wieder zurück, die er schon erhoben hatte. Achtung vor dem Mut, den der Bursche aufbrachte, wenn er ihm selbst in seinen Gemächern noch die Stirn zu bieten wagte, vor der Entschlossenheit, mit der er seine Ziele verfolgte?

Langsam drehte er sich wieder um und musterte den Rebellen, der unter seinen Blicken um eine stolze, aufrechte Haltung bemüht schien, die zerrissene Uniform, den sehnigen Körper, der bis in die letzte Faser gespannt schien, das schmutzige Gesicht, umrahmt von den dunklen Locken, die Augen, die unter zusammengezogenen Brauen misstrauisch funkelten. Ein schmales Lächeln zuckte über Aurelians Lippen. Dieser Fana war ein Raubtier, das den Granden noch den einen oder anderen schmerzhaften Biss versetzen mochte, wenn man es frei durch die Stadt stromern ließ, ein gefährliches Raubtier, das heute Blut geleckt hatte. Eine tödliche Waffe, die er gegen seine Feinde einsetzen könnte, wenn er sie mit den richtigen Mitteln köderte.

»Hast du mit jemandem über unser Treffen gesprochen?«

Lucio schüttelte den Kopf. »Ihr wisst so gut wie ich, dass sie mich steinigen würden, wenn sie erfahren, dass ich mich mit Euch einlasse. Meine Leute wissen nichts, und so sollte es auch bleiben.«

»Ja, das sollte es«, murmelte Aurelian und strich zärtlich über Kitos Haar. So gab es also keine weiteren Mitwisser, und der Großexecutor hatte gelogen. Keine gefangenen Rebellen, die seinen Namen kannte, nur seine untreue Sklavin, und er konnte sicher sein, dass Irschan Perval zu seinem Wort stehen musste.

Langsam wandte er sich wieder Lucio zu, der ihn lauernd beobachtete.

»Razir wird dich in einen verborgenen Raum in den Kellergewölben bringen. Dort wirst du die Namenlosen Tage verbringen und vielleicht noch einige weitere, bis man aufhört, die Baracken nach dir zu durchsuchen.« Mit einer raschen Geste wehrte er Lucios Einspruch ab. »Razir wird dir Verkleidungen geben und dafür sorgen, dass du danach ein sicheres Versteck findest. Fünfzig Dublonen sind eine Menge Geld, du solltest dich verborgen halten und deinen Namen ablegen. Sie sind wie Bluthunde, wenn man sie mit Gold füttert.«

Lucio verzog misstrauisch die Stirn. »Warum tut Ihr das? Ihr wisst, dass ich Euch ...«

»... keinen Gefallen schuldig sein will?« Aurelian lachte leise und trat einen Schritt auf Lucio zu. »Sagen wir, ich spiele gerne mit dem Feuer, aber ich möchte nicht unbedingt darunter stehen, wenn ihr es das nächste Mal auf eine Festgesellschaft niedergehen lasst. Außerdem ... finde ich allmählich Gefallen an dir, und ich denke, du kannst viel bewegen, wenn du nicht zuvor an den Krokodilpfählen endest. Al'Anfa täte eine Veränderung gut, die Leute wie Zornbrecht oder Paligan an ihre Sterblichkeit erinnert.«

Lucio verzog den Mund zu einem schiefen Grinsen. »Täuscht Euch nicht, Don Aurelian, ihr seid ebenso ein Grande wie all die anderen, die diese Stadt knechten und würgen.«

»Ich weiß. Aber gönnt mir diese Marotte, und wenn sie nur zum Ziel hat, Paligans Loge in Flammen stehen zu sehen.«

Lucio schüttelte den Kopf. »Solange Ihr nicht verlangt, dass ich Euch verstehe, will ich Euch wenigstens heute dankbar sein für Eure Hilfe. Aber denkt nicht, wir würden Euch deswegen schonen.« Sein Blick wanderte wieder zu der toten Sklavin und dem Kelch. »Glaubt mir, ich werde den Göttern danken, wenn sie mich aus Eurer Hand entlassen.«

»Und ich muss ihnen danken, dass sie mich von deinem Zorn verschont haben«, erwiderte Aurelian mit gespieltem Spott und winkte Razir heran. »Es wird Zeit, geleite ihn in seine Unterkunft und sorge dafür, dass es ihm an nichts fehlt. Keine Sorge«, wandte er schnell ein, als Lucio zu einem Einspruch ansetzen wollte, »ich stehe zu meinem Wort, es ist nur für einige Tage, solange die Stadtgarde jeden Stein in den Baracken auf der Suche nach dir umdreht. Danach steht es dir frei, zu tun, was dir beliebt. Unser Handel ist abgeschlossen.«

»Dann versuche ich Euch zu vertrauen.« Lucio deutete eine knappe Verbeugung an.

Aurelian nickte Razir zu. »Bring ihn jetzt fort. Und schick mir Nahim.«

»Natürlich, Herr.« Der Maraskaner packte wortlos Lucios Arm und zog ihn hinaus. Die Tür schlug hinter ihnen ins Schloss.

Es war vorbei. Aurelian trat neben Kitos Diwan und ging neben ihr in die Knie. Ihr Gesicht war kalt, als er ihre Stirn küsste und eine Haarsträhne beiseite schob. *Kalt wie der Marmor, der ihre Züge tragen würde.* Morgen, gleich morgen sollte er sich darum kümmern. Ein einsames Grabmal, ohne Namen, nur ihre Statue, mit dem Lotos in der Hand.

Langsam erhob er sich und ließ sich erschöpft auf einen Sessel fallen. Sein Blick glitt durch die offene Tür hinaus auf den nachtschwarzen Himmel. Das Jahr war vorüber, ein weiteres, quälendes Jahr lag vor ihm, voller Unwegsamkeiten, die seine gesamte Aufmerksamkeit einfordern würden, um sie sicher zu umschiffen. Ein neues Spiel, dessen Regeln erst ergründet, dessen Spieler sich erst offenbaren mussten, während sie ihre Figuren bereits auf dem

Spielbrett der Macht zogen. Figuren ... seine Gedanken glitten noch einmal zu dem Brief, den man ihm heute Abend noch gebracht hatte. Die feine Handschrift des jungen Paligan, eine Einladung, sich zum Fechten zu treffen und das Gespräch fortzusetzen. Vielleicht tanzte diese Figur doch nicht nach den Fäden, die sie zu lenken glaubten ...

Seufzend schloss er die Augen und lauschte dem sanften Rascheln der Seidenvorhänge im Wind. Er war so müde, müde des ewigen Spiels, das ihn Verluste kostete, die er kaum verschmerzen mochte, seines Spiels, dem er sich ebenso wenig entziehen konnte wie all die anderen, die zu tief in das Wesen jenes Spiels eingedrungen waren, als dass sie sich noch aus dessen Klauen befreien konnten. Es ging weiter, es würde immer weitergehen, solange auf dem Silberberg die Fäden gesponnen wurden, die Al'Anfa zusammenhielten.

Epilog

1. Praios 342 nach Golgaris Erscheinen, Erdstag

Irschan stieg aus der Sänfte auf die Basaltstufen des Prozessionsweges. Die letzten Schritte wollte er zu Fuß gehen. Gedämpfte Rufe drangen vom Tempelhafen empor, wo man eine neue *Stolz von Al'Anfa* baute, größer und prächtiger noch als die alte. Die traurigen Überreste eines gewaltigen Mastes lagen verkohlt am Kai, Brandgeruch lag in der Luft, den selbst die See nicht zu übertünchen vermochte.

Man hatte unzählige Leichen aus dem feuerzerfressenen Rumpf geborgen, die meisten bis zur Unkenntlichkeit verbrannt. Auch viele der Verletzten, die sich an den Kai hatten retten können, waren während der namenlosen Tage ihren Wunden erlegen, alles in allem eine gewaltige Zahl an Opfern. Die feierliche Präsentation des neu gewählten Rates war vorüber, der Hohe Richter Amosh Tiljak hatte sie auf die höchste Mittagsstunde gelegt, um mit gurvanischen Chorälen dem gleißenden Göttersohn zu huldigen; ansonsten nichts Spektakuläres außer einem weiteren neuen Gesicht im Rat, da ›die Älteste‹ Mata Al'Sulem ihr Amt an ihre Urgroßnichte abgetreten hatte. Er würde sich darum kümmern, wenn die Prüfung vorüber war, die nun vor ihm lag.

Der Göttliche Rabe befand den Schrein nicht für würdig. Ich erwarte dich im Tempel, wenn du bereit bist.

Kühle Worte, aber sie bargen einen kostbaren Sinn. Er war kein Narr. Eine Chance nicht zu ergreifen, die jene, die feisten Kröten gleich auf diesem Berg hockten, nicht einmal gewährt bekämen, wäre schlimmer als Hybris, es wäre dumm.

Es war leicht gewesen, den Sohn der Sklavin freizugeben. Eines Tages würde er die Stoffdruckerin aufsuchen, um zu erfahren, ob auch die Mutter sein Angebot angenommen hatte.

Majestätisch erhob sich das Portal vor ihm. Die goldenen Glyphen glänzten kraftvoll in den späten Strahlen der Praiosscheibe. *Borons Reich ist die Ewigkeit*, mahnten sie stumm.

Eine weite Reise hatte das Portal zurückgelegt im Bauch der paligan'schen *Seconda*, von der Nekropole der Heiligen Stadt Palakar bis hierher zur *Stadt des Schweigens*. Goldo Paligan hatte nicht lange auf eine passende Gelegenheit warten müssen, um es dem Tempel zu stiften. Der Tod des Schatzmeisters, ein kaum durchsetzbarer Kandidat und ein Hinweis im rechten Augenblick. Dies war die Essenz, alles weitere nur Zierwerk.

Ein gefangener Necker als elegante Einleitung einer nicht erwünschten Audienz, natürlich hätte Goldo Paligan das Nemekath-Portal auch direkt dem Tempel stiften können, um den Patriarchen vor vollendete Tatsachen zu stellen. Doch warum den Holzhammer wählen, wenn ein sanfter Druck genügte? So oder so hätte Amir dem Paligan seinen Wunsch nicht abschlagen können. Ein Amato Paligan war für alle Beteiligten die bessere Wahl gewesen als ein Aurelian Bonareth. Auch für den Patriarchen selbst.

Amir würde es einsehen, wenn er wüsste, wozu Aurelian sich hatte hinreißen lassen: die gesamte Regierung einer Stadt auszulöschen; Granden, Grandessas, Fanas, Sklaven, Schiffsleute, Wachen, Ordensritter und Geweihte unterschiedslos dem Flammentod zu überantworten, ja sogar den Hohepriester selbst. Und das nicht einmal aus Überzeugung wie jene erbärmlichen Rebellen vom Visarberg, sondern aus verletzter Eitelkeit.

Doch der Patriarch würde es nicht erfahren, Aurelian Bonareths schmutziges Geheimnis war bei ihm sicher. Auch das war besser für alle Beteiligten, einschließlich seiner selbst.

Die Tempelgardisten ließen ihn passieren, während zwei Pilgerinnen aufgehalten wurden, um den üblichen Tribut zu entrichten. Alles war käuflich in dieser Stadt, ein leichtes Spiel für jene, die bereit waren, alles zu verkaufen, den gesamten Einsatz zu wagen, wenn der entscheidende Spielzug den Sieg verhieß. Persönliche Eitelkeiten hatten in diesem Spiel nichts zu suchen, sie machten blind für die wirklichen Gefahren. Aurelian Bonareth hatte das schmerzlich lernen müssen, ein zweites Mal würde er nicht so unvorsichtig sein.

Aus dem Schatten eines Ebenholzbaumes löste sich eine Gestalt, und kurz entschlossen wechselte Irschan den Pfad.

Amato Paligan blickte überrascht auf, als er vor ihm auftauchte. »Euer Excellenz!«

Nachdenklich betrachtete Irschan die edlen Züge des jungen Mannes. Ein Kunstwerk, das zu studieren sich lohnte. »Ich sehe, auch Ihr sucht die Gegenwart des Raben.«

»Ein Versprechen«, murmelte der Jüngling, »für gewöhnlich suche ich den Tempel Seiner milden Tochter auf.«

»Ich hatte noch gar nicht die Gelegenheit, Euch zu Eurem neuen Amt zu beglückwünschen.«

Ein verlegenes Lächeln umspielte Amatos Lippen. »Ich hoffe, ich werde mich würdig erweisen.«

»Der Preis war kein geringer«, meinte Irschan leichthin und machte ein vage Geste in Richtung des düsteren Nemekath-Portals.

Amato erbleichte.

»Wir alle haben einen Preis für unseren Aufstieg gezahlt. Der Eure ist erhaben, Ihr solltet Euch darüber freuen.«

Der Jüngling biss sich nachdenklich auf die Lippen, dann blickte er entschlossen auf. »Und welches war der Eure, Don Irschan?«

Amüsiert erwiderte Irschan den Blick. »Wie würde denn Euer Oheim diese Frage beantworten?«

Der Jüngling schluckte. »Don Goldo sagt, Ihr wäret ...«

»... der Buhle des Patriarchen?« Irschan lachte, als Amato errötete.

»Ist das falsch?«

»Führt den Gedanken zu Ende, Don Amato. Haltet Ihr Seine Erhabenheit für so leichtgläubig? Für so beeinflussbar, dass er fleischliches Begehren über seine politische Überzeugungen, über seinen Glauben stellt?«

»Natürlich nicht!« Die Nasenwurzel des jungen Mannes legte sich in empörte Falten. »Ich verstehe«, setzte er leise hinzu.

»Ihr selbst tragt die Antworten in Euch. Lasst Euch nicht beirren, dann werdet Ihr Eurem Amte würdig sein.« Lächelnd bot er Amato den Arm. »Begleitet mich doch ein Stück. Mein Vorhaben trägt keine Eile. Und die Tempelgärten sind wunderschön zur Abendstunde.«

***

Nächtliche Stille lag über den Baracken, als er den letzten Strich zog. Kritisch beäugte er sein Werk und streute dann Sand über die geschwungenen Zeilen auf der Rückseite der Bekanntmachung, die man ihm gegeben hatte, damit er sein Lied niederschreiben konnte. Sie mochten sein Lied, sie sangen es, wo immer er hinkam. Ihr Sieg war unsterblich geworden in den Zeilen, die er ihnen gegeben hatte.

Er lächelte zufrieden, während er Feder und Tinte beiseite stellte und sich müde räkelte. Zeit, schlafen zu gehen. Die Kammer, die man ihm zur Verfügung gestellt hatte, war ein Loch im Vergleich zu dem, was man ihm auf dem Silberberg bot, aber es gefiel ihm. Sie waren freundlich zu ihm, beschenkten ihn und hingen an seinen Lippen, wenn er ein paar Zeilen vortrug, die er hinzugedichtet hatte, während sich sein Lied verbreitete wie ein Sturmflut.

Gähnend erhob er sich und löschte die Lampe.

Plötzlich hielt er inne und lauschte.

War da nicht eben ein Geräusch? Nun vernahm er es deutlicher, der Gleichschritt beschlagener Stiefel auf dem Steinpflaster, das Rasseln der Rüstungen und Waffen.

Es war soweit.

Er packte den Beutel und stopfte hastig seine Habseligkeiten hinein. Die Schritte klangen schon unter dem Haus, ein hartes Klopfen gegen die Tür.

»Im Namen des Hohen Rates, öffnet!«

Er hatte darauf gewartet, und fast war er verwundert, dass sie nicht schon eher gekommen waren. Rasch öffnete er die Luke, die zum Hinterhof führte.

Die Tür splitterte bereits, als der Dichter sich hindurchschwang und zwischen den nächtlichen Schatten davonstahl. Es war an der Zeit, ein neues Kapitel aufzuschlagen.

Die Götter und Monate des Zwölfgötterglaubens

Gottheit	**Aspekte**	**Symbol**	**Monat**
Praios	Sonne, Gesetz, Herrschaft, Hierarchie, Recht, Ordnung	Greif	Juli
Rondra	Krieg, Ehre, Zweikampf, Tapferkeit, Sturm, Donner	Löwin	August
Efferd	Wasser, Meer, Luft, Regen, Fischfang, Schifffahrt	Delphin	Sept.
Travia	Gastfreundschaft, Heimat, Herdfeuer, Treue, Milde, Ehe, Moral, Friedfertigkeit	Gans	Oktober
Boron	Tod, Schlaf, Vergessen, Schweigen, Dunkelheit	Rabe	Novemb.
Hesinde	Gelehrsamkeit, Wissen, Wissenschaft, Magie	Schlange	Dez.
Firun	Winter, Jagd, Eis, Natur, Selbstbeherrschung, Askese	Eisbär	Januar
Tsa	Wandel, Schöpfung, Beginn, Geburt, Freiheit	Eidechse	Febr.
Phex	Handel, Diebe, Nacht, Nebel, List, Glück, Humor	Fuchs	März
Peraine	Fruchtbarkeit, Ackerbau Selbstlosigkeit, Arbeit, Ackerbau, Pflanzen, Erde	Storch	April
Ingerimm	Handwerk, Schmiede, Beständigkeit, Härte, Feuer, Zorn, Fleiß	Hammer und Amboss	Mai
Rahja	Liebe, Lust, Rausch, Wein, Ekstase, Harmonie	Stute	Juni

Die Zwölfe = die Gesamtheit der Götter
Der Namenlose = der Widersacher der Zwölfe (auch als Dreizehnter bezeichnet)

Wichtige Maße und Münzen

Meile	= 1 km
Schritt	= 1 m
Spann	= 20 cm
Finger	= 2 cm
Dukat (Goldstück)	= 10 Silbertaler
Silbertaler	= 10 Heller
Heller	= 10 Kreuzer
Dublone	= südl. Goldmünze = 2 Dukaten
Oreal	= südl. Silbermünze = 1 Silbertaler
Kleiner Oreal	= südl. Silbermünze = 5 Heller
Dirham	= südl. Kupfermünze = 1 Kreuzer

Zeitrechnung

BF = seit dem Untergang der Stadt Bosparan ('Bosparans Fall')
Hal = (nur im Mittelreich benutzt) seit der Krönung des Kaiser Hal von Gareth; das Jahr 0 Hal entspricht dem Jahr 993 BF

Begriffe und Orte

Achaz – eine menschengroße, aufrecht gehende, intelligente Echse
Adamanten – Diamanten
Adamantenland – sagenhaft reiche Inselkolonie
Al'Anfa – Stadt im Süden, bekannt für ihren Reichtum und ihre Dekadenz
Almada – Provinz des *Mittelreichs*
Alphana – mildes Rauschkraut
Altstadt – ärmlicher Stadtteil Al'Anfas
Alveran – Wohnsitz der Zwölfgötter
Aquacurator – Amt im *Hohen Rat der Zwölf*, verantwortlich für Wasserversorgung, Infrastruktur etc.
Arangen – Orangen

Aranien – Königreich im Nordosten Al'Anfas
Aranische Wand – Paravent
Baburin – Stadt in *Aranien*
Belkelel – Erzdämonin, Gegenspielerin Rahjas
Bethanier – Beiname des *Borbarad*
Bishdariel – Bote Borons, der Träume und Albträume bringt
Blutige See – dämonenverseuchtes Meer nordöstlich von Al'Anfa
Borbarad – mächtiger Schwarzmagier und vielfacher Dämonenpaktierer
Bornland – Reich im Hohen Norden
Boroni – Boron-Priester
Boronrufer – Priester, der stündlich zum Gebet ruft
Boronsanger – Friedhof
Boronsrad – gebrochenes Rad, das Vergänglichkeit und Tod symbolisiert
Boronwein – Rauschmittel
Bosparanjer – edler Schaumwein aus dem *Horasreich*
Bosparano – alte Sprache, Vorläufer des *Garethi* (wird durch Latein dargestellt)
Brabaci – Dialekt im Süden
Brabaker Baracken – Elendsviertel Al'Anfas
Bruderschwester – Anrede der *Maraskaner* untereinander
Bunter Eunuch – Rauschmittel, das bei übermäßigem Genuss zu Impotenz führt
Charypso – mit Al'Anfa verbündetes Piratennest
Cheriacha – anderer Name für *Bunter Eunuch*
Chorhop-Unternehmung – ein Besuch Oderin du Metuants in Chorhop, der in einem Desaster endete (siehe das Abenteuer »Die Herren von Chorhop«)
Commandant/a – Offizierstitel
Conquistadora Paligana – Flaggschiff Goldo Paligans
Custos Coloniae – Amt im *Hohen Rat der Zwölf*, verantwortlich für die Kolonien
Dirham – Kupfermünze, entspricht 1 Kreuzer
Don / Donna – achtungsvolle Anrede

Dublone – schwere Goldmünze, entspricht 2 Dukaten
Dukatengarde – Elitesöldner, die zum Schutz der Granden angeheuert werden
Fana – Angehörige des Volkes (alle, die nicht den Grandenfamilien angehören)
Festungsinseln – befestigte Inseln, die Al'Anfa vorgelagert sind
Gareth – Hauptstadt des Mittelreiches
Garethi – verbreitetste Sprache
Goldene Bucht – Meeresbucht, an der Al'Anfa liegt
Goldfelser Morgenrot – schwerer Rotwein aus dem *Horasreich*
Golgari – Bote Borons, der die Seelen über das Nirgendmeer geleitet
Götterfürst – im Mittelreich Bezeichnung für Praios, in Al'Anfa für Boron (also jeweils für den höchsten Gott)
Göttlicher Fuchs – Beiname des Phex
Grafenstadt – besserer Stadtteil Al'Anfas
Grande / Grandessa – Angehöriger der acht herrschenden Familien in Al'Anfa
Großexecutor – Mitglied im *Hohen Rat der Zwölf*; Kanzler des alanfanischen *Imperiums*
Güldenland – sagenhafter Kontinent im Westen
Gurvanische Choräle – Praiosgefällige Gesänge
Hand Borons – berüchtigte Meuchlergilde
Hanfla – Fluss, der durch Al'Anfa fließt
Hoher Rat der Zwölf – Regierungsgremium Al'Anfas
Horasier – Bewohner des *Horasreichs*
Horasreich – mächtiges Reich im Nordwesten Al'Anfas; schärfster Konkurrent um die *Waldinseln*
Hôt-Alem – Stadt im Süden
Hüterin der Nacht – hoher Rang innerhalb der Boron-Geweihtenschaft
Imperium – das alanfanische Reich
Iryanleder – Echsenleder, feuerfest
Kabasflöte – eine tulamidische Flöte

Kaiserin Hela-Horas – vor etwa 1000 Jahren verstorbene Kaiserin des Horasreichs
Kauca – Tropensturm
Kemi – Dschungelkönigreich im Süden, das zeitweise von Al'Anfa annektiert war
Khôm – große Wüste im Norden Al'Anfas
Khômkrieg – gescheiterter Feldzug zur Unterwerfung der Novadis, endete mit dem Tod Tar Honaks
Khunchom – Stadt im Nordosten Al'Anfas
Khunchomer – Krummsäbel, bei Tulamiden verbreitet
Koloss von Al'Anfa – riesenhafte Statue, die über der Hafeneinfahrt steht
Kor – Halbgott und Sohn Rondras, Schutzgott der Söldner und (in Al'Anfa) der Arena
Lanisto/a – Gladiatorenausbilder/-in
Levthan – Halbgott und Sohn Rahjas, der brünstige Widder
Maraskan – Insel im Nordosten Al'Anfas
Maraskoline – entspricht der irdischen Mandoline
Marbo – Halbgöttin und Tochter Borons
Märtyrer vom Heiligen Berge Visars – Name, den die *Rebellen vom Visarberg* für sich selbst verwenden
Matriarchin – Hochgeweihte des alanfanischen Boron-Kultes
Meisterin der Blutigen Ekstase – Beiname der *Belkelel*
Meridiana – einstiges Vizekönigreich im Süden
Mirhamionette – entspricht der irdischen Marionette
Mittelreich – Kaiserreich im Norden Al'Anfas
Moha, mohisch – *Waldmenschen*stamm, der oft stellvertretend für alle Stämme genannt wird
Mohagoni – entspricht dem irdischen Mahagoni
Mysobegel – großer Blutegel
Nachtwind –schlankes, einseitig geschliffenes Schwert, ähnlich der irdischen Katana
Namenlose Tage – 5 Tage am Jahresende, über die der Namenlose (Gegenspieler der Zwölfgötter) herrscht
Necker – Meeresbewohner von den Nordwestküsten

Aventuriens, heilige Wesen Efferds
Nemekath – Prediger und alanfanischer Boron-Heiliger, der vor etwa 1500 Jahren wirkte
Niederhöllen – die siebte (von Dämonen bevölkerte) Sphäre
Novadi – Wüstenvolk, die den Eingott *Rastullah* verehren
Orchideen – Klingen, die an die Hand geschnallt werden
Oreal – Silbermünze, entspricht 1 Silbertaler (großer Oreal) bzw. ½ Silbertaler (kleiner Oreal)
Pailos – eine der *Zyklopeninseln*
Palakar – sagenhafte boronheilige Ruinenstadt auf den *Zyklopeninseln*
Palastinseln – Al'Anfa vorgelagerte Inseln
Paligana Seconda – Schiff aus dem Besitz Goldo Paligans
Paligan-Therme – prächtigste Therme Al'Anfas, eröffnet im Rahjamond 1026 BF.
Patriarch – Oberhaupt der alanfanischen Boron-Kirche
Pescator – Waffengattung der Gladiatoren, auch ›Fischer‹ genannt
Phenos – eine der Zyklopeninseln
Port Corrad – Stadt im Norden Al'Anfas, Teil des *Imperiums*
Port Visar – Stützpunkt der mit Al'Anfa verbündeten Korsaren
Praefectus Ludi – Amt im *Hohen Rat der Zwölf*, verantwortlich für Spiele, Lustbarkeiten und Propaganda
Praefectus Militaris – Amt im *Hohen Rat der Zwölf*, Oberster Heerführer (derzeit praktisch machtlos)
Präfekt – alanfanischer Titel für Gouverneur
Praiosgong – Gong, der jede volle Stunde geschlagen wird
Praiosnatter – eine Schlangenart
Praiosscheibe – die Sonne
Punin – Hauptstadt von *Almada*
Rabe – heiliges Tier Borons, Beiname Borons
Rabenfelsen – äußerster Vorsprung des Silberbergs, einem riesigen Raben ähnlich
Rabengarde – dem Patriarchen verpflichtete Eliteeinheit
Rabensprache – zeremonielle Sprache der alanfanischen

Boron-Geweihtenschaft
Rastullah – von den *Novadis* verehrter Eingott
Rebellen vom Visarberg – Rebellengruppe in Al'Anfa, die sich selbst als *Märtyrer vom Heiligen Berge Visars* bezeichnen
Rethon – die Seelenwaage am Eingang zu den göttlichen Paradiesen
Riesenlindwurm – Drache mit drei Köpfen
Rosenroman – anderer Begriff für Hellerroman, entspricht dem irdischen Groschenroman
Satinav – göttliche (oder dämonische) Wesenheit, Herr über die Zeit, als Steuermann auf dem Schiff der Zeit angekettet
Schrägaufzug – mechanische Meisterleistung; ein Aufzug, den man vor dem Wasserfall des Hanfla konstruiert hat
Schwarze Lande – von den Erben *Borbarads* beherrschte Landstriche im Osten Aventuriens
Schwarze Perle – anderer Name Al'Anfas
Schwarze Pyramiden – Grabstätten der Granden
Schwarzer Lotos – Rauschmittel und (in hoher Dosis) Gift
Selemferkel – südaventurische Schweinerasse
Senhor/a – höfliche Anrede
Silberberg – Stadtteil, in dem die Granden leben
Silberberger – anderer Name für die *Granden*
Sklaventod – Krummsäbel mit gespaltener Spitze, Variante des *Khunchomer*
Stadt des Schweigens – Areal des Boron-Tempels in Al'Anfa
Stolz von Al'Anfa – überschwere Prunkgaleere
Sylla – mit Al'Anfa verfeindete Korsarenstadt
Tempelgarde – Boronorden, zum Schutze der *Stadt des Schweigens* und des *Patriarchen*
Tempelrufer – »Zeitung« der Boron-Kirche in Al'Anfa
Thalusa – Stadt im Nordosten Al'Anfas
Traviabund – eine vor Travia geschlossene Ehe
Triumvir/a – Mitglied des *Triumvirats* (Amir Honak, Oderin du Metuant, Phranya Yalma Zornbrecht)

Triumvirat – nach dem Tod Tar Honaks eingeführte Herrschaftsteilung auf drei Personen (neben dem Rat der Zwölf), wird 1027 BF aufgehoben
Tulamiden – orientalisches Volk im Nordosten Al'Anfas
Tuzakmesser – langes, einseitig geschliffenes Schwert
Utulu – Bewohner der *Waldinseln*, dunkelhäutig mit schwarzem Kraushaar
Villenviertel – nobler Stadtteil Al'Anfas
Vinsalt – Hauptstadt des *Horasreichs*
Waldinseln – Inseln, die vor allem als Stützpunkte und Kolonien interessant sind
Waldmenschen – Bewohner des Dschungels; mit bronzener Haut und meist blauschwarzen Haaren
Wehrheim – Stadt im Norden, die »Kaserne« des *Mittelreichs*
Wollnashorn – Nashornart aus dem Hohen Norden
Yaquirtaler (Madawein) – teurer Weißwein aus Almada
Zyklopeninseln – Inseln vor der Küste des *Horasreichs*

»An den Hängen des mächtigen Visra thront die Schwarze Perle über den blauen Wassern der Goldenen Bucht. Reich ist sie, diese Stadt, und wohl nur Vinsalt selbst mag sie an Pracht übertreffen. Auf jeden vierten Einwohner kommt ein Sklave: kupfer- oder dunkelhäutige Nachkommen der Waldmenschen, die noch vor wenigen Generationen zu Tausenden von den Jägern in die Knechtschaft geführt wurden. Aber hier finden sich auch Nordländer, Tulamiden und Novadis, deren ruhmreicher Kampf gegen die Eindringlinge einst auf dem Sklavenmarkt Al'Anfas endete. Auf den Plantagen und in den Bergwerken arbeiten sie und schürfen, säen und ernten den Reichtum der Stadt. Andere folgen ihren Herrn auf Schritt und Tritt, fein herausgeputzt in seidenen Gewändern. Sie haben einen Kohlstrich um die hübschen Augen, vielleicht eine Schreibtafel in der Hand oder einen Fächer, um die drückende Schwüle zu vertreiben, während der unruhige Blick furchtsam jeder Bewegung des Herrn folgen. Denn dessen Gunst schwindet ebenso schnell wie sie geschenkt wird.

Und doch leben viele von ihnen besser als so mancher Freie, der in den ärmlichen Hütten nahe des Hafens oder in den ausgebrannten Ruinen des Schlunds sein Dasein fristet. Ein Großteil der Bevölkerung der Königin des Südens lebt von der Hand in den Mund, getrieben von der Sorge, morgen zu hungern und übermorgen zu sterben. Der Tod ist allgegenwärtig in der Stadt Borons, sei es die Bettlerin, die von einigen Straßenkindern erschlagen wird, die sich der wenigen Dirham in ihrer Schüssel bemächtigen wollen, sei es der Grande, der dem Giftanschlag seines Nebenbuhlers zum Opfer fällt. Denn ebenso wie furchtbare Armut das Leben in den engen Gassen bedrückt, so erdrückt unermesslicher Reichtum die Seelen der Granden, die auf dem Silberberg in prachtvollen Palästen residieren und die Geschicke der Stadt in ihren Händen halten.

Gehört Al'Anfa auch dem Königreich Meridiana an, wie Ihr vielleicht hörtet, so liegt die wahre Macht bei dem Patriarchen Amir Honak. Er ist der Enkel jenes legendären Kirchenoberhauptes Bal Honak, der einst das Kriegsrecht ausrief und sich selbst als obersten Kriegsherrn. Ihm zur Seite steht der Hohe Rat der Zwölf, sechs Geweihte und sechs Bürger der Stadt, gewählt von jedem, der sich zu fünf Dublonen eine Stimme kaufen kann. Viel Geld wechselt im Vorfeld der Wahlen den Besitzer, und es scheint eine ungeschriebene Übereinkunft der acht mächtigen Familien zu sein, die wenigen Ratssitze unter sich aufzuteilen. So ist mir von keinem Fall bekannt, dass es jemandem gelungen sei, gegen der Willen der Granden und den Wunsch des Patriarchen in den Hohen Rat einzuziehen.

Doch sollte nicht der Eindruck entstehen, als herrschten die Herren der Stadt in unermesslichem Reichtum über ein Volk von Bettlern: Viele Handwerksleute gibt es, die ihrem Tagwerk nachgehen – eifrige, anständige Männer und Frauen, für die die Spiele in der Arena die Belohnung für eine arbeitsame Woche sein mögen. Kaufleute und Gelehrte leben in stattlichen Häusern unweit der Universität oder in den Villen am Hafen, manche mit kaum einem Oreal in der Tasche, andere unermesslich reich, so dass sie an Prunk kaum einem Granden nachstehen. So bemühen sie sich auch ihr Leben lang, den Herren der Stadt ähnlich zu sein. Sie ahmen ihre Gepflogenheiten nach, in der Hoffnung, das Augenmerk ihrer Patrone auf sich zu lenken oder gar den Travia-Bund mit einem 'Silberberger' eingehen zu können, um selbst in den Kreis der Erlauchten aufgenommen zu werden. Denn hier ist Al'Anfa anders als unser gutes Horasreich oder das Rauls: Einem jeden scheint es möglich, hier aufzusteigen und eines Tages in der schwarzen Sänfte die Gassen zu durchqueren, in denen seine Vorfahren noch die Beutel reicher Kaufleute schnitten. Doch es ist ein harter Weg, und in den letzten 200 Jahren sind es meinen Quellen zufolge nur zwei Familien, die sich in den

Kreis der Silberberger einkaufen konnten, während viele andere vergingen und in Bedeutungslosigkeit versanken.

Der Reichtum der Stadt beruht auf dem Handel mit Waren, die uns ein wahrer Luxus, jenen hingegen nur alltäglicher Tand ist. Gewürze, Kakao, Tee, edle Hölzer, Perlen, Pfeffer, Palmwein, Tinte, Purpur, Perlmutt, Jade, Gold, Silber und Diamanten – dies alles sind Güter, die man auf den Märkten der Stadt handelt und die in großen Konvois gen Norden geschifft werden, geschützt durch die waffenstarrenden Galeeren der Schwarzen Armada. Die wichtigste Ware aber ist die Seide, deren Geheimnis eifersüchtig gehütet wird. Nur hier könnt Ihr echtes Seidentuch erstehen, dessen Preis die Granden nach eigenem Gutdünken festsetzen.

Seide kleidet auch die Reichen und Mächtigen der Stadt. Und wer es sich nicht leisten kann, der bemüht sich wenigstens, seinen Gewändern den sanften Schwung der fließenden Bahnen zu geben. Ein besonderes Augenmerk verdienen aber die Roben der Boron-Geweihten. Ihr kennt die schwarzen Kutten, die die Priester unseres Herren Boron daheim kleiden, unscheinbar und verschwiegen, wie der Tod, der leise über uns kommt. Nicht so hier. Goldborten schmücken die seidenen Roben der höheren Geweihten, goldene Stickereien, die manchen Fürsten vor Neid erblassen ließen. Protzige Ringe zieren die hageren Finger, und ein großes Gefolge, Wachen, Sklaven, Lustknaben, begleitet einen Priester, wenn er hinabsteigt in die Stadt. Prachtvoll ist auch der Tempel selbst, der hoch über der Stadt an jener Stelle prunkt, wo einst der göttliche Rabe seine Weissagung tat. Doch auch die anderen Elf haben Häuser in der Stadt, die sich keines Vergleichs scheuen müssen. Ja sogar dem grimmigen Herrn der Jagd hat man einen Tempel errichtet, wenngleich kaum einer hier je des Nordens ewiges Eis erblickt haben mag.

Ihr seht, Al'Anfa ist nicht götterlos, wie man es gern erzählt in den Salons, die Ihr geruht aufzusuchen. Und doch habt Acht, wenn Ihr Euer Vorhaben in die Tat umsetzen und die Schwarze Perle besuchen wollt. So reich sie auch sein mag, so arm ist sie doch. Lieblich und grausam zugleich, sanft und tödlich – dies ist die Stadt Borons.«

—Brief der Grangorer Kauffrau Efferdaine Therman an ihren Geschäftsfreund Sandor Lobeler anlässlich einer bevorstehenden Reise nach Al'Anfa

Klima

Mörderische Luftfeuchtigkeit und sintflutartige Regenfälle zu Mittag und während der zwei Regenzeiten in den Monaten Tsa/Phex und Rondra/Efferd prägen das Klima Südaventuriens. Dann fällt das Wasser fässerweise auf die Dächer, und ein ununterbrochenes Rauschen und Dröhnen, begleitet von grollendem Donner erfüllt die Luft. Doch bringt dieser Regen nur kurze Abkühlung. Das Wasser verdunstet in der Hitze rasch, und die Luft lastet danach umso schwerer auf dem Land. Drückende Schwüle und ständiger Feuchtigkeitsverlust schwächen Körper und Geist und zehren an Nerven und Entschlossenheit. In den Jahren 914 und 1005 BF hat es in Al'Anfa erstaunlicherweise geschneit. Vorherrschender Wind ist der Siral, der mittelstark, aber stetig aus Nordost bläst, bisweilen sogar Flugsand aus der Khôm mitbringt.

Ein erster Eindruck

Al'Anfa ist laut, sehr laut – selbst für südliche Maßstäbe. Einzige Oasen der Ruhe bilden die gut abgeschirmten Villen der Granden und wenige Tempel. Ansonsten aber wird man von einem schier unbeschreiblichen Strudel der Geräusche mit sich gerissen. Marktschreier preisen ihre Waren in den höchsten Tönen an, irgendwo schreit sich ein Kind die Lunge aus dem Leib, ferne Musik erklingt, irgendetwas Ekelhaftes wird gurgelnd in die Gosse geleert. An der

Ecke streiten zwei Männer um ihre Anteile der letzten Gladiatorenwette, um dann einigen Gardisten Platz zu machen, die sich im Laufschritt mit harschen Worten oder hier und da einem Schlag mit Geißel oder Säbelknauf den Weg durch das ewig murmelnde Gewühl bahnen.

Schier unvorstellbar sind die Vielfältigkeit und das bunte Gemisch der Bewohner, das die schmalen Stiegen zwischen den Terrassen, die Straßen und Gassen und die Märkte beherrscht. Neben Söldnerinnen mit gefiederten Helmen, Arena-Besuchern, die die jüngsten Erfolge ihrer Lieblingsgladiatoren diskutieren, hellhäutigen Sklavenjäger und Questadores, Novadis, Waldmenschen mit Pferdeschwanz oder Scheitelbürste findet man Schweinehirten mit ihren Selemferkeln. Lastenträger, die mit riesigen Ballen beladen über die Treppen taumeln drängen sich vorbei an Kokosnusspflückerinnen mit ihren abgerichteten Affen. Die trostlosen Blicke der Kettensklaven, die zur Versteigerung getrieben werden, kreuzen die der Garköche. Eine junge Grandessa, die auf dem Sklavenmarkt ihren Blick gelangweilt über die dargebotene Ware wandern lässt, zeigt sich unbeeindruckt von einer keifenden Hausfrau, die mit dem Brabaker Rohr auf einen kauernden Sklaven einschlägt. Ein Mädchen zieht einen beinlosen Invaliden im Wägelchen durch den Straßenschmutz, vorbei an ausgemergelten Hunden, die versuchen, den Hungernden zu entkommen. All diese Gestalten und viele, viele mehr erfüllen die Straßen und Plätze zu immer quirligem Leben.

Der Gestank schwitzender, schmutziger Menschen ist ewig präsent, und über den schäbigen Hütten der Brabaker Baracken liegt der Hauch von Armut und Tod. In der 'Pestbeule des Südens' könnte es gar nicht so viel regnen, als dass der ganze Schmutz ins Meer hinaus gewaschen würde, und an heißen Tagen entsteigt der Goldenen Bucht ein fauliger Hauch. Doch keine hundert Schritt weiter duften verlockend tausende Blumen und frisch aufgeschnittene Früchte. Der scharfe Geruch von Gewürzen erfüllt die

Märkte, die Luft wird von Schwaden zahlreicher verbrannter Räucherkräuter und Rauschmittel geschwängert, und mancher Sänfte entweicht der Wohlgeruch schwerer Duftwässer.

Märkte

Auf den meisten Plätzen sind ständige Märkte eingerichtet; und auch in den Gassen gibt es unzählige Straßenhändler – Obsthändler, Stände mit Süßholz und Lakritze, Schlangenfleisch, Gedörrtes (das einzige Fleisch, das sich hält), Lederwaren aus Schlangen- und Krokodilleder, Waldmenschen mit ihren selbstgeschnitzten Figuren, Schmuck und Tellern. Zudem kann man hierzulande nahezu jede Art von Waffen und fast jedes Gift kaufen, das im Mittelreich durch den Wehrheimer Index verboten ist. Auf einigen wenigen Plätzen herrscht auch des Nachts noch emsiges Treiben im flackernden Licht der Ölfackeln, einzig gestört durch die Stadtgarde. Diese achtet peinlich genau darauf, dass jeder, der hier zu dieser Stunde noch seine Waren anbietet, die dafür fällige Abgabe auch geleistet hat.

Phoenix Hardcover

Sturm über Windhaven	Martin & Tuttle	Roman	10531
Die Flamme erlischt	George R. R. Martin	Roman	10530
Eisenthron	George R. R. Martin	Roman	41001

Weitere Titel

Der große Heliumkrieg	M.A. Stackpole u.A.	Anth.	10563
Liverollenspiel-Handbuch	Evers und Schiele		10557
Lexikon der Horror-Literatur	Hrsg. Alpers / Fuchs / Hahn		10556
Lexikon der Fantasy-Literatur	Hrsg. Alpers / Fuchs		10566

Es handelt sich um eine Bibliographie und nicht um ein Verzeichnis lieferbarer Titel. Es ist leider nicht möglich, alle Titel vorrätig zu halten.
Sollten Sie Fragen haben, kontaktieren Sie uns bitte unter

Fantasy Productions GmbH
Postfach 1517
40675 Erkrath
www.fanpro.com